徳 間 文 庫

あらごと、わごと

魔軍襲来

武内　涼

徳 間 書 店

目次

これまでのおもな登場人物

あらごと　承平四年（九三四）当時、十一歳。何者かに故郷の村を滅ぼされ、双子の妹わごととも生き別れに。常陸の大豪族源護の下女となり重労働に明け暮れたが、物を浮かす如意念波《にょいねんぱ》と、自身も宙に浮かぶ天翔《あまがけ》の力に目覚め、ついに脱走、近隣の領主平将門に保護された。故郷について知るべく、白鳥ノ姥の住む香取へと旅立つ。所持する銅鏡の破片で妹と交信できるようになる。

わごと　あらごとの双子の妹。心優しい夫婦に拾われ、平安京で女流歌人右近《うこん》に仕える。しかし、その存在が魔人藤原千方に知られるや、養父母は惨殺。僧良源とともに、霊峰奥吉野に身を隠すべく旅立つ。銅鏡の片割れを持つ。動物を操る〝ことびき〟と、未来が見える千歳眼《せんざいがん》の力に目覚める。

源護《みなもとのまもる》・扶《たすく》・隆《たかし》　凶悪な常陸の大豪族親子。下人下女を酷使するも、二子は平将門父子に討たれ、護は敗走。将門は伯父平国香《くにか》をも討ち、後に言う平将門の乱の発端となる。

源繁《しげる》　護の三男。下人下女に慕われたが、山であやかしに襲われ、人を食らう犬神と化す。あらごとらに討たれる。

平将門《たいらのまさかど》　多くの民の信頼を得る下総の豪族。

平良門《よしかど》　将門の庶子の若者。

浄蔵《じょうぞう》　四十代半ば。最強の法力で知られた比叡山延暦寺の僧。良源の呪師《のろんじ》としての師。

良源《りょうげん》　二十代前半の僧。わごとを助け、行動を共にする。後年、天台座主に上り詰める。

乱菊《らんぎく》　物体を瞬間移動させる物寄せと幻術、二つの力を持つ。あらごとの呪師修行の師。

飯母呂石念《いぼろせきねん》　群盗飯母呂衆の首領から平将門配下となる。風を操る呪師。

音羽《おとは》　下女に扮して源護邸に潜入していた女飯母呂衆。

蕨《わらび》　源護の下女。あらごとと共に脱走し、平将門に保護される。

茨田広親《まんだのひろちか》**・千鳥**《ちどり》　慈愛に満ちたわごとの養父母。藤原千方一味に殺害される。

白鳥ノ姥《しらとりのうば》　過去と未来を知り、遠くや近くを見る三重《みえ》の力を有する老婆。

藤原千方《ふじわらのちかた》　十五の通力《つうりき》を持つ大呪師。天下大乱の謀略をめぐらす。さる予言による「宿命の子」を探し続けてきた。

火鬼《かき》　化野《あだしの》の異名。藤原千方の配下にして愛人。火を操る。

水鬼《すいき》　嬉野《うれしの》の異名。化野の双子の妹。千方の配下で水を操る。

風鬼《ふうき》　突風を起こし、瞬時に移動する縮地《しゅくち》の力を持つ千方配下の老妖術師。

金鬼《きんき》　千方の手下の大男。身体を鋼鉄化して敵の武器をはねかえす。

隠形鬼《おんぎょうき》　千方の手下で、姿を透明化できる少年。

伊佐々王《いざさおう》　異名を土鬼《どき》。千方の一味。背にびっしりと笹を生やした小山のような大怪物。

興世王《おきよおう》　没落皇族、何らかの思惑で、千方に接近する。

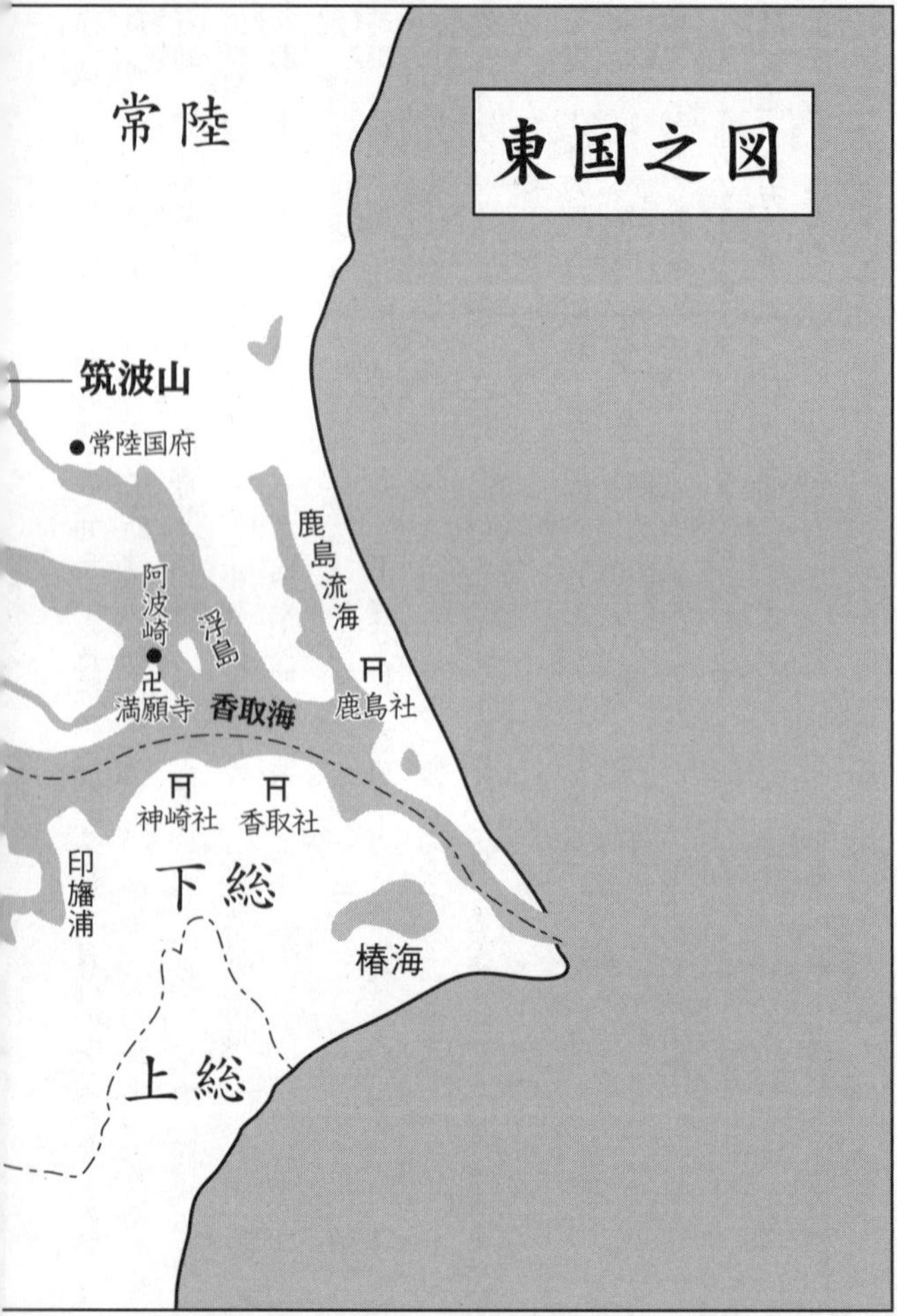
東国之図
常陸
筑波山
常陸国府
鹿島流海
阿波崎
浮島
満願寺
香取海
鹿島社
神崎社
香取社
印旛浦
下総
椿海
上総

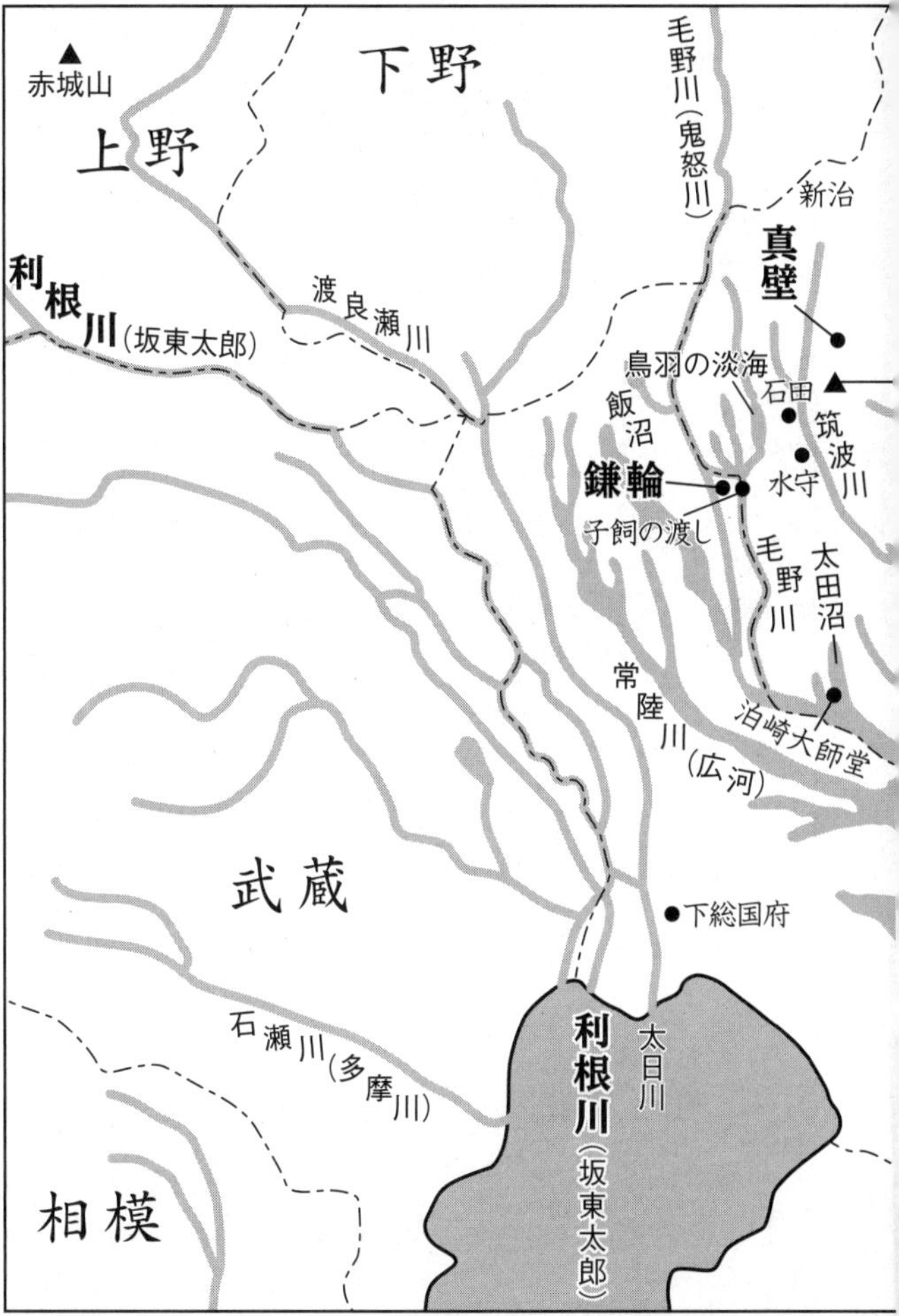

赤城山
下野
上野
毛野川(鬼怒川)
新治
真壁
利根川(坂東太郎)
渡良瀬川
鳥羽の淡海
石田
飯沼
筑波川
鎌輪
水守
子飼の渡し
毛野川
太田沼
常陸川(広河)
泊崎大師堂
武蔵
下総国府
石瀬川(多摩川)
利根川(坂東太郎)
太日川
相模

比叡山
延暦寺
東坂本
大津
平安京
近江
甲賀
摂津
山城
伊賀
奈良
大和
伊勢
河内
和泉
飛鳥
多武峯
妙楽寺
吉野川
口吉野
吉野山
金峯山寺
天河弁天
山上ヶ岳
紀ノ川
高野山
金剛峯寺
奥吉野
大峰山脈
紀伊山地
十津川
本宮
熊野川
紀伊
熊野三社
那智
新宮
大和とその周辺図

序

男が二人、走っている。

一人は、若く、一人は、老いている。

白く凍《い》てついた森を、数歩をへだて、並ぶように駆ける二人。

降りつもった雪のせいで、立ち並ぶ杉、樅《もみ》は、節くれだった腕《かいな》と、白い綿毛をもつ、長身の異形の群れに見える。

その悪夢的な樹氷の森に――灰色に硬い空が、のしかかっていた。

もしこの二人を眺めている余人があればその者は、仲のよい父子か師弟が駆け比べをしている光景、と見たかもしれない。

だが、雪の森を、白い息を吐き、並走する二人は氷より冷たい――殺意を飛ばし合っていた。

いずれも、「他心通《たしんつう》」と呼ばれる通力《つうりき》をつかい、相手が心の中につくった壁を壊し、精神の中枢に潜り、互いの魂を盗《と》り合おうとしている。

森が、開ける。

崖に出た。

崖下数丈では、葉群《はむら》の代りに雪の花におおわれた、数多《あまた》の枯れ木が凍った花畑のように
どっと広がっている。

黒く長い髪を垂らした、若き男と、灰色の長髪を後ろで一つにたばね、みじかくも白い
顎髭《あごひげ》をたくわえた山伏姿の翁《おきな》は、鋭く、睨《にら》み合う。互いの胸中《なか》に入ろうとする。

——どれくらいつづいたろう。

二人は一切しゃべらず冷や汗を垂らして凄《すさ》まじい精神の攻防をつづけた。

先に策を変えたのは、老翁だ。

老人は、心をあやつる、他心通で相手を金縛りにしようとしながら、短刀を出し、物魂《ものだま》
と呼ばれる別の通力をかけようとする。物魂はある物に、「相手を刺せ」などの目的、思
念をそそぎ、それに専従させる力である。

この隙を黒衣をまとった若者は衝《つ》いている。

他心通に全てをそそぎ、老人の心に潜り、ある冷酷な指図を下した。

雪に、赤い滴が、散る。

老人の短剣がこれを取り出した老人自らの右脇腹を深く刺したのだ。

若者は酷《むご》たらしい笑みを浮かべ、老人に歩み寄り、

「いま一度、刺せ」

老人の短刀が、右脇腹から、引き抜かれる。

老人は懸命に、心の手綱をにぎろうとする敵の念に抗《あらが》った……。が、叶《かな》わない。

──コツ。

刃《やいば》と骨がぶつかる、軽く小さな音がした。

夥《おびただ》しい血が雪にこぼれた。

若者に心をあやつられた老人は、今度は、己の右胸の下を深く刺してしまった。

老人が吐いた白い息に、苦し気な叫びがまじっている。

老人は憎しみの形相で若い男を睨み、

「何ゆえ……一思いに殺さぬ！　雷《いかずち》を放つ暇などあったろうに」

「うぬはわしから多くを奪った。すぐ殺す訳にはゆかぬ」

老人は、もはや通力でなく、刃で相手の心臓を突き──決着をつけんとする。

が、刃が、いや、腕が……意志通りに動いてくれぬ。

若者を刺そうとした老人の短剣は若者の心臓でなく、すっと出された自分の左手を掌《てのひら》から甲まで突き破る形で、刺していた。

左手を真っ赤にした老人から悲鳴がこぼれる。

老人の心に、若者の殺意が、潜り、鎮座し、下知してくる。その指図を……どうあっても振り切れない。抗えぬのだ。

若者は老翁の掌を突き破った短刀を指す。

短刀をにぎった老人の右手が回転するように動き、自分の左手の肉をぐりぐり抉《えぐ》った。

悲鳴を聞きながら、黒衣、垂髪の、若き男は、

「姉の分だ」

老人はもはや戦う力をうしない白く冷たい大地に仰向けに倒れた。

若者は、老人の首から下に金縛りをかける。短刀が——老人の手からはなれた。

で、宙に浮いている。念力だ。

冷たい切っ先が山伏姿の老人の硬い頰にふれ、すーっと静かに動き細い傷をつけてゆく。

しかし心に網をかけられた翁は手足を動かすことが出来ず振り払えない。通力で反撃しようにも、弱くなった心の根に若者が入り込み、がっしり押さえ込んでいるため、それも叶わない。

刃は、老人の左目のすぐ上まで動き、恐怖を、あたえる。

老人は通力がかけられていない顔をそむけ、刃から逃れようとしながら、

「弟子のお主を、鍛えようとしたまで……」

「たのんでおらぬ」

若き男は表情もなく言い——念力を放つ。

刃が、猛然と動き、老人の右胸の傷に潜り込み、上下に激動、傷口を広げた。

絶叫を上げた老人は、弱音を吐くかと思いきや……意外なことに愉快気な面持ちになり、ゲラゲラ笑いだしている。

もはや、痛みを感じぬのだろうか？　眉宇を曇らせた若き男は、

「何がおかしい？　太郎坊《たろうぼう》」

「……うむ。お主は己の目論見通りに動いておるのやもしれぬが……こうなることが、わしにはいい見えておったのじゃ。わしが見越した通りに動くそなたの姿がちと、愉快であったのよ」

血だらけの老人、太郎坊は、告げた。

――得体の知れぬ確信が籠った声調である。

「負け犬の、遠吠《とおぼ》えか」

雪の上に倒れた太郎坊に吐き捨てるように言う若者だった。で、太郎坊の胸に刺さっている短刀を抜くと、硬くにぎり、今度は念ではなく、腕で、腹を刺す。

太郎坊の絶叫を聞きながら若者は、

「――の分だ」

誰かの名を口にした。

頭を振った太郎坊の双眼に、粘っこい妖光がたたえられている。

「わしを殺し……何とするつもりじゃ？」

血塗《ちまみ》れの翁から、問いが、放たれた。

「まず、うぬが仕えし者を滅ぼす」

太郎坊は苦し気に、

「まず？……して、その次は？」

「うぬが仕えし家を滅ぼし、その家がささえし朝家を、薙《な》ぎ倒す。最大の恐怖、混乱をあたえて」

若者が言うと、太郎坊は真《まこと》にかすかだが……苦しみの中に愉快さをにじませた。

「ほう。その先は？」

「この天地《あめつち》の全てを我が手におさめてみせる。——我が、この世を、統べる。我にはその力がある」

黒衣の若者の宣言に、血塗れの老人は、

「ずいぶん、大きゅう出たの。壮大な目論見なんじゃが……画餅に帰する気がするのう。というのも……わしには汝《なれ》の末路がしかと見えておる」

さっき潰されなかった目をわざと大きく瞬かせた。

この老人がもつ、はっきりと将来を見る力・千歳眼《せんざいがん》を、若者はほしいと思っている。だが手に入らぬ力なのだ。

「言え」

「今さら……お主におしえる義理もあるまい」

頭を振る老人の脳中に若者は潜る。老人が見たという未来を――盗み見んとした。

ところが、太郎坊は何処《どこ》にそんな気力をのこしていたか……心の他の処《ところ》は読ませても、そこにだけは堅牢《けんろう》な壁を張り若者の念を遮断してしまう。決して読ませてくれない。したたかな太郎坊はその分の気力を取っておいたとしか思えぬ。

端整な顔を険しくした垂髪の若者は、

「もっともだ、太郎坊。されば、こうせん。うぬが其《そ》をおしえるなら、これ以上苦しめずに逝かせてやる。おしえぬなら――うぬの想像を絶する苦しみをあたえる」

太郎坊はやや思案顔になり、

「……されば、申そう」

意外な素直さを見せたのである……。

若者は、太郎坊の痩せさらばえた小さな体を肩を摑《つか》んで引き上げると、崖の縁まで引きずる。

そして、両肩を摑んで自分と向き合う形で無理矢理立たせる。同時に念力で数丈の崖底にある、倒木を塔の如《ごと》く立たせ、尖《とが》った枝先を上に向けさせた。

今、太郎坊を落とせば、背中は鋭い枝に貫かれる。こうしておいてから崖を背にした太

郎坊に、

「──申せ」

太郎坊は、味わうように若者の顔を見まわし、引き攣《つ》った笑みを浮かべ、なかなか言おうとしない。

「申せ！」

激しく揺さぶると太郎坊は、口から血を吐いている──。

歯を真っ赤にした太郎坊は喜色満面、首から上を大きく揺らして、叫んだ。

「千方《ちかた》、宿命の子が──汝《なんじ》を討つ！　呪師《のろんじ》の隠れ里にそだった二人の子らが。汝は、その運命《さだめ》から決して逃れられぬ！」

若き男、千方は血塗れの予言者を──突き落とした。

わごと　一

歌枕に、はさまれている。

左を見れば、稲波の先に、天香具山《あまのかぐやま》が、のどかな顔でくつろいでいた。

低い山だ。

春すぎて　夏来にけらし　白妙《しろたえ》の　衣ほすてふ　天の香具山

持統《じとう》天皇のこの和歌《うた》で知られる山である。

物乞いに身をやつした、わごとが右を見ると、萩の紫花《はな》に埋もれた石仏の向うで清らな急流がしぶいている。

小さい川だ。大和《やまと》のこの辺りがかつて天下の中心であったという記憶を、押しやろうとする、勢いがある。

世の中は　何か常なる　飛鳥川《あすかがわ》　昨日の淵《ふち》ぞ　今日は瀬になる

飛鳥川だった。

前方は古《いにしえ》の都、飛鳥だ。――といっても、今やただの稲田、里芋畑が広がり、侘《わび》し気な百姓家が肩を寄せ合うばかり。

承平《じょうへい》四年（九三四）、八月。

わごと、良源《りょうげん》は、乞食の父子に身をやつし、大和路を南に歩いていた。

わざと土で汚した、わごとの白き顔の前を赤蜻蛉《あかとんぼ》が横切る。

陰暦八月は、暑さが落ち着き、涼風《すずかぜ》に乗って、鈴虫やコオロギの声が聞こえてくる頃なのだ。

天香具山の手前、稲田では、いくつもの稲穂が黄色い頭《こうべ》を垂らしているが、まだ、葉は青い。

その硬い青さが稲刈りにはまだ少し間があるとおしえてくれる。

わごとの、腹が、鳴る。

ろくなものを食していないのだ。

わごとは、大和から紀伊《きい》にかけて広がる南山《なんざん》とも言われる大山岳地、紀伊山地を目指している。「呪師」としての修行を仕上げるためだった。

呪師――常人にはない特殊な異能・通力をもつ者で、古来、人ならざる妖《あやかし》と戦ってきた。

わごとは幾通りもの未来が見える千歳眼と動物をあやつる力・ごとびき、二つの通力をもつ、二重《ふたえ》の術者である。

わごとと遠く東国《あずま》にいる双子の姉、あらごとは、数多の通力をもつ妖術師・藤原千方《ふじわらの》に命を狙われている。

故に、良源と、その呪師としての師、比叡山僧《ひえいざん》、浄蔵《じょうぞう》は――古の呪師の力で守られた、紀伊山地・奥吉野《おくよしの》へ、わごとをうつさんと考えた。

一昨日、わごとは、都の北郊、乳牛院《にゅうぎゅういん》から、良源の紙兵《しへい》術や、縮地《しゅくち》（瞬間移動）に助けられ、洛南《らくなん》に出た。

その日は宇治《うじ》に泊り、翌日、大和入り。多くの商人《あきびと》や傀儡子《くぐつ》でごった返す奈良東大寺《ならとうだいじ》門前で一泊した。

南都・奈良を見下ろす般若坂《はんにゃざか》の上から……遥《はる》か南に立ち並ぶ青く堅牢なる壁がみとめられた。

自然が、思う存分、大岩石や土砂をもちいて、創出した、高嶺《たかね》の連なりである。

昨日、髭濃き青年僧、良源は、夕日に照らされたその遠き山々を杖《つえ》で指し、

『あそこまで行く。――呪師になるために。火花の方は、上手《うま》くおさえられるようになったが、いつ、いかなる時も通力《ちから》を引き出すという、肝心な処が、まだ出来ておらん。そこを鍛える』

その良源、今は川辺を、わごとに先立って歩いている。

良源の歩みは軽いが、わごとの足取りは重い。

空腹が、すすむ力を削《そ》ぎ、二重に大きいつぶらな瞳に灰色の疲れが、こびりついていた。

良源は、物乞いのふりをするなら、形だけでは不足と思っているようだ。

都を出た時、良源、わごとは、僅かばかりの干し飯《いい》、干し豆、塩を少々、もっていた。

京の都では食うに困ったことのない、わごと。

案の定、少ない糧をどう食っていくか、ほどよい配分が見えず、昨日の朝、全ての干し飯を食してしまった。

と、良源は、

『もう……食っちまったのか。早すぎるよ。無《の》うなった分は、人にこう他あるまい』

奈良につくなり、わごとを辻に立たせ、物乞いをさせた。

周りには、わごとと同い年くらいか、わごとより幼い物乞いの子らが、いた。

わごとは上手く施しを受けられなかった。

自分の中にある何かが、邪魔して、他の子のように……前に出られなかった。

見かねた良源は、

『仕方ねえなあ、俺が手本を見せてやる』

言うが早いか、良源は春日《かすが》の神人《じにん》と思《おぼ》しき見るからに裕福そうな男に近づいてゆき、国司の取り立てによって、田をうしない、妻を亡くし、その妻の忘れ形見である幼子をつれてさすらう、巡礼を見事に演じ、喜捨を得ている。

といっても、それは屯食《とんじき》（握り飯）二つ、梨一つだった。

『今日のところはこいつをわけてやろう』

良源は言い、奈良でもらった屯食は一つずつ、梨は半分ずつ、二人の胃に、入った。

だが、昨日の屯食、梨がくれた小さな元気は、今日の旅路で早くもうせている。

（……足が……痛い）

あらごとから、こういう弱音は出ぬ気がする。

だが、仕方ない。

自分とあらごとは姉妹とはいえ別人で、そもそも歩んできた道程が違う。

三百年近く前は蘇我《そが》氏の邸《やしき》があったという、甘樫丘《あまかしのおか》を見上げ、

「お姫様《ひぃ》なら……とうに音を上げているわよ」

平安京は五条大路に館を構える、かつての主、右近《うこん》を思い出す。

ふと、飛鳥川に視線を流し、

「そうでもないか……」

ほとんど都から出たことのない、あの女流歌人は、名高い歌枕を眺めて、うきうきし、恋の和歌でも詠みだすのでないか。

「何か言ったか」

良源が振り返る。

良源は——泥で汚れ、所々、穴の開いた、かなりぼろぼろの墨衣をまとい、杖をついていた。

ささくれ立った笠《かさ》を、かぶっている。

笠の下の顔は無精髭におおわれ薄汚れている。

何処からどう見ても、乞食坊主で、比叡山で論義をたたえられた、面影はない。

「お姫様なら、ここで一首、和歌でも詠まれるかなと思ったんです」

答えたわごとも、ぼろをまとい、みじかい髪には灰、砂をまぶし、笠の代りに竹笊《たけざる》をかぶっていた。

良源、ふふんと笑い、

「本当に好きだな？」

「え？」

わごとと、良源――物乞いに身をやつした二人は、甘樫丘を右手に眺めつつ、飛鳥の里に入った。

遥か北国から飛んできたのであろう、雁《かり》の群れが頭上を飛んでいた。

「見えるよ。あと、お前、その言葉遣い直せよ。……怪しまれるよ」

良源は、悪戯《いたずら》っぽく、

「……そう見えますかね？」

「右近殿のことがよ」


今にも黄熟しようとしている稲田の手前、あるいは田のあわいにある畔《あぜ》で、数知れぬ彼《ひ》岸花《がんばな》が紅蓮《ぐれん》に咲いている。

彼岸花の根元近くはいろいろな浅緑の草におおわれていた。

田となり果てた、旧都をなつかしんだ数多の宮女の霊が、紅衣をまとい、緑の小径《こみち》に降り立ったようだった。

左様な光景を横目に時折、牛糞《ぎゅうふん》が転がる田舎道を、とことこ歩む。

と、左方に、大きな栗《くり》の樹があり、百姓の子と思しき童らが、あつまって騒いでいた。

栗拾いしているようだ。

ほとんど男の子だったが、女の子も、二人いる。

乞食の父子――良源、わごとを見ると、栗をひろっていた小さな手は、一斉に止っている。

わごとは……恐怖を覚えた。

ここまでの道中、わごとは、自分と同い年くらいの子ら、あるいはちょっと年上の子たちから、嘲罵され、石を投げられたのである。

中には殺意の籠った石すらあった。

(何で……あの子たちは、あんなひどいことをしたんだろう? 出来るんだろう?)

もしかしたら……人の心の中には、呪師が敵とする魔物と同じくらい、邪《よこしま》なものがすくっているのかもしれない。

そうした多くの人間がもつ邪な精分が、千方が如き男を生んでいるのかもしれなかった。

千方は——わごと、あらごとの故郷を壊し、恐らくは実の両親を殺《あや》めた、因縁の敵である。さらに千方は、わごとの育ての親たる茨田広親《まんだのひろちか》、千鳥《ちどり》夫妻まで手にかけている。

(だとしたら……わたしの戦いに意味が……あるの?)

千方を倒しても、その邪な精分が、世に溢《あふ》れているかぎり、第二、第三の千方が現れるのでないか?

左様に思いを重ねたわごとは、絶望にも似た思いを味わっていた。

今も、栗拾いの手を止めて、こちらを注視してくる飛鳥の里の子らが、次に如何《いか》なる挙に出るか知れぬため、冷たく重い不安にのしかかられている。

――また、石をぶつけてくるのではないか？

わごとは穴だらけの衣を着て前をゆく良源の分厚い背に隠れるようにして元気なく歩いた。

里の子たちから放たれる、眼差《まなざ》しという矢を、良源という盾でかわそうとした。

栗樹の真横をすぎる。

（……何事もありませんように。どうか、わたしを――見ないで。見ないで……。何で、見るの？　ねえ、あらごと……貴女《あなた》なら、こういう時、どうするの？）

うつむき加減で、足早に通りすぎようとする。

前を行く良源が、こちらの気も知らず、鼻歌など歌っているのが恨めしい。

と、

「のう……」

物乞いの童女に身をやつして歩く、わごとに、栗の木陰から、声が、かかった。

無視したかったが、一人の少女が明らかにわごとを呼んだのである。

また、礫《つぶて》を投げられるのか？

その石は体を傷つけるだけではない。

心も傷つける。

わごとは身構えた。

「あんた、この栗、もっていき！」

わごとに投げられたのは、礫ではなく……思いの外、温かい言葉であった。

物乞いの童女をよそおうわごととは驚いて、声の主に目をやる。

その少女はわごとより二つ、三つ、年上か。

何の染めもほどこされていない苧《お》の粗衣をまとい、荒縄を帯代りにし、長い髪を後ろで一つにたばねている。

痩せっぽちだが、背は高く、浅黒く日焼けし、目は細く鋭い。

細い目の少女は、飾り気のない笑顔で、

「腹へっとるやろ？　うちの妹もな……お腹へると、ようそないな顔、しとった……」

わごとはきょとんとした顔で飛鳥の少女を見やる。

良源も、足を止めていた。

何処からか雉《きじ》の鳴き声が聞こえる中、細い目の少女は大ぶりな栗をどっさり入れた麻袋を、わごとに突き出した。栗の針に刺されぬよう、気を付けながら、これだけの数を得るのは、かなりの労力だったろう。

「そんなに沢山……だって、それは、貴女がひろった……貴女の栗でしょう？」

自分でひろった山の栗は、自分の栗、己で掘った山芋は、己の芋、自分が見つけて、誰かにもぐのを手伝ってもらった山梨は、その人と自分二人のもの、ただ……山の恵みは偶然に左右されるから、村の衆同士でわけ合うのは大切なこと、という考えが、わごとには厳然として、ある。

平安京でつちかわれた感覚ではなかろう。

――もっと前に、わごとの心の奥襞《おくひだ》にすり込まれた感覚だろう。

飛鳥の里の、百姓娘は、頭を振り、

「ええの。だって、この栗……元々、山の神さんが、うちらにくれたものや。ほいて、うちはな……この栗、自分で食うためにひろうたんやない。栗拾いが苦手な妹にあげるためにひろうたんやで」

「貴女の妹……」

(なら、ますます……)

童らの中に五、六歳の童女が、いる。

この子が、妹か。

わごとの視線に気付いた細い目の少女は寂し気な顔を木立の奥に向けている。

栗の樹の奥に、雑木の木立があり、そのまた奥に――透き通った秋の日差しに照らされた削平地がある。

土饅頭《どまんじゅう》がいくつも並び幾群《いくむら》もの彼岸花が咲いていた。

――葬地であるようだ。

「うちの妹……去年《こぞ》の飢饉《ききん》でな、遠い国に行ってしもうたんや」

それは陸奥《むつ》や薩摩《さつま》などよりも、ずっと遠くの国だろう……。

大きな土饅頭の間に小さな土饅頭が、いくつか見えた。

飛鳥の里の少女は一度きつく閉じた目を、ゆっくり開けて、

「妹はな……うちと違うて、大人しゅうて、手先が不器用でな、栗拾いの度に指から血ぃ流しよってん。せやけど、春の日のように穏やかで、あの子がおると周りの者が皆温かい気持ちになった。そないな子やったさかい、この栗……お供えするより、旅しとるあんたが食うてくれた方が、妹は喜ぶはず。

せやから、うちがひろうた栗、みんな、あんたにあげるんや」

すると、青っ洟《ばな》を垂らした、見るからに気の強そうな、大柄な少年が、

「今年の栗は大豊作や！　去年と違うて、山じゅう、ずっしり、実っとる。せやから、今日ひろうた栗、みんなこの子にあげても、わしらの所には仰山、のこる」

少年は少女が差し出した袋に自分がひろった栗をみんな入れてしまった。

「わしも！」「うちもっ」「わしも」

沢山の里の童が自分がひろった栗をわごとに差し出す。中にはひろわれまいとする栗の針に刺されたのだろう。血を流している手もあった。

栗拾いの子供らとわかれた二人の手にはずっしりと重たい袋がにぎられている。——む

ろん栗がたっぷり入った袋だ。

　飛鳥から東に向かう道を歩みつつ良源は、

「よい子らであったな」

　高台につくられた街道で、わごとらの右手が低地である。田園が広がり、その先に山々がつらなっている。

　左手は高い急斜面で、上部に杉林があり、社が鎮座しているようだ。

　良源は歩きながら、

「この辺り上宮太子《じょうぐうたいし》が馬、走らせていたかもしれぬぞ」

「聖徳《しょうとく》太子のことですね？」

　良源は、わごとに、

「本朝の神道には経典の如きものはない。山や森、清らな川を大切にせよという教えを感取出来るが、それがはっきりしたお経になっているわけではない……。また、人に情け深くせよという教えがあるわけでもない。上宮太子は十七条の憲法をつくったようなお方だから、このことを危ぶまれたのではないか」

　わごとは、つい、いつもの癖で、

「人々の心の行方を……危ぶんだということですか？」

　言ってから可憐《かれん》な口をおさえる。

——言い方に気をつけるのだった。

しかし、良源は、構わず真剣に、南に広がる田畑を見下ろし、

「ああ。だから、この日の本に仏法を広めようと思うたのではないか？　偉大な男だよ」

「上宮太子が？」

「両方だ。釈迦《しゃか》と、上宮太子。二人は……この人の世によ、渦巻く苦しみというものに心を痛めたはずよ。で、この世の苦しみの総量は、人が人に情け深くなることで、減る……二人はこう思うたはずだ」

高台の道をすすんでいた足を止め、田園の上、西日に射貫《いぬ》かれて光輝する厳かな雲を仰ぎながら、呟《つぶや》く良源だった。

光の欠片《かけら》をふくんだ西風が斜面の下でススキの掌のような穂を揺らしていた。

しきりに揺れる白銀色《しろがねいろ》の穂の群れは、わごとを何処かにまねこうとしているように見えた。

良源は、わごとに精悍《せいかん》な顔を向け、

「お前を、物乞いの子と見て、礫を投げてきた悪童どもがおったろう？　辛《つら》かったな？　ああいう輩《やから》は、何処の国の何処の里にもおる。ただ、一方で——さっき栗をわけてくれたような子らも、この世間にはたしかにおるのだ。

どれだけ冷たい里、殺伐とした国に行ったとしても……あの子らのような子はおるかも

しれぬ。逆に物乞いの子に、石を投げる心——打ち所が悪ければ死んでしまうかもしれぬほど強く石打つ心。左様な心は……この世に諍《いさか》いの火を熾《おこ》す。諍いは争いを生み、争いが複雑にもつれ合ったものが……乱だ」

良源は非常に硬い相貌で、

「俺は、今の世の中が……。いや、何でもない」

少し思案してから良源は、

「先ほどの子のような者を見るとこの世がすてたものではないと思えてくるのだ……。俺は」

わごとと良源はそこから少し歩き、両側から竹藪《たけやぶ》や樫《かし》などの暗い密林が重たげにのしかかってくる、心細い山道に入る。

良源が顔を向け、

「そろそろつくぞ。談《かたら》い山《やま》に」

先ほどまで夕焼けの田園を眺めながら旅していたのに、この山道はかなり暗く妖気すら漂っている。

夜がそこかしこから世の中に溶け出そうとしている。その侵入口に入った気がした。

わごとは、頭上でざわざわ揺らぐ竹藪から、千方一味が飛び出してこぬかと不安になった。

――わごと、良源は、談い山こと多武峯《とうのみね》に入った。

何故、談い山というかといえば……飛鳥から見て東に奥まったこの山で、「甘樫丘」を討つ謀《はかりごと》が練られたのだ。日本古代史上、最重量の機密、緊張を孕《はら》んだ、密談《かたらい》がおこなわれたのである。

中大兄皇子《なかのおおえのおうじ》と藤原氏の祖・中臣鎌足《なかとみのかまたり》が甘樫丘に拠る蘇我氏をいかに討つかを語らった。

大和、多武峯――大化《たいか》の改新が語らわれた山なのだ。

多武峯には天武《てんむ》の帝《みかど》の頃に建てられた寺がある。

今でこそ、中臣鎌足を祭神とする談山《たんざん》神社、として知られるこの寺、わごとの頃は神仏習合の寺で妙楽寺《みょうらくじ》と呼ばれた。

こんもりとした杉林が広がる山のいたる所から夕靄《ゆうもや》が這《は》い出ている。

その山の一角が切り開かれ、妙楽寺と門前の家々が建っていた。

山中の寺だがかなり大きく、家数も多い。

さる板屋の中では初老の僧と稚児が早くも灯《とも》火を灯し、碁を打っていた。

ひと際立派な築地《ついじ》にかこまれているのは高僧の邸宅か。

商人や、寺にかかわる職人が住むのか。さほど大きくない家々も、ある。

奈良と同じく、沢山の、物乞いが、築地の前や、門前に蓆《むしろ》をしいて転がり、菰《こも》をかぶって蹲《うずくま》ったりしていた。

「ここが、今日の宿だ」

良源がいかにも硬そうな鬚《ひげ》が生えた顎で妙楽寺を指す。

二人は山門ではなく小さき門から、青き夕闇にひたされた境内に入った。

「ここは、うちの寺と関わり深くてな」

かくいう良源の弟子の一人も後年、多武峯に止住する。

多武峯先徳といわれた増賀《ぞうが》がそれで、かなりの奇行で知られる男だった。

癖のある人で、権力を全身で嫌い、徹頭徹尾、この世の権威を馬鹿にしつづけた。

たとえば、ある貴族が出家するにあたって増賀をまねいた。

増賀は、列席者の前で、わざと大きく屁《へ》をこき、居並ぶ公家《くげ》、女房を赤面させた。

さらに……さる貴人から法会《ほうえ》にまねかれるも、道々、これが朝廷での己の栄達につながると思い悩み、法会に背を向けてかえり、自らの栄達を自分の手でぶち壊した。

一方で、社会から馬鹿にされている身分の低い人々の間に気さくな態度でわけ入り、楽し気に談笑しながら共に飯を食うことしばしばだった。

増賀の奇行の極め付きは……師の良源が僧正に就任した時の振る舞いだろう。

増賀にしたら、

（おいおい、お師匠よ……。いや、もう、今日からあんたを師と呼ぶのは止めよう。あんたは、ただの、良源だ！　良源よ、お主も結局、栄達に目が眩《くら》むのだな）

……とでも、言いたかったのだろう。

何と、増賀は、干し鮭《ざけ》を剣代りに腰に差し、牛に跨《また》がるという異様の風体で、多武峯から京に現れ、都大路を行く、良源の僧正慶賀の行列に、強制的にくわわった。

行列の人々からしてみたら何とも言えず不愉快な光景だったろう。

しかし、良源は……増賀を行列から排除しなかった。

――そのまま行列の前駆をつとめさせたとつたわる。

この弟子にしてこの師あり。恐らく良源は輿《こし》の中で、

「増賀なら……これくらい、やるだろうよ」

苦笑いしていたと思われる。

後の、禅僧の、奇行の先駆けというべき増賀の振る舞いだが……禅僧は、己らが左様な奇行におよぶという認識が社会に醸成された上で、奇矯《ききょう》な振る舞いをしているのである。

増賀は、そんな土台が何一つない所に立ち、奇行におよんでいるのである。

良源が、わごとと多武峯をおとずれた時、この型破りな弟子はまだ、弟子入りしていなかったと思われる。

「あれは……」

幽深な木立を背にした幾何学的な麗しさをもつ、塔が、わごとを驚かせていた。

檜皮葺《ひわだぶき》で、壁は白、戸は赤、連子窓《れんじまど》は緑。丹《に》塗《ぬ》りの瑞垣《みずがき》にかこまれている。

「十三重塔だ」

良源は、答えた。

霧深い森を背負った十三重塔の前に法体《ほってい》の男が一人、こちらを向いて佇《たたず》んでいる。

中背だが、がっしりしていて、異様な厚みが、ある。

京で公家たちと共に和歌など詠んでいる、なよっとした高僧と全く違う。

野生の凄気を漂わせた僧だった。

良源にも似たような野性味がある。

だが、もっと爽やかだ。

塔の前の男は違う。

良源より遥かに——生臭い凄気を漂わしている気がした。

苦手な種類の人であるように思う。出来れば、目をそらしたい。

しかし、十三重塔の前に立つ、がっしりした僧、修験《しゅげん》がつかう大ぶりなイラタカ念珠を手にした僧は、刺すようにこっちを見てくる。

そして、大股で歩み寄ってきた。

と、良源、破顔一笑し、

「久しいですな、日蔵《にちぞう》殿」

「おおう、良源。息災そうで何より！」

屈強な僧は野太い声で応じている。

二人は、顔見知りであるようだ。

日蔵と呼ばれた男はでかい笑みを浮かべて、どんどん近付いてきた。日蔵の得体の知れぬ強さをおびた双眸《そうぼう》は——わごとを直視していた。

近くまで来ると足駄を止め、日蔵は、

「浄蔵の奴《やつ》から、今日辺りこっちに来ると、知らせを受けておってな」

「浄蔵さんのお知り合いなんですか？」

わごとが、問うと、

「知り合い？——ふふ」

日蔵は太首、厚い肩を揺らした。

目は大きく、唇厚く、かなり日焼けしている。

日蔵はわごとに、

「あんたが、わごとか？　あんたをたのむと、浄蔵から言われとる。——浄蔵の年下の叔父、日蔵じゃ。十二から吉野で修行しておる。あんたが、明日、登る山よ。今日はそっちから降りてきた」

「年下の……叔父……？」

わごとは、素っ頓狂な声を上げている。

日蔵の貫禄《かんろく》はとても浄蔵の年下に見えない。

単なる叔父という自己紹介で、十分納得したろう。

さらに、浄蔵に全く似ていないから、血縁があるというのも驚きだ。

良源が、おかし気に、

「……そういう反応だよな。俺も、日蔵さんに初めてあって、年下の叔父と言われた日には、びっくりしたよ」


日蔵は――浄蔵の、祖父、三善氏吉《みよしのうじよし》の子である。

色好みであったこの祖父は浄蔵が生れてから河内《かわち》か大和辺りを生国とする雑仕女《ぞうしめ》を孕ませ、日蔵をもうけた。

故に、日蔵は浄蔵の弟の如き形で都の三善邸でそだっている。

そういった経緯もあり一説には浄蔵の弟ともいう。

氏吉にしたら、息子の三善清行《きよゆき》（浄蔵の父）一家への遠慮もあったろう。

浄蔵が比叡山に上ったのをなぞるかの如く十二で吉野に行かせた。

吉野金峯山寺《きんぷせんじ》に入れたのだろう。

この叔父がいること、そして、吉野の山々が、日本史上最大級の呪師・役小角《えんのおづぬ》が張った霊的結界の内にあることから、わごとは当地にうつされることになったのだ。

案内《あない》された僧房には炉が切ってあった。

先刻もらった栗が鍋に入れられ、鍋は囲炉裏の五徳に据えられている。

良源が炉端に張り付き栗を焼いている。

栗の鬼皮には、良源が小刀で入れた傷がある。

わごとは手伝うと言ったのだが、俺が焼くというのだ。

わごとも、炉の傍《そば》、板敷に座し、わごとの顔の左が囲炉裏の小火に照らされていた。

物乞いのふりは今日までということで、わごとは先ほど湯浴みし、さっぱりした顔をしていた。男の子がまとう小さな水干に袖を通している。

明日は稚児に化けて——潜行するのだ。

日蔵はわごとと向き合う形で胡坐《あぐら》をかいていた。

「日蔵さんも……呪師なんですか？」

当然、出てきた問いをぶつけてみる。

日蔵の年上の甥《おい》、浄蔵は——六つの通力をもつ、六重《ろくえ》の術者であった。

……日蔵も二重の術者か三重《みえ》の術者ではないかという淡い期待が、わごとにはある。

曲者《くせもの》感をぷんぷん漂わせた金峯山寺の僧は、

「いいや。呪師ではない」

炉の火をうつした日蔵のギョロリとした大きな目に粘り気のある炎が燃えだした気がし

た。

内的な火だ。

その眼火の粘つきが、わごとを、たじろがせている。

非常に強い眼力でわごとを見据え、浄蔵の叔父は、

「ただ——呪師になりたいと思う」

「……………」

こちらのたじろぎを一切、顧慮せず——日蔵は、這い寄ってきた。

毛むくじゃらのごつい手が板敷を、寄ってくる。

その間、日蔵の強い眼差しは色白の呪師の雛《ひな》、わごとに釘付《くぎづ》けになっている。

十一歳のわごと、たじろぎが恐れになり、華奢《きゃしゃ》な体をのけぞらせるように、本能的に後退《あとずさ》る。

さっきの四分の一の近さで、日蔵は、

「あの甥、見てきて……わしも呪師になりたい、呪師になって、世のため人のためにはたらきたい、いつしかそない思うてきたんや……。冷たくも熱い火花が散る。良源はん、呪師の人、よう、そない言うやんか？　あ……言うであろう？」

己の口調が変っていたことに気付いて言い直す。

「……言いますな、たしかに」

日蔵、苦し気に、

「その感覚が――わからぬっ。わしは、空っぽよ……」

墨衣の下、分厚い胸に手を当て、

「あんたらが火花が散る、と言う、胸の底が、空っぽ……。何も、散らん」

わごとは、大きな二重の目をさらに大きくして話を聞いていた。

「自分で言うのも何だが……血のにじむような修行をしてきた。深山に籠り、役行者や弘《こう》法大師《ぼうだいし》、聖宝《しょうぼう》様が明け暮れたという荒行に明け暮れ、真冬の最中、滝壺《たきつぼ》に立ち、幾日も氷の如き滝に打たれてこの身をいじめ抜き、通力を得んとした……。ひたすら」

日蔵の眼光が消え、面差しが暗くなった。

「そこまでしても散らなんだ。一度も――」

「火花が……ですか？」

わごとの問いに、日蔵は、きつく、

「わかりきったこと言わんでくれ、決っとるやろ！……失礼」

興奮したり、なれたりすると、言葉遣いが変るようである。

日蔵の面《おもて》から、一瞬、四天王の下に踏みしだかれた、異形の者のそれに似た苦悩が、漂う。

生れついての呪師・わごとは別に修行したから、能力《ちから》が寝覚《いざ》めたわけではない。

意志とは関わりなく、その力は覚醒した。

だが、ここにもって生れた力はないが、その力を渇望し、悶《もだ》えている男が、いた……。

(浄蔵様の傍にいたからよね、きっと……)

日蔵は重々しく、

「故に……」

わごと、良源をじっと見据え、

「此度《こたび》のこと……よい機会と、思うとる。わごとと、良源、真の呪師を傍でじっくり見ついろいろ吸い込む、発散される火花を、ほんの少しでええ……わけてもらう。お裾分けやな」

「わけるっつうのはむずかしいかもしれませんな」

良源が言うと、日蔵はさらにこっちに這い寄ってきた。

良源はぴしゃりと、

「日蔵さん、わごとの奴、怖がっていやがる」

「怖がっては……いないです」

わごとが言うと日蔵は素早くうなずき、元の所にもどっている。

わごとも気を取り直し居住まいを正した。

アクの強い浄蔵の叔父は妙楽寺の一室で向き合う、わごと、良源に、

「この火花、会得せんことには悟りを開いても意味がない、こう思うとる。もし、わしの中の灯明に……火を、わけてもらえんなら……火の熾し方の、さわりでよいから、学びたい」

　異様な勢いがある声音だった。

「左様な一心で身の回りのお世話をしたい。吉野は……この日蔵の、庭の如きもの……。わからんこと、困ったことがあったら、何でもご相談下され。どないなことでもええ」

　わごとは、日蔵に、

「吉野山では多くの山伏が修行していると聞きますが……その中に、呪師は……?」

　日蔵は、不敵に笑い、

「わしが呪師ではないゆえ、心もとないと思うて……それを訊《き》くのかな?」

　実際、そうだったが……、

「……いえ。そんなことは」

「わしの知る限り、二人の呪師が、おる。一緒に山籠りしたこともある連中で、気心は知れとる。当然、わごとの守りをたのんどる」

「ありがとうございます。……心強いです」

　日蔵にくわえ、吉野にいる二人の呪師が、警固してくれるという。

　当然、交替で守る形になる。

やけに張り切っているこの人には失礼だが、日蔵が守る日が敵から見れば穴だなと、わごとが思うと、良源が、

「よい具合に飛鳥の子らがくれた栗が焼けたわ。食おう」

夕餉《ゆうげ》の焼き栗を三人で食しつつ、良源が、

「このお方はな、相当な棒術、相撲の達者よ……。俺もその道には少々、心得があるが、このお方にはかなわぬ」

「いや、いや、そないなことはない」

嬉しげに謙遜する日蔵だった。

良源は、わごとに、

「浄蔵様はな、下手な呪師をつけるより、日蔵殿の方が頼りになる、こう、言われていた」

「……そう、なんですね……」

(浄蔵様がそうおっしゃるなら、それはちょっとは安心してよいのかも)

良源はわごとの心中を見抜いたようで、わごとの頭にぽんと手を置き、

「お前、乳牛院の時より、守ってくれる人が少なくて、大丈夫かしらんと思うておるんじゃないか？」

京の北、乳牛院では——浄蔵、良源以下、幾人もの呪師、さらに北嶺《ほくれい》の僧兵たちが、守

ってくれた。わごとはそれら警固の人々とも良好な関係をきずいていた。

だが、吉野では……良源、腕に覚えがあるようだが呪師ではない男、日蔵、そして、二人の、未知の呪師が守ってくれるだけという。

(役行者の魂壁《たまかべ》があるというけど……何だか、心配だわ)

ぬぐいがたい危惧《きぐ》が、胸底を漂っている。

魂壁は妖魔や邪心をもつ者を阻む目に見えぬ壁だ。

または、その壁を張る力のことだ。

(だけど……二百年以上昔の人よ……)

いくら、役行者こと役小角が稀代《きだい》の呪師であっても二百年も経《た》っていれば、その壁に穴の一つや二つも開こうし、罅《ひび》も走るのであるまいか……?

良源が強い声で、

「安心しろ。役行者の魂壁は——ひどく強靭《きょうじん》だ。奴らを寄せ付けることはない」

日蔵も、

「御嶽精進《みたけそうじ》をすませた、さる公家が、いざ吉野に登ろうゆう時に、体じゅうが痛《いと》うなって、登拝出来ん、左様なことがあってな……。このお方は邪な心を隠しもたれていたのであろう、役行者が遠ざけたのだろうと、したしき山伏と話したこともある」

吉野に参拝する者は五十日か百日の精進潔斎、御嶽精進をすませねばならない。

うつむいたわごとに、良源は、

「お前の敵は……人の心をあやつる」

――他心通、千方がもつ恐ろしい力だ。

良源の言葉に日蔵は目を光らせている。

わごとは円《つぶ》らな瞳を良源に向け、

「人が多い所がもっとも、危うい。何故なら千方は……次々そなたを射る矢を手に入れる。この天下で、人という矢がもっともあつまる都は、死地と言うてよい、浄蔵様は言っていました」

「そのことよ。だから、人気《ひとけ》がない山また山の秘境で、修行の仕上げをするほかない。

――俺もついている」

「はい」

「……わしも、ついておる」

二人の僧は、口々にはげましてくれた。

栗のほくほくした甘みが、喉に詰まった。

わごと　二

（あらごとは今、何をしているかな？）

なかなか寝付けない。

良源の鼾《いびき》――災害級の大きさである――と、寝ているのか、起きているのか、いまひとつわからぬ、日蔵が転がる音がする。

闇である。

外からは風によって揺らいだ梢《こずえ》同士が語らう小音が聞こえる。

わごとは懐中から麻袋を出している。

鏡の欠片が入った袋だ。

遠く坂東《ばんどう》にいる双子の姉とつながる手段の一つだった。

あらごとは今、平将門《たいらのまさかど》という下総《しもうさ》の豪族に匿《かくま》われているらしい。

で、乱菊《らんぎく》なる女呪師にしごかれている。

一月ほど前、筑波山《つくばさん》で危機に陥り、わごとの助言で助かった、あらごとだが、その地をはなれられぬ事情があった。

何でも…… 源《みなもとのしげる》繁なる魔人が常陸《ひたち》の真壁《まかべ》なる里にいるという。

——この強大な妖魔を退治せぬことには、あらごとは下総をはなれられぬ。

あらごと、わごと、遠くはなれた、双子の姉妹を素早くつなぐ回路は、鏡の欠片の他に、いま一つ、ある。

念話《ねんわ》。

浄蔵の爪をあずかっているわごとから都の浄蔵、浄蔵からやはり爪をもらった、下総の乱菊という順に念を飛ばして、わごとの言葉を下総に、あらごとの言葉をこちらにとどける。

かなりまどろっこしいやり方だ……。

しかも、

(二人で話したいことだってあるのに……)

二人の大人が、間に入り、自分たち姉妹の会話を、正確に把握している。そこが、何だかもやもやする。

鏡の欠片はその点、他者をはさまぬ。

わごとと、あらごと、二人が生れた山里でつくられたと思しき鏡で、わごとがもつ破片の裏には西を守る白虎の体の一部が、あらごとがもつ破片の裏には東を守る青龍の体の一部が彫られている。

この鏡の欠片には摩訶《まか》不思議な力があり、まず、妖魔の接近を――冷たくなることで、持ち主に、知らせる。

さらに……何かの拍子に表面が青く輝くと、わごと、あらごとが、互いを見、互いの言葉を聞く、通信の回路と、なり得る。

余人を介さぬ貴重な意思疎通の道具だったが難点もあった。

――いつ、いかなる時、青く輝くのか、謎につつまれているのだ。

わごとはその欠片が入った袋を手にぼんやりしていた。

と、袋の中が……青く光りだしたではないか。

蘇我氏の耳目を恐れつつ、古の皇子と謀臣が密談した山で……良源の大鼾を聞きつつ、わごとは遠く東国の姉とつなげてくれる神妙な物体を取り出した。

鏡の欠片の青光りは一層強まり、やがて、ふわっと、弱まっている。

すると破片の中にあらごとが見えた。

あらごとも、建物の中で寝転がっているようだ。

あらごとがにっこり笑う。

わごとも、微笑《ほほえ》む。

あらごとのかすれ声が、とどいた。

「なかなか、寝付けなくてさ……あんたは今頃、何しているのかなって、思ったら、急に光りだした」

ふっくらした唇をほころばせた、わごとは、やわらかい声で、

「わたしも貴女のことを……考えていた。そうしたら、やっぱり青く光ったの……」

己と瓜二《うりふた》つと言っていい目鼻立ちなのに、都育ちの自分より浅黒く、また痩せているあらごとは、はっとした様子で、

「あのさ、あたしらがお互いどうしているだろうって思った時、こいつ、光るんかね？」

「それは違うでしょう。だって初めに光った時……互いを知らなかった。覚えていなかったでしょう？」

「……そうか」

青き光に照らされたあらごとは主《ぬし》が潜む青淵《あおぶち》に何か問いかけるような、真剣な面差しで、

「じゃあ、何で、こいつ、光るんだよ？」

わごとはしばし考えて、静かに、

「……わからない」

「ああ、わかんないことばっかかっ」

右手で鏡の欠片をもった双子の姉は、左手で頭の後ろを掻《か》く。

あらごとのみじかい髪が揺れる。

「あんたは、くしゃみをおさえるようにって言うし、乱菊は……外に出ようとする火花を内におさえ、強さそのままちぢめ、濃くしてゆくとか言うんだけど、もう、さっぱり。どうやって火花を隠すかがどうしてもわからない」

あらごとは通力を放つ時に起きる、気の発散を、周りに悟られなくする術《すべ》をいまだ、会得出来ない。そのことを話している。

師である乱菊に「火花のだだ洩《も》れ」について絶え間なく小言を言われているようだ。

それが、うんと嫌なのだと、あらごとは、話していた。

あらごとが火花のだだ洩れでつまずいたのにくらべて、わごとの修行の滑り出しはずいぶん円滑であった。

すぐに、火花を余人に悟られぬ術を会得している。

が、その後……つまずいている。

わごとの修行も大きな山にぶち当っていた。

わごとは、あらごとに、

「そうね。世の中、わからないことばかりだわ」

「あんたでも、そう?」

「ええ。だって、鏡の欠片もそうだし……」

日蔵が聞き耳を立てているのではないかと疑い、声を落として、

「何故……千方がわたしたちを狙うのかもわからない。わたしたちが生れた所が何処で何という人が……生みの親かも」

わごとの中には……生みの親など知りたくない、それを知ることは温かくそだててくれた広親と千鳥への裏切りではないか、という思いと、自分は何処の誰から生れたのか、知りたいという切なる思い、二つの矛盾する気持ちがあった。

あらごとは、黙って聞いていた。

わごとは、言った。

「わたしたちの力は……何なの？　何で……わたしたちには、いいえ、呪師には、不思議な力があるの？　ほら、世の中、わからないことで溢れているわ」

「……そうだね」

囁《ささや》いたあらごとは、

「けど——何かがわかった時、辛くなるってこと、あるのかな？」

深淵に小石を放るような、ぽつりとした声だった。

わごとは首をかしげる。

鏡の向うの姉は、

「火花を、おさえるこつがわかったら……あたし、たぶん、犬神との戦いに出される」

苦しみが、あらごとの面貌を歪《ゆが》めている。

それが、手に取るように、わかる。

あらごとは藻掻《もが》くように視線を動かし唇を嚙《か》みしめてから、深く沈んだ声で、

「繁様は……犬神って呼ばれている人は、恩人なんだ。あたしの」

「…………」

「あたしは繁様がいなきゃ生きてこられなかった。その人と戦わなきゃならない。あんたなら、どうする？」

わごとは答えずに、悩める姉を見詰めつづけた。

「……出来るかな？　あたしに」

悲しみが籠った、あらごとの呟きだった。

あらごとは引きつったようなぎこちない微笑みを浮かべた。

「出来るわ。貴女なら」

わごとは言う他ない。

「貴女にとって、大切なものって……何？」

わごとが問うと浅黒い少女はしばし考え、

「仲間。友達かな……」

「何という人？」

「蕨《わらび》。あと……音羽《おとは》。それに仲間じゃないけど、この鎌輪《かまわ》って所。親切な人が沢山いる」

「その人たちを、その場所を守るために……貴女は、戦う他ないんじゃないの？」

大切な人を千方によってうしなった少女は言った。

あらごとはしばし思案していたがやがてゆっくりうなずいた。

刹那――鏡の欠片は青き光をうしない、真っ暗になっている。

＊

日蔵の屈強な背中を目で追いながら、わごとは霧深い山路を歩いていた。

真新しい墨衣に新品の笠をかぶった良源は男装のわごとの後ろを歩いている。

日蔵が言う。

「あちらが、妹山《いもやま》」

妙楽寺から南下したわごとたちは妹山の西から吉野川の北に出ている。

「川向うが背山《せやま》、土地の者は妹山を女子《おなご》、背山を男子《おのこ》と思うておる」

日蔵が川をはさんで向き合う、一対の丸っこい小山を指す。

まるで椀《わん》をふせたような形の似たような小山が川の両岸に連続して並んでいた。

丸っこい小山が川をはさんでつづく光景は、自然の景観というより、ここで同じ形の山を沢山つくり、そこここに置こうとしていた神が、配置の途中で仕事をほうりなげ、何処ぞへ行ってしまった跡のように見えた。

その山列のあわいで——吉野川が強く、速く、しぶいている。

(これが……吉野川。京の都の川より、ずっと、速い。わたしが思っていたより大きい)

吉野、すなわち紀伊山地の水をあつめて流れ下ってきた吉野川の水勢は、わごとが見なれている鴨川《かもがわ》よりも遥かに荒々しかった。

かなりの水量、水勢がある。

日蔵と共に吉野で修行したことのある良源が、

「ここを南にわたって少し奥に行けば……一気に山が、高く、険しくなる……。表に見えているのは生やさしい山だぜ」

わごとはその峻険《しゅんけん》の地で呪師修行の仕上げをする。

紀貫之《きのつらゆき》が……、

吉野川　いはなみたかく　ゆく水の　はやくぞ人を　思ひそめてし

かく詠んだ川にそい西へ歩く。

三人は柳の生えた渡し場に、いたった。

柳の渡しである。

白い浄衣を着て、湍流《たんりゅう》に入り、足元で飛沫《しぶき》を立て、水垢離《みずごり》している山伏たちが、いた。

日蔵は、わごとに、

「ここ柳の渡しが大峯奥駈道《おおみねおくがけみち》の北の始り。南から走れば、終りになる」

大峯奥駈道とは、ここ吉野から、標高五百丈（約千五百メートル）、最高峰は六百丈をこす大峰山脈の頂部分を、遥か南、熊野《くまの》まで実に四十二大里半（約百七十キロ）にわたって踏破する、最も過酷な山伏の道である。大部分が叡山と同じく女人禁制だった。

女人は山伏の修行の妨げになるということで、そうした仕来《しきた》りが出来たのである。

わごとから見て、川向うが、吉野山で、吉野山の南が青根ヶ峰《あおねがみね》。

吉野山は一つの山の名だが、吉野はもっと地理的な広がりをもつ言葉だ。

北、つまり柳の渡しに近い方が、口吉野——吉野の入り口といわれる山域で、その南に深遠なる奥吉野の山々が広がる。

青根ヶ峰の辺りから女人禁制になる。

もっとも、広大な紀伊山地には、いくつかの山の民の里があり、そこには女性《にょしょう》が暮している。こうした女子たちは山伏が走る線以外の山域に、薪《まき》や山菜など取るために出入りするのだった。

わごとらは柳の渡しから渡し舟に乗って吉野川の早瀬をわたっている。

この間も、良源は、他の客や、水垢離している白衣の者の中に——禍々《まがまが》しき敵意を隠した者がまぎれていないか、警戒を走らせていた。

山伏が籠る霊山の連なりが放出した、いと清らで激しい水を、氷を砕いたような飛沫を散らして、わたる。

吉野川を南にわたればそこは吉野山の麓だった。

急な山道を登る。

山道に差しのべられた梢の一端は乙女の恥じらいの如き紅に染まりはじめ、桜葉もちらほらと黄ばみはじめている。

山葡萄《やまぶどう》が道の辺で、実を熟れさせていた。

先を行く日蔵が、

「吉野で初めに修行したのは、元祖山伏……」

「役行者ですよね？」

わごとは、言う。

十五重の術者であったという役行者は、

(この地に十重二十重《とえはたえ》に魂壁をほどこした)

その初めの魂壁は、柳の渡しをわたった辺りだろうと良源は話していた。

もう彼《か》の行者の目に見えぬ防壁《かべ》の内にいる。

「ただ、役行者以降、このお山は寂れておった。これを、再興したのが聖宝様」

「柳の渡しも聖宝が開いたとか」

良源の言に日蔵はうなずいた。

聖宝――宇多《うだ》天皇の頃を生きた僧である。

山岳修験道の体系をととのえた山伏で、数多の霊験で知られた。

たとえば、東大寺の僧房にすくっていた鬼神を追っ払ったという。

さらに、吉野の高峰を根城とする毒をもつ大蛇を退治した。

また聖宝は想像を絶する怪力の持ち主で……余人にはもち上げられぬ岩を背負って、寺にかえってきたことがあった。

これらの奇譚《きたん》は――聖宝が巨大な通力をもつ呪師であったことをしめしている。

日蔵は、二人に、

「弘法大師の弟、真雅《しんが》ゆうお方がおったんやけど……この人が聖宝様の師や」

真雅と、聖宝は――仲が悪かった。

真雅は恐らく呪師ではない普通の僧だったのだろう。

呪師・聖宝がもつ得体の知れぬ奥行きを、警戒したのかもしれない。

真雅は貴族との優雅な交流を好み、聖宝は貴族社会を嫌った。

真雅は都を好み、富の蓄積に耽《ふけ》ったが、聖宝は都会と富を嫌い、山に籠り、肉体の鍛錬に重きを置いた。

真雅は犬好きだった。聖宝は……犬嫌いだった。

ここまで反対だとよくぞ師弟関係をむすべたものである。

聖宝は、最終的に、愛犬家の真雅の留守中、真雅の犬を勝手に追っ払い、師から激怒され、追放されている。

で、乞食になり、四国や都をさすらった。

「この型破りな聖宝様が私淑したのが……役行者」

日蔵の話を聞いていた、良源が、

「聖宝が張った魂壁も、吉野にはあるのかな?」

日蔵は、言う。

「そこかしこに……左様な通力をほどこされたと」

わごとを見た良源は深くうなずいた。

役小角、聖宝——過去を生きた二人の呪師が、そなたを守ってくれるという頷《うなず》きだった。

日蔵は、つづける。

「聖宝様が役行者以降、寂れていた当地に手を入れ、山上と山下に蔵王堂《ざおうどう》を建て……山里の者をはげまして参詣道や渡し場をつくった。宇多院も、聖宝様に帰依され、手厚く助け、当地に参詣されたゆえ、都のやんごとなき方々も吉野に来られるようになった」

今も、わごとの前を厳《いか》つい山伏を先達とした、白装束の貴族らしき男の一行が歩む。後方には騒がしい一団がいる。都か南都の商人で、やはり吉野に登拝すると思われた。

小角の高名、聖宝の企画力が、引き寄せた人々と、言えよう。

日蔵は役行者を慕う山伏や参拝の衆が、この山に桜を手植えするようになり、年々、桜の木がふえていると話した。

「わしらは、この山で数え切れん木《こ》の花を咲かせたいのよ」

左様な話をしているうちに、わごとらは吉野山の上、賑《にぎ》わいの中に入った。

山上都市というべき、金峯山寺の門前町だ。

山下の蔵王堂は、ここにあり、まだ女人結界の手前だ。

山上の蔵王堂は、ここからさらに南、青根ヶ峰の奥、標高五百七十三丈（千七百十九メートル）の山上ヶ岳《さんじょうがたけ》の頂にある。

板葺の宿坊が並んでいる。

山伏がいとなむ参拝客の宿である。

権門の従者らしき者どもが、さる宿坊の前で退屈げにたむろっていた。

かなり格式が高そうな宿坊で、門は檜皮葺、高くあたらしい網代垣《あじろがき》にかこまれている。

その前で白衣の侍《さぶらい》どもが腰を下ろして談笑している。

青き苔《こけ》におおわれ羊歯《しだ》などが茂る門の屋根には青竹が横にめぐらしてあり、そこに何の鳥だろうか、やけに美声で囀《さえず》る番《つがい》の鳥が止っていた。

――――――！

不意に、わごとの中で、冷たくも熱い火花が、散る。

咄嗟《とっさ》にわごとは火花の発散を余人に悟られぬようにした。

この感覚、くさみをおさえるのによく似ていると、思う。

――当然、遠く坂東にいる、あらごとにも、こつをつたえている。

（それ以上は上手くつたえられないのよね……）

己の通力がにぶっていないかたしかめるべく、鳥を動かしたいが、

『修行の地に入るまで、濫《みだ》りに力はつかうな』

良源から言われているため、おさえる。

と、金峯山寺の門近く、寺の作物所《つくもどころ》であろうか、幾人もの男が、轆轤《ろくろ》をまわしたり、鉋《かんな》を動かしたりして、器や盆をつくっている板屋の前で、

「日蔵殿」

声をかけてきた男たちが、いた。

山伏の二人組だった。

頭襟《ときん》をかぶり、柿衣をまとい、金剛杖を手にしている。

そこまでは同じだが風貌は全く違う。

一人は、若い。

二十歳《はたち》前後でないか。

みずみずしく、端整な顔をしていた。

目に大きく力があり、贅《ぜい》をこらした装束をまとえば、公達《きんだち》に見えるかもしれぬ。

山岳修行の行者であるが髭は綺麗《きれい》に剃《そ》っていた。

もう一人は、初老だ。

髪はみじかく五分ほど。白髪混じりで、無精髭はかなり長い。その鬢にも白いものが目立つ。

山伏装束は汚れ、目付きは鋭い。四角くごつい顔に痘痕《あばた》があった。

疫病《えやみ》がきざみつけた痕である。

若山伏が、はっきりした声で、

「お初にお目にかかる。筑紫坊《つくしぼう》に候」

白髪交じり、痘痕面の山伏が、ぼそぼそした声で、

「……飾磨坊《しかまぼう》」

日蔵が、囁く。

「この二人じゃ」

この二人が——吉野山伏でただ二人の呪師であった。

瞬間、わごとは何故だろう……真にかすかだが、嫌な予感が、した。

筑紫坊、飾磨坊が、わごと、良源、日蔵の先に、立ち、蔵王堂門前の賑わいから遠ざかり、落葉樹林に入る。

わごと以外の四人、いずれも山になれた、行者である。

わごとの足だけが遅れがちになる。

が、良源たち、構わずにどんどん行ってしまう。

(恐らく……こんな所で音を上げていちゃ駄目だ、もっと険しい山の中で修行するのだと、良源さんは言いたいんでしょう)

六条辺りの小さな家、右近邸での日々が、ある種の甘美さをともなって……思い出された。

わごとは仄甘《ほのあま》い記憶を歯を食いしばって振り払う。

道なき道をいそぐ僧たちに——必死についてゆこうとした。

時には黄ばみ、時には赤みをおびた桜の落ち葉が、苔むした石や、黒い宝珠が如き実をつけた稚児百合の黄葉の上に、こぼれていた。

絶え間ない鳥の囀りが頭上からこぼれてくる。

そんな林の中を行くわごと、いきなり足元を横切った蛇に驚き、よろめきかかっている。

「大丈夫ですか?」

若山伏、筑紫坊が咄嗟に手をのばした——。

「ありがとう」

わごとは若い男の手を取る。

筑紫坊、気遣うように、目尻の皺《しわ》を濃くして、

「辛いでしょう？　山道は」

わごとは、頭を振るも、筑紫坊は、

「ご無理をされるな。——日蔵殿！」

先頭から、

「ん？」

「わごとさんが苦し気です。も少し、歩みをその……」

右手を警戒していた飾磨坊がこちらに痘痕面を向け、それもそうよなというふうにうなずいた。

くるりとこちらを向いた良源が代りに、

「歩みをおそくしろと？　いや、いや大丈夫！　こいつ、ほんわかしておるように見えて、存外、順応する力が高い！　それにこれくらいで音を上げては、先が思いやられますわ……」

「——ということじゃ、筑紫坊」

日蔵が白い歯をニカリと見せた。

日蔵と良源は――密生する羊歯を杖で掻きわけ、落ち葉を踏みしめ、どんどん行ってしまう。

「獅子《しし》の子落としというやつか……。いやはや、いやはや」

筑紫坊が頭を振る度、長い髪が大きく波打つ。

「ただ……師とは左様なものかもしれませんな。わたしの修験者としての師は別の者ですが、呪師としての師は飾磨坊です」

良源にとっての浄蔵が、筑紫坊にとっての飾磨坊だった。

飾磨坊の生真面目だが取っつきにくい人柄は、今も、四囲にそそいでいる厳戒から、存分に、くみ取れる。

筑紫坊は飾磨坊をちらりと見、お互い大変ですなというほろ苦さを孕んだ笑みをわごとに浮かべ、

「わたしも……かなり、しごかれた。飾磨坊には。飾磨坊もその師たる聖宝からかなりしごかれたようです」

「へえ……」

(飾磨坊さんは……高名な聖宝様のお弟子なのね)

――聞こえたのだろう。

強面《こわもて》の山伏、飾磨坊から、刺すような声が、

「よけいな話を……」

わごとの隣を歩む筑紫坊、くすりと笑い、撫《な》で肩をすくめて、

「ただ、そのおかげで今のわたしがある」

「筑紫坊さんは……どんな通力をつかうんですか？」

わごとが問うと筑紫坊は、

「言ってもよいですな？　我が力」

飾磨坊、そして良源の方に端整な顔をまわす。

飾磨坊がうなずき、良源が、

「見せてやって下され」

良源は筑紫坊たちの通力を、浄蔵あたりから聞いていたのかもしれない。

わごとが、飛んで来た羽虫を振り払った刹那——筑紫坊は、一陣の、風と、なった。

わごとの左横にいた筑紫坊の姿が消えたかと思うと、前方二歩《ぶ》（約三・六メートル）にあった黄葉の稚児百合も消失。

わごとの鼻先に闇夜を思わせる黒い果実をつけた稚児百合が、筑紫坊にささげもたれて現れた。

いつの間にか正面にいた筑紫坊はわごとに恭しく稚児百合を差し出す。

——何が起きたの、と、わごとは、考える。

(一瞬で動いた……。良源さんの縮地と、同じ？　あらごとの師匠になった乱菊という人には、物寄せという力があると聞いた。目にも留まらぬほど速く稚児百合をつんだのは物寄せの力？)

「縮地でも、物寄せでも、ない」

わごとの思いを見通したかの如く筑紫坊は言った。

わごとは差し出された稚児百合を、受け取る。

黒い実をつけた秋の山草を一瞬でつんだ若山伏は、微笑を浮かべ、

「――神速通《しんそくつう》。わたしは、常人の幾倍もの速さで体を動かせる」

つまり、今さっき……筑紫坊は、良源の如く、空間を飛び越えて瞬間移動したわけでも、乱菊のように稚児百合に命じて手元にこさせたのでもない。

わごとの左横から、真正面に、素早く動いた。で、移動しつつ――腰をかがめて、わごとの前に生えていた稚児百合をつんだ。

これら一切が……わごとの目が捉えられるより疾《と》くおこなわれている。

「なかなか……面白い……能力《ちから》、でしょう？」

かすかだが何らかの思いが声からにじむ。

誇らしさであろうか？

「たとえば、わたしは常人の目にも留まらぬほど速く動くことで、池の上や川の上を、水

に落ちずに走る。また、壁を横走りすることも出来る」

人は地上最速の走者のおよそ三倍、すなわち時速百八キロで走ると、水の中に落ちずに
……水上を走れる。

筑紫坊の神速通は左様な速さで疾駆出来るというのだ。

仏教の六神通の一つに、「神足通（じんそくつう）」が、ある。

仏教の神足通は……己の行きたい所に自在に姿を現し、天空を飛び、水上を走り、壁をすり抜け、壁走りなどもする力という。

この仏教の神足通、呪師の神速通——驚くべき速さで体を動かす——に、他の通力を融合し、生れた概念と思われる。

「韋駄天《いだてん》と違うのですか？」

わごとは問う。

乳牛院には、韋駄天と呼ばれる通力をもつ、小男が、いた。

韋駄天は常人では出し得ぬ速さで走る力だ。

筑紫坊は、気を取り直して歩きはじめたわごとの隣を歩みながら、少し強く、

「違います。韋駄天は、走るという一事に、特化していますが、わたしは、あらゆる所作

を早くおこなえる」

筑紫坊は、手にもつ金剛杖を前に三度、突き出す素振りを見せた。

通力はつかわなかったが……今の所作を神速通を込めて行った場合、恐るべき攻撃になるに違いない。

わごとは筑紫坊の通力の強さに鳥肌を立てている。

「ただ、弱点もありまして……」

筑紫坊は言う。

「韋駄天は数時つかえる」

長い間、驚くべき走力を維持できる。

「……神速通は、すぐ、渇《かっ》えを起す」

渇えとは通力の枯渇である。

通力は――無尽蔵に放てるわけではない。

器に入れた水のように費やせば、それだけへる。無になれば、いかに強い術者といえども、休息、睡眠を、とらねばならない。

筑紫坊は樹上から透き通った光を投げてよこす空を仰いで、

「この弱点を何とか克服出来ればと思うているのですが……」

たとえ、弱点を克服しなくても、十二分に凄《すご》い通力と思うわごとだった。

「飾磨坊さんの通力は……？」

わごとは目付きが鋭い、四角い顔の、初老の山伏に声をかける。

飾磨坊はそっと、

「……如意念波《にょいねんば》を少々」

「あらごとと……姉と同じ力だわっ」

わごとの顔が、
すると、飾磨坊は、ほころんだ。鋭い目をさらに鋭く光らせ、痘痕におおわれたごつい顔を赤くして、

「――忌まわしい力よ」

吐き捨てるような語調で思いもよらぬことを呟いた。

良源が、足を止め、

「どうだ。心強いお人たちだろう？」

「……はい」

わごとが言うと、良源は、

「俺は必ずお前の傍にいてお前の修行に付き合う」

同時に、守りもになう。

「さらに、日蔵さん、飾磨坊さん、筑紫坊さんのいずれか一人も、結番で、お前を、守る。残り二人も遊んでいるわけじゃねえ。大切な仕事をたのむ」

「……というと……」

良源は、答えた。

「小角や聖宝の魂壁が……この山々のいたる所にある。その見えざる壁に引っかかって苦しんでおる輩……。

――これが、敵だ。お前に仇《あだ》なす魂胆で、この地に潜入をはかった野郎かもしれん。これをふんじばる。敵でなくとも……魂壁に引っかかるのは、ろくでもない野郎だろう。そうやって敵の手下を確保できれば、必ず、あの男に行きつく、というのが浄蔵様のお考えだ」

わごとの双眸で闘志の焔《ほむら》がめらめら燃えていた。

良源はつづけている。

「今でこそ、こっちの人数は少ねえ。一気に、人を動かせば――お前がこっちに動いたと露見するし、乳牛院が襲われる恐れも、ある。

ただ、状況に応じて、敵に気取《けど》られぬよう人を動かせるなら……応援の呪師を吉野につかわす。浄蔵様はそう仰せだ。

それまでは、俺たちが――お前を、守る」

強い決意が若き僧の相貌に込められている。

良源の決意の陰には、わごとの二親を守り切れなかった悔いがあるようだった。

わごと、良源、日蔵、飾磨坊、筑紫坊は、その日、吉野山からさらに南下。

人里はなれた山の深みに潜り、太古の針葉樹、トガサワラや、巨大な栃の樹が生えた人跡未踏の深山で野営した。

途中、別の山伏の気配を感じるも、すれ違うことはなく、大事にいたらなかった。

翌日は天衝き破る勢いで鋭角に切り立つ高峰が立ち並ぶ奥吉野に入り、目的の岩屋に入っている。

＊

同日夜――。

平安京の西北、重畳《ちょうじょう》たる山にかこまれた、荒れた草地に、これまた荒れた一宇の堂が、ある。

堂の中には灯明皿があるのだが、燃えていない。

だが堂内は明るかった。

火の玉が二つ漂い、荒れ堂の中を照らしているのだ。

堂内には二人の者がいる。

一人は、若い男だ。

髪は長い。

端整な、それでいてひどく暗い面差しを漂わせた顔で、黒く、ゆったりした衣をまとっている。

男の黒衣からは禁色《きんじき》の立涌文様《たてわく》が浮かび上がっていた。

そう。

深紫の立涌文様が、浮かび上がっていた。

男の傍らに赤い衣を着た女がいた。

若い女で、目は、針の如く細い。

赤く禍々しい首飾りをつけた女で髪は二つの大きな唐輪《からわ》にゆっている。

両の乳房は、赤衣の上からわかるほど重たげで豊かだ。

あらごと、わごとを狙う――妖術師・藤原千方と、その一の手下、火鬼《かき》であった。

「何かお見えになりましたか?」

火鬼が千方に訊いている。

じっと瞑目《めいもく》していた千方、眼《まなこ》を開け、

「……いいや」

千方は――わごとはそちらに逃げたのではないかと思う国々を、千里眼で見ていたのだが、胡乱《うろん》な者をみとめることは出来なかった。

千里眼はむろん、千歳眼とは違う力だ。——己からはなれた所を見る通力である。

「裏をかいて洛中にとどめておるか……」

千方の眼差しが険しくなる。

「我が千里眼で追えぬということは浄蔵自身の魂壁がほどこされし、比叡に、女人禁制を破って、密《ひそ》かに上げたか……」

甘葛《あまずら》を煮詰めたような濃密な色香をまとった火鬼が赤唇を開き、

「泰澄《たいちょう》の魂壁のこりし、北国《ほっこく》の山々は……？」

それもあろうなと首肯した千方は、

「小角の魂壁に守られし広大なる南山も怪しい……」

「近江《おうみ》の北の山々は？」

「………」

火鬼は、千方にしなだれかかり、

「魂壁などない、意外な地に、貴方《あなた》の千里眼を掻い潜《くぐ》って逃がしているかも」

二人を照らしていた火の玉がスーッと小さくなっている。

「まだ、はかりかねるな」

黒衣の魔王の腕《かいな》が、火をあやつる女を掻きいだく。

四日前——千方、火鬼らは、都から北へ向かう、わごと一行と思しき者どもを洛北の地で強襲、殲滅《せんめつ》した。

千方の神雷《かむいかずち》、火鬼の火雷《ひかずち》が炸裂、わごと、良源は黒焦げになって焼け死んだかに見えた……。

が、山道に倒れた、わごとらの体は、焼け焦げた、紙の人形《ひとがた》という本性をあらわにしている。

……良源の紙兵だったのだ。

千方一党は、わごとらを安全地帯に逃がそうとする浄蔵、良源らの策に、まんまとはめられてしまった。本物のわごとは隙を衝いて何処かに姿をくらましたようである。

「人数を、北国筋や、南山につかわしますか？」

火鬼の言に千方は、

「生半可な者を見当もなくつかわしても彼の地で魂壁に弾《はじ》かれ敵の手に落ちよう。浄蔵もまた——我らの所在を突き止めんとしておる。心して、かからねばならぬ」

「なるほど」

火鬼はこの一件で千方の求心力が低下するのを恐れていた。

千方一味は、様々な思惑を秘めた危険な輩の、連合体である。

この集団は、千方の圧倒的通力と、指導力で何とか固まっているが、何かことあれば、液状化して分離、流れ出した塊の一つ一つが、爆発したりしかねない。

天下一——危ない、薬液と言っていい、集団だった。

（このお方に取って代わろうという者が出るかもしれぬ。隠形鬼《おんぎょうき》など、何を考えているか知れたものではない。あたしのこの心配も……貴方は今、読んでいるんでしょ？　やりにくいったら、ありゃしない）

火鬼の心中を掬《すく》ったのであろう。魔王は苦笑し、

「——案ずるな。隠形鬼にかぎって、左様な心配は、ない」

「言うと思いましたよ」

「他心通でも会得したか？」

千方が冗談めかして言うと、火鬼は、

「他心通などなくてもそれくらいわかる。ねえ……千方様、人の心が読め、人をあやつれるからって、人を、侮らぬ方がいい」

「如何なる意味か？」

「——そのままの意味」

粘り気をおびた真剣な焔を刀ですっと横に引いたような細き双眼に灯した火鬼は、男に囁いた。

「わたしは貴方のためなら、我が骨が焼け焦げるまではたらく。けど、何か風向きが変れ

ばその炎は――貴方をつつむ」

「……恐ろしいことを申す女子よ」

「そういう女が、好きなんでしょう？」

言いながら熱い溜息《ためいき》をもらす。

今、蛾《が》が、この火の妖術師の前を横切ろうものなら焼け焦げながら、落ちたろう……。

二人は見詰め合う。

千方と、火鬼は、ゆっくりと唇を重ねた。

刹那――千方に念話してきた者が、ある。

火鬼の妹、水鬼《すいき》であった。

念話とは千方の力の一つではなれた所にいる者と心の中で話す力である。

《ゆゆしきことが出来《しゅったい》しました》

赤い衣の内に冷たい手を差し入れながら千方は、火鬼の熱い皮膚をたしかめる。

口は動かさず、心で、

《何事か？》

《……今、お話ししても？》

たしかめるような念が、水鬼からおくられる。火鬼の乳首をつまみ、ゆっくりねじりながら、千方は、

《よい》
《――魔軍の一部が逃げ出そうとしました》
《何故左様な事態《こと》が？》
千方の手が火鬼からはなれる。
火鬼は怨じるような顔をするも千方は千里眼の力で思念を水鬼の所に飛ばす。
水鬼は――須恵器《すえき》の穴窯《あながま》のような穴倉にいた。篝火《かがりび》が照らすそこは並みの穴窯より、広い。これから焼く土器は一つもなく既に焼かれた三つの大甕《おおがめ》が段になった地面に埋め込まれている。
水鬼は中段の甕の傍に立っていた。
《謀反か？》
水鬼の傍に飛んだ千方の念は――穴倉内を、探る。
穴窯で言えば焚《た》き口の方と、煙出しの方に、人影がいくつか蹲《うずくま》っていた。
ぼろぼろの衣を着たその者たち、表情というものがない。
何かに憑《つ》かれた顔をしている。
幾人かは――枯れ木の如く痩せさらばえた腕を埋め込まれた甕にのばしている。
《いいえ。妖《あやかし》の中に……生きのよすぎるものがいたようにございます。既に抑え込みました。幸い、死人も出ませんでした》

そう念話してきた水鬼は黒い釧《くしろ》（腕輪）をはめていた。

《わかった。すぐ、参る》

火鬼の傍にいる千方ははなれた所にいる水鬼に念話してから、目の前にいるその姉に、

「百鬼陣《ひゃっきじん》でわずらわしきことが出来したようだ」

小屋の一隅、二階棚に置かれた黒漆塗りの箱を開け、中に入っていた黒い釧をはめる。

――水鬼がしているのと同じ腕輪だ。

「行って参る」

答も聞かず千方は縮地――その姿は消えた。

一人取りのこされた火鬼は表情をなくしていた。

火鬼は、あの男はこれから妹を抱くのだろうかと思った。かんばせを凍てつかせた火鬼から呟きがもれる。

「時折……焼いてしまいたくなる」

わごと　三

巣の材をさがしているのか？

それとも、餌《えさ》となる狐《きつね》を追っているのか？

硬く厳しい寒気の中を、雄々しき犬鷲《いぬわし》が、静かに飛んでいる。

わごとは赤く上気した顔から白く冷たい息をこぼして鷲を仰いでいた。

（あの鷲から見たら、この山々は……どんなふうに見えるのだろう）

尾根に立つ、わごとの傍、そして眼下では、山の樹々が、白く冷たい氷の花を咲かせていた。

――樹氷だ。

幾年も前に枯れたシラビソやトウヒ、わごとが吉野に来て少し後から落葉しはじめた楓《かえで》の、幹からわかれたばかりの太枝、梢の先、実《げ》に細くもろい小枝、悉《ことごと》くが、冷たい白雪でかざられている。

わごとは黒姫《くろひめ》とも呼ばれる冬の女神が、白く、深い、息を吐き、落葉樹の林が赤や黄に色づいた葉を散らし、山の獣の多くが巣穴に閉じ籠ってしまった後の、大山脈にいる。

大峰山脈。

標高五百丈級の山が立ち並ぶ畿南《きなん》の屋根。

奥吉野とも言われる絶険の山岳地は、今、厳しい深雪におおわれていた。

さる高峰の頂近くにいるわごと。

たっぷり真綿を入れた小袖の上に、鹿皮をまとい、蓑《みの》までかぶっている。

腰には引敷《ひっしき》という山伏が敷物につかう鹿皮を巻き真新しい藁沓《わらぐつ》をはいていた。

(山で要るものは、日蔵さんたちが、ととのえてくれた)

右手を見れば……ほとんど垂直に近い断崖で、遥か下で雲が波打っていた。

左手は、白雪におおわれた斜面で——氷の花を満開に咲かせた、枯れ木の海が広がっている。

白く、無垢《むく》で、鳥肌が立つほど優美な、林だ。

まるで浄土を思わせる。

だが、あの林に入り、迷えば、そんな生温《なまぬる》い発想は、瞬く間に凍てつき、砕け散ろう。

曇天の中、すべるように飛ぶ犬鷲は今、その林の上に動いていった。

《——こっちにもどってきて。で、わたしの腕に止って!》

わごとの念が飛ぶ。

鷲は向きを変え、もどってきた。

しかし、わごとの上空を素通りし、千尋の峡谷の方に滑空してゆく。

深い谷の向うに三角形のすっきりした形の山がそびえ、その山の先には……突兀《とっこつ》たる高峰が、幾重にも張られた鉄壁の要塞の如く、果てしない奥行きで広がっている。

それらの山々は全て、雪の白、岩や陰の黒、灰色、三つの色に染め上げられていた。

その山々は、都育ちのわごとが見なれた、やさしく、丸っこい、小山ではない。

遥かに厳しく、鋭く尖り、人の立ち入りを岩が固くこばむ、高山の連なりだった。

《鷲よ、こっちに来て！》

強く念じる。

だが、鷲はますます、遠ざかる。

「足りねえよ。……火花が」

良源の声が、飛んだ。

わごとは辛そうな顔を良源に向けた。

あらごとがつまずいた火花のだだ洩れをすぐ乗りこえた、わごとだが、その後、わごとも大きな壁にぶち当っている。

呪師たる者、渇えさえ起こさねば、いつ、如何なる時でも、己の身の底で十分なる火花を散らし、通力を放たねばならぬ。

わごとは――ここで躓《つまず》いた。

二重の術者である、わごとの、通力は二つ。

この内、千歳眼――幾通りもの未来を克明に幻視、最適解を知る――は、自らの意志で、内から引き出すというより、通力の方が自分に降りてくるのをまたねばならない。いわば特別な術だった。

しかし、もう一つの力、ごとびき――近くにいる、あらゆる動物を自在に動かす――は、必要な時、己の意志で、引き出せねばならない。

(それが、出来ない。火花よ散れと思っても、散ってくれない時も。たとえ散っても、今のように、足りない時も……)

寒さと共に、悔しさが、かんばせをふるわせた。

雪をかぶったトウヒの枯れ木の傍に腕組みして立っていた良源が口を開く。

「自分でも、わかってんだろう? まあ……元気、出せ。前よりも遠くにいる獣を動かせるようになってんだから」

良源の言葉が白煙《けむり》のようになって飛んでゆく。

良源もまた、墨染の上から鹿皮と、蓑をかぶっていた。

良源は髭濃い顔を撫で、少し考え込んでいたが、小さくなってゆく鷲を目で追い、

「朝飯にするか」

四月前、日蔵の案内《あない》で、わごとらが入った岩屋は、先程の尾根から少し山を下った所にある。

わごとと良源の藁の靴が雪の斜面に跡をきざむ。

二人は、白に統一された世界を降りている。果てしない奥行きの凍える森――無数の樹氷の中を降りている。

身動きを止めれば音というものが世間にあるのをわすれてしまいそうな森だった。

朝の大気は凍てついており、顔の肌に、切りきざまれるような痛みが、走る。

先を行く良源が、

「気ぃつけろよ」

言われた傍から――雪が、わごとの足を、すべらす。わごとは――白い斜面を転げ落ちそうになった。

眼下では、黒い岩が、突出し、その下方は、先程の大峡谷ほどでないにしても、ちょっとした崖になっている。

冷たい恐怖で喉が詰りそうになった時――逞《たくま》しい腕が強く引きもどしてくれた。

良源だった。

良源は、雪にまみれたわごとを助け起し、蓑についた粉雪をひどくあかぎれした硬い手

で、払い落としつつ、

「気のだだ洩れってのは……集中力、あるいは、呪師としての経験があれば、おさえられる」

「はい」

「問題はお前が今つっかかっていること。……必要に応じて火花を散らすという、心の働き。俺は、この心の働きにいたる道筋は、二つ、あると思う。一つは無心になることだ。浄蔵の奴はよくそう言う」

数日前、かつて吉野で修行した浄蔵が、山里の娘と、一冬の間だけ深い仲になっていたという話が、日蔵から、良源の耳に入った。

直後から、良源は、浄蔵殿でも、浄蔵様でもなく、浄蔵の奴、あるいは単に、浄蔵と呼んでいる……。

良源は、堂々と戒律を無視する浄蔵の振る舞いに辟易《へきえき》しているようだが、わごとは澄ました顔の浄蔵が時折見せる俗っぽさを、微笑ましく思っている。

「俺はもう一つの道があるように思う」

「何ですか?」

良源は、わごとに、

「通力をどうにか引き出そうと、強く、強く思うこと。その思いの強さ……。ただ、お前には浄蔵の奴が言うやり方、すなわち、心を無にするやり方の方が向いている気がするがな」

（千方一味を倒したい、わたしは……強く思う。その強い思いが、通力を引き出す火花に、どうしてつながらないの？）

わごとの中に漂った思念を察したか。良源は、こちらをのぞき込むような面差しで、

「煮炊きと同じよ。強すぎる火は飯を焦がす。火加減というものが、あろう？……おや」

鷹《たか》を思わせる鋭さをもつ良源の眼が雪の上から立ち上る靄に動いている。

雲間から、日が差し、雪の表面が蒸発しているのだ。

「朝靄か。日蔵さんが、火ぃ熾しとるかもしれんな」

わごとがここで修行していることは――当然、外にもれてはならない。

この恐ろしく厳しい山々で抖擻《とそう》している山伏たちや、元々、この地に暮している山の民――狩人や杣人《そまびと》――に気取られる訳にはいかない。

焚火は、基本、夜だけにしていた。

煙を見られるのを危ぶんだのだ。

夜、焚火をして、夕餉の熱い汁をつくり、体を内から温める。

焼石を沢山つくる。

眠る時は――焚火を消し、十分焼けた石を、岩屋の中に掘った穴に、木の棒で転がして、

入れる。

この穴に詰めた焼石がいわば暖房であった。

朝は、焚火しない。

つまり冷めたもの、熱をうしないつつある焼石で若干温めたものを、頬張らねばならぬ。

これはかなり辛いことだった……。

しかし、わごとがいる深山は朝――深い霧につつまれることがあった。

『斯様《かよう》に霧が出とったら、焚火をしても大丈夫では？　朝、熱い汁を飲んで体を温めぬと、肝心のわごとが、病になってしまうかもしれん』

さる冷え込みがきつい朝、日蔵は言っている。

良源もその日はさすがに寒かったのだろう。

ふるえながら、首肯した。

で、霧、靄が立つ朝にかぎり、焚火をし、熱い汁を煮ることとなった。

思うように火花が散らず、失意に沈んでいたわごとだが岩屋の傍に焚かれている火を思い描くと、冷え切った心が少し温まった。

雪中から露出した岩肌が口を小さく開けている。

わごとらの隠れ家だ。

岩屋の前は、落葉樹や針葉樹の林が開けており、ちょっとした空閑地になっていた。

雪原となったそこで今、赤々とした火が焚かれ、五徳と鍋が据えられていた。

日蔵はやはり火を熾していた。

五徳と鍋は、大小、二つずつ据えられている。

熱く、そして旨《うま》そうな香りが、鍋から漂ってくる。

朝霧と煙が揺らめく中、ぐつぐつと沸き返る大鍋を玉杓子《たまじゃくし》でまぜている日蔵に、良源は、

「煮炊きなんぞ、わごとか、俺がやりますよ」

「そうですよ。日蔵さん」

わごとも言うも、日蔵は、

「いやいや。呪師ではないゆえ、斯様な処で役に立たぬと」

小さな五徳にのった小鍋は、熊笹《くまざさ》茶を沸かしていた。

笹をきざみ、よく干したものを、熱湯で煮たものだ。

日蔵によれば、熊笹茶は、

『本物の茶の代りになる。もっとも、わしは本物の茶を飲んだ覚えがないが……。山暮しとるとな、青物など摂る機会もへり……病になったりする。熊笹や杉の葉を茶にして飲めば、左様な病をふせぐことが出来るのじゃ』

ちなみに、わごとは真の茶を飲んだことが一度しかない。師輔《もろすけ》が右近に贈った唐土《もろこし》の茶をたった一度だけ口に入れた記憶があるのだった。

本朝に茶がつたわったのは、恐らく天平《てんぴょう》の昔と思われるが、まだまだ民間に、茶が普及したとは言い難いのだった。

しかし、熊笹茶については、その青臭い香りを軽く嗅いだ瞬間、

（昔飲んだことがある）

思っている。

恐らく、あらごととすごした山里で口にした経験があるのだ。

大きな五徳の上に乗った大鍋では醬《ひしお》と米、餅を入れた雑炊がぐつぐつ煮立っていた。

わごと、良源の興味は——大鍋の中身に自ずと吸い寄せられる。

鼻を大きく広げ、クンクン動かした良源が、

「おやっ……。生臭もんが入っておるでしょう？　五辛《ごしん》も何か入れておるな？」

日蔵は玉杓子をまわしていた手を止め、大きな口をニカリとさせて、

「——当り！」

「当りじゃねえだろう、あんた……」

良源はぶつくさ言う。

仏僧は、肉、魚、五辛（韮《にら》、葱《ねぎ》、大蒜《にんにく》、らっきょう、生姜《しょうが》）を口に入れるのを、忌む。が、過酷な修行で体力を大いに消耗する山岳修行者の中では、この戒律、かなりゆるめられていた。

たとえば……雨僧正と言われた仁海《にんがい》は、山林修行の匂い濃き僧だが、小鳥を食っていた記録があるのである。

奥吉野に入った良源は、体力維持のため、魚は摂取しているものの、四つ足の獣と鳥、五辛は口に入れていない。

日蔵は左様な戒律を全てぶち破り——兎《うさぎ》や狸《たぬき》、鹿などを平気で食っていた。

むろんこれは、山における日蔵の顔である。

この男は金峯山寺の他に川上《かわかみ》の地蔵堂を拠点としていたと言われるが、この里の寺では、生臭物などは一切口にしない。

昨日、筑紫坊と交替、岩屋の警固役をつとめている、日蔵が、

「狩人から頂戴した塩漬けの兎肉、葱、大蒜が入っておる」

「……いかんでしょう」

「川魚を食ろうた貴僧が何を仰せになるか」

良源の部分的戒律違反を巧みにほじくる日蔵だった。

「どうじゃ、兎まで、あと一歩。食うてみるか？」

日蔵の誘いに、良源は強く頭《かぶり》を振っている。

「これぞ……魔の誘《いざな》い」

良源の呟きに、日蔵は、意地悪く笑み、

「何が魔じゃ。本物の魔王と戦うため、お主には精力が必要なんや！　その精力、得るための、兎肉よ。まあ、ええ」

興奮したのか口調を変え、

「貴僧が食わぬなら、わしとわごとで肉を山分けや。ほんまに一切れもいらんのやな？　良源」

良源は岩穴に面を向け、こともなげに、

「結構！　足りなかったら米をよけいに食いますわ。四つ足は、食わん。わしは湖国の出ゆえ、童の頃、胃もたれするほど魚は食ろうたが、四つ足は食わぬ」

岩穴の中には冬籠り前に、飾磨坊がはこび入れてくれた、十分な量の米、醬、塩が、貯蔵されている。むろん飾磨坊は如意念波で重荷をはこんだ。

「左様か！　よう言うた。殊勝な心掛けよ。その方が、わしとわごとは、嬉しい。ほな、わごと、大盛りでよろしいか？」

平静をよそおっているのか？　蓑を脱ぎつつ、澄ました顔で焚火の傍に佇む良源を横目に、同じく蓑を脱いだわごとは、雪上に置かれた椀を一つ取り、日蔵に差し出した。

わごとが差し出した椀に、たっぷりの肉と葱、米、餅、熱い汁が、そそがれる。

傍らの良源は澄ました顔を崩さぬ。

だが、旨味を孕んだ湯気が流れてゆくと真にかすかに眉宇を曇らせたのだった。

良源の腹が、ぐーっと、苦し気に鳴る。

日蔵は己の椀に肉雑炊をよそいつつ、

「良源、もう一度、たしかめる。全部の肉、わしとわごとで、わけてええな？」

「下らぬ念押しだ。いいに決って……ええい、わしにも肉を盛れいっ！　こんな旨そうな匂いに耐えられる馬鹿がおろうか！　大盛りでたのむ！」

澄ました顔を決壊させて叱りつけるように怒鳴る良源だった。

わごとと、日蔵は、良源の落差がおかしく笑い転げている。

三人でたっぷりの醬で煮込まれた兎入りの熱い雑炊を腹に搔き込んだ。

体が冷えていたからか。

——旨かった。

(五条通りのお屋敷の方が品数は多かったけど……。こっちの方が、美味《おい》しい)

半分ほど食べた処で、

《わごと、良源、聞こえますか？》

突如——浄蔵の声が、わごとの脳中を駆けた。

浄蔵は、南山、すなわち紀伊山地にいるわごとから二十大里（約八十キロ）ほど北——平安京、もしくは王城の地の鬼門（東北）にそびえる山、比叡山にいるはず。

わごとは遥か彼方にいる浄蔵がいつの間にか、こっちにやってきたのではないかと疑い、さっと顔を上げる。

やや青みがかった煙の向うにいる日蔵のごつごつした顔、日蔵の向うに見える雪をかぶった、モミ、栂《つが》の林、わごとと同じ声を聞いたらしい良源を見まわす。

浄蔵の声が、先程より小さく、

《わごと、良源？》

もう一度、焚火に視線を落としたわごとは、腑《ふ》に落ちた。

——念話だ。

「はい」

と、わごとが言い、良源も、

「聞こえますよ」

わごとも、良源も、それぞれ、浄蔵の爪をわたされているため、はなれた所にいる浄蔵と念話出来た。

ただ、念話は、浄蔵の力であるため、わごとがおくった念を、傍にいる良源は直接聞けないし、良源が念をおくっても、わごとは浄蔵の声のように聞くことは出来ない。

だから声に出して浄蔵に応じている。

日蔵に、浄蔵の声は聞こえないようだが、おや、念話がはじまったのかなという顔で、朝餉を中断し、こちらを見ていた。

懐から爪が入った紙包みを取り出すと、浄蔵が、

《……変り、ありませんか？》

良源はわごととうなずき合い、

「ええ。特に、変ったことはありません」

兎の出汁《だし》がたっぷり効いた汁を一度、啜《すす》り、飲み込む良源だった。

で、一瞬――心底旨そうな表情がにじむ。

と、

《おや……？　もしや、今、朝餉の最中《さなか》でしたか？》

旨い、という良源の強い思いが、浄蔵の爪を通して……彼方にいる爪の主に、つたわったようだ。

良源は決り悪げに、

「ええ、まあ……」

《やけに歯切れが悪いですね。……怪しいなあ。まさか……戒律に反するようなもの、食

していのではありませんか?》

良源は目を丸くしてわごとと顔を見合わせて、

「いえ、そんなことは……」

良源は言う。

が、浄蔵は、

《ますます怪しいね。何か、今、そなたの方から、後ろめたさ半分、心地よさ半分、というような存念が、当方に漂ってきたような気がしてね……》

雪深き近畿の屋根の上にいる良源は浄蔵がいる方、北に体をまわし、あたかも浄蔵が見えているかのようにバチーンと弾指《たんじ》し、

「──あんたに戒律云々《うんぬん》言われたくないなっ! いろいろ聞きましたぞ、日蔵殿から!」

《…………》

「でぇ、何用ですか? そっちに何かあったんですか?」

「千方一味が襲ってきたりしたんですか?」

良源につづいて口を開いたわごとの言葉は白く小さな霧となって焚火の煙に溶け込んだ。

《いや、それはない。わたしは今、北嶺にいる。こちらは今、大変な雪だ。そちらもかな?

乳牛院も、庚申堂《こうしんどう》も、恙《つつが》ないはず。敵は相変らず、何も仕掛けてはこぬ……。不気味な

ほど静かにしている。
実はね……興味深い事実がわかったので念話したのだ。今、近くに誰かいますか？》
「俺と、わごと、日蔵さんだけです」
《なら、差し支えないな》
「興味深い事実とは？」
《……千方についてです》
わごとの眼差しが――錐《きり》の如く尖る。一字一句聞き漏らすまいと思った。
《……千方の、姓がわかったかもしれぬ》
わごとは思わず、
「何です？」
浄蔵は一拍置く。それが、長い沈黙に思える。
浄蔵の念がとどく。
《藤原》
わごとは、唇を噛んだ。
《藤原千方》
（藤原……千方）
浄蔵は――諸国の天台《てんだい》の僧で信頼できる人々に、千方なる名に心当りがないかたしかめている。

この時代の日本で……そのような全土的情報網をもっているのは、朝廷を別とすれば、浄蔵、良源が属す比叡山と、高野山《こうやさん》、そして奈良の大寺くらいであったろう。

《越前国《えちぜん》のさる老僧から……昔のことをふと思い出したという報告が、あったのです》

越前の老僧によると国司の横暴を朝廷に訴え、孤立し、命の危険にさらされ、国衙《こくが》の職を辞した藤原康方《やすかた》なる男がいたという。

浄蔵は念話する。

《京下りの官人であった康方は越《こし》の地から去った。都にも、もどらなかった。何でも……伊賀《いが》に去ったとか。そちらに所領があったのでしょう。この康方に二子あり……姉を千船《ちふね》、弟を千方と言ったとか》

「それだけじゃ……ただの同名の男、ってことも考えられるんじゃないですか？」

吉野の良源が言うと、比叡山の浄蔵は、

《もちろんそれだけではない。藤原康方の妻は……巫《かんなぎ》であったらしい。不思議な術をつかったとか。たとえば康方の妻が……縄を舟にむすびつけると……》

その縄は、引く人がいなくても、舟を数時にわたって引きつづけた。

「……物魂か」

良源から——小石を落とすような硬い呟きが、もれた。

わごとの歯が火花を散らすほど強く噛み合わされる。

その火花が点火したか、胸の中で通力の源となる冷たくも熱い火花が散りだした。

（さっきは、あんなに苦労したのに）

わごとの中で物魂の力で命を奪われたある人の面影が西日に照らされて活写されている。

辛い思い出が濁流となって、胸底を、渦巻く。

（――母様《はわ》）

わごとの育ての親、千鳥は……千方の物魂によって飛んだ凶刃に、体を幾度も刺され、二度と声のとどかぬ国に、行ってしまった。

浄蔵の爪をにぎりしめた、わごとの右手の爪が、掌に深く食い込んでいた。

日蔵は目を光らせ……わごと、良源の様子を窺《うかが》っていた。

良源もわごとを見ていた。

わごとは二人の眼差しから逃れるように、火を見下ろしている。

赤い火に舐《な》められた薪は灰色か柿色に顔色を変え罅が入っている。

火が入れた罅は、小さな格子模様をつくっていた。

良源が、わごとの傍で、

「――奴に、間違いなさそうですな」

冷たい風がどっと吹き寄せ、思わず身震いする。

頃というのだ》

《と、思いたいが……一つ、引っかかる。彼の老僧が童形の千方を見たのは元慶《がんぎょう》の初め頃というのだ》

今から、五十年以上前ということだ。

《元慶の初めに童であったのなら……藤原千方は今……老人……ということになる》

わごとが幻視し、良源がその肉眼で見た千方は、若い男であった。

「凡俗の男なら辻褄《つじつま》は合いませんが――呪師なら、辻褄は合うでしょうよ」

良源は言う。

日蔵は、ぐいっと身を乗り出した。

良源、火に手をかざし、真剣に、

「幻術で若く見せているのかもしれぬ。――変形《へんぎょう》で若者になり切っているのかもしれん」

わごとは、他の多くの通力についても乳牛院でおしえられていた。

幻術は、幻を見せる術で、あらごとの師・乱菊がつかうという。

変形は……恐ろしい力だ。

別の人間や、犬、猫などの獣、鳥、さらに壁や壺など、命なきものにまで本当に化けてしまう。

この際、蚊や芋虫など小さいもの、仏閣や高さ何丈もの巌《いわお》など、大きいものに化けるのは、至難の業で、相当な力量でなければなし得ぬという。

違う人間に化けるのは、獣に化けるのにくらべて、やさしい。

（変形の呪師が……自分と全く違う顔の男や女になり切るのは、朝飯前だって良源さんは言っていた）

「常若《とこわか》の力を会得しており、若く見えるのかもな」

良源から出た聞きなれぬ力の名が、わごとの白首をかしげさせる。

浄蔵の声が脳中でひびいている。

《常若は……不老長生ともいうべき通力。この通力をもつ者はなかなか老いにくい。二十歳前後までは余人と変ることなく歳を重ねるが、その辺りで老化が止る。結句、数百年を生きた者もいたとか。

かつて、秦《しん》の始皇帝《しこうてい》は不老不死の薬をもとめ徐福《じょふく》なる方士を東の海につかわした。常若を会得した呪師の話が始皇の耳に入り、斯様な挙に出たのかもしれません》

「とにかく、その藤原千方が、俺たちの追う千方なら、幻術か、変形、常若、そのどれかを会得していることになる」

良源は、分析した。

「厄介な話よ――」

暗く濁った溜息が、良源から、もれる。

《……ええ。真実《まこと》、厄介な相手です。藤原千方が、件《くだん》の千方であるかたしかめるべく、伊

賀に人をやろうと思う》

浄蔵は左様に言ったが、わごとは……今、話に出た藤原千方こそ、自らの敵であろうと直覚していた。

浄蔵　一

浄蔵は信頼できる弟子を二人——伊賀につかわした。

呪師ではない。

ただ、体は頑健で、心根も正しく、口が堅い男たちだった。また、山伏兵法の達者でもある。

伊賀国にも呪師はいる。

朝廷から、諸国の呪師をまとめるように指図されている浄蔵、伊賀の呪師たちともつながりをきずきつつある。

左様な呪師二名に便りをおくっている。

伊賀におくった僧二人を助けてくれという文だ。

浄蔵がおくった僧二人は、伊賀の国府近くで、この二名の呪師——若き豪族で、千里眼の力をもつ男、樵《きこり》の姥《うば》で幻術をつかう女——と、合流。

藤原康方、千船、千方一家について、探りはじめた。

論湿寒貧《ろんしつかんぴん》という言葉がある。

比叡山に盛んな四つのものを言う。

論は、論義、湿は、夏の湿気、寒は、冬の厳しい寒さ、貧は修行僧の清貧を言う。

比叡の冬は長く、重く、厳しい。

年明けて承平五年（九三五）二月九日。

当代の暦では三月頃だが、浄蔵がいる比叡山延暦寺《えんりゃくじ》ではまだ多くの残雪が見られ、朝晩の冷え込みは——身を切るほど鋭い。

この地の地主神・日吉《ひえ》権現の使いと言われる猿の、けたたましい叫びで、浄蔵は目覚めている。

（不吉な……声よ）

つとめてである。

浄蔵は青く冷たい山気を吸って、白息《いき》を吐き、濡《ぬ》れ縁に出る。

浄蔵の庵《いおり》は比叡山の北奥、横川《よかわ》に、あった。

貴族社会を嫌い山林修行を重んじた慈覚大師円仁《じかくだいしえんにん》によって開かれた地で、多くの仏閣、僧房が立ち並ぶ東塔《とうどう》、西塔《さいとう》に比して、止住する僧は少ない。

浄蔵ほか若干名の変り者が猿や鹿、時には熊や狼《おおかみ》がうろつく森を切り開き、庵をむすんでいる。

氷のように冷えた簀子《すのこ》が一歩歩くごとに足の裏から体温を奪う。

浄蔵は、筧《かけい》から僅かずつこぼれる水に、手をのばす。

氷水といってよい水が、掌とぶつかった。

張り詰めた緊張をやどした未明の森は、青き朝霧を吐き出していた。

森厳とした杉木立をゆっくり這う霧は、夥《おびただ》しい残雪や、むら消えした雪から顔を出した笹を隠してゆく。

（あらごと、乱菊は……常陸は真壁に現れし犬神を、完全に、調伏したようだ。彼《か》の地に犬神の残党はおらぬようだ）

あらごとは、三日後、香取《かとり》に向けて旅立つ予定だ。

白鳥《しらとり》ノ姥《うば》なる呪師に過去、現在、未来について問うために。

乱菊を知る浄蔵だが、あらごと、白鳥ノ姥とはいまだ、面識がない。

乱菊を通して、あらごととやり取りをしている浄蔵は、

（わごととは人柄が大いに違うようだが……行く末楽しみな子。わごと、あらごと、今はまだ雛《ひな》にすぎぬが一人前になれば、千方との闘いに……かくことの出来ぬ二人となるやもな）

二人の少女を千方一味との争いに駆り出してよいのかという迷いが仏教者としての浄蔵にはある。

しかし、呪師としての浄蔵は——、

（わたしと良源、あらごと、わごとの力を総結集せねば……千方一党に勝てぬのではないか？）

手をあらい終えた浄蔵は顔に冷水をかける。

手についた滴を、水受けに、払う。

筧からこぼれている水はむろん、雪解け水だ。

山の水はまず、青竹を半分にわった筧をとおって庵の北にいたり、そこから丸太をくりぬいた管を潜《くぐ》って——床下を流れてくる。

そして、庵の南縁近くにもうけられた木箱に入る。

この間、山の高低差だけを、つかっている。

で、木箱がいっぱいになると、水は、垂直にもうけられた管をみたし、斜め下向きにつけられた最後の筧に入って、人の手にそそがれる。

腕利きの水大工の仕事であった。

顔をあらった浄蔵は草履《ぞうり》を引っかけて庭に降り、前栽《せんざい》近くに生えた松が差し出した枝に近づく。

枝には手拭いがかけられていた。

手を拭きつつ、浄蔵は、

（乱菊の話が真《まこと》なら、あらごとは雛でなくなりつつあるようだ。問題は、わごとか）
当初、呪師として円滑な滑り出しを見せていたわごとだが、いまだ、突き当った山を乗りこえていない。
良源からは、昨日、
《こっちに来た時よりは、ようなっています。一町先の禽獣《きんじゅう》を動かせるようになった。だが、まだまだですな。さあ、力を放てと言われて、ぱっと出来ぬ。斯様なことが度々あり申す》
との報告が、とどいている。
（このまま一人前の呪師になるまで、吉野で修行すべきだ）
さもなくば……雛鳥が天敵に食われるように、闇の者どもに襲われ、露の命を散らすだろう。
浄蔵は庵にもどりかける。
刹那――念が、とどいた。
《浄蔵様っ……》
遠くからとどいた念である気がする。
《――如何《いかが》しました？》
浄蔵は、ともすれば途絶えがちになる念をしかと捉えようと念が飛んできた方、東南に手をかざした。
伊賀の方だ。
浄蔵に今、念話しているのは、我が爪を託して伊賀につかわした、弟子の片割れであるらしい。
弟子から、苦し気な思いがつたわり、
《拙僧以外、皆、やられました……。喰い殺されましたっ！》
血相を変えた浄蔵は、
《何？　何があった？》
《ああ……》
《そなたは、今、伊賀の、何処《いずこ》に！》
弟子は、必死に、
《化け物が、皆を……。山が――》
「何処の山かっ！」
浄蔵は思わず、怒鳴っている。
だが、答《いらえ》は、ない。
――こちらがどれだけ呼びかけても応じてくれぬ。もう一人の弟子に念をおくっても、何の返答もなかった。

伊賀で、藤原千方についてしらべていた誰とも、念話出来ない。

浄蔵は鬼の形相を見せ、濡れ縁に拳骨を押し付ける。

腕が、ふるえる。

（やはり藤原千方こそ、我らが追う千方！　伊賀には……あの男が探られたくない過去が転がっている。故に、我が手の者を襲ったのだ――）

鎮護国家という大役をになう山で呪師としても活躍する浄蔵は、先程まで、己と良源、わごと、あらごとの力を結集すれば……何らかの悪巧みに耽る千方一味を、封じられるだろうと踏んでいた。ところが今は、千方一味の情報網、実力は……こちらの想像の遥《はる》か上を行き、如何《いか》なる手を講じようとも打ち砕かれるのではという不安が漂いだした。

（いかん。……考えるのだ。どうすればよい？）

後ろ向きな気持ちを振り払い思案する。

（やはり精鋭をすぐり、わたしが伊賀に行く他ないようだ）

浄蔵は――息をととのえ、室にもどる。

ちなみに、叡山は、浄蔵の呪師としての師にあたる相応《そうおう》、さらに浄蔵当人の魂壁《たまかべ》に幾重にも守られし霊山である。

だから今、魔が突如、浄蔵の庵を襲うような事態は、考えがたい。

浄蔵は乳牛院の呪師たち、さらに奥吉野の良源と、念話、善後策を協議した。

精鋭の呪師と共に伊賀に向かおうという案については乳牛院、さらに良源から、異論が噴出している。

――危うすぎるというのだ。

良源は、浄蔵に、

《千方がわざと一人、生かして念話させたという線も考えられる。理由は簡単。――あんたを伊賀におびき出し死地に陥れるためだ》

《では、どうすればよいというのだ？》

浄蔵の問いに遠く畿南の高嶺にいる良源は、

《伊賀で何があったか余人をつかわし正確にたしかめるべきです》

《その者が災いに遭う気がするのだがな》

結局、良源案が採られたものの……誰を、どれくらいの規模で、伊賀におくるのかという話になってくる。

下洛した浄蔵は乳牛院に入り、他の呪師たちと膝をつき合わせ、話し合う。

と、翌二月十日、乳牛院の浄蔵に――叡山から、急報が、入った。

「甲賀《こうが》の里に大怪我した僧がかつぎ込まれました。その者、今、櫟野寺《らくやじ》におるのですが……」

甲賀は伊賀の北にある里で、櫟野寺は――延暦寺の末寺だった。

「浄蔵様が伊賀におくった者のようです！　半死半生の有様で、泥土の如《ごと》き吐瀉《としゃ》が見られ……意味不明の譫言《うわごと》を口走っておるとのこと……。櫟野寺の者たちも初めて見る病で、頭をかかえておるそうです」

甲賀櫟野寺は処置に迷い、本山たる比叡山の指示をあおごうと使いをおくったというのだ。

浄瑠璃《じょうるり》の力――病、傷を癒す力――をもつ浄蔵はすぐさま甲賀に駆け付け、件《くだん》の僧を手当てしたいと欲したが……乳牛院では、敵の罠《わな》を怵惕《じゅってき》する声が相次いだ。

敵の狙いは浄蔵その人にあるのでないか、状況が霧につつまれている中で、浄蔵が、ろくな支度もせぬまま、伊賀にほど近き甲賀に乗り込んだら、如何なる罠が――飛びかかってくるか知れぬというのだ。

しかし、浄蔵は厳しく、

「わたしの命で伊賀に赴いた者、また、伊賀の呪師たちが命を落としておるのだ。――何で敵襲を恐れて都におることが出来よう。櫟野寺に参る！」

鋭く言い放った。

しかし、吉野の奥地から、良源もまた念話で自重を説いた。

《今あんたをうしなったら……俺たちはとんでもない痛手だ。辛《つら》いだろうが、思いとどまって下さい。他の者をつかわして下され。伊賀で何が起きたんだか、全体を摑まなきゃ

――大将のあんたが動いちゃ駄目だ》

良源の弁舌は責任感が強い浄蔵を何とか思いとどまらせている。

八坂《やさか》の塔近く、庚申堂を塒《ねぐら》とする浄蔵傘下、浄瑠璃の力をもつ姥が、って、櫟野寺に行くと言ってくれた。

ってくれた。

浄蔵はかなり危険な務めであるとつたえたが、それでも、行くという。

故に、この老女に、いつだったか六条通り、茨田家で、千方、火鬼と対決したことのある金剛身《こんごうしん》の兄弟――為麻呂《ためまろ》、石麻呂《いしまろ》という――、腕利きの僧兵八名をつけ、甲賀櫟野寺に急行させた。

浄蔵は非常な不安をかかえながら老女を中心とする救護班と呼ぶべき一行をおくり出す。

老女は馬に乗せ、僧兵が馬の口縄を引く。

(たのみましたぞ)

一条西洞院《にしのとういん》、乳牛院に入った浄蔵は硬い面差しで念による連絡をまっている。

昼過ぎに甲賀に向けて旅立った老女たち。連絡が入ったのが同日深更である。

《先ほど、櫟野寺に入りました》

第一声、念話してきた浄瑠璃の老女は浄蔵に、

《ひどい怪我ですが、浄瑠璃の力をほどこしたところ……少し落ち着いております》

「よかった……」

燭台《しょくだい》の明りが疲れ切った浄蔵の顔を照らしていた。
品がよく端整な顔だった。
伊賀につかわした者は、錯乱がひどく、何者に襲われたかは、よくわからない。また、千方周りの情報を突き止めたのか、突き止めたとして何が知れたのか、訊《き》き出せるような様子でないという。
老女は、念話で、
《浄蔵貴所に報告せねばならぬ、疾《と》く、疾く、浄蔵貴所の許《もと》にと、譫言《うわごと》でくり返しております》
《たとえば明日までそなたの力をそそげば……動かせる様子か？》
自分が診《み》なければなるまいという気持ちが浄蔵に起きている。乳牛院の浄蔵の問いに、櫟野寺の老女は、
《板輿《いたごし》などに乗せれば、あるいは……。あと、山をひどく恐れております》
《山……？》
浄蔵の眉根が、曇る。
《はい。山に……喰われると……》
「…………」
《甲賀は山里。裏山からの風がここに吹こうものならひどく騒ぎ、錯乱してしまうので

す》

深手を負った僧の療治のためにも……山から遠ざける必要があるという。

浄蔵は胸の深みで、気味悪い不安が動きまわるのを感じながら、

《そなたも、さぞ疲れておろうが……》

《いえいえ、伊賀で幾日も探索し、ひどい怪我を負ったこのお人にくらべれば……》

《心強し。では、夜通し浄瑠璃の力をそそぎ、快復にみちびいてほしい》

明朝、動かせるようであれば……怯《おび》えの原因たる山、血腥《ちなまぐさ》い襲撃がおこなわれた伊賀から遠ざける意味でも、

《甲賀から、出す。その者とそなたは板輿にのり……》

為麻呂、石麻呂、僧兵八人、さらに甲賀の里人などに守らせ、東海道《とうかいどう》を——西に動く。

浄蔵は甲賀に念をおくりつつ呟《つぶや》いた。

「比叡に登らせるわけにもいくまい」

比叡山は……標高二百八十二丈（八百四十八メートル）の山である。

「山に恐怖するというなら……近江の大津《おおつ》から、京へ出るわけにもゆかぬな。逢坂山《おうさかやま》がある」

思案し、

「坂本《さかもと》で落ち合おう」

叡山から坂を下りた根元という意である。

京都側の西坂本、琵琶湖《びわこ》側の東坂本があり、双方、門前町が栄えている。

今、浄蔵は東坂本で落ち合わんと言っている。

翌早暁。

切り付けるような寒さの中、乳牛が物憂げな声を出しはじめた、乳牛院を出、朝まだき、一条大路に現れた者たちが、いた――。

浄蔵と呪師たちだった。

その顔触れは、浄蔵、如意念波の翁、ごとびきの大女、韋駄天の小男、さらにここ数月の間で近江、若狭《わかさ》などから乳牛院に呼ばれたり、あるいは新たに見つかったりして仲間にくわわった、呪師三人という顔触れだった。

うち一人は透き通るような色白の乙女で前髪は額で切り揃《そろ》え、体つきはすらりとしていた。

絹の小袿《こうちぎ》をまとうこの乙女、歳《とし》の頃、十三、四。鋭さをたたえた大きな三白眼を常に四囲にそそいでいた。

名は橘《たちばなの》潤《うる》羽《は》、若狭の出で、わごととは面識のない、新参者だが、浄蔵はその通力を高く評価している。

さて、浄蔵は少し前、都のさる屋敷に使いを出している。

浄蔵や潤羽らは官人たちがあくびをしつつ北に向かう早暁の都大路を白い息を吐いて南に向かう。

魂壁の外に出た浄蔵は——二つを心がけた。

一つは、わごとの隠れ家・南山について、考えぬこと、いま一つが、あらごとについて考えぬことである。

魂壁の外では——いつ何時、心を読み、縮地までつかう、驚異の魔人、藤原千方が傍《そば》にいて、こちらを窺《うかが》っているか、知れぬ。

そんな時、わごとの所在、あらごとの存在を思おうものなら、機密が筒抜けになる恐れがある。

浄蔵は千方にそうやすやすと心を読まれぬ、と思うが……万一のことはあろう。だから比叡山、乳牛院など十分な魂壁が張られた所を出た時、浄蔵は、片時《へんし》も、気が抜けぬのである。常人であれば少なくとも、百歩、多くとも、千歩歩いたくらいで、考えまいとしていることを……ちらりと、考える。

だが、過酷な仏道修行と呪師としての経験が常人離れした精神力をこの男にさずけていた。

浄蔵は、わごとの隠れ家、あらごとの存在について、些《いささ》かも思いを馳《は》せず、黙々と歩きつづけた……。

また、浄蔵率いる呪師たちは、わごとを知っているが、あらごとは知らず、わごとが乳牛院にいたのは承知しているが、わごとの今の隠れ家については、聞かされていない。

潤羽にいたってはわごとすら知らぬ。

(千方がこの者たちの頭の中からもぎ取れる果実は、何もない)

三条大橋から、東海道に入る。山科《やましな》盆地を抜け、逢坂山に差しかかる。

霧深き杉群《すぎむら》を背にした庵の前を通りかかると妙《たえ》なる琵琶の音が聞こえた。

(蟬丸《せみまる》殿か)

蟬丸は逢坂山に暮す盲人である。

天下無双の琵琶の名手で、その出自は謎につつまれている。単なる物乞いとも、先の帝・醍醐《だいご》天皇の第四皇子とも、宇多天皇の皇子に仕えた雑色《ぞうしき》とも、光孝《こうこう》天皇の皇子であるとも噂《うわさ》されていた。

思わず足を止めたくなる音色に耳をかたむけつつ、浄蔵たちは大津に降りている。

で、水鳥の群れが遊ぶ近江の海を右手に眺めて北上、東坂本に入った。

旅人に燗《かん》した酒を商う店から若い女の声がかかる。

沢山の草履をぶら下げた店、材木を商う大きな店、馬借の家がある。

商業区の賑《にぎ》やかさから遠ざかった――閑静な一角に目指す里坊があった。

比叡山延暦寺の門前町たる東坂本、山の上の僧たちがもうけた里坊が、立ち並ぶ。

便が良い山の下に構えた住いのことだ。

とくに公家の出の高僧の里坊は、都の貴顕たちから湖畔の別荘のように位置づけられていた。

浄蔵が甲賀に行った面々との合流場所に指定したのは、友人の山僧（叡山の僧）の里坊である。

築地《ついじ》の向うから梅の花の匂いがこぼれていて、立派な門がある。

閉ざされた門の前に立つと門は内側からすっと開いた。

広い庭園には遣水《やりみず》が流れており、梅を初め様々な花の咲く草木がうえられていて、浄蔵がつれてきた庶人の出の呪師たちは息を呑《の》んでいる。

知人の里坊に入った浄蔵、早速――魂壁を張りにかかる。

ここは、相応、浄蔵によって張られた北嶺の魂壁の、外だった。

が……部分的に結界を張った処で、浄蔵は頭を振っている。

――渇《かつ》えが起きたのだ。

「念話の、し過ぎかな……」

浄蔵は、眉宇を曇らす。

櫟野寺の怪我人がはこび込まれた時に……何が起きるか知れぬ。

乳牛院の呪師たちを要所要所に配置した浄蔵、奥の一室に入り、静養をはじめた。

火花を溜《た》めにかかったのだ。

(最近、精のつくものを食していないからでしょうか……? ここしばらく、妻に会っていないからでしょうか? ただ、妻に会いすぎると……一部のうるさい僧どもに……)

良源を思い浮かべる。

(叱られるんですよね)

まちにまった者たちの来着が告げられたのは――夕刻であった。


奥の一室に怪我人が、寝かされている。

浄蔵が伊賀におくり込んだ僧だった。

「山が……。山が、来る――。ああ……っ」

目をつむり、玉の汗をかき、体を激しく暴れさせ、譫言をくり返していた。

浄瑠璃の力をつかう媼《おうな》が精魂尽き果てた様子で、

「朝は……落ち着いておりました。坂本に入る一時ほど前から、このように」

怪我人の体をあらためていた浄蔵、突然、不動明王のように険しい顔になり、

「何故、晒《さらし》に泥が――っ」

厳しい語気を、呪師の姥にぶつけた。

矢傷、そして、刀傷と思《おぼ》しき傷口に巻かれた晒の一部が、血だけでなく泥で汚れてい

た。

するど、一瞬たじろいだ媼は、必死に、

「浄蔵様、泥ではありませぬ。血にございます」

「血だと？」

刀傷だろうか、肩から胸にかけて走った傷から晒を、はずしてみる。

「む――」

浄蔵は言の葉に詰まっている。

異様な光景が、網膜を貫いたのだ。

刃《やいば》によると思われるその傷の直線に浄蔵が予期した赤い血肉の色は見られない。

――泥色であった。

血は、泥のまじった汁に、肉は泥塊になったように、褐色化している。

また、縦長の傷口の周りに、大豆大、あるいは蜜柑《みかん》の種ほどの……泥色の湿疹が沢山噴き出ていた。それら気味悪い湿疹はふくらんだり、ちぢんだりをくり返している。

湿疹の群れの拡大縮小はまるで、息づいているかのように見えた……。

初めて見る病状に浄蔵は、

「此《こ》は……」

「手を見てみて下さい。この可哀そうなお方の手をっ……」

浄蔵は、かつぎ込まれた僧の片手を手に取る。

伊賀につかわした青年僧の腕には、血管が浮き出ていた。半分が、青筋で、半分が、泥色の筋だった。

浄蔵の額に深い皺《しわ》がきざまれる。

「――――」

で……泥色の領域が、青い領域を、圧倒しつつある。

魔の、悪意を感じる。

「泥を吐いたり、下したりすると言ったね？」

浄蔵が言った瞬間――深手を負った僧は、上半身をはね上げるように動かし、えずく仕草をした。

僧の口から泥色の汁が勢いよく噴出している。

出て来たのは食べ滓《かす》でも、胃液でも、ない。まさに泥水だった――。

浄蔵は、真新しい手拭いで、吐き出されたものを拭いてやる。怒りの煮え立ちを覚えながら静かな声で、

「これが傷口にふれたり、目や、口の中に入ったりすると危ない」

……不穏な力をもつ汁のようだ。

と、

伊賀にやった僧から、苦しみにふるえる小声が、もれた。

潤んだ双眸《そうぼう》が浄蔵を見詰めていた。

浄蔵は、死線をさ迷う弟子に、

「何処《どこ》が苦しいのだ？」

「腹が……腹にっ、石が入ってきたように苦しく」

「わかりました」

浄蔵は片手を苦しむ弟子の腹にかざし、もう片方の手を泥色に変色した深く長い傷に近付け、懸命に浄瑠璃の力をそそぎ込む。

と、弟子は、面貌を歪《ゆが》め、

「我らは……千方一家が暮したという里に、たどりつきました。名張《なばり》です」

「伊賀の名張ですね？」

浄蔵が言うと弟子は、

「はい。藤原康方と、その妻が疫病《えやみ》でこと切れると……子供が二人、のこされた」

千船、千方だろう。

「その家に賊が押し入ったという話があるようです」

「……賊……」

「浄蔵様」

「そこまでしらべ、いま少し千方について探ろうと思うた処、襲われました」

突如——黒装束の男どもに襲撃されたという。

六条の、茨田家を襲った者どもと、特徴が、一致した。

「伊賀の呪師の幻術でそ奴らをたぶらかし上手《うま》く逃げたのです。ところが、山が……山の如《ごと》く大きく恐ろしい化け物が、襲いかかってきました。山がのしかかってきたように見えました。わたし以外の者は喰い殺され、わたしは……化け物が吐いた忌まわしい泥を……」

浴びたのだ。

そうやって浴びた泥が、矢傷、刀傷から、この男の体に入り、禍《まが》をなしていると知れた。

(だとすれば、この者を苦しめているのは、怪我でも、病でも、ない。……呪いと呼ぶべきもの)

漢方医学に通じ、当代随一の医師と呼んでいい浄蔵だが、彼がもてる医学に呪いに対抗する手段はふくまれない。

また、浄瑠璃の力も通常の病、怪我を癒す力で、呪いに対抗出来る通力ではなかった。

六重の術者・浄蔵の他五つの通力——如意念波、魂壁、念話、千里眼、讖緯《しんい》、いずれにも、無念だが……今、目の前で苦しむ弟子の体に入って禍をなす、呪いをのぞく働きはない。

何とかこの男を救いたいという思いが、浄蔵の中で悶《もだ》える。

傷ついた弟子はまた目を閉じて、苦しみだす。

と、

「浄蔵様。たった今……様、ご来着されました」

ここではたらく若い僧が飛んできて浄蔵に囁《ささや》いている。

やってきたのは束帯姿の目付きが鋭い翁《おきな》と、白い水干をまとった童子であった。

灰色の髭を長く垂らした老人は、枯れた雰囲気を漂わせている。

一方の童子には、露に濡れた梅の花を思わせる可憐《かれん》なみずみずしさがあった。

色白で、化粧をしているのでないかと疑うほど赤い唇をした、眉目秀麗の少年だが、手でふれればおれてしまいそうなほどの……繊細さが漂う。

「よう来て下さった。賀茂《かも》殿」

浄蔵が今朝方使いを飛ばして呼び寄せたこの翁は——賀茂忠行《ただゆき》。

陰陽寮《おんみょうりょう》の長官、陰陽頭《のかみ》であった。

伝説の呪師、役小角の末裔《まつえい》で……忠行当人も呪師である。

つまり、朝廷から正規の職を得ている呪師だった。

一揖《いちゆう》した賀茂忠行に、浄蔵は、

「そちらの童子は?」

「我が弟子にござる。身の回りの世話をさせつつ、この道のことを教授しておる次第。摂政殿下の館に参上せねばならぬ用向きがあり、おそうなりました。平にご容赦を。――それなるお人かな？」

忠行は鋭い眼差しを伊賀からかえった怪我人に、投げかけた。


浄蔵は幼少の頃から……朝廷、官界というものに不信感を覚え、立身出世に背を向けてきた人だった。

また、かつて朝廷によりおこなわれた呪師への弾圧も、誤った政策だったと思っている。

浄蔵は権力というものの生臭さを誰よりも敏感に嗅ぎ、これを厭《いと》うてきた男である。

出来れば、それと、距離を取りたい。

しかし、権力の方で……浄蔵に関心をしめし、近付いてくる。

だから近付きすぎぬよう気をくばりながら関わってきた。

一方、賀茂忠行は、反骨の呪師・小角の子孫でありながら権力の中心近くに己の立場をきずき上げた人だった。

四重《よえ》の術者、忠行は……市井の呪師が乳牛院にあつまりつつあることに、よい感想をいだいていない。

故に、浄蔵と忠行は、一応の面識はあるものの、濃い関係をきずいてきたとは言い難い。

だが、昨日の報告を聞いた浄蔵は、呪いの恐れもあると見、自分にはない通力をもつ忠行の力をかりたく思い、急使を飛ばしている。

そして老陰陽頭は薄《うっす》らしたライバル・浄蔵の要請に応え、今、東坂本に現れた。

張り詰めた気が忠行から放たれている。双眸を光らせながら傷ついた僧を窺っていた忠行は、弟子に、何事か、囁いた。

七草粥《ななくさがゆ》に入れるすずしろを思わせる弟子の白指が黒い木箱から人形《ひとがた》を二つ取り出した。

白い紙を切った人形だった。

忠行と、弟子は、それぞれ一つずつ人形をもっている。

で——硬い面持ちで、人形に念を込めた。

今から撫物《なでもの》と呼ばれる通力が披露されるであろうことを浄蔵はわかっていた。紙や藁《わら》でつくった人形に、呪いなどの邪気をうつしてしまう通力だ。

人形をもたされているからには、弟子にも撫物の力があるのか。

「参るぞ」

忠行が言い、童形の弟子は無言でうなずいた。

傷ついた僧に近付いた忠行師弟は、白い人形で僧の体を撫ではじめた。

するとと、どうだろう。

玉の汗を浮かべた怪我人は苦し気に呻《うめ》いている。浄蔵は、怪我人の腹中にいる妖気が、びくんと波打った気がした……。

忠行は苦しむ怪我人に、低い嗄《しゃが》れ声で、淡々と、

「わしは陰陽頭・賀茂忠行。浄蔵殿に呼ばれて、参ったのじゃ。楽にして進ぜるゆえ――しばし、こらえよ」

その時――白目を剝《む》いた怪我人が大きく動き、口から黒い泥水が吐き出された。

警告されていた忠行は袖で面を隠して、素早く身を退《ひ》き、

「気を付けよ」

浄蔵は、

「目や口に入らぬようにせよ！」

浄瑠璃の力をもつ姥を初め病室に居合わせた人々は袖で顔を隠して、自らの目や口を守る。

泥を吐いた僧は息も絶え絶えという様子であえいでいた。

忠行は、吐かれた泥水を睨《にら》み、

「ずいぶん、古い魔《もの》じゃな……。大昔、世を騒がせた化生《けしょう》の中に……人体の中を、土や泥にしてしまうものが、おったとか……。この目で見るのは、初めてじゃ」

忠行と童子は妖異にひるまず、また、白い人形で怪我人の体を撫でる。

忠行は手を動かしながら浄蔵を見、

「この人形に少しずつ妖気をうつしております。妖気が、吸い取られてゆけば……中におるものは必ずや、居心地悪《あ》しゅうなり、外に飛び出す。——たのみますぞ」

「心得ました」

浄蔵はゆっくりうなずき、独鈷《とっこ》を取り出した。

忠行の人形が喉をさすった時、それは、起きた。

「ぎぃわぁぁっ」

物凄《ものすご》い悲鳴が伊賀よりもどった僧から、迸《ほとばし》っている。僧は強い勢いで半身を起し、えずく仕草をした。

「——出るぞ」

忠行が、言った。

伊賀からもどった男は体を横にひねる。浄蔵は、身構える。

土色になった弟子の僧の手がまず己の胸をおさえ、次に首に動いた。

ゴボッ……という音と共に黒いものが、口から吐き出されている。

泥塊のようだ。

が、そいつは生き物のように動いて——蔀戸《しとみど》の方に這《は》ってゆく。

「あれじゃ」

低く告げた賀茂忠行は右手に人形をもったまま、左手で懐から短冊を出していた。

──紙兵につかう短冊である。

四重の術者たる忠行、撫物にくわえ、良源と同じ紙兵の力も有する。

十分、火花をたくわえた浄蔵もまた、手にもつ独鈷に念をそそいだ。

忠行がつれてきた童子も静かなる面差しで短冊を構え、他の人々は口を開けて凝固していた。

動く泥塊は蔀戸に向かう全身運動は停止させたが、板敷の上で蠢動《しゅんどう》しつづけている。

と、

「……わずらわし。わずらわしき呪師どもよ」

泥塊から、とても人のものと思えぬ、ザラザラした声がこぼれている。

小さくも恐ろしい声を聞いた、弟子の僧、伊賀から辛くも生還した男は、悲鳴を上げ、泣き叫びはじめた。

「──何者だ？」

浄蔵の鋭く尖《とが》った声が──人語を発した泥塊を貫く。

手にもつ独鈷には、すでに泥塊を貫くべく如意念波が込められており、浄蔵が手をはなせば勢いよく飛び出すだろう。

泥塊は、蠢動を大きくした。

盛り上がってゆく——。

で、泥で出来た鼠大《ねずみ》の……四足をもつ獣と思しき姿になった。

泥の小獣を睨《にら》みながら、賀茂忠行が、

「恐らく本体にあらず」

おぞましい、泥の小魔獣、弟子の体内から出た、得体の知れぬ存在《もの》は、鼠よりはすっきりした輪郭を、ととのえつつある。

(鹿か、狐《きつね》のような……)

鹿的、あるいは狐的な、鼠大の泥獣《でいじゅう》は……顔と思しき部分をゆっくり浄蔵に向けると、

不気味な声で、

「伊佐々王《いざさおう》」

「ひっ——」

くぐもった叫びをもらした、手負いの僧は、白目を剝いて大きく痙攣《けいれん》、若干の泥を吐いて、ガバッと、横倒れした。

浄瑠璃の力をもつ嫗が白目を剝いてピクリともしなくなった手負いの僧に近寄り、面を歪《ゆが》め、

「お亡くなりに……」

冷静なる浄蔵の中で怒気がふくらんでいる。

だが、浄蔵は、その怒りをまだ、放たぬ。

極限までたわめられた弓の如く小泥獣に狙いをすましているものの何とか一撃を放つのをこらえ、恐ろしく静かな声で、

「……何が目的ですか？　伊佐々王」

「うぬらを滅ぼすこと」

「うぬらとは？」

と、浄蔵。

伊佐々王を名乗る小さい、泥の獣は笑うような仕草を見せた。

浄蔵は問う。

「わたしや、わたしの周りにいる者たちでしょうか？」

「……否！　もそっと、広く、大きいわ」

浄蔵が首をかしげると、泥獣はおかしくてたまらぬという様子で、

「幾百、否、幾千万……億を超す人を、この世から、消し去ること！」

叫びながら跳びかかっている。

「妖言、耳障り也《なり》！」

浄蔵から――怒りの矢が、放たれている。すなわち手にもつ独鈷が並みの男の投擲《とうてき》を遥かに上まわる凄《すさ》まじい速度で、飛び、泥獣に命中。

しゃべる妖異を、泥飛沫《どろしぶき》散らして、退治した――。

「昔、播磨《はりま》に伊佐々王なる大鹿の化け物が出《い》で……多くの里を襲い、人々を大変悩ましたとか」

賀茂忠行が、言った。

先ほどとは別室である。

すでに外はかなり暗い。燭台《しょくだい》の明りが奥まった板間にいる三人、浄蔵、忠行、忠行がつれてきた童子を照らしていた。

青い菱形《ひしがた》、茶の菱形がいくつも描かれた障子（襖《ふすま》）は固く閉じられていた。

蔀戸は開かれており、簀子の濡れ縁と、濡れ縁に付設する形で庭側にもうけられた閼伽《あか》棚《だな》がみとめられる。

先ほど逝った弟子の菩提《ぼだい》をとむらった浄蔵は忠行師弟を奥の間に呼び、伊佐々王について語らっている。

千方についても知っていることを忠行に話し、先方が知っていることがあれば聞き取りたい、浄蔵であった。

賀茂忠行は浄蔵に、

「千方なる者が……洛中で、呪師の雛をかどわかしている……という話は貴殿から聞いておりました」

浄蔵は——千方一味による誘拐事案に気付いたすぐ後、賀茂家に報告している。

ただ、事件の核心につながるかもしれぬ双子の少女——あらごと、わごとについては、黙っていた。

朝廷に直属する呪師と、朝家に弾圧された者や、この世を牛耳る権門から見向きもされぬ人々に、寄り添ってきた呪師……両者の間にある距離感がそれをさせなかったのかもしれぬ。

つまり賀茂家の周りにいる誰かから、わごとらの情報が、千方一味にもれるような事態《こと》を、浄蔵は危ぶんでいたのである。

浄蔵は忠行に、

「播磨に出でしその妖についてはわたしも聞いています。たしか、官軍にかこまれ、岩場でこと切れたとか」

長い黙《もだ》の後、忠行は、言う。

「実は……そうではない。伊佐々王を退治したのは官兵にあらず。我が先祖が、伊佐々王を封じたのです」

驚きが、浄蔵の眼をかっと開かせている。

天子の傍に仕える老陰陽師は深くうなずいた。

「左様。役行者こと役小角が――伊佐々王を巨岩の中に封じ込めた。小角はそのために伊《い》豆大島《ずおおしま》への流罪を解かれたといっていい」

（そうであったのか……。小角の流れ、つまり賀茂家が朝家に召し抱えられたのは、伊佐々王がきっかけか）

忠行は、言った。

「先ほどの小妖の口上が真なら、その伊佐々王が蘇《よみがえ》ったということ。しかも、妖術の徒がかかわっておる様子。当家が座視すべき一件ではないな」

面差しを引きしめた浄蔵に、賀茂忠行は、鋭い目付きで、

「千方なる者の悪行については聞いておりましたが……貴方が、千方について探るべく伊賀に人をやったというのは、初耳でした」

浄蔵はもはや全て話さねばならぬ、話した上で忠行の助力を得よう、また、忠行が知ることあらば、悉《ことごと》く聞き取ろうと思い、わごと、あらごとのこと、さらに伊賀に人をやった経緯について全て語った。

――忠行と童形の弟子は真剣に浄蔵の話を聞いている。

浄蔵は下総にいるあらごとが常陸で犬神を倒したことは話すも、わごとの今の隠れ家についてはは伏せた。

が、鉄人と呼ぶべき精神力で今朝から一度も、わごとの隠れ家について、心を向けなか

った浄蔵、この時、一瞬、大和の南に雄渾《ゆうこん》に広がる、大峰山脈の光景が胸をよぎってしまう……。

　話を聞き終えた忠行は、感心したように頭を振っている。

「わごと、あらごと……何とも末頼もしき子らですな。陰陽寮にほしいくらいじゃ」

　で、溜息をつく。

「全盛期の陰陽寮には、十人ほどの呪師がおったと聞くが……今は、わしと、この童子二人だけ」

「優秀なご子息がおられると聞きおよんでおりますが……」

　浄蔵が水を向けると、陰陽頭は皺だらけの手を振る。

「あれは、まだ、駄目です。もうよい歳なのにいまだ、火花の漏出をおさえられぬ始末で……。その二人の子に指導してほしいくらいじゃ……」

　いやいや指導などとんでもないと頭を振ると忠行は、

「駄目じゃろうな。陰陽寮は——それなりの氏素性の子しか採らぬ。また、男子でなければならぬ」

　庶民出自、もしくは出自不明の、女子では陰陽寮に入れぬということだった。

　忠行はふと思い出したように、

「藤原千方……。関わりがあるのか存ぜぬが、藤原の北家が……」

都で、いや天下でもっとも強く大きな華を咲かせた家である。

「――全盛期の陰陽寮を凌駕《りょうが》するような、精鋭の呪師をあつめ……闇忌部《くらのいんべ》、と名付け、かかえ込んでいた、左様な噂《うわさ》を小耳にはさんだことがあります」

「……ほう」

初めて聞く話であった。

――刹那。

浄蔵の中で瞬いた感覚が、ある。

警戒心、非常な危機感と呼ぶべき感覚。

……何者かに見られているようなとても居心地悪い気がしたのだ。

血相を変えた浄蔵は念話で、

《何かが見ておるようです》

忠行に、伝達している。小さく首肯した忠行は四囲を見まわし、童形の弟子も、忠行と浄蔵の様子から何が起きているか、察したのだろう、辺りに厳しい眼差しをおくった。

コツン、コツン。

頭上で音がする。

(そこか!)

浄蔵の中で冷たくも熱い火花が散る。鋭気が、炸裂《さくれつ》した。

頭上、板葺屋根《いたぶき》がビキンと音立てて破裂した――。如意念波がかちわったのだ。さらに浄蔵が手にもつ三鈷杵《さんこしょ》が重力にあらがい、超常の勢いで――真上へ飛翔《ひしょう》。三鈷杵は穴が開いた板葺屋根の真上にいて足場をなくし驚いていた生き物を、真下から貫く。

――悲鳴が、した。

何らかの鳥であるらしい。

コツン、コツン、という足音を立てた後、悲鳴の主は、板屋根をすべり落ち……濡れ縁上、閼伽棚の傍に転がった。

カラスのように思える。

「……仕留めたか」

浄蔵は三鈷杵を念によって手元にもどし、右手に構えつつ、濡れ縁に落ちたカラスに慎重に歩み寄っている。

僧侶たる浄蔵、当然、凡俗のカラスなら、命は取らぬ。しかしこのカラス、浄蔵の動きを探らんとする魔の手先と思えた。だから容赦しなかった。

浄蔵の足が簀子に出た瞬間、カラスの骸《むくろ》はカラスが描かれた短冊に早変りしている。

(紙兵)

「――違う。此方《こなた》」

涼やかな声が、放たれた。

忠行がつれてきた白皙《はくせき》の童子が発したのだ。

白い水干をまとった賀茂家の童子は、板間の一角を指している。

「そこ」

一匹の黒蜘蛛《くろくも》が板敷の上に這いつくばっていた……。その蜘蛛は、浄蔵の方をじっと見上げているように見えた。

(貴様か)

板間の中には、金銅の水差しと、鋺《かなまり》が、ある。

浄蔵の念が鋺を浮かせる。

如意念波だ。

鋺は宙を飛び——黒い蜘蛛に襲いかかり、逆さになっておおいかぶさろうとした。

蜘蛛はさっと動き、金属の碗がつくろうとした円形密室から、間一髪、逃れる。

で、その刹那——トンボに早変り。

凄い勢いで飛び、外に逃げんとした——。

紙兵にあらず。

むろん常の虫でもない。呪師か、化生が、変形《へんぎょう》した、虫である。

「むう」

浄蔵は呻く。瞬間、白皙の童子が素早く短冊を放っている。

――すると、どうだろう。

童子が放った短冊は燕《つばめ》に早変り、遁走《とんそう》をはかる魔の密偵を追跡した――。

紙兵だ。

浄蔵と忠行の密談を盗み聞きしていた、さっきまで蜘蛛であったトンボと、数瞬前まで紙切れにすぎなかった、燕は、閼伽棚の脇を高速でかすめ――黄昏《たそがれ》の庭に飛び出す。

燕がトンボを捕えんとする。

瞬間――追い詰められたトンボはまた、変形している。

何と……鷹に姿を変え、童子が放った燕の紙兵に、逆襲した。

慌てた燕は鷹から逃げようとするも鷹は猛速で飛びかかり――燕の背を足で捕まえ、庭に叩《たた》き落とす。

同時に燕は短冊という本性にもどってしまった。

「あは」

白皙の童子は敵の奮闘がおかしかったらしく軽い声で笑った。

浄蔵の右手が、動く。

修法の折、煩悩を破り、本有仏性を明らかにするためににぎる黄銅で出来た法具が――鷹に向けられる。

——三鈷杵であった。

湾曲した二つの鋭い突起、それにはさまれた真《ま》っ直《す》ぐな尖端《せんたん》が、浄蔵の手の力で、ふるえる。

如意念波が三鈷杵をくり出さんとした時、

「おまかせあれ」

忠行が、囁いた。

風が浄蔵の面にかかる。

忠行が、放った短冊が——大きなる鳥に変身《かわりみ》し、その鳥の翼が起す風が吹き寄せたのだ。

空の王・犬鷲《いぬわし》である。

羽を広げた大きさは七尺近い。

忠行が現出させた犬鷲が鷹めがけて飛びかかっている。

鷹は逃げ、犬鷲は、追う。

《敵が侵入した。わたしの方です。——鷹に、姿を変えている》

念話で、里坊各所に置いた呪師たちにつたえた、浄蔵と、賀茂師弟は濡れ縁から庭に飛び降りる——。

同時に低空を逃げていた鷹が堂々たる体軀の日本狼に姿を変えている。

疾走する狼の灰色の後ろ首を、犬鷲が足の爪で、襲う。

が、狼は、巧みにかわし、体をひねりつつ飛び上がり、犬鷲の下半身にかぶりついた。

犬鷲から、羽毛と、悲鳴が、散る。

犬鷲を両前足の鋭い爪でしっかり捕まえた狼は少し口をはなした。

で、牙が並んだその口から——何と、火炎を放射した。

火達磨《ひだるま》になった鷲は悲鳴と共に掻《か》き消える。紙切れの本性に、もどったのだろう。

鷲の紙兵を焼いた火の粉が揺らめきながら落ちる向う、暗がりの一角に裸形の男が一人、忽然《こつぜん》と立っていた。

いたはずの狼が……消えている。この男が蜘蛛と、トンボ、鷹や狼に化けていたのだ。

月と火の粉に照らされた男は若い。

長身で細身。だが、しなやかな筋肉で引きしまった、逞《たくま》しい体をしている。

髪が長く、ととのった顔に妖しい麗しさがあった。

人が変形の力をつかう場合、衣服には、通力がかからぬという。獣に化す時など——衣は邪魔なのだ。だからこの男、裸形なのであろう。

浄蔵、忠行、童子の足が、止っている。

堂々と裸形をさらし、こちらを睨んでいる美青年は、低く、深みのある声で、

「のう、浄蔵、わしはお主を見ていて、一つの大きな気付きがあったぞ」

これこそ敵の総帥と見た浄蔵は、

「藤原千方か？　気付きとは？」

言いつつ、呪師たちに、

《奥の庭です。千方と対峙《たいじ》している。取りかこんで下さいっ》

千方の唇が揶揄《やゆ》するかの如く、ふっとほころび、

「うむ。仏の教えとは……他人のことをあれこれ嗅ぎまわるその法をくどくどと説いたもののようだの？　そんなちっぽけな教えであったかよと、近頃、お主を見ていて、得心したのだ」

「…………」

若者と対峙する浄蔵は……幾星霜も経てきた翁の前に立たされている気がした。

俊足の移動を得意とする韋駄天の小男から、念話で、

《浄蔵様。奥の庭から築地をこえた所におります！》

「うぬが小うるさく嗅ぎまわるゆえ、当方もまた、うぬの周りを探った。……あらごと、と申すか。片割れは！」

残虐な嬉しさが、千方の双眼で滾《たぎ》っていた。

「──あらごと、わごとか」

「…………」

「わごとは大峰に隠れておるか？」

千方は、からからと、嘲笑する。

千方は恐らく蜘蛛に化けて怪我人の僧衣について里坊に入り込んだのであろう。

魂壁が不十分だったことが、侵入を容易にしている。

（カラスの紙兵は……わたしの注意を引き付けるためか）

そして、蜘蛛姿で、忠行との密談を盗み聞きし、浄蔵の心を一瞬かすめた大峰山脈の光景を、他心通で見た……。

伊賀から傷ついた僧が一人生還した処から、

（罠……だった？　わたしを、魂壁の外に引きずり出すための――）

山を恐れるという気持ちも他心通に因《よ》るものだろう。

その他心通が、死んだ弟子と浄蔵を、叡山の外、つまり、魂壁の外で、あわせた。

（この浄蔵からわごとたちの秘密を引き出すために……？）

「如何にも」

心を読む男は、悪びれずに、笑んだ。

（――何という敵――）

「闇に巣くう妖術使い、何故、あの子らを狙うっ！」

叫ぶ浄蔵に千方は、

「抹香臭き堂に籠り、自ら考えることだ。さて、かこまれてはつまらぬ。うぬらの露よりも儚《はかな》き命……今宵は散らさずにおく。――さらばだ」

――掻き消えた。

瞬間移動・縮地である。

直後、築地の向う、往来の方で、

「わ！」

叫びが、した。

浄蔵たちは……縮地がつかえぬ。

浄蔵、忠行、忠行がつれてきた童子、異変を察した邸内の者どもは、己の足で走り、門から往来に出、叫びがした辺りに殺到した――。

山の水が勢いよく流れる側溝の傍に小さな人影が固まっていた。

松明《たいまつ》で照らすと韋駄天の力をもつ、小男だった。

手鉾《てぼこ》を構えようとした仕草のまま……体全体を氷漬けにされたように、微動だに出来なくなっている。

築地を出た所で、妖術の総師を待ち伏せしていたが、縮地してきた千方に、他心通による金縛りをかけられたと思われた。

「千方はもうおらぬ」

浄蔵が声をかけると小男はようやく動けるようになったが、へなへなとその場にくずおれた。

「千方……恐るべし」

賀茂忠行から、声がもれる。

「あれ也」

涼やかな声が、傍らで、した。

浄蔵が乳牛院からつれてきた新参の呪師——十三、四歳の、橘潤羽が、夜空の一角を指している。

浄蔵は灰色の地に流水模様がほどこされた小袿の少女が指す方に目をこらすも、肉眼ではみとめられない。

だが、浄蔵の心の目、つまり千里眼は——南に逃げてゆく隼《はやぶさ》の姿をありありと捉える。

松明に照らされた浄蔵は、

「隼に化けて逃げたか……」

「さあり」

潤羽は深くうなずいている。

額を隠すように艶やかな黒髪を切りそろえた少女で、隠しようのない気品がある。

すらりと背が高く、色は透き通るほど白く、目は大きな三白眼。

潤羽の通力は巨細眼《こさいがん》と言い眼にやどる。

——一目見た光景の驚くべき細部までも捉え、理解する能力《ちから》である。

(あごとの存在、そして、わごとの所在が……千方に、知れた)

苦悶《くもん》の形相を浮かべた浄蔵、今どうすればよいかを、思慮する。

陰陽頭・賀茂忠行、忠行がつれてきた白皙の童子、韋駄天の小男、金剛身の兄弟——為麻呂、石麻呂、流水模様の灰色小袿をまとった巨細眼の少女・橘潤羽、幾人もの呪師が浄蔵を軸に集結していた。

その中には、為麻呂、石麻呂の如くわごとを知る者たちと、忠行、潤羽のようにわごとを知らぬ者たちがいたが、皆が浄蔵の言葉をまっていた。

「……少し、考えさせて下さい」

その日の深更——浄蔵から遠く、東、下総国鎌輪にいる乱菊に、今迫っている危機が念話により、つたえられた。
何故、深更になってしまったかというと乱菊は酒を飲んで寝ていたらしく……なかなか念話がつながらなかった。
念話の第一声、乱菊は、
《明日、出立なんですよ。香取に……。だから、今宵は、酒《ささ》を嗜《たしな》み、早めに横になっていたわけです。……何ですか？　こんな夜更けに》

ている。
浄蔵は千方の長い魔手があらごとの命を取るべく、そちらにのびるかもしれぬとつたえ

《千方に知られたのは……》
あらごとが、乱菊という女呪師に守られ、下総にいることと、
《あらごとと、そなたが常陸国で犬神を退治した旨……》
と、眠気がまじり、酒で濁った思念が、
《そこまで知られたら……東国に入った千方一味は、すぐ、わたしたちにたどりつくでしょうよ。何せ、この粟散辺土《ぞくさんへんど》、狭いですからねえ》
浄蔵は遥か坂東にいる乱菊を思い浮かべ、
《千方の手先が、坂東《そちら》にいる恐れすらある。すぐにでも、襲来するやもしれん》
《ちょうど、よかったですよ。明日が出発で》
《乱菊……その何というか、もそっと危機感をもってほしい。今は最大限の危機感が入り用だ》
《お言葉を返すようですが、こっちはとっくに最大の危機感をもって色々やっているんですよ。取りあえず、香取までの道中は、あらごとと、わたしで、何とかする他ないでしょう？》
浄蔵の指が脇息を神経質につつく。

浄蔵は、あの後、金剛身の兄、為麻呂と、韋駄天の小男、大宅繁文《おおやけのしげふみ》、二名の呪師をつれ、叡山に登った。

今は横川の庵にいる。

先ほどの里坊だと……また、もどってきて虫などに化けた千方に、心の中を読まれてしまう。

その危険を無くすには十二分な魂壁を張る必要があったが、魂壁を張る時と気力すら惜しかった。

忠行たちは都にもどり、潤羽ら他の仲間は、僧兵に守らせ、山中越《やまなかごえ》という道から、乳牛院に向かわせた。

乱菊は念話で、

《ともかく気を付けますよ。今置かれている苦境は香取の方についたらよぉく白鳥ノ姥に相談してみます。明日、早いので、では——》

「乱菊……？　ちょっと——」

念話を一方的に打ち切られた浄蔵、柄にもなく舌打ちする。

すでに奥吉野のわごと、良源には——魔王に、所在が知れた旨、すぐに救援をつかわす旨を、つたえている。

（問題は誰をつかわすかだ……。賀茂家から、あれを、かりれぬものか）

その夜――。

洛中のさる御殿に隼姿で舞いもどった藤原千方は濡れ縁に音もなく降り立つや裸形の人体《じんてい》にもどった。

あらかじめ念話で下知を受けていた火鬼が簀子で千方をまっていた。火鬼は、千方に、いつもの黒衣をかけながら、

「……よくぞ、ご無事で」

「浄蔵、忠行如きにやられる、わしにあらず。かなりの収穫があった」

千方の端整な顔と、長い髪、火鬼の糸のように細い目と、赤衣の下に隠れていても甘い色香がもれ出てくる肢体を、鬼火が、照らしていた。

――火鬼の通力「火雷」が灯《とも》した火である。

立涌文様がほどこされた黒衣をまといつつ千方は、

「わごとは――吉野におる」

火鬼の胸底の炉で、一気に、大量の火花が散る。

殺意が熱く迸ったため二人を照らす火が、宙を漂いながら激しく燃え盛った。

「そして、片割れの名も明らかになった……」

千方は強く、

「――あらごと。下総に、おるようだ」

「あらごと」

赤い妖女が鏝《こて》で焼き付けるように呟く。

「如何なる力をもつか探り得なかったが、すでに、寝覚《いざ》めをむかえたらしい。犬神を倒したとか」

「それはずいぶん……面白い子のようですねえ」

微笑を浮かべた黒衣の魔王と、火をあやつる女は暗い室に入った。

瞬間――今までなりを潜めていた灯明皿で、ぽっと、火が灯っている。

板の間に黒い几帳《きちょう》が据えられており、その向うに寝床がしつらえられている。

甘苦い香りがたゆたっていた。

千方は几帳の前に立ったまま、

《風鬼《ふうき》》

念話で、ここととは別の隠れ家にいる風鬼に呼びかける。

千方と火鬼は洛中のさる館にいる。一方、風鬼と、他の手下は、都の西北、深い山の中にもうけた隠れ家に、いる。

風鬼から答《いらえ》があると千方は火鬼に告げた旨を話し、

「そなたは水鬼と共に東国《あずま》に迎え。――あらごとと、乱菊なる女を、始末せよ。……魔軍をつれてゆけい」

《はっ。心得ました》

千方は、風鬼に、

「靡ノ釧《なびきのくしろ》を一つもってゆけ」

風鬼への念話が終ると、火鬼はずっしりと重く豊かな乳房を衣越しに、千方に押しつけた。

乳首が、男の硬い筋肉《にく》を、二つの衣越しに感じる。

細い目をさらに細めて、火鬼は、

「吉野のわごとは、あたしに焼かせてくれるんでしょう？」

「もちろんだ」

千方の逞しい腕が火鬼の背に這っている。

二人はもつれるように、黒き几帳の向うに崩れた。

火鬼の燃え上がりそうな声が、ひびきはじめた。

同じ御殿の千方のいる辺りから遠い一隅、門の傍に篝火《かがりび》が焚《た》かれ、男たちが守っていた。

一人の男が大きな鉢をいくつか据え、縁の下に住みついているらしい十匹近い犬どもに餌《えさ》をあたえていた。

中には、人を襲いそうな大犬、かなり汚れた痩せ犬も入りまじるが、この白髪混じりの男は鷹揚《おうよう》な笑みを浮かべて、夕飯にがっつく犬どもを眺めている。

少しも恐れたり厭うたりする様子はない。

心底、犬が好きそうだった。

衛兵の一人が交替する。あたらしくやってきた男——弓をもった侍《さぶらい》が、ひどく驚いた様子で、犬を眺めている男に歩み寄り、

「おや、めずらしい顔が！　伊予《いよ》で海賊になられたという噂を聞きましたぞ。いつ、都《こっち》にもどられた？」

「馬鹿も休み休みに言え」

犬に餌をやっていた男が腰を上げる。からりとした声で、

「わしは、海賊を討伐したのであって、海賊になったわけではない。そのことをな、伊予守殿に言われて、京に報告しに参ったのじゃ。ついでに皆がどうしておるかと思うてな、ここに寄った次第。幾日かおるつもりじゃ」

この伊予で海賊を退治したという初老の男はかつてここではたらいていたようだ。

中背だが、がっしりしていて、腕が太い。

かなり白髪が目立つも浅黒い顔は精悍《せいかん》でやつれた感じはしない。

伊予からもどった男は、弓をもった若侍に、

「そなた、まだ、博奕《ばくち》はつづけておるんか？」

「昨日も……だいぶ、しぼり取られましてな。本職の博奕打ちと打ったんですが、いや……強い、強い」

「悪いことは言わんから博奕はもう止《や》めろ。わしは、すっぱり止めた」

「え？　あの純友殿《すみともどの》が？」

この伊予で海賊を平らげた男、藤原純友という。

「博奕は止めても、女遊びはつづけておられるんでしょう？」

若侍が訊くと、純友は、

「そっちもだ」

からりとした声で言う。

深い驚きが、若侍の面をよぎっている。

藤原純友――今でこそ皺深く、白髪が目立つが、昔はかなりの美男であったと思われる。

若侍はその純友に、

「では……純友殿は何を楽しみに生きておられる？」

純友は微笑《ほほえ》みを浮かべ、

「……倅《せがれ》かのう。亡き妻がただ一人のこしていってくれた倅。日々大きゅうなってゆくのを見守るのが楽しい。今、弓をおしえておるのだが、誰に似たのか、覚えが悪い。それがまた楽しい」

変なものを嚙《か》まされたような顔になった若侍は、

「……何ゆえか？」

「覚えが良い子より共にいられる時が長いと思うことにした。そう考えると、楽しい……」

「あの気宇壮大であった純友殿が……。伊予で大手柄を立てたというのに、子供一人のことが楽しみとは、その子の弓も拙いとは。何だか……夢がない気がいたすっ」

純友は穏やかな顔色で厚い肩をすくめ、しみじみと、

「夢？……あるではないか？　ところで——」

ふと、何かに思いいたった顔になった純友、目が針に似た光をたたえ、鋭くなる。

「興世王《おきよおう》様は今宵、こちらに参るかの？」

「来られるとうけたまわってござる」

「……左様か。なら、しばらくまつか」

純友がそう呟いた少し後——二条大路に面した門が静かに口を開け、数名の男が、そっと、入って来た。

冠をかぶった細身の男と、侍三人、松明をもった雑色二人、替え松明を背負った童である。

獰猛《どうもう》な吠《ほ》え声の嵐が門から入った者たちに押し寄せて、侍たちが慌てて威嚇《いかく》した。

純友が餌をやった犬どもが突進していったのだ。

「――こら！」

純友が、犬群《けんぐん》を、一喝した。

「よいからもどれ」

犬どもは純友が命じると大人しくなり塒《ねぐら》たる縁の下に引き上げてゆく。

「もどっておったのだな？」

門から入りしなに犬に吠えかかられた男が純友に話しかけてきた。

興世王だった。

……いつだったか、わごとを、西の京で攫《さら》おうとした、顔に痘痕《あばた》のある男である。

「元の上は毎日出仕するにおよばぬと仰せだが……左様な訳にもゆかぬ。夜になると、犬が吠えかかって参るのが厄介でな。そなたがいてくれると何かと心強い。このままおるのか？」

頭を振った純友は、伊予にもどらねばならぬとつたえ、挨拶もそこそこに、

「伊予にて、妙な噂を聞きましてな……。この御所に異様な風体の者どもが出入りしておる、それらの者を引き込んだのは貴公。斯様な噂にござる」

先ほどの犬どもの牙や爪が可愛く思えてくるほど鋭い語気だった。

しかし、興世王、些かも動じず、

「二人で話そう」

御殿の一室で――二人は密談している。

興世王が純友に、押し殺した声で、

「我らが主の周りには……常に、陰謀がある。半年前には蠱物《まじもの》が置かれておった。――御命をちぢめんとする者がおる」

「何故急に？」

「……わからぬ。帝が、幼いからかもしれぬな」

「…………」

灯火に顔の半ばを照らされ、半分を闇に塗り潰された興世王は、

「いろいろ気をまわす輩がおるのであろう……」

純友は、吐きすてるように、

「卑劣な輩だ」

「左様。我ら、何としても、その卑怯《ひきょう》者どもの謀計から――元の上をお守りせねばならぬ。そのためにやとい入れし者たち。蠱物の害をふせぐと共に、誰の手で仕掛けられたか探る、左様な用向きにうってつけの者たちだ」

どうも、興世王と純友は……この館に出入りする妖しい輩、藤原千方や火鬼のことで、もめているようである。

「では……こちら側に、不穏な企《たくら》みなど何一つ、無いということだな？」

疑う気持ちと、疑いたくない気持ちがせめぎ合う、純友の語調だった。

「ここは——仙洞《せんとう》。左様な俗世の、汚れし企みから……もっとも遠くに在《あ》るべき所。どうして左様な企みがあのお方にあろうか？」

「元の上に無くとも、貴公ら側近にはあるかもしれぬ」

純友の眉は険しく寄せられていた。興世王は、頭を振り、

「言いがかりだ。だが、向うにはあるかもしれぬ」

こちら側は興世王が仕え、純友も前に奉仕していた元の上を、向うとは帝の周辺を指していた……。

考え込む藤原純友に、興世王は囁く。

「のう純友、もしもだぞ、当方に一点のやましさもないのに……向うが、我らを力で潰さんとしてきたら、そなたはどうする？　どちら側に立つ？」

「こちらに一点のやましさもないのに向うが潰しに来たら？——決っている。こちらに加勢する。ここで禄《ろく》を食《は》めねば……今の純友はなかった」

腹にひびく声で言った。

興世王は、純友に、

「ならばもしもの時、我らの味方になる者を――四国で探しておけ。左様な一大事が出来《しゅったい》してしまうかもしれぬのだ」

「…………」

純友はとうとう答えなかった。

去り際、純友は、鋭く、

「もしもだ、貴公らが仙院を守らず、かつての仲成《なかなり》、薬子《くすこ》の如くあのお方を誤った道に誘うなら、我が剣《つるぎ》は、貴公の首を落とす」

痘痕面の半分を闇に塗り潰された男は首に手を当て、

「なら、我が首は安泰よ。わたしはあのお方を守ることに全てをそそいでおるゆえ……」

*

その小太り、鯰髭《なまずひげ》の、公家は、夫が遠国《おんごく》に赴任しているさる婦人との密会を終え、都大路に姿を現したところであった。

出来れば明け告げ鳥が鳴く頃まで共にいて後朝《きぬぎぬ》の別れをしたいところだったが、そうも言っていられない。

明日早くから禁裏に伺候せねばならぬ。

故に、一度、館《たち》にもどる必要がある。

所は六条。都大路を夜霧が這っている。

女の家の築地の破れ目から、霧が漂う夜道にこっそり出る。世を忍ぶ仲ゆえ見送りはない。と……牛車《ぎっしゃ》の傍で警固の侍、白張《しらはり》の雑色、いずれも築地に背をもたれさせ、高鼾《たかいびき》をかいていた。ただ、牛飼童だけがあくびを殺し何とか眠気にたえていた。

舌打ちした公家は、白張を着た雑色を蹴起す。

雑色は慌てて他の従者を起した。

「かえるぞよ」

小太りの貴族は小声で言い、牛車に重たい体を、すべり込ませる。

さあ出発、という時である。

「な、何じゃ、お主ら――」

と、
警固の士の上ずった声がひびいた。

「ぐっ……」

呻き声や、

「ギャッ」

悲鳴も聞こえ、いくつもの重たいものがどさどさと放り出される音がした――。

牛車がすすむ気配はない。

「何ぞ？」

答《いらえ》もない。

静まり返った、外を窺うも、何が起きたのか――よくわからない。

賊かという恐怖が首を擡《もた》げる。

同時に、密会が露見すればかなり面倒なことになる、早くかえらねばという思いが胸を焦がし、さらに、

(北の方が何ぞ感付いたかっ……)

勘がよく、根にもつ性質の、己の正妻を思い出し、

(北の方が家人に手回しして、嫌がらせ、悪ふざけさせておるのか――)

こう思い込んだ小太りの公家は憮然《ぶぜん》とした形相で、

「汝《なんじ》ら、何をしておるのじゃ」

牛車から――顔をのぞかせた。

刹那、鋭い何かが凄まじい勢いで閃《ひらめ》き、

――――！

小太りの公家の頭は、首根っこで切断され――ゴロン、と路上に落ちている。

首を無くした胴体も鮮血を噴射して車から転がり落ちた。

次の瞬間、複数の鋭い旋風《かぜ》が吹き――路上に落ちたその公家の体はさらに幾度も斬りきざまれた。

「ああ……皆殺しにしてしまった」

呟いた女が、ある。

唐輪《からわ》に結った色白の女で死んだ雑色が手にもつ松明で下から照らされていた。青い衣をまとい、青い勾玉《まがたま》を首につけている。

目は小刀で引いたように細く、吊《つ》り上がっていた。

――火鬼こと化野《あだしの》の双子の妹、水鬼こと嬉野《うれしの》であった。

水鬼は白い腕《かいな》に黒い釧（腕輪）をつけている。黒玉で出来た腕輪らしい。黄金で鬼神の顔がほどこされていた。

水鬼の隣に、白く長い髪、髭を垂らし、ゆったりした白衣をまとった翁が、佇《たたず》んでいる。

一見仙人のように見えるこの翁は風鬼であった。

水鬼は黒い釧に手をかけ、

「――止めよ。我らは、急がねばならぬ」

二人の周りで、いくつもの小さな旋風が吹いている。

――風鬼が吹かせている風にあらず。

見れば……幾十匹もの、小さな飛行獣が、二人の周り、さらに皆殺しにされた、公家一行の周りで狂奔している。

垂直に飛び上がったり、勢いよく宙を下降したり、夜道すれすれを猛速度で滑空したり。

さらに、その空飛ぶ獣どもは、

「ギー！　キ、キ、キ、キィ！」

叫びつつ、すーっと透明に消えたり、また、現れたりしていた……。

鼬《いたち》ほどの大きさで顔も鼬に似ている。

ただ、両前足は……鋭利な鎌になっていた。後ろ足は、ない。褐色の毛におおわれた胴はそのまま細まってゆき、尾につながっていた。

――明らかにこの世の獣ではない。

幾匹かの小妖獣の鎌、すなわち前足は血塗られている。

こ奴らが高速で飛びながら――鎌と化した前足で、首を裂いたり、胸を突いたりして、密会帰りの公家一行を殺戮《さつりく》したのは、明らかだった。

侍も、雑色も、牛飼童も、血塗《ちまみ》れになって、路上に転がっていた――。

夜道に現れた水鬼、風鬼に驚き、侍が発声したことが、惨劇のきっかけになったのである。

一匹の小妖獣が小太りの貴族の胴に舞い降り鎌を突き立てる。汁を散らしながら、啜《すす》る音がした。

すると、どうだろう。

幾十四もの小妖獣は垂直下降する突風、さらに地面すれすれを行く小暴風と化し、死んだ者どもに蝟集《いしゅう》。

鎌状の前足、鋭い牙を死肉に突き立て……世にも生臭い宴《うたげ》をはじめたでないか。

黒い腕輪に手を当てた水鬼は厳しく、

「止めよ！　斯様な所で、時を費やす暇《いとま》はないわ」

さらに……鼬に似た小妖獣とは別の者どもも、血の臭いに惹《ひ》かれたか、見上げるほど高い夜空から降りてくる気配が、あった。

風鬼が嗄れ声で、

「のう、鎌鼬《かまいたち》ども、あのお方は、千方様はお怒りになると思うぞ」

死肉を貪っていた小妖獣・鎌鼬どもの動きが……鈍化している。

水鬼は、黒い腕輪を強くさすり、

「千方様の、怒りをかいたい者は、貪りつづけよ。千方様のお褒めにあずかりたい者、東へすすめ」

全ての鎌鼬が原型をとどめぬほど斬り裂かれた屍《しかばね》からはなれている。半分はすうっと、透明になっている。

そして、凄まじい速度で東に飛びだした——。

夜空の高みから降りてきた者どもも、また上に上がり、飛行を再開する。

うなずき合った風鬼と水鬼は手をつなぐ。

すると、風鬼、水鬼の姿は瞬く間に……掻き消えた。

風神通《ふうじんつう》の妖術師・風鬼は、二重の術者である。

風鬼のいま一つの通力は縮地であった——。

風鬼と水鬼は縮地の力で、地を行き、二人に率いられた魔軍は己の力で、空を飛び、坂東を……すなわち、あらごとを、目指していた。

陰陽頭・賀茂忠行は浄蔵とわかれた後、大津から山科に入り、山科から寂しい汁谷越《しるたにごえ》を抜け、都にもどってきた。

山科から平安京に出る道は二つ、一つは蹴上《けあげ》から三条に出る東海道、いま一つが汁谷越で、これは六条辺りに抜ける。

山科を通っている時、忠行が、

『何となく六条辺りに妖雲がたなびいておる気がするの』

と、呟いたので、小人数の賀茂家一行、汁谷越を選択している。

並みの貴族なら、妖しい方をさけるのが道理だが、そこは陰陽頭。

あえて、妖しい方に足を向けるのだった。

鴨川をわたり夜霧漂う平安京に入った所で白皙の童子は牛車に、

「浄蔵貴所は……なかなか大した方でしたな」

「………」

さすがに疲れたのであろう。老陰陽師は、車中で眠っているようだ。

その時——先ほど、見事な紙兵術を披露した、白皙の童子ははっと瞠目《どうもく》している。

何とも凄まじい気配が前から近づいてくるのを感じた。

同時に、童子の千里眼は、牛車の傍に転がった男の生首、ズタズタに斬りきざまれた白い水干と胴体、肘のところで切断された手がもつ松明、横倒れした松明に照らされた血溜りを、幻視した。

——眼がぬめりそうなほど、血腥い光景だ。

硬い唾をゆっくり飲んだ童子は、牛車に、

「大殿様」

「………」

少し大きく、

「大殿様」

車の中から嗄れ声が返ってくる。

「何事か？」

「前から、恐るべき者どもが迫っておるようにございます」

牛車の中で、主が身を動かす気配がある。

やがて、

「そのようじゃな。……安倍《あべの》童子」

童子の姓を呼んだ忠行は、

「車を止めよ。これより――魂壁を張る。雑色どもに何があっても決して声を発せぬようにつたえよ。如何に恐ろし気な魔《もの》が現れても、魂壁により、そ奴らの目に我らは見えぬ。彼奴《きゃっ》らは壁の内に入れぬ。ただ、声を出せば――壁に罅が入る」

「承りました」

安倍童子と呼ばれた白皙の少年は松明をもった雑色や牛飼童に主の言葉をつたえた。

夜霧漂う中、賀茂家一行は静かに、足を止めている。

ややあって、不気味な風が前から吹き寄せてきた――。

よく見ればそれは妖風と呼ぶべきものである。小さい鼬に似た獣どもが、宙を勢いよく飛んでいて、そ奴らの飛行が突風を起している。

（前足が……鎌になっている）

安倍童子は唇を嚙みしめる。

鼬に似た妖獣は、透明に掻き消えたりする。逆に、透明な状態からすっと姿を現す奴もいる。

妖しの鼬どもは猛速で忠行一行の真ん前まで来ると――左右にわかれて、牛車を無視して飛んでゆく。

分厚いが、目に見えぬ壁が、己らを守っているのだと、安倍童子は、感じた。


その光景を少しはなれた暗がりから見守っている者が、二人、いた。

水鬼と風鬼である。

妖である鎌鼬には――魂壁の中にある忠行一行が見えぬ。だが、何となく嫌なものに感じられ、よけるように、飛んでゆく。しかし人である水鬼、風鬼の目には牛車と怯えながら佇む供の者たちが見えていた。

鳥肌が立つほど妖しい色香と、静かなる風情をあわせもつ水鬼は、

「魂壁……坂本からもどった陰陽頭ではないかしら？」

「のようじゃの」

と、風鬼。

「――どうする？　別の坂本に、降りてもらう？……黄泉平坂《よもつひらさか》の下に」

女の家からかえる公家を殺すのには消極的だった水鬼だが相手が賀茂忠行と知った今、白い頬が恐ろしい殺意の笑窪《えくぼ》で、歪んでいる。萎《しな》びた老翁である風鬼の双眼も若き無頼漢よりギラギラした眼光を迸らせている。

「鎌鼬なら弾かれる。あれ《い》に、襲わせてみようぞ」

水鬼は黒き釧・靡ノ釧に手を当て、牛車の真上を見上げて念じる。

《――下に、牛車がある。中の翁ごと、喰い千切れ》

雑色も、牛飼童も、賀茂家の供の者たちは――空飛ぶ妖の大群に恐怖していた。

だが、安倍童子から強く言われていたから、懸命に、声を殺していた。

（やりすごせる）

安倍童子が思った時である。

――頭上から、猛気が迫ってくる気配が、あった。

はっと、見上げる。

牛車を、嚙み砕けるのではないかと思えるほど大きな口が、夜空があるべきはずの所にあり、凄まじい牙が並んでいた――。

地獄の鬼が、天の一角を裂き、こちらに出ようとしている姿か、悪夢が現実《うつつ》に突進し、夢とこの世の境が壊れんとしている光景に思えた……。

その大きなる存在《もの》は忠行を牛車ごと屠《ほふ》ろうとしているようだが見えざる壁に激しく阻まれている――。

牛車の一尺ほど上で、青白い電光がいくつも散り、真上から猛襲してきた魔物を苦しめているのだ。

（大殿様の魂壁っ）

安倍童子は極限の恐怖に襲われている他の従者たちに面を向け、唇に指を当てた。

陰陽頭の手強《てごわ》さを目の当りにした水鬼は、

《止めよ。東へいそぐ》

突然――閃光は消えた。

夜空から降下してきた巨魔の攻撃がふつりと止んだのである。

周りに吹いていた妖しの風も、止んでいる……。

ただまったりした夜霧だけが妖気の名残の如く春月に照らされた都大路を緩慢に這っていた。

しばしの間、誰も何も言えなかったし、指一つ動かすことすら躊躇《ためら》われた。

だいぶ時がすぎてから牛車の内で、

「……去ったようじゃの」

忠行の声が、した。

雑色ども、牛飼童、いずれも腰から地べたに崩れ落ち、ただ安倍童子だけが、立ってい
た。

忠行は牛車の物見から顔を出す。

「……そなたのおかげで命を救われたぞ。礼を申す」

童子をねぎらった。軽く頭《ず》を下げた色白の童子は、

「鼬のような獣が宙を飛んでおりました」

「鎌鼬であろう」

忠行は答えている。

「宙の上から、我が車を襲わんとしたものが何者であるかは、わからぬ……」

「あの男の手先でしょうか？」

千方のことだ。

「そうかもしれぬし、違うかもしれぬ。どちらにせよ……浄蔵殿に報告せねばなるまい。

そなたも大変な時に、我が許におったものよ」

いたわるような言い方だった。

この安倍童子こそ——後に、平安朝屈指の陰陽師として知られることになる、安倍晴明《せいめい》その人なのである。

この夜の出来事は、年少の頃の晴明が師である忠行よりも早く百鬼夜行に気付いた話として、「今昔《こんじゃく》物語」の中につたえられている。

あらごと　一

「鐘爺《かねじい》の舟に、あたしら、乗るんだね？」

あらごとは、かすれ声で、言った。

「おい、おい、俺はまだ四十八だぞ。鐘爺って……誰の真似《まね》だ？」

「良門《よしかど》」

「良門様だろ？　お前らしいけどよ。俺には、鐘遠《かねとお》という立派な名がある。鐘遠殿と呼んでくれ」

朝靄《あさもや》漂う毛野川《けぬがわ》に浮かぶ舟から鐘遠はゆっくり船着き場に上がり、あらごとの前に立っている。

毛野川こと鬼怒川《きぬがわ》の流れは——今と、違う。

毛野川は鎌輪の西北で二つに、わかれる。

その本流は鎌輪の北を東流。

砂沼《さぬま》、大宝沼《だいほうぬま》、鳥羽《とば》の淡海《おうみ》の水をあわせて、南へおれる。現在、小貝川《こかいがわ》が流れている所を南流し、香取海にそそいでいた。

あらごとは高台にある鎌輪営所から北に下った船着き場にいる。

そこには、桟橋がかけられ、幾艘《いくそう》もの丸木舟が泊っていた。

雑木林を背にした船着き場には、米俵などを置くため、壁のない小屋もある。

鐘遠は言う。

「大抵の舟はよ、一本のごつい楠《くすのき》をくり抜いてつくる。五、六人しか乗れん」

枯れ木が目立つ雑木林で鶯《うぐいす》が囀《さえず》った。

「だが、お前が乗っていく舟は――十人乗り。二本のごつい楠を、縦につなぎ合わせたものよ」

鍛え抜かれた鐘遠の腕がくまれる。

背が低い男で受け口。

眉は、太い。黒髪にかなり白髪がまじり、遠くから見ると銀色の髪をしているように見える。

小兵だが、力持ちだ。

鎌輪に住んでいる船頭で、毛野川はもちろん、近隣の様々な川や沼、水路、さらに――

香取海を知り尽くしていると評判だった。

あらごとは鐘爺をはじめ将門の庄園ではたらく様々な者と気さくに語らってきた。

将門や乱菊からは止められたが、葦刈《あしか》りなどにも参加していた。

今、昨年の葦が刈られた水辺では小さな筍《たけのこ》を思わせる葦牙《あしかび》が沢山、顔を出している。肌色の皮につつまれた葦牙もあれば、一皮剝けて、明るい若緑と、薄紅、二つの色にいろどられた初々しい葉をのぞかせた葦牙もあった。

見上げれば遥か頭上を、雁《かり》の群れが飛んで行く。

雁の一群は毛野川の上を北にわたり、対岸に霞《かす》む砂沼の上に出、沼の畔《ほとり》の枯葦原の方へ動いていく。

「あいつらとは逆の方に、俺たちは、行く」

鐘遠は雁を指し、ざらついた声で告げた。

将門は――鎌輪一の船頭、鐘遠の舟で、あらごと、乱菊を香取におくるつもりであった。

「香取までどれくらい?」

あらごとが問うと、

「そうだな……三日か、四日。香取海が荒れたら、もっとかかるか」

香取海――現在《いま》の霞ヶ浦《かすみがうら》、北浦《きたうら》、印旛沼《いんばぬま》、手賀沼《てがぬま》が一つに合わさった、巨大な、内海である。

現在、ほぼ淡水湖と言っていい霞ヶ浦であるが、あらごとの頃は、塩水をたたえた大内海で、海水魚が泳ぎ、周囲の漁村では塩作りがおこなわれている。

と、

「何やっているのよ？　あらごと。黙っていなくなったら、駄目でしょう！」

白くゆったりした衣を着た細身の女がぷんぷんしながら土手を下ってきた。

色白で、細面、両の目は若干、上に吊り、左右にはなれていた。

この女人《ひと》は乱菊。幻術と物寄せ、二つの通力をもつ二重の術者で、あらごとの師匠である。

乱菊は癖っ毛で痘痕面、可憐な目をした童女、蕨と、表情に乏しい初老の小男、飯母呂《いぼろ》石念《せきねん》をつれていた。

三人は、斜面につくられた小径《こみち》を降りていて、小径の両側では枯草の中に、やわらかい若緑が広がりはじめている。春の草たちが、おずおずと顔をのぞかせているのだ。

蕨は杖をつき、片足を引きずるようにして歩く。

「石念が、恐らくここだろうとおしえてくれたから、良かったものを。最大限の緊張感をもってもらわぬと困るのよね。端《はな》からこれでは、先が思いやられるわ……」

乱菊が口を尖らすと、蕨と石念は小さく笑っている。

蕨は、あらごとと共に、真壁から逃げてきた子で、石念は風をあやつる呪師でありながら、「飯母呂衆」と呼ばれる盗賊の頭で、坂東一円で暴れていた。

だが、今は、手下ともども盗賊稼業をやめ、将門に仕えていた。

船着き場に降り立った乱菊は、

「いい？　最大の注意が、入り用。真に困った子よ」

小言を言う乱菊の傍で蕨は……寂し気な面差しをしていた。昨夜は蕨と手をつなぎ合って眠ったのだった。二人に血のつながりはないが、ここにのこる蕨はあらごとを姉のように慕っている。

あらごとは、あえて、元気よく、乱菊に、

「出た、浄蔵様の受け売りっ！」

乱菊が、あらごとを小突く。

小径の上方から、

「ねえ、そこ！　馬の餞《はなむけ》の支度が出来たわよ！」

音羽の声が、した。

「船旅なれど、馬の餞か」

乱菊が呟く。

本来であれば……この船着き場こそ餞別《せんべつ》の場にふさわしい。

だが、将門は幾日か前、常陸屈指の実力者、源護《まもる》の三人の倅《せがれ》を討ち、自らの伯父で護の婿、平国香《くにか》をも討ち取り、護の真壁、国香の石田《いしだ》を、焼き払っている。

将門の叔父だが、やはり護の娘婿で、義父に忠実な平良正《よしまさ》は――健在であった。

復讐《ふくしゅう》に燃える良正が、護や国香の残党を匿《かくま》い、ここを狙っているとの噂が、漂っていた。

故に華々しい馬の餞を船着き場などでしようものなら鎌輪を窺う敵に感づかれる。

――おくり出された舟は将門にとって大切な者が乗る舟とみなされ、格好の餌食《えじき》となりかねない。

さらに……護一党と関わりなく、あらごとの命を狙う強大な敵がいた。

（そんな事情から、馬の餞を営所の中で、やってくれるんだ）

営所に向かう小径を登る、あらごとの中で、自分はここにいたいのではという思いが溢《あふ》れて胸底に沈殿した。

ここには、蕨が、いて、音羽も、いる。

将門の長子、良門と話しているとあらごとは何故か胸がどきどきした。もっと話していたいという気持ちになる。

故郷の山里はほとんど覚えていない。

実の父、母らしき人の姿が記憶の破片の中を横切りはしても、どんな人だったかは、ぼんやりした靄につつまれている。

近頃あらごとは……惨劇によってバラバラにされた思い出をまさぐり、父、母を思い描く時、将門を父に、その妻、君の前《きみまえ》を母に重ねることが多い。

恐らくこの世の人ではない父と母はそれを知ったら悲しむかもしれぬが……無意識にそうしてしまう。

それくらい、将門夫妻——将門と君の前——は、あらごとを慈しんでくれた。

あらごとも将門夫妻に感謝し、強く慕っていた。

だから、ここを出るのは……辛い。

(こんな居心地いい所……覚えている限りで、初めてだよ……)

坂道を登りながら己をじっと見詰めてくる友の眼差しを感じる。蕨の目だ。

(だけど、あたし——)

あらごとには、故郷が何処なのか知りたい、そこで、何があったか、突き止めたいという思いが、あった。

さらに、生き別れた双子の妹、わごとと再会したい。

そして直接の面識はないものの、乱菊を通じて、様々な情報をあらごとにおくってくる都の僧、浄蔵によれば、

(藤原千方って男が——あたしの故郷を壊したらしい。おまけに、千方は、あたしとわごとの命を狙っている)

千方一味と決着をつけねばという思いもあるし、

（あたしが、鎌輪にいたら……ただでさえ、護の残党とかに狙われているここは、よけい、危なくなる）

魔王・藤原千方とその手先に強襲される怖れがあるのだ。

昨夜遅く、乱菊の只《ただ》ならぬ様子に、あらごとは目を覚ましている。

浄蔵と念話したらしい乱菊はあらごとに身を寄せて囁いた。

『千方が、貴女《あなた》の名を、知った。下総に……魔手がのびるやもしれぬ』

あらごとは面貌を歪《ゆが》め、歯をきつく食いしばった。

（だから、あたし、ここが大好きだけど、出て行かなきゃいけない――）

「あらごと……」

蕨がふんわりした声で、言った。

「何？」

「んん……何でもない」

蕨はあらごとから目をそらしている。

二人が登る小径の両側では、羽虫が心地よさげに飛び交い、幾百もの小さな土筆《つくし》が、可憐な被《かぶ》り物にのせた朝露を虹色に輝かせている。もし土筆同士が言の葉をかわせるなら、幸福というものについて語らっているように見えた。

坂を、登り切る。大根畑や、いくつもの炊煙を上げた竪穴《たてあな》住居、職人の工房などが、目に飛び込んだ。

まがりくねった道を行くと――鎌輪営所の門に出た。

将門の領分は、大水郷である。

毛野川、常陸川、北関東を代表する大河川が流れているのみならず、数多《あまた》の湖沼が横たわっていた。

餞別の宴には鯉《こい》などの川魚や、田螺《たにし》などの料理が並んでいた。

さらに、この地の湖沼、河川の傍には、密林におおわれた微高地、荻《おぎ》などが深く生い茂る原野が広がっていた。

将門ら坂東の兵《つわもの》は左様な森に弓を手にしてわけ入り、原野で馬走らせ、鷹、犬をつかい、狩りをしている。

水鳥に、雉《きじ》、猪《しし》や鹿を、盛んに獲《と》っている。

だから今、餞別の席上には――様々な鳥、獣肉の料理も並んでいる。

猪肉の味噌《みそ》漬け、鹿の干し肉、焼いた雉といった具合だ。

営所の内、大広場である。

あらごとは蕪《かぶ》の汁物や酢菜などにほとんど手をつけずもっぱら、川魚と肉に手をのばし、凄い勢いで食っている。

乱菊は度々行儀の悪さについて小言を言ったが……対面に座す将門夫妻は、あらごとを眺めながら、

「よい食いっぷりよ。これだけ元気があれば、何があっても大丈夫だ！」

「まこと」

などと言い合い、いと心地よさげに笑うのだった。

営所内の大広場に蓆《むしろ》を長くしき、将門と北の方こと君の前、側近数名と、あらごと、乱菊、良門らあらごとの道中警固を命じられた者、蕨ら、あらごととしたしい者たちが、向き合う形で座っていた。

将門のいま一人の妻、南の方の姿はない。

鹿肉を肴《さかな》に燗《かん》した濁り酒をあおるように飲んでいた将門に、君の前が、

「こら。あらごとたちの馬の餞。まるで、貴方《あなた》がおくられるようではありませんか。もうその辺で」

将門はもっと飲みたかったのだろう、素直な人なので、たまゆら、妻に抗議するような表情を見せるも……大人げないと思ったか、盃《さかずき》を下ろす。

心地よさげな笑顔をあらごとに向け、将門は、

「この先、辛いこともあろう。左様な時は——鎌輪を思い出せ。鎌輪の者は何があろうと、

そなたの味方だ。いつでも、鎌輪へ、もどって参れ」

「そうよ。そなたの好きな時、いつでも、ここにもどってきてよいのよ。我らは喜んでむかえるでしょう」

ふっくらとして優美な君の前が春の日のように穏やかに言った。

この慈しみがそそぐ所で、土手の土筆か、日の当たる板縁で心地よさげに眠る猫のように生きたいという思いが、どうしても湧く。

たっぷりの飯を口に詰めていたあらごと、何か答えねばと、いそいで呑もうとしたため、米と嬉しさが、喉に詰まり、二重に大きな眼が、潤む。

浅黒い顔に苦しげな青筋が立つ。

「……うっ」

思わず、声がもれている。

乱菊は少し息が抜けるような独特の小声で、

「何が、うっ、よ」

二本の指で、叱るように、あらごとの膝をつねる。

いきなりつねられたのであらごとは噎《む》せ、目をさらに大きくして、掌《てのひら》で口をおさえた。

将門はきりっとした太眉をうねらせ黒目がちな目を輝かせて、高らかに笑い、家人たちもあらごとの様子に膝を打って笑い転げたりする。

良門から心配そうに水が入った碗《わん》が差し出され、

「大丈夫か？　飲め」

あらごとは、良門から差し出された水を少しずつ口に入れた。

また少し噎せそうになったあらごとの背を将門の長男はさすり、

「米粒が、妙な所に入っておらねばよいが……。落ち着いたか？」

万座に笑いを起してしまったのでさすがにばつが悪く、少し赤くなりながらうなずく。

ふと――誰かが自分を見ている気がした。

あらごとは、そちらに顔を向ける。

乱菊の隣にいた音羽と目があった。

飯母呂衆・音羽は、髪を後ろで一つにたばねた、浅黒い娘で、今年十二になるあらごとよりやや年上である。

音羽は愛嬌《あいきょう》のある顔を真にかすかに強張《こわば》らせ、視線をそらしている。

あらごとと仲が良く、石念直伝の武芸がある音羽は、良門と共に――あらごとの道中警固を命じられていた。

その役目に不安とか緊張があるのかもしれないと、あらごとは、思った。

将門が、言った。

「良門、音羽。あらごとと乱菊をしかと香取の地までおくりとどけるのだぞ」

「はっ」「はい」

二人は口々に答えた。

将門は庶出の長男に、

「香取海は……良文《よしふみ》叔父の庭、いや庭の池の如き所。あのお人は商いに精を出しすぎて、今、何処を飛びまわっておるのか定かでないが、力になってくれるかもしれぬ」

良門は父親譲りの太眉を顰《ひそ》め、大きな目に、かすかな不安を漂わす。

「良文殿は……源家や石田との一件、如何様に思われているのでしょう？」

将門は少し考えて、

「わからぬ。ただ、良文叔父は……他のおじ達が父上の遺領を掠《かす》め取った時、ただ一人、わしの側に立って下さった御仁。味方になってくれるかもしれぬ。いや……是非、味方にしたい。また敵になったとしてもいきなりそなたらに襲いかかるような御人ではない」

「――得心しました」

君の前が蕨の方に少し身を乗り出し、

「あらごとに、わたすものがあるのでしょう？」

蕨は大きくうなずき、先刻までの寂しさを感じさせぬ、やわらかい、明るさをたたえた目であらごとを見て、

「わたしからの餞。北の方様と相談して、つくったの……。気に入ってくれたらいいのだ

けど」

痘痕におおわれた小さな手が、少しはにかみつつ、見事な刺繍《ししゅう》がほどこされた絹の小袋を、あらごとに差し出してきた。

中に何か入っている。

だが、あらごとは中身よりもまず――刺繍を、のぞき込んでいる。

黒に近い紺布にいくつかの白い七曜文様が浮き上がっている。星をあらわす文様で、これは縫物ではなく、染めによるものだろう。

白く丸いものが縫い付けられている。

月と思われる。

（たぶん、蕨の仕事）

月の斜め下に――山が、そびえていた。

よく見れば……緑の絹糸、茶の絹糸で、実《げ》に細かい木が、沢山縫い込まれており、それら木が三角形に重なり、山を形づくっていた。

……見事な腕前であった。

山の下には緑の草原が広がっている。

で、草原と山の上、七曜が並ぶ星空を、鳥が四羽、飛んでいた。

一羽が、大きく、三羽が、小さい。

四羽の鳥は何の染めもほどこされていない糸で縫い込まれていた。

裏返すと——やはり月と鳥、七曜は、一緒であったが、他の処が違う。

山は、黒糸と白糸だけで、縫われており、月に照らされた夜の山影を思わせた。

山の下には——青糸、白糸、水色の糸が波打つ、海が広がっていた。

あらごとは驚きを込めた、かすれ声で、

「あんたが、全て縫ったの？」

「うん」

蕨は手先の器用さを北の方にかわれ、鎌輪営所の縫殿《ぬいどの》ではたらいている。

ふんわりとした声で、小さき友は、

「この山は筑波嶺《つくばね》」

あらごとは初めに見た側を上にして、

「これは？」

縫物の草原を指す。

蕨は、答えた。

「苧畑《おばたけ》」

暑熱にうなだれた真壁の苧畑が蟬時雨《せみしぐれ》と共に、記憶の底から甦る《よみがえ》——。

あらごとが蕨の命を救った、畑だった。

辛い思い出、痛みをともなう記憶が詰まった所だが……蕨や美豆《みず》との楽しい思い出も、あった。

あらごとは苧畑から指をすべらせて星空の中を飛翔する四羽の鳥の先頭、一番大きい鳥を指した。

「これは？」

「あらごと」

蕨は、微笑んで、小さな声で、

「後ろにつづく小さな鳥は、わたしと美豆、青丸《あおまる》」

真壁を飛び去った満月の夜が――胸の中から溢れそうになった。

あらごとをかばって深手を負い、しまいには射殺された青丸。

共に飛び立とうとして叶《かな》わず、あらごと、蕨を星空に向かって押した美豆。

犬神の恐ろしい咆哮《ほうこう》。

兵どもと、奴《やっこ》の死闘。

空の只中から見た天の川。

あらごとは日焼けした頬をふるわし、唇を強く嚙みしめている。目尻が熱くなるが、こらえる。

蕨は、あらごとに、

「この四羽の鳥だけは……これだけは、絹ではなく……苧の糸で、縫ったの」

あらごとは蕨の巻くような癖のある髪をくしゃくしゃに撫でて、強くぶっきらぼうな声で、

「ありがとう。嬉しい……嬉しいよ」

蕨はあらごとの手にのった袋を裏返し、

「こっちは、香取海。……貴女がわたる海だよ」

同じ海を九つの時、人商人《ひとあきびと》の舟でわたってきて数奇な運命でここにいる少女は、言った。

君の前が、

「中に仕切りがあって、一方には火打石が、もう一方には旅に入り用ないろいろの薬が、入っています」

風邪薬、腹の薬、傷薬などが、入っているという。

将門が口を開く。

「新治《にいはり》の舅《しゅうと》殿は国分寺の僧などに医術を学んでおってな、様々な薬草に通暁しておられる」

故に、君の前も薬草にくわしかった。あらごとが旅立つと知り君の前は入り用な薬草をすかさずそろえさせたのだ。

乱菊が横から、

「何と申し上げたらよいのか……。ありがとうございます。あらごとも、恐悦しております。しかし見事な袋ねえ……」

あらごとがもつ袋をのぞき込んだ乱菊はかすかに痘痕ののこる白蛇に似た細面を蕨に向け、

「ねえ、蕨、あらごとと共に旅するわたしが、この鳥の中に入っていないのは、どうしたこと？」

蕨は、まず、あらごと、次に、君の前と目を見合わせてから、乱菊に、

「だって……。乱菊は入らないわ」

「だから何でよ？」

食い下がる乱菊だった。

あらごとは、面倒臭い人だな、という面差しで、乱菊に向き直っている。

蕨は乱菊に、

「乱菊は、空を飛んで旅する人じゃないでしょう？　違うやり方で、旅するでしょう？　わたしは縫物をしている時、あらごとの隣で……空を飛べるの」

「……ふうん。わたし、空飛ぶ旅人じゃないわけかっ！」

意地悪、不貞腐れ、冗談、三つが等分にまじったような顔で乱菊が叫ぶと、石念が、

「いや、事実、そうであろう……乱菊」

「違うやり方で旅する……なるほど」

乱菊の声が、変っている。

嗄れ声で、

「嘘と幻にまみれて旅すると――？」

白くゆったりした衣を着た乱菊でなく、みすぼらしく汚れた苧衣をまといし、張物所《はりものどころ》の姥、苦菊《にがぎく》が、そこに立っていた。

鷹なら鷹、狼なら狼そのものになり切ってしまう「変形」ではなく、乱菊の場合は「幻術」。

乱菊は老婆に化けたわけではなく老婆の幻をまとっているにすぎぬ。

だが、呪師でない人々にこの違いはよくわからず、乱菊が老婆に化けたようにしか見えない。

蕨は嬉々として、

「苦菊っ！」

腰をひどくまげた苦菊は、

「これがおまちかねかい！　え？」

将門たちにおおというどよめきが走り君の前と侍女たちは目を丸《まろ》げていた。

「しがない洗濯婆さんは東の張物所から西の張物所へ張物しながら旅せいと言うわけか。

ほれ、ほれ！」

苦菊はいかにも大儀げな声で、しかし素早い所作で――張物する仕草をして見せる。

鎌輪営所は笑いの波につつまれ、あらごとの寂しい気持ち、不安な気持ちも、押し流されている。

餞別として将門から乱菊に路銀の包みもわたされた。


先程の場で見送りという話だったがやはり名残惜しいということで、蕨と将門、幾人かの精兵は船着き場まで降りてきた。

石念は近くの雑木林に潜み、あらごとを見送りつつ――敵がこちらを窺っていないか、見張っているようである。

あらごと一行は三艘の舟で発つ。

うち二艘は、二本の楠からつくった、十人乗りの細長い丸木舟で、一艘は一本の楠をくりぬいた五人乗りの小舟だった。

十人乗りのうち一艘は、鐘遠が船頭をつとめ、あらごと、乱菊、良門、音羽、ほか兵二名、楫子《かじこ》一人が、乗る。

もう一艘の十人乗りに船頭一名、楫子一名の他、兵七人が乗る。

五人乗りの小舟には船頭と兵が一人ずつ乗り、他の舟に置き切れぬ食糧や、水、武器の予備を載せる。

あらごとは杖をついた蕨に桟橋の手前で、

「さっきは何を言いかけたの?」

「ん?」

「さっき、ここから登って行った時だよ」

小さな友はあらごとの耳に唇を近付けた。あらごとは、耳を寄せる。

「あらごとがいなくなるのは……とっても寂しい」

(——あたしもだよ)

乱菊の陽気な幻で前を向こうという気になっていたが、また後ろに引っ張られる気がした。

蕨は、あらごとに、

「だけど、貴女が旅をしなきゃいけないように、わたしは、ここで生きていかなきゃいけない……。違う、ここで生きていきたいの!」

泣き虫だった少女から、強い決意を感じる。蕨はあらごとから顔をはなし胸を張って、

「あらごとが通力というものを見つけたように、わたしは……北の方様のおかげで縫物に出会えた。織物にも。……また、あおうね」

あらごとは、蕨をはげますように強くうなずいた。

「あたしは必ずまた、ここにもどってくる」

「必ずだよっ」

あらごとと涙を流した蕨は拳と拳を合わせた。

「そろそろ行くぞ」

鐘遠から、声がかかる。

あらごとが丸木舟に乗り込むと将門が桟橋に立ち、すでに乗船していた乱菊、そして、あらごとに、

「――武運を祈る」

静かに告げた。

「父上、行って参ります。では、鐘遠、舟を！」

良門は青竹を思わせる直《すぐ》なる声で命じた。

舟がすすみはじめると――蕨は面貌をくしゃくしゃにして水際に大きく踏み出し、真っ赤になった小さな顔から、滴を散らして、

「あらごと！」

叫んだ。

あらごとは、最後は笑顔を見せたかったから涙をこらえ、ニッと笑って、手を大きく振

っている。

栈橋に立った将門も大きな手をゆっくり振った。

舟は北坂東屈指の大河、毛野川をすすみ、蕨や、将門が、小さくなってゆく……。

船縁《ふなべり》を摑《つか》むあらごとの手に力が入ってふるえる。

とうとう蕨が見えなくなった時、あらごとの真上を、さっきとは違う雁の群れが、綺麗《きれい》なへの字をつくり——北を目指して雁行《がんこう》していった。

空から、甲高く、哀し気な鳴き声が降ってくる。

雁の声だ。

ふと——あらごとの中で閃いた光景がある。

あらごとは、もう一人の子、わごとと茜差《あかね》す秋草の原に立っていた。赤や黄に、色づきはじめた草の葉で、無数の朝露が珠玉をこぼしたようにきらめいている。

『ねえ、母様、どうして朝になると露が葉っぱの上で、輝くの？』

わごとが、問うた。

『聞こえるでしょう？　空を飛ぶ雁の音が』

その女《ひと》は朝日の真っ赤な矢に背中から射られている。だから、顔は陰になり窺い知れない。

穏やかな声で、

『ほら、悲しい声ね？　雁が空からこぼした涙が、露よ』

二人の母と思しき女人の周りで紅《くれない》や白銀色に輝くススキの穂が山の静風《しずかぜ》にそっと揺られていた。

『雁の涙を浴びるゆえ秋の草木は……赤や黄に染まってゆく』

『あの雁を、こっちに下ろしてみて！』

あらごとがせがむと母は少し困ったように、

『自分の楽しみのために力をつかってはいけないの。雁にとっても迷惑な話』

『そう、そう』

わごとが言う。

あらごとがすねると、

『……仕方ない。父様《とと》には、内緒よ』

白い手が、天に、かざされる。

すると——瞬く間に空を飛んでいた雁の群れがあらごと、わごとの周りに降りてきて、
二人の童女は歓声を上げた。

（あたしの母様はごとびきの術者だった）

犬鷲に掴まれて空を飛んだ記憶が、脳裏をよぎる。

（母様のごとびきが……あたしらの命をつなげたんだ）

鳥羽の淡海の南で毛野川はほとんど直角にまがり進路を東から南に変えた。

右手(西)は鎌輪で枯葦原の向うには田畑が広がっているはず。

広々とした川の左手(東)にも、茫漠《ぼうばく》たる枯葦原が広がるが、その先では、人里近くの落葉樹が目立つ林ではなくて、別の類の森が、展開している。

つまり冬でも青い、常緑の照葉樹――タブ、椎《しい》、白樫《しらかし》などの原始林が、黒緑のもこもこした雲のように、深く暗く、茂っていた。

左後ろに、三角形の、すっきりした山が、ある。

――筑波山だ。

あらごとは筑波を眺めながら蕨がくれた袋をぎゅっと胸に押し付けた。

今、左岸と、舟の間を、鴨《かも》の群れが、流れに逆らって、川上に上ってゆく。

鴨の群れの数尺上を一羽のアオサギがゆったり滑空している。

あらごとの舟のすぐ傍で、鯉らしき魚が勢いよく跳ねる。

良門が、厳しい声で、

「水守《みもり》が近い。皆々、気を付けよ」

音羽と兵たちが、一斉に首肯した。

それまでは兵七人を乗せた舟が、先頭、あらごと、乱菊が乗り、良門、音羽が守る舟が中央、小さな舟が最後尾と、直線で川下りしていた。

ここで三艘の陣形が変る。

兵七人の舟が進みを遅くし、あらごとが乗る舟の真左に、まわった。つまり水守側についた。

小舟の配置は変らない。

兵たちは弓を隠しつつ、すぐ射られるように、支度している。

この中でもっとも目と、耳がよい——飯母呂衆・音羽は、竿《さお》の先に丈夫な紐《ひも》をつけた道具・振《ふ》り瓢石《ずんばい》で、丸石を放つ支度をしつつ、四囲に研ぎ澄ました鋭気を、そそいでいた。

飯母呂衆の鍛錬を見せてもらったことのあるあらごとは、音羽が振り瓢石で飛ばす石は、矢と同じかそれ以上の凶器と知っている。

そんな音羽の隣に座った、あらごとの一応の師、さすらいの女呪師は、緊張感のない面持ちで、ボリボリと糒《ほしいい》をかじりだす。朝の話を思い出し、あらごとは、

（どっちが……）

さっき食べたでしょう、という目であらごとが睨むと、

「あんたと違って……わたし、配慮の人、乱菊と呼ばれているのよ。さっきは、ろくに食べていない。色々な方にお礼を言わなければならなかったから」

と、言って、

「あ、獺《おそ》ねえ」

右に中洲《なかす》があり、枯れたマコモなどが茂っている。

乱菊は今、滴を垂らしながら、川から上がり、口にくわえた大魚を中洲に並べた黒っぽい獣に気付いたのである。

並べたというのは、水かきのついた手をもつ獺は、すでに幾匹かの魚を水の畔に綺麗に据えていて、そこに一匹をつけくわえたからだった。

獺もこっちに気付いたようで愛嬌のある丸っこい顔を、向ける。

鼬に似た顔だった。

乱菊は獺を眺めながら、

「獺って何となく……音羽に似ているわよね」

(たしかに……)

すると、音羽は、

「うるさいよ。乱菊。子飼《こかい》の渡しをすぎるまで——わたしに話しかけないで」

「はいはい、わかりました。……はい？　ええ。鼬？　ちょうど、獺を見ていた処で……」

「だから、うるさいって」

音羽が強く言うも乱菊は、

「念話よ。念話。——浄蔵様よ」

念話にもどり、

「前から言おうと思っていたんですけど、こちらの様子も配慮してもらえます？　昨夜遅くにつづいて……ええ。はい……都に？……はい」

段々深刻な顔になっていく。

念話が終ると、乱菊は長い髪を掻き上げ、あらごとに向き直り、

「良門様と、音羽も聞いて。浄蔵様からの念話だけど……。昨夜、都に恐ろしい妖《あやかし》が出たというの」

乱菊はぽってりした下唇を口中に巻き込むような仕草をし、憂いをたたえた様子で、

「鎌鼬」

「どんな奴なの？」

あらごとは訊く。

乱菊は、言った。

「鼬によく似ている」

鼬によく似た獺の中洲はもうかなり後ろに遠ざかっていた。

「前足は鋭い鎌の如し。人をたやすく斬り殺せる。……恐ろしく速く飛ぶ」

「いかほどの速さだ？」

その問いは、良門から出た。

川下から風が吹き、広々とした川面《かわも》で流れに逆らう小波《さざなみ》が幾重にも生れ、数え切れない波光が、躍り狂う。

あらごとのみじかい髪も、乱菊の長い髪も風で揺れる。顔にかかった髪を払いつつ、乱菊は、

「わたしも一度しか見たことがないけれど……鷲と同じくらい」

——時速百キロ近くで飛ぶということだった。

あらごとも、良門も、音羽も、恐ろしく素早く凶暴な飛獣を思い浮かべ言葉をなくしている。

「また、隠形《おんぎょう》という通力で姿を消す」

「——何も見えなくなるの？」

音羽の確認に、乱菊は、無言でうなずいた。音羽は浅黒く、角張った小顔に、お手上げだわという表情を浮かべて、盛んに瞬きしながら空をあおぐ。

「もっとも……渇えを起した時は当然、隠形はつかえない。姿を露呈することになる。混乱した時や、興奮した時も、隠形が破れやすいようよ……」

つけくわえる乱菊だった。

平良門は逞しい腕をくみ、大きな目を細めて、うつむき加減に思案していた。

それが襲ってきた時——どう立ち向かうか思案しているようだった。

良門は、自分と出会っていなければ、乱菊が言うような妖魔を信じようとはしなかったろう。あらごとはそう思う。

だが、良門はあらごとを助けた筑波山で天狗《てんぐ》を目にし、恐ろしい犬神とも戦った。

だから未知の妖獣の話を聞いても強い危機感をもって思慮をめぐらすのであろう。

あらごとは乱菊に、

「浄蔵様の話ってのはそいつらが都に出たってことだけなんだろ？　だったら……こっちに来るとは限らないよね？」

「だとよいのだけど……。都で、鎌鼬に斬られる人のことを考えれば、良いとも言えぬか」

奥歯にものがはさまったような乱菊の言い方だった。

向かい風が、勢いをます。毛野川に立つ逆波が、風の強さをおしえている。

さすらいの女呪師は暗い深みのある声で、

「鼬が群れぬのと同様……鎌鼬も、群れぬ。なのに、京に現れた鎌鼬は大群だった……」

あらごとは、眉根を、寄せる。

「……人が後ろに？」

乱菊の左右にややはなれ、少し上に吊った小さな目が、あらごとを見据え、

「浄蔵様はそう考えている。左道《さどう》の者が、裏にいるのではないかと……。場合によったら

それは千方かもしれぬ。だから、十分、気を付けろというお達しなわけ」

音羽が、溜息をついて、あらごとに、

「姿を消すことも出来て鷲と同じくらい速く飛び、人を斬る……。しかも群れ。そんなの、勝てっこない。水守の兵や護の残党が襲ってきたら吾《あ》はあんたを守る。けど……鎌鼬？その獣からは守れない。

……悪いことは言わない。

そいつらが、襲ってきたら、戦おうなんて思うな。あんたは自分の通力《ちから》をつかって逃げることだけ考えろ。いいか、逃げつづけろ」

乱菊が、すかさず小声で、

「そういうわけにはいかない」

飯母呂の娘が女呪師を睨む。

「そういうわけにはいかないのよ、音羽」

乱菊は音羽にゆっくり告げた。

さっきまでのゆるく、生温《なまぬる》く、摑み処のない話し方から一転、厳しく、冷ややかで、硬い芯が通った声で、

「あらごとが尋常の女の子《めのこ》なら……鎌鼬の群れから逃げるのは許される。けれど、この子は違う。尋常の女の子じゃない」

「尋常の女の子だよっ。少し変った力が、二つあるだけ」

　音羽がぐいっと顔を寄せて言うと乱菊は強く頭を振って、

「それは、貴女の考えでしょう？　世間は、そう、見ないわ。いいでしょう。世間も貴女と同じ考えとしましょう。わたしたち呪師は、そうは、見ぬ。この子を——呪師と見做す」

　乱菊はあらごとの肩に手を置いて声を強め一語一語きざむように言った。

　何故だろう、呪師なる枠にはめ込まれて、迷惑だという思いの他に……嬉しいという気持ち、誇らしい気持ちが、たしかに、あった。

「魔性も——そうは見ぬ。この子を、呪師の子と見做《みな》す。犬神がそうであったように」

　乱菊は畳みかけている。

「呪師ならば、人に仇なす妖魔に何もせずに逃げることなど、許されない。一時の策で逃げるのは別として——ずっと逃げつづけるなど、あってはならぬ。我らが逃げたら……鎌鼬に襲われる人々を一体誰が守るのよ？」

　乱菊は話しながら、あらごとの方を向いていた。

「百姓は米をつくり、浦人は魚を獲り、木地師が器をつくり、商人がそれらを売り、船乗りは舟を動かし、皆、世の役に立ち、世の中を動かしている。誰も欠けてはならない。我ら呪師は、どう世の中とかかわっている？　何をなす者？」

「――人に仇なす魔を狩る者」

あらごとは、答えた。

乱菊は深くうなずき、

「耕さず、商わず、つくらず、妖からも逃げるとなれば……呪師が立つ瀬などこの天地《あめつち》の何処にもないわ」

良門が、飯母呂の娘の肩に手を置き、

「鎌鼬が襲ってきても我らは、あらごとを見捨てない」

「そんなのが真にいるとしたら……」

音羽は強く頭を振り、浅黒い額に青筋を浮かべて、静かだが強い声で、

「無理ですよ。飯母呂の掟《おきて》は――勝てぬ相手と戦わぬこと。強き敵なら、策で勝てなくしてから、戦う。その化け物には、策の立て様が……」

「真にないか？」

問いかけた良門はきっぱりと、

「それを決めるのは――俺だ。考えずに無理と言いたくないな。我らは、あらごとを守ることを父上から託された。鎌鼬から守らんでいい道理など、ない」

「……得心しました」

「とにかく」

思案顔になった乱菊は己の額をこつこつ指で叩き、

「鎌鼬との戦いには妖気の見切りが肝要」

あらごとは己の懐に手を当てる。

「あたしの、これだ」

妖魔の接近を知らせる鏡の欠片を指している。

「それなしでも、見切るのよ、気付くのよ、物なれし呪師は」

「……どうすりゃいいの？　そうなるには」

あらごとの問いに乱菊はゆっくりと答えた。

「経験。これを……つむのみ。これからの一戦一戦が極めて大切よ」


下総と常陸の国境《くにざかい》で、将門の勢力圏と良正の勢力圏の間を流れる毛野川を、あらごとを乗せた船団は行く。

常陸側、つまり良正側の、木立から、この船団をじっと窺う男が、一人、あった。

背が高く頰がこけ目付きが鋭い髭面《ひげづら》で弓をたずさえていた……。

「あれなるは……あらごとでは？」

男が、呟く。

あらごと一行はいよいよ右が将門方の渡し、左が対立を深める良正方の渡し、という子飼の渡しに差しかかった……。

野本《のもと》の戦以降、将門にどす黒い復讐心を燃やす叔父、平良正が、毛野川をこえてくるなら——まず、ここだろうと言われている。だからここ数日、両岸に双方の兵が詰め、厳しい睨み合いをつづけている。将門は手練《てだ》れの飯母呂衆もここに置いていた。

当然、将門方の兵士や飯母呂衆にはあらごとを乗せた舟に何かあれば、すぐに応援を差し向けよとの下知が、出ていた。

将門の領分から良正の領分に行く舟、つまり下総から常陸にわたる舟がある一方、常陸から下総にわたる舟もある。

また、逞しい水夫《かこ》たちに綱で引かれ、水辺近くを川下の方からやってくる、米俵や、大きな甕《かめ》などを載せた舟も、ある。

三艘は将門側——つまり下総に少し近付いて、光輝く水面《みなも》に跡白浪《あとしらなみ》を引きながら川を下った。

あらごとは蕨がくれた袋をぎゅっと強くにぎる。

渡し場から、

「荷は塩！　塩俵じゃ！　どちらに置けばよい？」

という男の太声や酒焼けした女の、

「さあ、船旅疲れたろう。酒でも飲んでゆかぬかい？」

さらに、

「常陸にわたる舟、そろそろ参るぞぉっ！　他に乗る者は？　坊様、乗りますか？」

かなりの賑やかさだったが……渡し守も、商人も、百姓も、皆々、緊張しているのがひしひしとつたわってくる。

（……皆、知っているんだ）

一本の火矢が大きな戦火にふくれ上がることに皆気付いている。左様な状況下で良門と音羽、ここまでの人数を自分につけてくれた将門への感謝が、にじむ。

川を跨《また》いで睨み合う両陣営の間を舟はすすむ。

一本の矢も——飛んでは来なかった。

あらごとたちは無事、子飼の渡しを、こえた。

あらごと　二

この頃の舟は川の流れに身をまかせているため、おそい。

毛野川も下流に近く、ゆったり流れている。

大体、人の歩みほどの速さで、舟は下る。ただ、舟の作りがよいのか、鐘遠らの腕がよいのか、あらごとらが乗る舟は他の舟を追い越すことが、度々、あった。

水の上での鐘遠の顔は広い。追い越される舟の船頭がだみ声をかけてきたり、逆に香取海の方から毛野川を上ってくる舟乗りたち——荷をつんだ舟に綱をつけ、かけ声を発しながら川辺を歩く男ども——が、鐘遠に手を振ってくることがあった。

いくつもの里や、枯葦原、冬枯れを引きずる落葉樹の林、そして、鬱蒼《うっそう》と葉を茂らせた常緑の密林が視界を通りすぎてゆく。

数多の水鳥を見たし、オイカワという魚の群れの傍を通ったりした。

夕刻。

あらごとたちは鎌輪から直線にして七大里（約二十八キロ）はなれた、太田沼《おおたぬま》（今の牛《うし》久沼《くぬま》）にたどり着いている。

「太田沼に泊崎《はっさき》なる岬がある」

良門は、言う。精悍なる若武者は太き眉の上を掻《か》いて、

「父上と、良文殿の許に旅したことがあってな」

懐かしげに言う。

（良文？）

あらごとは人の名を覚えるのが苦手である。

良文を、子飼の渡しの東を治める将門の叔父、良正と混同し、

「えっ、仲、良かったんだ？　あの水守の……自分こそ畜生なのに、人のこと、畜生とか言う男と」

良門は少し困ったように、

「ううん、それは……良正殿な？　良正殿も、良文殿も、父上の叔父御だが、全く違うお人だ」

「ほら、餞《はなむけ》の場で殿が……」

音羽が囁き、あらごとは手を打ち、

「ああ！　商いに精を出していて何処《どこ》にいるかわかんないっつう人……？」

あらごとの言い草がおかしかったらしく乱菊がくすりと笑う。

良門は、首肯し、

「左様。良文殿は富豪浪人だ」

国司や貴族、豪族の子孫や遠縁、あるいは有力な百姓の家に生れた者で、いくつもの国を股にかけて動き、商い、私出挙《しすいこ》に手を出している男たちを、朝廷は富豪浪人と呼んでいる。

「何処にいるかわからぬ……は言い過ぎで、いくつかの屋敷、つまり、相模《さがみ》の村岡《むらおか》なる里の屋敷、あるいは武蔵熊谷郷《むさしくまがや》の村岡、もしくは香取、それか……下総結城《ゆうき》の村岡……など、方々の屋敷か、それらをむすぶ旅路におられることが多い」

（自分のいる所に村岡ってつけるんが……よほど、好きなんだね、その人）

「香取の方の良文殿のお屋敷をおとなう道中、泊崎のお堂に宿をとった一日《いちじつ》があってな。住持の老僧が変っておらねば……我が親子を覚えていよう。風変りだが、なかなか面白い僧だ。今宵は、そこに泊まる」

舟は、毛野川から太田沼に入る。現在、小貝川と牛久沼は少しはなれているが、この頃は沼の水域が広く、直接つながっていたのである。

太田沼は兎《うさぎ》の顔のような形をしている。

二つの長耳が、北にのびていた。

二つの耳の間にあり、南に突き出た岬が泊崎で――弘法大師堂が、ある。

弘法大師空海《くうかい》が大同《だいどう》年間におとずれ座護摩を修《ず》したという。

広い沼をわたり泊崎の船着き場につく。

夕闇は、すでに色濃い。

枯れ枝に白花《はな》を咲かせた二本の猫柳の木にはさまれた、砂利の船着き場に降り立つと
――漁村の衆が窺《うかが》うように出てきた。

あらごとは、違和感を、覚える。

葦をつかった竪穴住居から出てきた漁民たちから歓迎されていないような気配を……嗅ぎ取ったのである。

物心ついてから他人の中で生きてきた、あらごと。

左様な感覚が、人一倍、鋭い。

（……もしかして、怯《おび》えている？　何で、怯えるの？　盗賊にでも襲われた？　盗賊と……疑われているのかな？）

歓迎されていないという雰囲気にびくついてしまうほど、やわではない。

（そういう里もあるさね。仕方ないよ。ただ――賊と疑われているなら、何されるかわからないから、用心しないとね）

地獄のように恐ろしく辛《つら》い体験を潜り抜けてきたあらごとは、目を光らせながら思うのだった。

沼の畔の里に薄《うっす》ら漂う敵意に……武勇に秀でる良門は、気付いていないらしい。

「暗くなる前についてよかったぞ！　そなたらのおかげぞ」

ほっとした様子で鐘遠らをねぎらっている。

乱菊は、ぐったりした声で、

「さすがに船酔いしたわ……あんたの水、わけて」

あらごとの肩に手を置き下を向いている。

同行の者でただ一人、音羽だけが――漁民たちの様子を一目見るや猫のように目を光らせ、その視線をあらごとに投げかけた。

――用心しろ。

音羽は目で言っていた。あらごとは、小さくうなずく。

……音羽の手が何気なく腰にのびる。

と、

「鐘遠かっ」

嬉し気な声が、ひびいた。

漁家から出てきて杖に体重を乗せ、目を細めてあらごとを睨んでいた翁《おきな》が、鐘遠をみとめ、声をかけたのだ。

北坂東一円の川や内海を数え切れぬほど旅してきた鐘遠の顔の広さを、あらごとは今日一日で痛感していたので、ここに鐘遠の知己がいても、今さら、驚かない。

「広安《ひろやす》、生きとったか、まだっ！」

鐘遠も威勢のよい声で返し、ひょいと舟から飛び降りる。

広安と呼ばれた翁は、

「死ねぬよう。汝《なんじ》に、博奕でも、首相撲でも、負けっぱなしでは」

「今日やるか、両方」

「おうよ」

広安の知り合いか、と、安堵《あんど》したのだろう。漁民たちから警戒するような雰囲気が消えてゆく。

音羽の手が——腰の刀から、はなれた。

広安に歩み寄った鐘遠は泊崎の衆の松明《たいまつ》に照らされながら、

「和上《わじょう》はお元気か？　主筋に当る方をお連れしたのだ。以前も、こちらに来られたお方だ」

良門の方に顔を向ける。

「そうじゃったか。お元気じゃ。おう、和上に客人《まろうと》じゃ」

広安の近くにいた裸足《はだし》の童二人が勢いよく暗い坂道を駆け上ってゆく。

「気を付けよ。……猿《ざる》にさらわれぬように！」

しかと聞き取れなかったが、広安老人が叫んだ。

(猿なんか出んの？ 山から、遠そうなのに……？)

あらごとはてっきり、気性が激しい猿の群れが出没し、童などにちょっかいを出すのかと、思った。


「ちょうど鯰《なまず》を煮込んだところだったのじゃ。よい所に来たのう！」

暗い坂道を先導するその老いた人は元気よく言った。

「和上、仏家にある方が……鯰を食って、宜《よろ》しいので？」

問う良門を漁家の童がもつ松明が照らしている。

「あのなあ、良門」

老僧はきっと振り向き、厳しい顔で、

「この里の衆から、漁を取って、何がのこる？ ここの衆が魚を食わねば、飢え死にするだけよ。なのに本山の高僧は殺生をいましめた釈尊の教えを、下々の者によく言い聞かせ、魚鳥を獲らぬようにさせよなどと、見当違いのことばかり申してくる！

わしは破門されるかもしれぬが……この地の人々と同じものを食い、互いをよくわかり合い、御仏の教え、御大師様の教えを広めておるのじゃ。左様な信念でやっておる！」

「出過ぎた言葉でした……」

老僧はからからと笑い、

「おう、そうよ！　のう、お主がわしに出過ぎたこと申したゆえ、わしにも出過ぎたことを言わせい。将門に伝えよ。――同門同士の戦など止《や》めよと！」

「色々な事情が――」

良門が言葉を詰まらせると老僧は強い眼光で若者を見据え、

「いろいろあるんじゃろうが、それでもじゃ。わしがも少し若ければ毛野川を遡《さかのぼ》り、鎌輪まで参り、将門にいろいろ申し聞かせるのじゃが……」

あらごとは、粗削りながら、率直な思いをどんどんぶつけてくる老僧に好感をもった。

岬の突端、大師堂からは夜の帳《とばり》が降りた広き沼を見渡せた。

「今日は、鰻捕りの火が少ないのう」

鐘遠が言った時、老僧の顔が淀《よど》んだ気がした。

茅葺《かやぶき》の堂の傍にもうけられた老僧の庵は掘っ立て小屋と言ってよいもので、狭い。

堂の前で火を焚き、夕餉《ゆうげ》をとることとなった。

鯰の煮物は残念ながら全員分はなく、良門、あらごと、乱菊、鐘遠がいただく。焚火に五徳を据え、もってきた糒を鍋で煮込む。

腕まくりした音羽が玉杓子《たまじゃくし》をまわし皆によそっている。

大炊殿《おおいどの》ではたらく乙女を思い出し、あらごとがニヤニヤしていると、

「何だよ」

飯母呂の娘に叱られた。

あらごとは、乱菊と老僧にはさまれて、食事する。

良門と老僧の話が落ち着くのをまっていた音羽が、

「和上、一つお訊《き》きしてよいですか……？」

皺《しわ》深い顔を赤く照らされた鐘遠が薪《まき》を一つくべると火が大きくなり、威勢のよい火の粉が散った。

あらごと一行がもってきた米を食いながら老僧が、申せとうながす。

「気のせいかもしれませぬが、舟を降りた時、里の衆が……怪訝《けげん》なものでも見るように、窺っている気がしたのです。何か、心配事でも？」

老僧は眉間に皺を寄せ、椀《わん》を下ろした。

風向きが変り、あらごとの方に煙と熱が流れてくる。

老僧から、嗄《しゃが》れ声が、もれた。

「うむ……そのことよ。実はこの沼にかつて淵猿《ふちざる》なる化け物が棲《す》んでいたという言い伝えがあっての」

「……淵猿？」

たしかめるように呟《つぶや》いたのは乱菊だった。

乱菊のかんばせが——変っている。

さっきまで、実に旨《うま》そうな顔で目を閉じ、鯰の煮物を頬張っていた乱菊だが、今、美食の余韻は、霧消していた。極めて厳しい顔で箸《はし》を下ろし聞く構えを見せた。

あらごとも師にならう。

「あの沼から方々に出張っての……」

老僧の枯草に似た指が夜の沼、さらに四囲を、ぐるりと差す。

「数多の里を襲い、人や牛馬を攫った。体の小さい童や女子、子牛、子馬が攫われることが多かったが……一人歩き、一人舟の男が、襲われることも一度ならずあった」

(さっき、淵猿に気を付けろって、言ったんだ)

「攫われて、どうなんの？」

あらごとは、問う。

老僧は、静かに、

「……喰うのじゃ」

いつの間にか皆々夕餉を食す手を止め話に聞き入っていた。

「たまたまこの地をおとずれた御大師様は……」

弘法大師空海——十重《とえ》の術者であった。

「すて置くわけにもゆかず、そこなる堂をきずいて宿とし、淵猿を退治された。座護摩を修したというのも、淵猿に襲われ命落とした者たち、さらに淵猿どもの供養というお気持ちが、あったのやもしれぬな」

「淵猿どもとおっしゃった。何匹ほどですか？」

「十四とも、二十四とも……」

乱菊の問いに、老僧は答えている。で、

「以後、ここには高野山の方から僧が参り、堂守りしてきたのじゃが……淵猿が出たという話はついぞなかった。それが一年ほど前から……また、人や牛馬が沼に消えるという凶事《まがごと》が、度重なっての。人を沼に引きずり込む猿に似た獣を見た、という者もおる。

——化け物がもどって参ったのじゃ」

良門が、固唾《かたず》を呑《の》みながら、

「……いかほどの者が犠牲に？」

「泊崎では……十人ほど。近隣の里を合わせれば、数十人。牛馬も犠牲になっておる」

「一年でそこまで——。数が多そうですね」

頰に指を添える乱菊だった。

「もし、この地に妖異起こりし時、開くようにと、御大師様がのこされし文箱《ふばこ》があっての、わしはそれを開けた」

乱菊が身を乗り出す。

「何と書かれていたんです？」

老僧は、言った。

「――呪師《のろんじ》をたよれと。近郷を旅しておる、信の置ける呪師あらば、その者を、たよるべし。左様な者がおらねば……本山に、呪師の派遣をこうべしと書かれておった。たまたま近くの里に呪師を名乗る漂泊の嫗《おうな》がおったので助力を乞うと、何のことはない、ただの騙《かた》りであった。不動明王《ふどうみょうおう》に祈りつつ本山に使いを出したが、いまだ答《いらえ》はない。さて……どうしたものかと頭をかかえておったのよ」

乱菊が居住まいを正して、

「和上、申しおくれましたが、これも何かのご縁なのでございましょう。わたし乱菊は呪師で、あらごとは我が弟子です。我らの手で、その淵猿ども、退治してみせましょう」

「……真《まこと》か？」

訝《いぶか》しむような思いが、声からにじむ。

良門が深くうなずき、

「これなる二人、正真正銘の呪師です。この二人が凶暴な魔性を退治するのを某はこの目で見ました。だが……よいのか？　乱菊」

香取に――急がずともよいのかと問うていた。

「ええ。もちろん。いいわね？　あらごと」

「うん」

老僧が、強く己の両膝を打ち、

「何と――。泊崎の里挙げてもてなさねばならぬ、お二人であったか！」

「いえいえ、我ら二人……厄介な者どもに追われておりまして、あまり風聞を漂わせたくありません。ですから、我らの話をするのは、最低限の者に、とどめてほしいのです」

乱菊は手を素早く振った。

「あいわかった。何か、事情があるのじゃな」

老僧は話を飲み込み、良門から強き声が迸る。

「――よし！　我らも、乱菊たちを守り、淵猿なる者どもと戦うぞ」

将門がよりすぐった精兵たち、そして鐘遠以下、船乗りたちは厳しい相貌でうなずいた。

淵猿は大型の河童《かっぱ》の一種であること、身の丈は猿より大きく、四尺（約百二十センチ）ほど、大人より小さく童より大きいこと、青黒い体毛で、鋭い爪牙《そうが》をもち、相撲人《すまいびと》に勝る腕の力があること、泳ぎ、木登りが得意で、二足で動くこともあるが、四足でも走り――かなりの走力がある旨が、乱菊から、つたえられる。

「あと、淵猿は仲間が傷つけられたりすると群れで襲いかかってくるわ。弱点は……」

乱菊の話の途中で老僧が、

「頭の窪《くぼ》みに水があり、これが無《の》うなると一気に弱くなる……と、御大師様の書簡に書かれておった」

「そうです。なかなかむずかしいですが……首を揺らして、頭の水をまいてしまえばいい。ただ、わたしに、考えがあります」

乱菊はあらごとを手招きし何事か言いふくめている。

老僧は、乱菊に、

「乱菊殿。御大師様の文に……麻の灰を嫌うと書いてあったのじゃ。故に、わしは里の者たちの家周りに麻灰を撒《ま》かせたのじゃが」

「河童はおおむね麻の灰を嫌います。嫌う、程度ですから……それで退治出来るわけではありません」

「なるほど。麻の灰を袋に入れて常時もち歩いておる漁師もおるようじゃ」

「それは一時、ひるませるのにつかえると思います。兵たちに、もたせたい。お借りしても？」

老僧は莞爾《かんじ》となって、

「――もちろんじゃ」

夜戦は危険であるため、明日明け方まで十分支度し、退治に行こうと話がまとまった時、

「和上様っ――！」

悲痛な女の叫びが、夜気をふるわしている。

漁民の女が一人、足をもつれさせて境内に入ってきた――。

初老の女は髪を振り乱し、

「吾《あ》が夫が、淵猿に！　淵猿にっ――」

驚愕《きょうがく》が、あらごとたちの面を走る。

「攫われたかっ！」

老僧が問うと、女は泣き崩れながら夢中で首を縦に振った。

「今、鰻を獲らぬと官物を納められんと……。止めたのじゃっ。されど、一度言うたら聞かぬ人なんじゃ。甥《おい》と一緒に」

共に行った甥は命からがら逃げもどり、さっきの船着き場にいるという。

「まだ助かるかもしれない。行きましょう！」

乱菊は叫んだ。


筌《うけ》という漁具がある。

古事記には神武《じんむ》天皇が吉野川についた時、筌で漁している男に会ったとあるから、かなり古くからつかわれていたようである。

竹でつくった大きな筒に餌《えさ》を仕込み、夕刻、沼や川に仕込む。

魚は筌に入ると出られない仕組みになっている。

女の夫は甥と一緒に鰻を獲る筌を仕掛けに行き……淵猿二匹に襲われた。

自分が漁に誘った甥をかばおうとして、妖魔に摑《つか》まれ、太田沼に引きずり込まれている。

甥は恐れで体が固まり何も出来なかったという。

己を責め、砂利を掻《か》き毟《むし》って泣き崩れていた甥をはげました乱菊、この男に水先案内をたのみ、共に鐘遠の舟に乗り込んだ。

松明で照らされた鐘遠の舟に乗ったのは、乱菊とこの甥のほかに、あらごと、良門、音羽、どうしても行くという老僧、兵二名と楫子一人。

さらに鎌輪から来た他二艘《そう》にも兵たちが乗り込む。

兵の多くは、弓矢を大師堂に置いてきた。

淵猿は、硬い皮をもち、矢など効かぬという乱菊の言葉に、よる。

代りに幾人かは柄振《えぶり》という道具をもっていた。

柄振は、田畑をもつ百姓なら、必ずと言っていいほどもっている道具で、土をならすのにつかう。今の「トンボ」がそれである。

泊崎は漁村であったが小高い所で芋などつくっている家もあり、それらの家に柄振があったのだ。

また、鎌輪から隠しもってきた矛を所持している兵、さらに漁民から銛《もり》をかり、これを手にして腰には麻の灰袋を下げている男も、いる。

あらごと、乱菊は、共に灰袋を腰につけている。乱菊は手ぶらであったが、あらごとは——手鍬《てぐわ》という道具をもっていた。

片手でもてる、小ぶりな鍬で、里芋掘りなどに、つかう。和上からかりたのだ。

若干の兵が弓を手にしているが、これは当然、淵猿にはつかえない。

……人を意識したものだった。

つまり、鎌輪の衆を執念《しゅうね》く狙う護の残党、良正の手先が万一襲ってきた場合にそなえていた。

先ほどの陣形とは違い——あらごと、乱菊の舟が、先頭だ。

靄《もや》が漂い、視界を邪魔している。

松明の明りが手鉾《てぼこ》をもつ良門、振《ふ》り瓢石《ずんばい》を左手に、灰袋を右手にもった音羽を縁取っていた。

舟は水辺近くをすすみ、すぐ左には、昨冬枯れた蒲《がま》、そしてマコモらしき草が、夥《おびただ》しい数、佇立《ちょりつ》している。中には人より大きなくの字を描いたり、反橋状にまがって、先端を水につけているものもある。

「気を付けて、ああいう中にいるかもしれぬ」

乱菊が囁いている。すると――背が高い、叢《くさむら》がにじませる靄が、鬼気の如《ごと》く見えてきた。

ドボン！

右手で強い水音が、した。

「ひっ」

伯父を攫われた男から小声が、もれる。

「魚、のようね」

音羽が冷静に言う。

内なる火花は――十分散っている。いつ、現れても、力を放つ自信がある。火花のだだ洩《も》れにひどく悩まされたあらごとだがわごとが突き当っている壁――力を出そうと思って出せない壁――を、実感したことはない。

渇《かっ》えさえ起こさねば、あらごとはほとんどの場合、通力の火花を造作なく散らせた。

「あの辺りです……」

少し落ち着いた甥の男が、行く手を指した。

木がある。

月光が、何かを掻き毟る怪物の手のような枯れ木を照らしていた。

赤芽柳の木だった。

赤芽柳の木が立つ入り江に舟を寄せ筌を仕掛けたら――襲われたという。

同じように舟を寄せ、攫われた男の名を呼ぶも、答《いらえ》はない。

――夜の沼は不穏な靄の中で静まり返っている。

誰も口に出さぬが攫われた男の命は絶望的に思えた……。

その時――沼の方で、不気味な叫びが、ひびいた。

あらごとは固唾を呑む。

「淵猿？」

「五位鷺《ごいさぎ》だ。先の帝《みかど》より、五位に任じられた鳥さ」

狩りが好きな良門が、囁く。乱菊が小さな顎に手を当てて、

「……この人数に警戒しているのかもしれぬ」

「こういうのは、どうだ？」

十二になったあらごとより、三つ上にすぎぬが……時折、武人の風格を漂わせる良門が
――策を語っている。

枯葦の中に蹲《うずくま》っている。

掌《てのひら》が、泥を、潰していた。

さっきの入り江から陸に上がってすぐに――あらごとは潜んでいた。

傍には乱菊、良門、音羽、柄振をもった兵、一人。

沼を睨《にら》むあらごとの後背に枯葦の茂みがあり、その先には、夜の密林が暗い威圧感をもって広がっていた。

舟三艘は他の者たちを乗せて引き上げたように見せていた。すなわち、途中で松明を消し、さっき見た、背の高い、水辺の枯草に、身を隠していた。

乱菊はすぐ横で張り詰めた気をまとい瞑目《めいもく》している。

静かに思えた沼だが、様々な生き物が活発に飛び、這《は》いずりまわる気配を、感じる。

「……さて、ととのったわ。雛《ひな》よ、貴女《あなた》はどう？」

乱菊が、囁いた。

あらごとは己の中で散る荒々しい火花をたしかめて、

「かなり、まちくたびれたよ」

「駄目よ。くたびれちゃ。我らは、狩人。時には巣穴から出てくる魔《もの》を気が遠くなるほどまつことだって、あるの。では、はじめましょう」

乱菊の両手がかざされた。掌決《しょうけつ》に入る仕草だ。

さすらいの女呪師の手は、湿った夜気を掻き――何らかの姿を描く。

ドボーン！

強い水音が、した。

入り江の中に一頭の子馬が唐突に現れ、水を飲んでいる。

子馬は縦長の顔を沼からはなし、首を振り、滴を切り、水の中を少々歩き、また音を立てて水を飲む。

この光景全てが……乱菊がつくり出した幻とは到底思えない。

だが、そうなのだった……。

この馬は、幻の馬、水音も幻聴だ。

少し時が、たつ。音羽が太田沼の一角を指している。

沼の面で、細かく千切れた水月が、騒いでいた。

……何かが寄ってきている。

緊張があらごとの目角を尖《とが》らす。

「三匹」

真にかすかな声を、飯母呂の乙女が出した。あらごとの目には一、匹が起す泡しかみとめられぬが音羽は三匹を視認している。

水魔が起す波紋、気泡は、かなり速い。

どんどん馬の幻に迫ってきた。

あらごとがやっと、迫る三匹をみとめた刹那――それらは、大飛沫《おおしぶき》を上げて飛び上がり、幻の馬に飛びかかっている。

一匹目は馬の背に乗ろうとし、もう一匹は馬の首にかぶりつかんとし、最後の一匹は馬の真下に泳ぎ、下から腹に噛《か》みつこうとした。

が、馬の実体は……無い。襲撃と同時に、幻馬は、掻き消える。

馬に飛び乗ろうとした奴は首を襲おうとした仲間と腹部を噛み裂こうとした仲間の間に——派手な飛沫を立てて落ちた。

暗くてよく見えぬが、黒く、ごつい。大きな猿の如き生き物で、双眼は青く光っている。

（これが……淵猿っ）

「今よ！」

乱菊が叫ぶ。

音羽の竿《さお》が唸《うな》り、紐《ひも》につけた袋が——勢いよく、飛ぶ。

麻の灰を入れた袋が馬腹を噛もうとしてしくじり虚を衝《つ》かれて立ち竦《すく》んでいた淵猿の顔面にぶつかった——。

逞《たくま》しい体をした淵猿から、くぐもった呻《うめ》きが、もれる。

手鉾をもった良門、柄振をもった兵が、果敢に飛び出した——。兵の柄振が、灰が目に入って苦しんでいる淵猿の鼻面を思い切り押している。淵猿は大きく顔をのけぞらす。

淵猿の頭頂から何かがこぼれた。

途端に、その淵猿、弱く叫び、頭をかかえてへたり込んでしまった——。

淵猿は沼に顔を突っ込もうとする。

「水を入れさせるな!」

乱菊が、声を放ち、良門の矛が、一匹目の首を貫く。

絶叫を上げた一匹目は黒煙を上げて掻き消えた……。

つづいて良門の矛は首を嚙もうとしてしくじった淵猿を突くも、相手は、速い。そして、力強い。

反射的に右手を振り矛の柄を摑むや、ぶち折ろうとした。

あらごとから、手鍬が飛ぶ。

手で放りつつ——念で押す。

冷たくも熱い火花が激しく散り、如意念波が発動。物凄《ものすご》い勢いで、里芋掘りなどにつかう道具は、水魔に、迫っている。

《頭を打て!》

良門の矛を奪いにかかった淵猿の蟀谷《こめかみ》を横から手鍬が——打ち据える。

大きく顔をふるわした淵猿の頭頂から、水が、少しこぼれる。思わぬ痛撃に淵猿はひるみ、良門の矛をはなした。

咆哮《ほうこう》を上げた良門が淵猿の首を突こうとする——。

が、沼の人喰い猿は、素早い。さっと、かわす。黒く分厚い肩肉が矛を阻んだ。

音羽が二つ目の灰袋を、今度は手で投げた。

淵猿は、灰袋をしゃがみながらよけ、水に潜る。

で、フカのように素早く泳ぎ良門の下半身を狙った。凄《すさ》まじい牙で水中から良門を嚙もうとしてきた。

良門が矛を水に向かって構える。

あらごとの如意念波が——手鍬を動かす。宙を漂った手鍬は、

(この辺りか)

《打てっ》

あらごとの念にしたがい、飛沫を散らし、水面を、上からはたいた——。

ちょうど頭の辺りを叩かれた淵猿、苦鳴を上げて、起き上がっている。

《掻き出せっ》

あらごとは起きた淵猿の頭のてっぺんに手鍬を飛ばし念で振り下ろす。

淵猿は、

「キッ！」

《掘れ》

誰ももっていない手鍬が……淵猿の頭の窪みで、芋を掘るような所作を、した。

で、淵猿の頭に溜《たま》った水を全て掻き散らす。

淵猿から……けたたましい絶叫が上がった。

手鉾が――その淵猿の鳩尾《みぞおち》を突く。

良門は、咆哮を上げ、淵猿を、百八十度まわすように――陸側に放り投げた。

残る一匹が唸り声を上げて良門を襲うも、兵が柄振で脅かした。

あらごとによって頭の水をうしない、良門によって陸に上げられた淵猿、枯葦を潰し、蹲っている。

逞しい体が一回り小さく、ひ弱になったように見える。

淵猿は弱り切った山猿のような姿で苦しんでいた。

良門は止めを刺そうと踏み込むが……躊躇《ためら》う。

淵猿の姿に哀れを掻き起こされたようだ。

妖怪は葦原の底で何やら手をごそごそ動かし顔をゆっくり地面に近付けている。

「いけない、早く――」

乱菊が警告すると同時に、良門の脇を、一陣の疾風《はやて》となって素通りした人影がある――。

その娘《ひと》は――葦原の底、泥水の溜りに顔を突き入れ、再び頭の窪みに水を入れ、瘤《こぶ》のような筋肉をふくらませた淵猿の後ろに駆付けるや、裂帛《れっぱく》の気合で、蕨手刀《わらびでとう》を振るい、頭を、根元から叩き落とした。

音羽だ。

音羽は二匹目の淵猿がバサッと倒れ煙となって掻き消える最期を顧みず、踵《きびす》を返し、無表情のまま沼に走り、唸り声を上げる三匹目に——殺意の切っ先を向ける。

三艘の舟はまだ姿を見せぬ。

良門が下知した、その時ではないからだ。

仲間二匹を討たれた三匹目は青白い眼光を爛々《らんらん》と光らせ手負いの熊のような凄まじい声を上げてこちらに飛びかかっている。

兵が柄振で顔を狙う。

柄振を、かわした淵猿、その柄を摑み——へしおった。

茫然《ぼうぜん》とする兵を、淵猿が、襲う。

あらごとは腰に下げた麻の灰袋を如意念波で淵猿に放った。

魔物は、咄嗟に、手で顔をかばう。ひるんだようだ。

間髪いれず——良門が突く。

が、突如、牙を剝《む》きながら動いた、淵猿は、くり出された良門の矛を摑み、人を遥《はる》かに超える力でもぎ取った。

瞬間、月明りに照らされた水の魔物は笑ったように見えた……。

(罠だったんだっ。灰が、目に入ったわけじゃなかった……。こいつ、賢い)

矛を奪った妖魔はくるりと得物をまわし——壊れた柄振をもっていた兵を猛然と突く。

首を刺された兵士は、血煙を噴かして斃《たお》れた。血塗られた矛をにぎった淵猿は、良門を、狙う。

（糞《くそ》っ）

沼に落ちた壊れた柄振の土を掻く方、つまり広い板がついた方があらごとの念で浮いている。

《頭を——》

あらごとの統御下に置かれた柄振の先の方が横から淵猿の頭に激突した。

頭が、揺れ、窪みの水が、散る。

弱体化した、淵猿は、手鉾をすて——逃げ出した。良門が水に落ちた矛をひろう。

遁走《とんそう》する淵猿の背中が——良門に突き破られた。

三匹目が倒れた。

あらごとはほっとした顔を見せ、音羽は、

「良門様……お見事です」

良門は淵猿に突き殺された男に歩み寄り、硬い顔様で、

「大切な兵を一人死なせてしまった……」

深く悼み、遺骸を陸に上げ、

「しかし乱菊、何ゆえ、魔の者を倒すと黒い煙になって消えるのだ。天狗《てんぐ》もそうであっ

た」

「其《そ》は——魔の者はもともと、この世のものではないからです」

乱菊は答えた。

「常世《とこよ》や黄泉《よみ》、魔界などと呼ばれる所から来た者たち。元々、こちらにいるはずのない存在《もの》ゆえ命をうしなった途端、消えてしまうのです」

「では何故《なぜ》、魔性はこちらに入ってくる？」

乱菊は頭を振り、

「……わかりませぬ。多くの呪師がその謎にいどみましたが……解明した者はおりませぬ。この三千世界と重なりあうようにもう一つの世が存在する。そのあわいには、いくつかの綻《ほころ》び、隙間が、ある。ここを潜《くぐ》ってこちら側にやってくるものたちがいる。人の世が乱れたり荒れたりするとその綻び、大きゅうなり……」

「なお多くの魔が入ってくるわけか？」

良門の言に、乱菊はうなずき、

「おや……。噂《うわさ》をすれば何とやら」

ささくれ立った気が太田沼を騒がしている。

いくつもの、不穏な波紋が、生じていた。

——沼が煮えくり返っているようだ。

さっきより多くの淵猿が殺到しているのがわかる。

仲間を殺《あや》められ、憤怒している。

だが、あらごとたちも、矛をおさめる気はない。

(……ここ一年であたしのような子供や、女子が何人も沼に引きずり込まれ……)

これを、止めねばならない。

すて置けば、さらに多くの命が奪われてしまう。

(あたしは、呪師。人に仇《あだ》なす魔を……封じる者)

人に仇なさぬ魔なら、呪師は手を出さない。

(だけど、淵猿は——)

音羽が、腰を落とし、蕨手刀を構えて、梟《ふくろう》の声を、出した。

この合図を聞いたら臨戦態勢に入るように三艘の舟にはつたえてある。

「——来るよ」

音羽が警告した。

靄が、濃くなる。強い飛沫が、二つ、立つ。

まず二匹、来た。

泳いできた一匹目は四足でぬっと立つや——水飛沫を踏み散らし、あらごとに猛進している。

敵を引き付け、また、手鍬を放とうとしていた、あらごとから、数歩の所で、跳躍――。

青色眼光を滾《たぎ》らせあらごとの喉笛を噛み千切らんと一気に飛びかかってきた。

咄嗟《とっさ》に、

《飛べ――》

あらごとのもう一つの通力、時にしくじることもあった、力が放たれる。――痩せっぽちの小さな体が、夜空に引っ張られ六尺も舞い上がる。

あらごとは物体を意のままに動かす如意念波と、空を飛ぶ天翔《あまがけ》、二重の術者であった。


宙に浮いたあらごとのすぐ下を一陣の風となった淵猿は猛速で吹きすぎた――。

黒毛におおわれた水魔は、慌てて振り返り踏ん張る仕草を見せる。

重力の頸木《くびき》から解き放たれ――沼の上の宙に飛び上がった、あらごと、敵の踏ん張りが、跳躍に変る一息前に、

《――行けっ》

あらごとの手をはなれた硬い闘気が只ならぬ速さで垂直降下し淵猿の眉間を打っている。

「グガッ……」

呻《すた》めいた淵猿、首をぐらんとふるわす……。頭頂から、水が、こぼれた。

その後ろ首めがけて細長い金属の風が吹き、喉笛まで貫いて命を止めた。

良門の、突きだった。

その淵猿が、黒煙となり、掻き消える。

もう一匹は音羽めがけて沼の中をジグザグに飛び跳ねながら襲来した。

翻弄しようとしている。

音羽は、敵が跳んでくる進路を読み、蕨手刀で突いた。

が、敵は、裏をかいている。

わざと跳躍力をゆるめた、淵猿は、音羽の剣がまっている手前に降り立つや、両手をはたき合わせるような仕草をして音羽の剣をはさみ、もぎ取ろうとした。

——膂力《りょりょく》では圧倒的に淵猿が上である。

音羽は危機に陥り淵猿は意地悪く笑むような仕草をした。

その時だった。

突如、四角い物体が淵猿の頭上に現れ——まるで神仏が下した罰であるかのように、ダッ、と、音立てて淵猿の脳天に落下。淵猿は首を激動させ頭の水は悉《ことごと》く散った。

おかげで淵猿は両手を合掌させた状態で剣をはなしてしまい、頭をうつむかせて両膝を水に、落とす。

つまり淵猿は合掌しながら土下座して音羽に許しを請うような姿に、なった。

――――！


音羽は一切、容赦せず――淵猿に剣を振り下ろし、真《ま》っ向幹竹割《こうからたけわり》にしている。

黒煙となって消える淵猿から目をそらし音羽は乱菊を顧みる。

戦いの時の音羽にしてはやわらかき声で、

「助かった」

音羽を救った四角い物体は、さっき壊れた柄振の、土を掻く板の方だった。

乱菊が物寄せ――物体を瞬間移動させる通力――で、音羽を救ったのである。

「何のこれしき」

さすらいの女呪師の双眸《そうぼう》は沢山の水音が殺到する沼を見据えていた。

と――右方、叢に潜んでいた、味方がどっと喊声《かんせい》を上げ、淵猿を威嚇《いかく》する。

現れた三艘の舟で松明が灯《とも》された。

火は、沼の中央からこちらに押し寄せてきた、異形の衆を赤くうつし出した。

黒い体毛におおわれたそ奴らは筋骨隆々としており手足には水掻きと鋭い爪がある。

頭のてっぺんの窪みと、顔に毛はなく、灰色の皮膚が露出、爬虫類《はちゅうるい》のように口が前に出ている。

その口は刀でぱっかり横に裂いたように大きく、鋭い牙が並んでいる。

灰色の顔でミミズが這ったような太い血管が浮き出ていて、双眼は青光りしていた。

淵猿どもは、咆哮を上げ、半数があらごとたちに、半数が隠れていた兵たちに襲いかかった。

火花をためていた乱菊はこの時とばかり大がかりな幻をくり出している。

いくつもの幻の子馬が——沼に飛び込んだため、多くの淵猿が惑い、そちらに吸い寄せられる。

幻に引き寄せられた淵猿が——幾匹も味方に倒された。だが、途中で幻と知れてからは、淵猿の逆襲がはじまった。

舟に乗った兵は夢中で柄振を突き出し妖猿の顔を揺すろうとした。

しかし、淵猿どもは、幾匹かがそのやり方で、頭の水を落とされて退治されると、はやもう学び、突き出された柄振をかわして物凄い力でもぎ取り、鎌輪の兵を舟から沼に引きずり降ろし——猛然と咬《か》み付き、命を奪った。

あらごとがいる方は、あらごとの如意念波、乱菊の物寄せが、獰猛《どうもう》なる水魔どもをひるませる。

そのひるんだ水魔を良門と音羽、時にはあらごと自身の手鍬が片付け、悉く退治している。

最後には大師堂の老僧自ら柄振を振るって奮戦し、駆け付けた、あらごと、乱菊、良門、音羽らと挟み撃ちして、全ての淵猿を平らげた。

だが、鎌輪から来た兵三人、水夫一人が——淵猿の餌食となり、命を落としてしまった。

死闘を終えた老僧は荒い息をつきながら、

「いやはや、お主らが来てくれたこと……御大師様のお導きなのじゃろう。何と、礼を申したらよいか。近郷の者もあつめて是非にでも祝宴を張らせてくれい」

あらごとの名が無闇に広まるのを案じている乱菊は、

「和上、我ら先を急ぐ身。それは困るのです」

「乱菊殿……先を急ぐと申しても明日、明後日にもここを発《た》たねばという話でもあるまい？」

魔王・藤原千方、かつての主・源護が——あらごとを狙っている。

明日にでも出たいのですという言葉が師の口まで出かかっているのがわかる。

老僧は、乱菊やあらごとに固く手を合わせた。

「乱菊殿、あらごと殿。拙僧は、この地の人々の命、暮しを守りたい。太田沼を守りたい……。その一念でやって参った。泊崎に、安らかな日常が、これでようやくもどってきそうじゃ。貴女方のおかげじゃ」

あらごとは少し誇らしい気持ちになり、乱菊は、

「光栄です。今、和上が仰せになったようなことのために我らは旅する者……。そして今宵の戦いは我ら師弟だけでは、到底なし得ぬものでした」

「もちろんそうじゃ」

老僧は良門や音羽、兵たちにも体を向けて手を合わせている。

と、只ならぬ様子を察したのであろう、泊崎の方から草を掻きわけて幾人かの男が、銛などもって駆け付けてくる姿が、見えた。

「このお方たちがな、淵猿どもを退治して下さったぞ！」

老僧が叫ぶと、おおお、とどよめいて駆け寄ってくる――。老僧は靄が這う魔の沼を眺め、

「ひょっとすると淵猿の残党が、まだ、おるやもしれぬ。今宵、遠くの里に出張っていた奴がおるやもしれぬ。乱菊殿、あと三日……」

「………」

「せめてあと一日でよいからここにのこり淵猿がのこっておらぬかたしかめてくれぬか？」

こう言われると、乱菊はことわれなかった。

あらごと一行は明日いっぱいここにのこって太田沼全域をあらため、残類がおらぬかたしかめてから旅立つことになった。

常陸にいる、あらごとたちから見て――遥か西。

遠江国《とおとうみ》。

夜の小夜《さよ》の中山《なかやま》をひどく奇妙な者たちが旅している。

昼でも暗い、東海道の難所を、その者たち、明り一つつけず神速でこえていた。

白衣白髪の老翁と傀儡女《くぐつめ》と思《おぼ》しき青衣のたおやかな女が、手をつないで旅しているのだ。

ただ、この二人、足で旅しているわけではない。二人の体は、この世の物理法則の外にある推進力ではこばれていた。

瞬く間に掻き消えて次現れた時には一町先にいる。

で、すぐ、掻き消えて——その次の瞬間には、さらに一町先に、いる。

また二人の周りでは恐ろしい速さで妖風が吹き荒れ、その風は時折、空飛ぶ鼬《いたち》の本性を露《あら》わにするのだが……この鼬も、誰かの悪夢からうろつき出たものなのか、すーっと透き通り、夜気に溶け込んだりする。

さらに今、夜目の利く狩人が頭上を仰げば……不気味な怪鳥《けちょう》、何か巨大な空飛ぶ怪異《もの》を、見て度肝を抜かれたろう。

夜の間、縮地に縮地を重ね、昼の間は、山中でやすみ、火花をたくわえた風鬼、水鬼らである。

昨夕……遥か都を出、もう遠江まで、到達した。

——驚異的速さ、と言ってよい。

「む、渇えが起きるわ。少し憩うてよいか？」

風鬼が水鬼の手をはなす。

夜の山道に立ち止った水鬼は、

「いいわよ。……うぬらもやすむがよい」

——まず、風鬼に、そして、靡ノ釧《なびきのくしろ》と呼ばれる腕輪に語りかけた。

刹那、両鬼の周りを東へ吹いていた妖しの暴風がぴたりと止んだ。

靡ノ釧は——古《いにしえ》の妖術師がつくったもので、これを腕にはめれば、他心通など格別の力がなくても、あらゆる妖魔を……したがわせ得る。

すると、少し前方、街道脇の木の下で、

「……そこに誰かおられるのか？」

男の声が、した。

風鬼、水鬼は、そちらを、睨みつける。

足音がして男の影がおずおずと近付いてくる。

男は、風鬼たちに、

「よかった……人に会えて。怪しい者ではござらぬ。三河《みかわ》まで行く途次にござる。道に迷い、こんな山中で日が暮れてしまい途方に暮れつつ野宿しようと思うたのでござる。すると先程から何やら妖しい風が吹き、数知れぬ獣の鳴き声が、空から降ってくる様子。……

狐に化かされておるのかと驚いておりました。貴方方《あなた》は東に向かわれるので？」

水鬼、風鬼の耳に、恐る恐る近付いてくる旅人の足音が、とどく。

大方、百姓男か、主の駆使《くし》（使い走り）で他郷に行く者であろう。

身のほとんどを闇に塗り潰された水鬼はひんやりした声で、

「ええ」

その時、頭上、老杉の梢《こずえ》の方から――いくつもの得体の知れぬ光がこぼれた。

青緑の光で二つずつ灯っている。

肉置《ししお》き豊かな体をつつむ青くゆったりした衣、白い顔を、妖しい青緑光に照らされた、
水鬼は、水の精霊のように見えたし、その隣の風鬼は、夜の山でいこう仙人に見えた。

旅人は混乱しながら足を止め、水鬼がまとう魅力の淵に溺れてしまったような顔で、

「貴女方は――」

水鬼の唇を、惨《むご》たらしい微笑《ほほえ》みが、歪《ゆが》める。

「礼にあらざれば見ることなかれ礼にあらざれば聞くことなかれ、という言葉が……古の
書物にはあるでしょう？　魔にあらざれば見ることなかれ魔にあらざれば聞くことなかれ、
ということも、闇《くら》き道にはあるのよ」

「其《そ》は……如何《いか》なる……」

青き衣から冷たい殺気を溢《あふ》れさせた水鬼は、静かに、

た。

旅の男の頭は、まず目から後頭部にかけて、喉から後ろ首にかけて、二重に、切断され
殺意の旋風が——いくつも吹き荒れた。

「軍門出《いくさかどで》の、祝いぞ。——喰い千切れ」

黒き腕輪に、

「こういうことよ」


瞬きする間もなく——命が散らされた。

さらに両の腕は三つずつの塊に斬りわけられ、胴、足も、幾度も斬られた。

大量の液体、いくつもの塊が街道に落ちる音がする。

これらのことが……一つか二つ、数える間におこなわれている。

——鎌鼬どもの凶行だ。

血の臭いに酔うた全ての鎌鼬は隠形《おんぎょう》が解けて、前足が鎌になったその異形を露わにしている。

空飛ぶ数多の妖獣は男の骸《むくろ》に飛びかかり——牙剝いて、嚙みつき、舌を出して、海道《うみつみち》に流れた血を、舐《な》めた。

さらに樹上から青緑の眼光をこぼしていた幾十羽もの怪鳥《けちょう》がガチガチと牙を嚙み合わせ羽ばたきながら降りてきて肉をかっさらおうとする——。

大型のこの鳥ども、いつか、あらごと、蕨を襲った天狗どもであった——。

鎌鼬は、鎌を振るって天狗どもを威嚇し——追っ払う。体は天狗が大きいが、凶暴さ、素早さでは、鎌鼬に分があり、天狗は悲鳴を上げて逃げ散る。

その時、遥か頭上から巨大な影が惑い飛ぶ天狗をはね飛ばし幾本もの杉の梢をへしおって急降下してきた。巨大な影が咆哮を上げる。

天から落ちた咆哮は鎌鼬どもに初めて恐れを走らせる。

幾匹もの鎌鼬が、街道脇の林に逃げるが、一際貪欲な鎌鼬、獰猛《どうもう》な鎌鼬はなおも、骸に食いつき、はなれようとしない……。

水鬼は黒い釧にふれ、

「——仲間割れは止めよ！」

一喝するや、天狗どもはガチガチと歯ぎしりしながら梢にもどり、巨大な影は遥か樹上にもどって行った。すると逃走していた鎌鼬どもが素早くもどってきて生臭い夕餉にありついている。

嚙む音、千切る音、砕く音、啜《すす》る音を聞きながら、風鬼が、皮肉っぽく、

「都では無益な殺生をいましめた癖に……」

水鬼は冷えた声で、

「京では多くの者が出てくる恐れがあったからよ。だけど、ここでは……その恐れは、皆

無。それに長旅をしてきたこの子らに、餌がいるでしょう?」

遥か東を睨む水鬼は、ぞっとするほど惨たらしい笑みを浮かべ、

「あらごととやら……こちらは、お前に戦を仕掛ける気で行くわよ。お前は、いかほど、戦える子? 少しは楽しませてほしいわ」

あらごと　三

この頃、毛野川は今の小貝川の流路で太田沼にそそぎ、現在、龍ケ崎《りゅうがさき》の市街地となっている辺りを東南流して――香取海にそそいでいた。

鬼怒川と小貝川が、利根川《とねがわ》にそそぐ、という今の地形とは、まるで違う。

そもそも坂東太郎・利根川は常陸と下総の境を流れておらず――武蔵の東で、内海（今の東京湾）にそそいでいる。

太田沼の東に羽原《はばら》なる里がある。

羽原から、毛野川を一大里半下った所、現在《いま》、立崎《たつざき》と呼ばれている辺りこそ、北坂東の多くの百姓から龍の如く恐れられている毛野川が、東国屈指の内海――香取海にそそぐ、河口であった。

ここが当時、何と呼ばれていたかは、わからない。

だが、立崎が「龍崎」なら……ここそ、龍ケ崎の地名の、由来に当る地で、龍ケ崎の龍は、北坂東屈指の暴れ川、毛野川のことだったかもしれない。

龍の頭というべきその海沿いの里に凶相の男どもが現れたのは……あらごと一行が淵猿を退治した翌日である。

同じ常陸でも、筑波郡から来た男たちで誰かを探しているようだ。

塩焼の煙が盛んに立ち上る海辺の里をゆっくり練り歩くその男たち、旅人らしき者をみとめると刺すような視線を向けた。

毛抜形太刀《けぬきがたたち》を佩《は》き、弓などを引っさげている。

家も、人も、多い。

旅人相手に道端に蓆《むしろ》をしいて塩引き魚を商う媼がいる。

砂浜には、赤エイを水揚げしている浦人たちが、いた。

近くで漁する舟、香取海の遠くに行く舟、毛野川をわたる舟も、ここから、出る。

屋形をもうけた遊女舟らしき舟が幾艘か泊っていた。

定住せず、浦から浦へ渡り鳥のように飛び、春を鬻《ひさ》ぎ、宴席に花を添えるにぎやかな船団だ。

「……ここにも、おらんようじゃな」

首領格が、貝殻の破片が散乱した砂浜に、唾を吐く。

ギョロリとした目に暗い鋭さをたたえた男で、屈強。

背が高く髭《ひげ》濃い。

昨日、毛野川の畔《ほとり》から――あらごとの舟を睨んでいた男だった。

「あれ見て下せえ。いい女じゃあ」

手下の一人、小柄で痘痕《あばた》面の男が、遊女舟に視線を奪われる。髭の首領は舌打ちしながらその男の脾腹《ひばら》に拳をめり込ませた。

と、遊女舟から別の一団がぞろぞろ現れている。

博奕《ばくち》打ち、盗賊などしていそうな悪相の男たちだが、集団の中には富豪浪人と呼ばれる手合いが若干名いるようだ。女たちがなまめかしい声を上げてその連中を見送っている。

もう昼近くだったが、朝方まで飲んでいたのか、如何にも二日酔いという体の重い顔をした男が、幾人もいる。

（龍宮帰りの如き顔しおって。あの中にはおらんな……）

首領は思い、すぐに目をそらしたが、手下の幾人かは――乙姫にささえられて出てきた男どもを、ねめつけたようだ。

「何じゃ、お主らあっ！」

「我らに何ぞ用か！　何をじろじろ見ておる！　下司《げす》どもが」

遊女舟の方から幾人かの男が怒号をまき散らし砂煙を上げて歩み寄ってきた。

遊女に手を引かれても、乱暴に振り払い、突進してくる――。

筑波から来た一団も弓を構え太刀に手をかけ早くも一触即発となった。

と、

「……あ、義兄《あにい》じゃありませぬか？　武任《たけとう》の義兄？」

遊女舟帰りの一団から……声をかけてきた男が、ある。

あらごとを追ってきた輩《やから》の首領は、

「お主はっ……。二日酔いで気ぃ抜かれたような顔しておるゆえわからんかったわ、玄明《はるあき》かっ！」

水上の色里から出てきた富豪浪人らしきごつごつした男を驚きをもって見た。

玄明と呼ばれた富豪浪人は、どぎつい黄の狩衣《かりぎぬ》をまとい、黒白二色にくっきりわかれた、袴《はかま》をはき、金地に螺鈿《らでん》をほどこした毛抜形太刀を佩いている。

対して武任と呼ばれた、あらごとを追ってきた男は黒狩衣、黒袴、鞘《さや》を黒塗りした毛抜形太刀という出で立ちである。

成金趣味を漂わせた玄明は体ががっしりしていて、かなり横に太く、大きな顔は赤く、眉は細い。眉間に険を寄せると、恐ろしい顔になるが、にっこりすると大黒天を思わせる福々しさが漂う。

武任は、玄明に、

「汝《なれ》の子分ども、ずいぶん行儀が悪いの」

真っ先に遊女舟から突進してきた顎の大きい、ごろつきが、

「何です、こいつぅっ？」

「このっ――たわけがぁっ！」

武任に福々しい笑みを見せていた玄明が、一転、面を真っ赤にして、子分のでかい顎を殴った。大顎の男が砂埃《すなぼこり》を上げて浜に倒れる。

さらに、玄明は――武任たちを「下司」と罵った男を殴り飛ばし、砂まみれになりながら許しを請う大顎をさらに蹴ろうとした。

「その辺でよしてやれ」

武任が低く言い、玄明をおさえる。

玄明は大声で、

「武任の義兄はなあ、伊讃《いさの》武任と言うて真壁の護殿の郎党で、彼《か》の里一の武勇をもつお方よ！」

「否。真壁一の武勇は、野本で討たれた、一の若殿、扶《たすく》様であられた」

武任が呟くと、玄明は、

「なら……真壁二の剛の者よ！　俺は若い頃、博奕をしておって武任義兄と喧嘩《けんか》になり、表で相撲を取り――三度、負けた。完敗だった。初めてあった夜……兄弟の契りをむすんだのじゃ」

玄明の子分どもが、

「そ……そうであったのですか」

今度は、武任が、手下たちに、

「これなるは藤原玄明と申し鹿島《かしま》の富貴の神人《じにん》の次男坊であったが……博奕と、女遊びがひどくてな、勘当され、常総の各地をさすらい、色々の悪さをしておった男よ」

兄貴分に紹介され照れたような笑みを見せる玄明だった。

藤原玄明――『将門記《しょうもんき》』に「国の乱人（一国の治安、秩序を乱す者）」と書かれている男である。

『将門記』は、官物（年貢）横領、脱税、脅し、百姓からの略奪などに、玄明が手を染めていたと書き、
其の操を聞くときは則《すなわ》ち盗賊に伴へり。（その行いを伝え聞くに盗賊さながらであった）

と、書くが……まさに群盗の黒幕のようなこともしていたのでないかと、思われる。

「相変らずなんか？」

武任がにんまり笑いながら玄明に問うている。

「義兄……お天道《てんと》様の下だぜ、勘弁してくれよ……。ま、今は、那珂《なか》の方で、田畑広げたり、商いの方に精出してますよ。あとは、出挙か。今はこっちに、博奕で来ているけどよ。

甘えるように藤原玄明が言うと、伊讃武任は殺伐とした声で、

「――違う。……人探し、よ」

義兄もでしょ？」


伊讃武任、この男は源護の郎党であったが、昨年七月の満月の夜――あらごとら多くの下人下女が逃走した夜は、護の用命で国府に、いた。

そして、九日前、野本の戦の折は、出陣を懇望するも護から、

『真壁の守りにどうしてもそなたが要るのじゃ』

と、言われ、不本意ながら真壁にのこった。

その日、将門は護方に快勝し、護の倅《せがれ》三人を討ち取った。

恐慌が真壁を襲い、戦うどころではなくなった。武任ら僅かな主戦派の声は、逃げようという圧倒的多数の声に揉み消されている。

武任は、あの日、護を守って水守に逃げ、今は、三人の息子をうしない、すっかり覇気を削《そ》がれた老主人と共に、平良正に匿《かくま》われていた。

(下司どもが逃げし夜も、野本の戦も……このわしがおれば、違ったのやもしれぬ)

忸怩《じくじ》たる思いが武任にはある。

昨日、毛野川で、あらごとらしき者と鎌輪の兵を見かけた伊讃武任は、護、良正に、

『将門がここ水守を滅ぼすべく何か悪巧みをし、彼奴らを何処《いずこ》かにつかわすのかもしれま

せぬ。連中を襲い、二、三人ふんじばり、何を企んでおるのか白日の下に晒《さら》しとうございます』

と、提案。許された。

護の従類六名、良正の兵三人を引きつれ毛野川を下ったのだった。

欲を言えば二十人はほしかったが、良正も多くの兵はさけず、この数になっている。

玄明を引き寄せ、武任は、押し殺した声で、

「真壁で何があったか、お主の耳にもとどいていような？」

「……へえ。御無事で何よりでした、義兄……」

「真にそう思うておるんか？」

「本気ですよっ」

「なら——力かせ」

「当然」

「実はな、当家を逃げ、今は鎌輪におる、あらごとなる小娘がおるんじゃが……」

耳打ちすると藤原玄明は、

「昨日、毛野川を……？」

「左様。あと、音羽なる娘も一緒におったような気がした」

「どんな女です？」

「うむ。少し、よい女じゃ。ただ——盗賊の一味でな、当家に潜り込みしらべておったのじゃ……」

「へえ、面白そうな女ですなあ」

「たわけっ」

玄明を小突いた武任は、

「嘘が上手《うま》く、狡猾《こうかつ》な女で、冷酷非情。わしの友、大苑《おおその》の刀禰《とね》がその女に……」

「——許し難き女郎《めろう》ですなっ」

玄明のでかい顔で青筋がうねる。

「音羽もあなどれぬが……あらごとも妙な神通をつかうとの風聞がある」

「どんな小娘なんで？　あらごとは」

「背はこれくらい。痩せっぽちで、髪はみじかく、浅黒い。目ばかり大きい。あとな、見間違いかもしれぬが、良門までおった気がするのじゃ、舟の中に」

玄明は、護に仕える兄貴分に、

「良門？」

「将門の倅よ。ほんの小倅じゃが隆《たかし》様を討った憎い仇《かたき》じゃ」

狡《ずる》い笑窪が玄明の口元に生じ、

「義兄、そいつ引っくくりゃあ将門から——結構、ふんだくれるんじゃないですか？」

「……生きて帰さぬがな」

笑みながらうなずいた玄明は声を潜め、

「この里に俺のためにはたらきてえって若え衆《わけ》が何人もいる。こいつらと合わせて、二十人はあつめられますよ」

そこまで話した処で蜜柑《みかん》色の袿《うちき》を着て、緒太《おぶと》をはいた、どうにも漁家の者に見えぬ、婀娜《あだ》っぽい女が、砂浜に駆けてきて、男たちの横を通りすぎ、舟の遊女の一人に、

「ねえ、あんた、聞いてよ！　あんたの従妹《いとこ》、淵猿って化け物に攫われたんだろう？　淵猿がみんな退治されたって！　泊崎の方から下ってきた商人に、今しがた聞いたのよ。何でも……毛野川を下ってきた小さな呪師の娘と背が高い女呪師が、淵猿をみんな、やっつけたのさ。たった一晩で」

ぬっと歩み寄った武任が蜜柑色の袿を着た手を強くにぎった。

「のう」

婀娜っぽい女は、武任を怒鳴りつけようとするも凄まじい殺意をにじませた形相を見て黙り込む。

武任は、恐ろしい声で、

「今の話、くわしゅう聞かせてくれぬか？」

いくら口止めしても……あらごとらによる淵猿退治は太田沼周辺の人々にとって、大いなる安堵をもたらす事件だったので、瞬く間に、噂が広がっている。

昨夜、二十四匹強の淵猿を退治した、あらごとたち。

和上の願いにより太田沼にとどまり——探索をおこなった。

夜明け前から、沼の幾ヶ所かで、乱菊は幻の子馬や子牛を走らせ、妖猿をおびき出そうとした。

探索は広範におよび、夜になってもつづいたが、魔の反応は、ない。

乱菊も里の人々も昨夜の戦いで妖怪は全滅したことを得心した。

噂は広めないでくれ、大袈裟《おおげさ》な振る舞いも無用とつたえてあったものの、探索を終え、大師堂にもどった、あらごとたちをまっていたのは、里の人々の心尽くしの饗《あえ》であった。

あまりにも漁民がすすめてくるため、良門は酒好きの兵どもに一杯だけならと、酒をすするのを許している。

鐘遠ら船頭、楫子《かじこ》は、「舟の方が落ち着く」と、船着き場に降りて行ったが、それ以外の者は大師堂と、和上の庵《いおり》に分宿している。

昨夜は、あらごと、良門を初め多くの者が緊張しており皆、眠りが、浅かった。

だが、今日は……淵猿を全て倒したという安堵があらごと以下多くの者を眠りの沼に沈めていた。

あらごとは乱菊、音羽と大師堂で、寝ていた。

良門は女人たちの中で寝ることに遠慮するも、あらごとを近くで守るべく大師堂の床下に蓆をしいて横になっていた。

大師堂の前では兵二人が直立不動で不寝番をつとめる。

だが、この兵たち、かなり疲れているようだった……。

大師堂の不寝番の一人、若き兵は先ほどからかなりの眠気に襲われている。

だが、もう一人の見張りが傍にいるため、蹲りたい思いをおさえていた。

（どうせなら、昨夜、不寝番の方がよかった。昨夜はわしもろくに眠れんかったからな）

大師堂からは――呪師・乱菊の、心地よさげな鼾《いびき》が、聞こえてくる。

あくびを嚙み殺した時、相棒の、三人子がいる兵が、

「尿《いばり》に行ってくるわ」

小声で呟き矛をもったまま、とぼとぼ歩いて行った。

小用に行った男はなかなかもどらぬ。

（あいつ、小便と言うて寝ておるのでは？）

草庵《そうあん》前の見張りをちらりと窺うと、矛を置き、蹲っているようだ。兵一人が不寝番をつとめる和上の庵では、和上、そして、残り四人の兵がやすんでいるのだった。

（あ奴《やつ》も……寝ておるわっ）

自分だけが損な役回りをまかされている気がする。少しだけ寝てもいいだろう、という気持ちが押し寄せてくる。

若き兵は、腰を下ろすと矛を置き、少しだけ目をつむってみよう、と考える。

（半分、寝ながら百数えるんじゃ。百一の時、目ぇ覚ませばよかろう）

目を閉じた途端、ぐらんという揺れを頭に感じ、直後——喉を焼けるような何かが、突き破った。

若き兵は——即死している。

矢が、首を、貫いたのだ。同時に草庵前の見張りにも何処からともなく恐ろしい勢いで直線の殺意が襲いかかり、鎧《よろい》を壊し、胸に潜り、心臓を、ぶち抜いた。

並みの兵が射た矢ではない。

——強弓《こわゆみ》の精兵《せいびょう》が射た矢である。

小便に行った男も、今、矢を射た者どもに既に斬り殺されている。

音羽は——兵の一人が小便に行った音で目を覚ましていた。

飯母呂衆になってから、いや、物心ついてから、あらごとや乱菊のように熟睡した経験はない。

心か体の一部が常にたゆむことなく警戒していて、微細な異変が一つでもあれば、すぐ、覚醒する。

闇の中、細く目を開けた音羽は体を横向きにした。床下から良門の寝息が聞こえる。

——板一枚はさんだ真下に良門が寝ているのだ。

床に耳をくっつけた音羽は闇に沈んだ堂の床にそっと手を這わせた。

良門のことを思うと、音羽は——時に甘美な心地にひたり、時に苦しみに流される。

甘美さは傍ではたらける喜びに根差し、苦しみは武人と斥候《うかみ》という関係から一歩も踏み出せるはずもないという現実に、起因した。

(これが……大和の言葉で言う恋? 吾の父祖たちの言葉で、この気持ちを何と言うんだろう?)

音羽は蝦夷《えみし》の血を引く俘囚《ふしゅう》の娘であった。

今、朝廷の中心は、山城《やましろ》に置かれていたが、北の大地に侵攻がはじまった時、都は、大和にあった。

だから蝦夷の人々は朝廷の勢力全体を大和と呼んでいる。

(前の吾なら……信じない。誰かを恋しいと思っている、吾を)

記憶の中から、どうしても拭い取れぬ光景が蘇《よみがえ》る。

竪穴住居の中で、男たちが抗《あらが》う母に笑いながらのしかかっていた。

あらごとが寝返りを打つ気配がした。

あらごとは――気付いているだろうか？　自分の中に、音羽と同じ気持ちがあることを――。

間違いなくあらごとは良門に惹《ひ》かれている。

だが、幼さゆえに、自分の気持ちに気付いていないかもしれない。

（……気付かぬ方がいいかもしれない。だって、吾と同じように、あらごとの恋だって、報われぬ恋だから）

――身分というものが絶対的に違った。良門は、庶子とはいえ、豪族の子。しかも常陸最大の豪族・源護を追い散らし、旭日昇天《きょくじつ》の勢いで武名を上げている豪族の長子である。

一方、あらごとは何処とも知れぬ山里の出で音羽は俘囚の盗賊の娘だった。

（このことがきっかけで……仲違《なかたが》いなどしたくない）

音羽は思う。

音羽は、あらごとなどから、人の懐に入るのが上手く、話し上手と見られている。

だけど、それは――真の自分ではない、と思う。

人の懐に入る術は、苦しい生い立ち、盗賊としての経験からつちかわれたもので、いわば自分を守る殻だ。

殻の内にいる真の己は、

（真の吾は……何処に？　吾はいつも……誰かのふりをしている。護の館では大炊殿の陽気な娘を、演じていた。お頭の前でしか、本音なんて言えなかった。いや……お頭の前でも演じているのかも……。優秀な飯母呂の娘を。そんな吾が……）

——初めて、自然に、自分をさらけ出して話せる……と思えた子が、

（……あらごとだった）

作法とか、言葉遣いとか、まるでなっておらず、生意気な処もある、あらごとだが、見ているこちらがひやっとするくらい、正直で、素朴で、向こう見ずで、真っ直ぐだった。

（乱菊はあらごとをひねくれ者とか言うけど、吾は、違う気がする。この世が、ねじまがりすぎていて、あらごとが真っ直ぐすぎるから……ひねくれ者に見えるんだ。きっと）

そんな子だから——音羽はあらごとには胸襟を開けた。

叢に隠れた、誰も知らぬ花のように、密《ひそ》かな恋をはぐくむ音羽、あらごとの寝返りと、良門の寝息を聞きつつ、その心は小波《さざなみ》を立てていた。

（それにしても尿に行った男の帰りが、おそい）

音羽が表に耳を澄ませた刹那、表の不寝番が座る気配が、あり、直後、強く倒れるような音がしている。

「——みんな起きてっ」

音羽は鋭く告げ、あっという間に堂の戸の所まで動き、蕨手刀に右手をかけ、左手を扉にかける。

小さく開けた。

同時に、幾本もの鋭気が扉にぶつかって――硬い音が、弾《はじ》けた。

矢だ。

「敵襲っ！」

音羽は大声で叫んだ。蕨手刀を、抜く。

あらごと、乱菊が起きる気配があり、

「……淵猿？」

乱菊の眠そうな声がした。

「猿じゃない。人。――護一味か、群盗と思う」

音羽はきびきびと答えた。

「――一気にかかれぇっ！」

表で、男の怒号が、する。音羽は数多の足音の殺到を聞きつつ、

「火をかけられたら敵《かな》わない。表に、出る」

固唾を呑んでいるらしいあらごとに言う。で、床下に、

「起きて下さいっ！」

下から、床をコツンコツンと小さく叩く音がしている。

音羽は安堵したように小さくうなずき、あらごとたちに、そっと、

「行くよ。合図したら、出て」

戸をゆっくり開ける。

音羽は高欄にかこまれた幅の狭い濡《ぬ》れ縁に出た。

正面、数段ある階《きざはし》の左辺りで、人が倒れている気配がある。射殺された不寝番だろう。

——階を降りた境内に、すでに二、三十人ほどの敵が乱入している。

堂の扉が向いた方、つまり音羽が向いた方は太田沼とは反対側である。

敵はそっちから押し寄せていた。

一段高い濡れ縁を、沼側にまわり込み、裏に出れば、高い崖が、ある。

崖の下には竹藪《たけやぶ》などが茂っていて、藪を潜り抜けた先に——沼が広がっている。

万一の際の逃走経路はすでに良門、音羽で練られており、あらごとたちにも共有されていた。

和上の庵の方にも敵は殺到、そちらでも味方の兵と激しく干戈《かんか》をまじえていた。

寝込みを襲われた味方が明らかに不利だ。

また、敵が射てきた——。音羽は、殺気の飛来を蕨手刀で弾く。

矢面に立つ音羽は、

「今だ」

堂内の、あらごと、乱菊が、出てくる。

「近郷の盗賊なら、どれだけ薄情で恩知らずなのよ」

乱菊が憤慨した、その時——夜討ちの勢から火矢が飛来。濡れ縁上に落ちて、バーッと火の粉が散った。

と、

「餓鬼は——あすこにおるようじゃぞ！」

敵の中から、胴間声が、した。

(聞いた声のよう……。つまり——護の家来？)

音羽は知る由もなかったが、この時、叫んだのは伊讃武任だった。武任と共に、一行を襲っているのはむろん、水守から追ってきた男どもと、藤原玄明の徒党だった。

「行くよ」

音羽が告げる。

音羽が高欄側、つまり、敵に近い方に立ち、あらごとと、乱菊が、さっきまで寝ていた大師堂の壁側に立ち、濡れ縁上を動く。

——裏にまわるのだ。

まだ、眠気が頭にこびりついている、あらごとだが、いきなり、とんでもない危険に放り込まれているのはわかった。

戸口を出て右に見えた濡れ縁を行く。

音羽が、あらごと、乱菊を守るため、飛来した矢、火矢を蕨手刀で払っている。

己の中で発散される冷たくも熱い火花を直覚したあらごと、通力で音羽を援護出来ると考えた。

今、敵の中で弓矢をもっている連中は庭の中ほどに止り、斜め上に矢を向け、大師堂めがけて次々、射かけていた——。

飛来する矢の下を、五、六人の敵が矛、毛抜形太刀などを手に、こちらに殺到している。

通力を存分につかってよいなら、矢の雨をねじまげこの連中に浴びせるのだが、それは出来ない。

呪師は通力で人の命を取ってはならない。

呪師が通力で命を取ってよいのは、妖魔か、闇に落ちた呪師・妖術師にかぎられる。

人に命を狙われた場合、通力で傷つけるのは掟の範囲内だが、通力で命を奪うのは、相手に通力がない場合、掟破りと、なる。

掟の外に出れば、あらごとは——妖術師と同じ、つまり、千方と同じと見なされる。

　乱菊からおしえられた掟の範囲内に己を置くあらごとは己を殺そうとしている矢を睨み、正直なところ不本意ではあったが、

《落ちろ！　こっちに走っている男たちの、前に！》

　念じた。

　夜を裂いて飛来する火矢、火矢の近くを飛んでいた矢が、くるりと向きを変え、刃物を手に、咆哮を上げて、あらごとを襲おうとしていた男どもの、直前に落下する。

「おおうっ……」

　矢の動きをねじまげるあらごとの力が男たちに狼狽《うろた》えを走らせた。

　しかし、夜目の利かぬあらごとが視認出来ぬ矢が幾本かあり、それらが――迫るも、音羽の刀が、悉く、はたき落とした。

「――たぶん、護の手先」

　音羽が言う。

「……まあ。嫌だ。しつこい輩ねえ」

　乱菊の言葉に音羽はくすりと笑う。

　あらごとの念力に一瞬ひるんだ敵が、また、殺到している――。

　先頭が階近くに来た時――鋭い風が、縁の下から吹き、その男の下腹を貫いた。

　手鉾であった。

床下に隠れていた何者かが階の傍から手鉾をくり出したのだ——。

悲鳴と、男の影が、境内に、崩れる。

その時、松明でも投げ込まれたか……和上の庵が、かっと大きな炎につつまれた。

床下に隠れていた味方は素早く外に出るや下腹を突かれて蹲っている敵の首を矛で突き、討ち取った。

その味方、良門は矛を激しく振るい、刀や矛を手に、押し寄せた敵群に突っ込んで、

「音羽！　あらごと、乱菊をたのむ。俺は和上をお助けするっ！」

「——承知しました！」

音羽は叫ぶも、あらごとは面貌を悲痛なほど歪め、足を止め、痩せた体をわななかせ、

「良門っ！」

あらごとは一度ならず自分を助けてくれた良門が死んでしまう気がした。良門に青丸や美豆と同じ所に行ってほしくなかった。

あらごとの右手は、昨日から護身用にもっている手鍬を非常に固くにぎっていた。

だが、音羽は、厳しい声で、

「——良門様の下知にしたがえ。行くぞ！」

「嫌だ！」

あらごとは抗う。

（あたしは、良門の家来じゃない）

地獄のような炎につつまれている庵、そこにいるはずの和上と兵たち、彼らを救おうと護の刺客どもに突っ込んでいった良門を捨て置き、自分だけ逃げたくない。

乱菊の手が——噛みつくように、あらごとの手首を摑まえ、

「今、お前が、良門様を助けようとしたら、死人が出る。お前は、掟を破る。わたしは師としてそれはさせない！」

声をふるわして、怒鳴った。

乱菊は逆らい様もないほど強い力であらごとを引っ張っている。

音羽、乱菊に引きずられ——あらごとは濡れ縁を逃げ出す。

（良門——）

煙の尾を引きながら幾本もの火矢が大師堂を襲い、壁が燃えはじめた。

濡れ縁上を直角にまがり、あらごとらは裏手を目指す。

後ろから、

「それなるは良門か！　我こそは真壁の住人、前大掾《さきのだいじょう》・源護殿が郎党、伊讃武任と申す者！　一騎打ちにて雌雄を決せん」

「よかろう！　相手にとって不足なしっ」

「余の者は手出しすな！　わしとそこなる小僧の一騎打ちじゃ」

などという声が、した。

あらごとは良門や和上を思うと気が気ではなかったが、

「逃がすなぁ！」

こっちにも追っ手が、かかってきた——。

音羽は一っ跳びし、あらごと、乱菊は跨ぐ形で、高欄の向う、地面に跳び降りている。

着地しざま音羽は後ろに小さな飛刀を放ち——目に当てて追っ手の戦意を潰す。

さらに、音羽はさっと取り出した鉄菱《てつびし》を、地面にばら撒《ま》いた。

断崖の縁までくる。

眼下には鬱蒼たる竹藪があり藪向うに黒い沼が広がっていた——。

「降りて。吾が、後ろを守る」

音羽が言うと、あらごとは体の底の火花をたしかめながら頭《かぶり》を振っている。

崖の下の竹のてっぺんよりも、あらごとたちの足は上にある。

「あたしの手をにぎって。みんなで一緒に行こう」

（二人なら沼の方までも飛んで行けそうだけど、三人となると……）

重力がまさり、落ちるだろう。

だが、何の通力もなく飛び降りたりするよりは、あの力をつかう方が遥かに安全なはず。

あらごとは追っ手を気にする音羽、崖に怯える乱菊の手をにぎるや、

《——飛べ、あたし！》

あらごとの足が、崖の縁を、蹴る。

「ま、まって」

乱菊は言うも三人の体は沼がおくってくる分厚い湿気の中にふわりと飛び出した——。

重力という綱はたしかに下に引っ張った。

だが、常人が崖から飛び降りるのに比して、ずいぶん、ゆっくり、やわらかく、三人は降下してゆく……。

天翔の通力が、重力を、弱めている。

眼下にあった竹藪、竹の中から突き出ていた亭々《ていてい》たる杉の木などが近づいてきて、あらごとたちは竹林に上から吸い込まれる。——着地した。

「あっ」「痛《いて》えっ」「ぐう……」

崖の上で複数の男の呻きが、もれた。追手が鉄菱を、踏んだと思われた。

が、音羽が撒いた罠を迂回《うかい》した敵もいたようだ。

幾人かの荒々しい足音が、崖上に殺到している。

良門はどうなったろう。

気が気ではなかったが乱菊に引かれてあらごとは走る。

「ほれ」

乱菊が言うと、俄《にわ》かに濃霧が辺りに立ち込めた。幻の霧である。

乱菊は逃げながら幻を生む火花をためていたのだ。

「何処じゃ！　何処に行った？」

上から怒号が降る中、あらごとたちは、霧の幻に守られて竹藪に、入った――。

あらごとは時に転びながら、夢中で走る。

沼の畔に、出た。

と、

「あらごとか？」

丸木舟を寄せ、声をかけてきた男が、ある。

「鐘爺？」

「爺ではないが……さあり」

錆《さ》びた声が、返ってきた。あらごとたちは太田沼に入り膝より下を水に濡らして、鐘遠が寄せてくれた舟にしがみつき、乗り込む。

「他の舟は？」

音羽が訊くと鐘遠は燃え上がる大師堂を仰ぎながら、悔し気に頭を振り、

「……船着き場も襲われたのじゃ」

他の船頭、楫子は皆、斬られ射殺されたのだ。

「この舟も、追われておる。出すぞっ」

鐘遠が舟を出す。船着き場の方を見やると——二艘の敵舟《てきしゅう》が、こちらを追ってくるようだ。

乱菊がそちらに手をかざす。突如、穏やかだった沼に大波が生れ、追っ手の舟に襲いかかった。

敵方の舟は幻の波に慌てふためき岸の方に夢中で寄って行った。

それを見とどけた、あらごとの心は、死地にのこった若武者に引っ張られる。燃え盛る大師堂を睨み、面を歪め、

「あたし、やっぱり……良門を、助けに行くっ」

「何を言い出す?」

驚きで、音羽の声は強張《こわば》っている。乱菊も、

「馬鹿なこと言わないで」

だが、あらごとは、敵の群れに飛び込んだ良門を思い浮かべ、

「……見捨てられない」

「吾も同じ。けど良門様のご指図は聞いたでしょ?」

きっとなった音羽の怒りで熱くなった息が、顔にかかる。

「良門様は和上だけでなく、あんたを守るために敵とあそこで戦ったの。その気持ちを、

汲みな！　それに、あんたが、あっちにもどって死んだら、ここまで逃がした我らの働きは、無駄になるんだよっ。どうしても良門様を助けるというなら——吾が、行く」

あらごとは、元盗賊の友に、かすれ声で、

「音羽の武芸でも、あの人数じゃ……。通力がなければ、死にに行くようなもんだよ」

（あたしなら……出来るかもしれない）

音羽の歯が強く嚙み合わされる気配があった。

「さっきのあたしは——掟を破って、あいつらと戦うことしか出来なかったと思う。だけど、ここに逃げてくる間に考えて、掟の中で、あいつらと戦えるかもと思った。音羽や乱菊のおかげ。それに、あいつら、まさかあたしがもどってくると思わないから——不意を衝ける。……だから、全然、無駄ではないよっ」

音羽は乱菊に、

「何とか言って」

「誰も殺さぬと約束できる？」

——乱菊は意外に静かな声で、問うた。あらごとが首肯すると、

「なら、ゆきなさい」

「乱菊っ！」

音羽の抗議を手でいなし、さすらいの女呪師は、

「大切なものを守るために、掟の中で通力をつかうことは、みとめられている。我ら呪師が何故、魔性と戦うか……？　其は――かけがえのないものを守るためではないかしら？　大切なものを守ろうとする今のあらごとをわたしは止められぬし、止めたって、必ず行くわ、この子……」

乱菊は崖を指す。

「わたしは貴女があそこまで逃げてきたら大がかりな幻で助けてあげる。鐘遠、舟を止めて。音羽、わたし、幻術に集中するので――この舟に護の兵が近付かぬようにしてくれる？　あと、淵猿にも一応の用心を」

音羽は溜息《ためいき》をつきながら四囲を厳戒しはじめた。

あらごとが、ふわっと舟から上へ浮き上がる――。

鐘遠が驚きの息を呑み乱菊は天翔するあらごとを見上げ、

「貴女はもう二つの力を同時につかうことも出来るはず」

それこそ、あらごとの策だった。

「己を信じて、やってみなさい！」

あらごとはこくりとうなずき、一気に、凄まじい勢いで高くに上昇をはじめた――。

崖上と同じ高さになる。

崖上に炎に照らされた敵がいたが、夜の沼の無灯火の舟から飛翔《ひしょう》したあらごとには、気付いていない。

あらごとは、もっと上へ、上がる。

大師堂を燃やす焔《ほむら》を見下ろせるくらい高くまで急上昇するや前進をはじめた。

――さっきの竹藪が、火の粉と煙がまじった夜風に身悶《みもだ》えしている。

大師堂上空三丈ほどの宙まで来る。

青白い煙が、下から体をくるみ、暴力的な煙臭さが、鼻から喉、肺腑《はいふ》に、殴り込みをかけてきた。目が痛く、喉の底から噎《む》せそうになる。

だが、たえた。

境内の真上まで――来た。

さっきまで、矛で戦っていた良門だが、今は矛がおれたか、取りかこむ敵に対し――毛抜形太刀を蜘蛛手《くもで》、香菓泡《かくなわ》に振りまわし、孤軍奮闘している。味方の兵は皆討たれてしまったのだ。

「おのれ、よくも、よくも和上をぉ！」

良門が叫ぶ。

見れば、炎上する庵の前に、金剛杖をもった和上が……将門の兵とおり重なるように、血塗《ちまみ》れになって倒れていた。淵猿がいなくなり、太田沼が平和、静穏を取りもどしたことを心から喜んでいた和上、義理堅い人だから恩を返したいという思いもあり、賊相手に立ち向かおうとしたのだろう。あるいは賊を止めようとしたのかもしれない。杖をもった老いた僧は夜討ちの賊の凶刃で斬られていた。

（和上までっ――。罰当りめ！）

あらごとの眉が、うねっている。

と、敵の一人、ごつごつした顔付きの、肩幅広い男が、

「小童《こわっぱ》！　よくも、武任の義兄を……。八つ裂きにせい！」

（武任？）

そう言えば……さっき、伊讃武任という者が、良門に一騎打ちを申し込む声が聞こえた。人の名を覚えるのが苦手なあらごとだが、

（武任って、護の家来にいたよな……？）

燃え上がる大師堂が、武任らしき男の首が胴とはなれて転がっている様を照らしていた。

良門は一騎打ちに勝ったのだ。しかし、味方の兵は皆討たれたため、その奮戦は空《むな》しくなろうとしている。

良門の周りには武任の他にも敵方の骸が転がり、十数名となった敵は、良門一人を遠巻きにしていた。

良門は、ごつごつした顔の、肩幅広き男に、荒い息をつきながら、

「お前はそこなる者の舎弟か？」

「血のつながりはねえが、心のつながりはある弟よ」

「されば、俺と一騎打ちし、無念を晴らしたらどうだ。お前も東男《あずまおとこ》であろう？」

この時代、東国の兵は天下で最も勇猛と言われていた。

誘いをかけるも、肩幅広き男は、

「殺《や》れぇっ！」

命じた。

あらごとは、はっとする。敵二人が——良門に突進した。

「卑怯也《ひきょうなり》」

呟いた良門は——身を低め猛速で太刀を振るっている。

良門の首があった所を突っ込んできた敵が矛で突く。が、身を低めた良門の太刀は、土すれすれを旋回。どたどたと足音立てて駆けて来て毛抜形太刀を振るわんとした別の敵の両足首を——丸ごと、切断した。

血煙と、悲鳴が、散る。

あらごとは良門の真上まで来た。

誰《たれ》も、夜空を漂う少女に気付いた者は、いない。

武任を義兄と慕う男が、良門の武に面を強張らせ、

「四方《よも》から、射よ！」

四張の弓が四方から良門を狙って引きしぼられた。他の敵は、太刀、矛を構え、逃がさぬ構え。

地上三丈の高さで夜空に溶け込み良門たちを見下ろしているあらごとは、

（一気に助ける他ない）

良門を救い出す己を、思い描く。

（乱菊が言うようなことをしないと……）

二つの通力の同時使用だ。

（助けられない。だけど、あたし、本当に出来る？）

浅黒い顔に不安が漂う。乱菊は大丈夫と言ったが、あらごとはこれまで、二つの力――如意念波と天翔を同時につかえた例が、なかった。

一度も、なかった。

胸の動悸《どうき》が高まっている。

出来ぬという思いが、あらごとを、揺すっている。

だが、

（……出来る。出来なきゃ、良門も、あたしも、死ぬ！　だから出来るんだ）

自らに言い聞かせた。

瞬間、武任の義弟が何気なくこちらを仰ぎ、はっとした顔になり、四つの細く速い殺気が——良門に向けて放たれた。

あらごとは急降下しつつ、

《ねじまがれ》

四本の矢に念じた。

——飛来した四つの矢が、バキバキと中ほどで大きくまがり、鏃《やじり》を射手に向けて、大幅に勢いをなくし、墜落する。

如意念波だ。しかし、天翔も霧散したわけではない。手を下に、足を上にした、あらごとは、良門のすぐ頭上で浮いていた——。

(出来た!)

「手をにぎれっ」

あらごとは必死に声をかけている。

はっと、こちらを見上げた良門があらごとの手を固くにぎった……。

《浮けぇ!》

あらごとが念じる。同時に、武任の義弟が、

「あれぞ、あらごとだろう! 逃がすなぁ、あの、妖術使いの小娘を引っくくれぇっ」

二の矢を射んと弓どもがすぐに狙いをつける。

が、良門は体重があり、いつだったか蕨を星空に引き上げた時のように滑らかに浮いて

くれぬ。天翔により、一人飛ぶ時……あらごとの体は何とも言えない軽やかさにつつまれる。

だが、今は、重い。

水の中から、水面に向かって浮き上がる時のような抵抗を感じる。

「かたじけない。だが、重かろう。そなた一人で、逃げよ」

良門はいつかの美豆のようなことを、爽やかに言った。

美豆の惨たらしい最期を思い出したあらごとの相貌が苦痛で引き攣《つ》り、

「出来るか、そんなことっ」

(――あんたを助けるために、もどってきたの)

身の底で散る冷たくも熱い火花をひしひしと感じる。

四つの矢が、また、飛来するも、念波で、叩き落す。だが、念波に力を入れてしまったせいで天翔が弱くなり一度は二尺ほど浮き上がった良門の足が、地面から数寸の所まで落ちた。

「飛んで火に入る小娘よ、覚悟せい。総がかりじゃ！」

凶器振り上げた敵が――獰猛《どうもう》な雄叫《おたけ》びを上げ一斉に押し寄せてきた。その中には真壁の館で見た男がいる。

(こいつらに捕まったら)

護の所につれもどされるのか？　あの老豪族は、どんな惨い仕打ちを、自分たちにするのだろう。そこには……蛭野《ひるの》もいるのか？　蛭野は、どんな顔を見せるだろう？

あの者たちの許《もと》に決してつれもどされたくないという思いが爆発するような火花を、あらごとに散らせた――。

若武者を引っ張った小さな影が抵抗する大気を突き破り勢いよく飛翔している。

天へ向かうあらごとのみじかい髪が、夜気の抵抗で――下へ、流れる。

あらごとは眼下でどよめく男どもに、

「よっぽどあたしをつれもどしたいようだけど……」

「当り前じゃ！　覚えがあろうっ」

護館にいた男か？　苧引《おび》きが、下から、怒号が、ひびく。

「……何で？　早かった？」

地上三丈に良門をつれて飛翔した、あらごとは、目をギラギラさせて見上げる輩に笑いかけた。

「婢《はしため》の分際で……」「この恩知らずめ、逃げられると思うな！」

護の家人から飛んでくる罵りに、

「ありもしない恩を押し付けるなよ。こっちはさ、二度と――おがみたくない顔ばっか、なんだよ！」

「射殺せぇっ！」

　武任の義弟が命じる前に射られた矢があり、宙を漂うあらごとの足を狙ってくる。が、良門が剣ではね飛ばした。

　あらごとは良門を引き燃える大師堂の真上に風のように早く飛ぶ。紅蓮《ぐれん》の堂から、火の粉を大量にふくんだ、熱風が、吹き上げ、驚いたあらごとはより上に行こうとした。良門の注意も火光に向く。

　刹那——背中の下の方に、焼けるような痛みが突き刺さった。矢だ……。

「うっ」

と、呻いたあらごと。集中が弱まり、空飛ぶ通力が、消えかかる。

二人は真下で猛《たけ》り狂う火炎にすーっと落ちかかった……。

（焼け死ぬ！　熱いっ）

「あらごとぉっ！」

　良門の絶叫が、あらごとの気力を立て直す。歯を食いしばったあらごとは体を大きく横へ動かした——。

　つまり、音羽の鉄菱が撒かれ、目を潰された男、足の裏から足の甲まで……鉄の罠で貫かれた男たちが、蹲り、苦しんでいる上空に、二人は動いた。

　ドドドと十数人がそっちに追ってくる。

「そなた……矢を」

良門が言う。

矢はあらごとの右の背に、深く、刺さっている……。

「こんな怪我、何てことない！」

強がるも、飛行の速度、高度は大いに落ち、進行方向も上手くさだまらず、二人は弱り切った羽虫の如く、空中で大きくふらつく。

「どんどん下に落ちとる！　早う摑まえいっ――」

「敵の罠がある！　わしらのように足を刺されるぞっ。気を付けい」

追ってきた敵と、蹲っていた敵が、やり取りする。

だいぶ下降したあらごとを跳び上がって摑まえようとした敵を良門が剣で威嚇した。

――崖の縁は、近い。

その時だった。

太田沼から白く長い影がぬっと現れ良門が息を呑む気配があった。

……途方もない大きさの生き物であった。

白い大蛇《おろち》である。

少しはなれた崖下の沼から鎌首をもたげ現れたと思われる大蛇はあらごとらに見向きもせず、幅七尺はある顔を崖上に乗せる。牙の並んだ大口を開け――猛火に胴を照らされながら追っ手どもに這い寄って行く。

「何じゃ、この大蛇——」

「主じゃ！　太田沼の……。逃げろぉぉっ」

「まってくれ、おうっ、わしらを置いて行かんでくれえ」

蜘蛛の子を散らすように逃げてゆく足音がした。

あらごと、良門は、大蛇の上を浮遊して、沼の上に出、鐘遠の舟を目指す。

あらごとはほっとしたような顔で、くすりと笑い、

「乱菊の幻……」

瞬間、安堵で気がゆるんだか、通力が弱まり、二人の体は水面すれすれまで落ちている。

舟の方でも寄せてくれて、あらごと、良門は、鐘遠の舟に乗り込んだ。

「よくやったわ。あらごと。——大したものよ」

大蛇の幻を消した乱菊が強く言い、四囲を警戒していた音羽も、大きくうなずいた。

「傷はかなり、深い」

応急的な手当てをすませた音羽はあらごとに告げた。

「こんな傷……へっちゃら」

苦し気に強がったあらごとの額に、玉の汗が浮いていた。

舟は、太田沼の辰巳《たつみ》の岸に近付いている。

「強がりを言っちゃ駄目よ」

乱菊が心配そうに言う。

「あらごとを何処かでやすませねばならん」

こう言った良門を初め、皆が、あらごとを心配そうに見ている。

と、音羽が、異変を感取した野生動物の如く、素早く動き、

「馬蹄《ばてい》の響きが」

「――舟を隠せ」

梶をにぎる良門だった。

鐘遠が、棹《さお》を、良門が素早く梶を動かし、丸木舟は島状に茂った、実《げ》に背が高い枯葦の群れに近付く。

――ダンチク。高さ一丈にもなる大型葦だ。

枯れたダンチクの壁に、舟は、身を隠す。

音羽が言うように少ししてから複数頭の馬蹄の轟《とどろ》きがした。

かなり音が小さくなりもう大丈夫だろうと思えた頃、

「四頭ね。重い音、二つ、軽い音、二つ――乗り手は二人、替え馬二頭か」

音羽が、言った。

良門が声を殺し、

「……下流の方に伝令を放ったのだ。我らが、毛野川の下流に向かうと読み……下流で仲間を掻きあつめ、挟み撃ちにする魂胆ぞ」

「となると、このまま流れに沿って行けば――皆殺しにされます」

鐘遠が鋭く尖った声を発している。

香取大明神に行くには香取海をわたらねばならず、香取海は毛野川の河口の先、つまり下流の方にある。

「あたしの手当てなんていいから陸でも何でも先をいそごうよ」

あらごとが言うも良門は、

「無理だろう。今のそなたが、陸路を急ぐなど。落ち着いた所で手当てせねば」

頭を振る良門の顔は、暗くて、よく見えぬ。だが途方に暮れているのはわかる。

と、何事か思案していた乱菊が、

「満願寺《まんがんじ》は、知っている？」

良門が訝《いぶか》しげに、

「ここより東、阿波崎《あばさき》の傍にある古刹であろう？　たしか行基菩薩《ぎょうきぼさつ》が開基の」

乱菊がいつもの小声でゆっくりと、

「満願寺の近くに阿波の長《ちょう》という、塩焼きで成功した、かなりの長者がいるのよね……」

音羽が、苛立《いらだ》ちをまじえ、

「乱菊、それが、何なの？」

「かっかしないで最後まで聞きなさい」

乱菊の話は——こういうことであった。

乱菊は呪師として駆け出しの頃、兄と共に阿波の長にたのまれて、水熊《みずぐま》なる妖魔を退治したことが、ある。香取海沿いで製塩をおこなう阿波の長は水熊に悩まされていたのだ。

「この阿波の長の北の方に……浄瑠璃《じょうるり》の力があるの。水熊との闘いに傷ついた兄を、治してくれたのよ」

そう言えば……犬神に殺されたという乱菊の兄の話は乱菊の口からほとんど出なかった。

乱菊の考えというのは、病、傷を癒す力をもつ阿波の長の妻に、あらごとを看《み》てもらうということだった。

「しかし、そこまでゆうに五大里はあるぞ。水路が、つかえんとなると……」

懸念が、良門からにじむ。矢傷を負ったあらごとにその距離を歩かせられるのかと思っているようだ。大丈夫という声が、あらごとの喉まで出かかった時、

「吾が先発します。五大里なら、夜明けと共に野山を駆け——半時少しでつくかと。そのお方をつれてもどってきます」

強い走力をもつ音羽が、提案した。

「妙案だな。しかし人里で合流するわけにはいかん。……上手く合流出来ようか？」

良門が首をひねると乱菊は、

「念話がつかえれば楽なんですが……。よし、稲敷《いなしき》の郡衙《ぐんが》の北、一大里に沼田がありま

す」

沼同然の田だ。

「今は如月《きさらぎ》ゆえ、ただの沼に見えましょう。周りに人家はほぼ、ない。この沼の畔に見上げるほど大きな椎《しい》の樹があったはず……。今もあるかは知れませぬが。この椎の木陰で合流するのは？」

この案にまとまった。

鐘遠は細心の注意を払って舟を岸に寄せている。

で、舟を深葦原に隠す。

良門が、自分で歩けると我を張るあらごとを背負い、乱菊、音羽、鐘遠が、周りを、固める。火を灯すわけにはいかぬため、夜目が利く音羽が先頭に立った。

枯れ葦、花を咲かせた猫柳を掻きわけて歩いてゆくと――道が、あった。

さっき馬が駆けて行った道だ。

敵がいないのをたしかめ、道を横断。あらごと一行は黒々とした森の前に立つ。

太田沼の周りは昼でも暗い照葉樹の密林が広がっていた。椎、樫《かし》、タブの巨木が鬱蒼と

立ち並び、薄暗い林床で、蔓《つる》植物や羊歯《しだ》が茂っている森だ。

この森に入り道なき道を東に急げば追っ手に見つからずに満願寺に行ける。

良門、音羽らはかく、読んでいた。

月明りが、暗い森をぼんやり照らしている。

森の他の箇所では、高木が、硬い枝葉を密に茂らせ、闇の壁を練り上げ——人が立ち入れそうな隙間は一切なさそうである。ところが音羽が見当をつけたそこは高木の枝から貴族邸の壁代《かべしろ》のように枯れた蔓草が垂れ下がっているのであった。恐らく去年繁茂した烏《からす》瓜《うり》が、蔓葉の一切を萎《しお》れさせたものであろう。

音羽は蕨手刀で、枯草のカーテンを掻き上げ、ついてきてと、手振りする。

頭上をゆらゆら飛んでゆくコウモリに見下ろされ、あらごとは良門の背から降ろされた。

代りに良門は肩をかしてくれる。

森の中は真っ暗闇であるため——あらごとを背負っていくと危ないのだ。

蕨手刀で行く手を慎重に探る飯母呂の娘、音羽の肩に、あらごとをささえた良門が手を置く。良門の肩に乱菊が手を据え、乱菊の肩を鐘遠が摑み、五人は闇の森にわけ入った。

少し行くと——青き光が、あらごとの、苧衣の懐からもれだした。

(わごと)

あらごとは青く霊妙な光をこぼす鏡の欠片《かけら》を取り出してみる。追っ手が近寄っていないか不安になったため青い光で周りを照らすと良門たちの顔が浮かび上がった。青光がやわらぐと——同じ光と、焚火の赤い光に照らされたわごとが見えた。わごとは山中にいるようだ。

例の隠れ家であろう。

「談《かた》い山《やま》以来ね？　旅は……無事？」

わごとは言い、足を止めたあらごとは大きく頭を振って、無理にニッと笑む。

「ならいいんだけど……無事とは言えないね」

「周りの人は？」

深い思いを込めた、かすれ声が、

「たのもしい……仲間」

皆も足を止め呪師の姉妹の不思議な会話を眺めている。

わごとは、小さく首肯し、真綿を思わせるふんわりと品の良い声で、

「わたしも明日旅立つわ。浄蔵様から、熊野へ行けというお指図があったの」

乱菊が寄ってきて耳を澄ます気配があった。

あらごとが乱菊に鏡の欠片を向けると、乱菊は興味深げにのぞき込んで、

「乱菊よ。貴女が……わごと？　何故かあらごとの師をしている者よ」

わごとも自分の近くにいる誰かの方に鏡の欠片を向けたらしい。

その人の声が、鏡の欠片を通して、坂東にとどく。

「乱菊殿か？——良源と申す。お噂はかねがね……浄蔵の奴から聞いています。あらごとの顔を見せて下され」

鏡の欠片が、乱菊から、あらごとに返された。

髭濃い僧の顔が鏡面いっぱいにうつり込んでいた。

「ああ、やはり似ておるな。——良源だ。わごとに似ておるからか……何だか、初見の気がせぬな。お前は、どうだ？」

問われたあらごとは率直に、

「あたしの周りに良源さんのような人はいないし、あたしは初めて見た気がするけど」

からからと笑った良源は、

「素直でよろしい。千方が色々、猪口才《ちょこざい》な真似《まね》をしてくると思うが……負けるなよ。わごとに、もどす」

わごとの顔が再び、うつる。

あらごとは、わごとに、心から、

「あんたの旅が無事にすむように、祈ってる」

か細い声が、

「こっちも無事なわけないと思う……」

「はじめる前から言うなよ」

「そうじゃ、そうじゃ」

わごとの近くで良源が言う声が、した。

一瞬、ばつが悪そうな顔をしたわごとは、真剣に、

「ねえ……あらごと、貴女たちを恐ろしい勢いで追いかけている者たちが、見えたの」

「護の手下かな？」

「……違うと思う。もっと恐ろしいものよ。空飛ぶ妖魔のようだった」

「…………」

「姿なき魔が物凄い勢いで貴女を襲ってくる。……負けないで。そいつらをふせぐ陣を、貴女は念力でつく――」

不意に、鏡の欠片が真っ暗になり、交信が、途絶える。

「わごと？　わごとっ」

答《いらえ》は、なかった。

＊

……粘っこい夢を見ていた。

粘液をもつ藻が茂る泥沼の底に——淵猿の手で引きずり込まれている。

沼底は、煮え滾《たぎ》っている。熱泥が泡立っているようだ。

あらごとは、夢中で、淵猿と格闘し、押しのけ、沼の中を泳ぎ、別の方に行く。

沼というより——底無し湖《うみ》というべき水中を泳ぐ。

水底に龍宮のような美しい御殿が見えた。あそこまで行けば助けてくれる人がいるだろうと思い、そっちに泳いだ。

御殿の上まで来た時、不意に周りから水が無くなり——すとんと、落下。

砂埃《すなぼこり》を立てて、乾き切った土の上に、転がった。

誰かが目の前に立つ。その者は、にやにや笑い、

「粟散辺土《ぞくさんへんど》の片隅で婢しとる女郎《めろう》よ！　お前の居所に……ようもどって来たねえ。ひひひ」

蛭野であった——。

蛭野の後ろには無表情の小男が、立っている。

真壁の王、源護であった。

護の後ろには真桑瓜《まくわうり》を齧《かじ》りながらギラギラした目であらごとを睨んでいる大男、扶、冷たい薄ら笑いを浮かべている隆が、佇んでいた。

「さて、あらごと、お前はここで何の仕事をしてくれるんだい？」

蛭野が意地悪く笑みながら後ろにまわり竹の根の鞭《むち》であらごとの背を打ち据える。

背中に、激しい痛みが走った。

「うぬが逃げたことで、わしらが死ぬ羽目に陥った。この償い、どうするつもりなんじゃ！　お？」

扶が瓜を嚙み、周りに飛ばす汁に、赤いものが、まじる。

よく見れば扶の足元には赤い水溜りが出来ていた。扶の腹には横一文字に深い傷があり、そこから腸がはみ出ていた。

あらごとは、面を引き攣《つ》らせ、悲鳴を上げる。

隆から——ゴロンと何かが転がり落ちる。それはあらごとの傍までゴロゴロ転がってきて笑った。

首であった。

隆の首は、白目を剝き、柘榴《ざくろ》の如く真っ赤な口を開き、

「さて、何で償ってくれる？　何貫の損を出したと思うておる？　この館に、自らもどったのだ。……いろいろ考えてくれているのだろ？　あらごと？」

「あらごと」

誰かの声が、した。隆の生首が白目を細め、意地悪く、

「おや、泣いておるのか？」

幾人もの従類が哄笑《こうしょう》する声が周り中でした。

「いぃあぁあっ――――！」

あらごとは絶叫しながら跳ね起きている。

「大声を出すな」

誰か男の声がして、あらごとは口をふさがれた――。護の手下が攫《さら》おうとしていると思い込んだあらごとは、涙を流しながらその男の手に夢中で嚙みつく。

「うっ」

男が呻き、

「あらごとっ」

乱菊の金切り声が、した。

顔を真っ赤にして、泣きじゃくりながら暴れる、あらごと。背中を錐《きり》で突かれるような痛みが走り、その矢傷が、昨日の激しい戦い、自分が誰の手を嚙んでしまったのかを、わからせた。

（……悪夢《ゆめ》）

護邸などでなく朝の森に、あらごとは、いた――。

朝日が低く差している。その朝日が、高さ一尺ばかりの、藪肉桂《やぶにっけい》の、艶やかな葉を、めずらかな緑珠《たま》のように、照り輝かせている。

幹に沢山の罅《ひび》が走ったスダ椎や、タブの太い樹がうねる森で、弱い朝霧が這っていた。

あらごとの眼前で良門が左手からひどく血を流している。

(あたし……良門の手を……)

申し訳なさ、決まり悪さで、いっぱいになる。背中が、ひどく痛い。ふるえるかすれ声で、

「ごめんなさい。あたし――」

あらごとに左手を噛まれた良門は、やさしく微笑んだ。

「……よいのだ」

静かに言い、

「かなりうなされていたな？　傷は、まだ痛むか」

己の手傷が全く気にならない顔で問う。

小さくうなずいたあらごとは視線をそらした。あらごとのすぐ傍で小さな八つ手の芽が、涙を受け止めた童の手のように露をのせていた。沢山の小鳥の声が落ちてくる。

鐘遠が良門の手当てをはじめる。

「これ、食べて」

乱菊が近付いてきて、干し飯《いい》を差し出している。

「音羽は？」

あらごとの問いに、乱菊は、

「とっくに発ったわ」

干し飯を一口頬張ったあらごとは、鋭い痛みにたえて、

「あたしらもすぐ発とう。太田沼から、そんなにはなれていないでしょう?」

良門は、あらごとに、

「うむ。……しかし、大丈夫なのか?」

傷を負ったあらごとは力強く首肯した。

＊

朝日に射られながら、

「ここで舟を乗り捨てて行ったか……」

忌々《いまいま》し気な唾が、藤原玄明の口から、吐かれた。

謎の大蛇――乱菊の幻術である――に恐慌を起した、玄明一党、あの直後、夜討ちと火災に気付き、大師堂に殺到した、泊崎の漁師たちと乱闘になった。銛《もり》、鍬で襲いくる漁師たちを何とか斬り破り、十名ほどになった玄明たちは、馬の隠し場所まで移動。

二騎を仲間がいる羽原まで走らすと自分たちは林に隠れて朝をまち、あらごとらの行方

を探しつつ、沼の東を南下した。

そこで――注意深い手下が葦原に隠された丸木舟を見つけた。

「鎌輪の者ども、存外、頭がまわるのう！　ここから、陸路《くがじ》を東に向ったかっ」

玄明が森を睨むと、沼の方から……、

「その話、くわしゅう聞かせてもらえないかしら？」

女人の声がしている。

顧みると、葦を掻きわけ、青衣をまとった一人の麗しい女子が、現れた……。

白い柔肌が朝日に眩《まぶ》しい。

玄明の子分の幾人かが舌なめずりし脂ぎった眼光を女にそそぐ。

水も滴るいい女と言いたい処だが……沼から現れた癖に、女の青衣は些《いささ》かも濡れず、少しの泥はねも、ない。水の上を歩いて陸に上がったように見えたが、気のせいであったか？

謎めいた笑みを漂わせた女は、

「鎌輪の者どもと言うたでしょう？　貴方たち、誰《たれ》を、追っているの？」

女に弱い玄明はいま少し、この水の精の如き女と言の葉をかわしたかったのであるが、真壁を追われ、水守の厄介になっている、護の従類が、

「女ぁ！　何じゃ、汝《なれ》は！」

同じく水守から来た真壁の者が、

「お主はあらごとと申す奇怪な力をもつ小娘の、輩《ともがら》か！　そうか……飯母呂の一類か。我らの、何を探ろうとしておるっ！」

水守から武任がつれてきた者のほとんどが昨夜、討ち死にしており、生き残りはこの二人だけ。あとはみんな、玄明の手下だった。

他の男は玄明という綱のついた猛犬であったが、武任亡き今、この二人は綱のない、暴れ犬であった……。

水守から来た真壁の二人は牙を剝くような形相で毛抜形太刀に手をかけ女に詰め寄っている。

「お前たちのことなど、一片も、探る気はない。わたしが知りたいのは、あらごとのことのみ」

「何をごちゃごちゃぬかしとるんじゃぁっ」『何《な》じょうここにおったぁ？　何奴じゃあ！」

朝日にきらめく太刀が女の首を脅すため、動きかけた瞬間、女の白き手が疾《と》く動いた。

女は腰の左右に下げた二つの竹筒を両手でにぎり——詰め寄る二人の顔に向ける。

刹那——何か、素早いものが、筒から放たれ、痛々しい悲鳴が、水辺の大気をふるわした。

「あ、がっ目が——」「わしの目がぁ……」

泥飛沫を立てて、頭から倒れた二人の男の目が……赤い溶岩を噴出させた、火山口のようになっていた。

女が竹筒から放った何かが水守から来た二人の兵の眼を潰したわけだが、肝心の武器は、影も、形も、ない。

「さすが、鶏が鳴く東国《あずま》の男たちね……。小うるさいわ」

鶏が鳴くとは、夜明けの方という意味にくわえ、当時、半未開の地であった、東国に住む者たちの言葉は、鶏が鳴くように騒々しく、聞き取り辛い、という意――つまり畿内から東国を見た時の蔑視をふくんでいるのである。

青き女がさっと白い手を振る。

恐るべき現象が、起きた。

沼の水が二つの柱をつくって立ち上がった。

直径二寸（約六センチ）強の水柱である。

この二水柱が、いきなり、こちら側にくねり――鞭のようにしなやかに動いて、倒れた二人の喉を水飛沫を散らしながら、思い切り、はたいた。

この一撃で――男二人は白い泡を噴き、絶息している。

藤原玄明は知る由もないが……青衣の女は、むろん、水鬼である。

風鬼の縮地により、水鬼らは昨夜深更、太日川《ふとひがわ》に面した、下総国府に、入った。

……京を出て僅か二夜という驚異的スピードである。

国府は、香取海の手賀浦《てがうら》（今の手賀沼）に近く、下総一円の情報が入ってくる。

魔軍を太日川およびその上空に隠した水鬼、風鬼らは早暁、市に出、聞き取りを開始。

すると……太田沼方面から来た者から、彼の地を騒がしていた淵猿なる妖魔を、鎌輪の方から来た呪師が退治した、呪師の一人は、浅黒い痩せっぽちの少女である、という聞き捨てならぬ話を耳にした。

魔軍は空を飛び水鬼は風鬼の能力《ちから》をかりて——泊崎に急行した。

で、ついさっき泊崎において、昨夜、群盗らしき者の夜討ちがあり、和上と鎌輪の者幾人かが討たれたこと、鎌輪から来た呪師の姿が見えぬことを、聞き取った。

今、水鬼らは二手にわかれて——宿命の子を、あらごとを追っていた。


さて、玄明たちである。

ゆらい恐怖は、戦意の喪失と共に……戦意の増幅を生む。

それはつまり、自分が殺される前に相手を滅ぼしてしまおうという思いのことである。

今、水鬼への恐怖が、玄明の子分の幾人かに、この青き女を討つ他ないという思いを掻き立てている。

玄明はすでに敵わじと見て戦意喪失していたが、三人の男が、

「あらごとの仲間の妖術使いめ！」「殺してくれるっ」「かかれぇっ」

恐怖に駆り立てられ、眼を血走らせて、矛、太刀を振るい、水鬼に突っかかっていった
——。

「愚かな」

静かに呟いた水鬼は手を振る。

すると、どうだろう。

沼がしぶき——水塊が三つ飛び、突進する三人の顔面に激しくぶつかった。

驚いた三人は得物をこぼす。三人の慌てた手が、飛沫を起して水を掻き散らそうとするも、執拗《しつよう》な水は重力に抗って男たちの顔にもどり、鼻、口に、入り込もうとした。

決してはなれてくれぬ球状の水が首から上に取り憑《つ》いた三人は双眼を最大に開き、泡を吹きながら、苦しんでいる。

水をあやつる女は冷笑をこぼして、

「こうなりたいの？」

「いいえっ」

夢中で答えた藤原玄明は泥に構わず湿地にひざまずいた。玄明にうながされ、水攻めされている三人以外が、土下座する。

「わたしの言うことを聞く?」

「お指図にしたがいますので、どうか、そ奴らをお助け下されっ。お願いでござる!」

玄明は青衣の女に懇願した。

白い芋虫に似た花を咲かせた、猫柳の木の方から、沢山の蜜蜂の羽音、幸せそうな雀《すずめ》の囀《さえず》りが聞こえる。ひざまずく三人の傍で水の妖女に襲いかかった三人が、泥の中を転げまわったり、枯れ草を蹴飛ばしたり、さっきの二人の骸を踏んづけたりして、藻《も》掻《が》いていた。

青き女が手を振ると三人を苦しめていた水塊は急に湿地にこぼれ落ち、息を大きく吸った男たちは、顔を真っ赤にして激しく泣き崩れたり、泥を掻き毟り涎《よだれ》を垂らしながら、噎《む》せ返った。

青筋を立て固唾を呑んでひざまずく玄明に女は歩み寄り、

「そなたがもっとも話がわかりそうね。——名は?」

怯えつつ、

「常陸は那珂郡の住人、藤原玄明に候」

細い目を光らせ、青き女は、

「何ゆえ、あらごとを?」

「真壁の……護殿の庄園を、あらごとは逃げ出し、様々な害をあたえたそうにござる!あらごととその一味は護殿の三人のご子息が亡くなるきっかけもつくったとか」

「なるほど。わたしは——その害毒の源たる、あらごとを退治するため、京のさるやんごとなきお方が、つかわした者なのです」

「そうであったのですかっ。我ら、そうとはつゆ知らず——」

茫然とする男どもに、水の妖女は、

「わたしは嬉野。わたしのためにはたらき見事、あらごとを亡き者に出来たら、千金をあたえる。ただし、わたしに逆らう者、反論する者、わたしから逃げる者、手抜きする者、大きくしくじった者は全て——」

死んだ二人を指す。

「この者ども以上の苦しみを与えて——闇に、沈めてやる」

青い衣の女は美しい顔に、ぞっとするほど惨たらしい笑みを浮かべ、

「——逃げても無駄ぞ。お前たちの親兄弟、妻子も、同じように沈むと知れ。我らは、何処までも追い詰める。得心したか?」

恐怖にふるえた玄明たちは、

「心得ましたっ!」

言う他なかった。

この女にかかわれば、自分たちの人生が絶望の淵に溺れそうだということは、全員、承知している。……だが、逆らい様がない運命に押し流されてしまう玄明たちだった。

と——俄かに太田沼が煮えくり返るように激しく泡立ち、大きな影が二つ、水面《みなも》に現れたため、玄明たちは腰を抜かすほど驚く。

青き女、嬉野は沼に振り返り腕に手を当ててから眉宇を曇らせた。

「……釧は、風鬼にかしていたか」

呟いてから鋭い声で、

「此《こ》は、あらごとにあらず！　餌でもない。味方ぞ！」

だが、二つの大きな影が起しているらしい、二つの猛烈な泡は、おさまらぬ。激化する。

「お前たちの、あぎとをつかう時は、今にあらず。その時は——わたしが知っている！　大人しゅうせよ。押し流してやろうか？」

言うが早いか、嬉野から放射状に大波が立ち、広い太田沼全域を騒がせた。

嬉野の圧倒的妖力が沼から暴れ出ようとしていた二つの大きなものを大人しくさせた。

あらごとたちは、椎、樫、タブ、といった常磐木《ときわぎ》が、幹をうねらせた暗緑《くらみどり》の森を——約束の沼に東行していた。

この手の森は外から見ると常緑の葉の密雲や、蔓草の繁茂により、一切、隙間のない、壁の如く見える。その中を動くなどもっての外に思える。

が、実際中に入ってみると、これら暗い森の内というのは……人の内臓がうつろなように、結構下草が少なく、自在に動きまわれるのだった。

というのも日差しが少なく昼でも薄暗いため、落葉樹の林にくらべて草が少ない。

もちろん、灌木《かんぼく》などもあるため、追っ手が来ても、身を潜める物陰には困らない。

太田沼の東で、香取海の傍――稲敷台地を潜行するあらごと、一歩行く度に矢傷が悲鳴を上げ、歩みが……おそくなってしまう。

蔓《かずら》が絡みついた倒木を跨《また》いだ時、呻きがもれている。

見かねた良門が、

「少しやすむぞ」

あらごとは頭を振った。

「大丈夫だって」

ぎこちない強がりを、顔に浮かべる。

「まあ、そこに座れ。俺も水を飲みたい」

あらごとは良門の手をかりて倒木に腰を下ろした。

瞬間、あらごとは、

「ぐえっ」

座り込んだ倒木の陰に、蟇蛙《ひきがえる》が鎮座していた――。

蟇蛙は物憂げな様子で、たるんだ肉をふるわして跳び、茂みに、消えてゆく。

良門はつぶらな瞳で、あらごとを見詰め、深い思いを込めた声で、

「あらごと、そなた……真壁でよほど辛い目に遭ってきたな?」

「どうして?」

「無理してこらえる癖がついておる気がするからだ。そなたは大変我慢強い」

「んなことないよ。あたしの我慢強さなんて、大したもんじゃない……」

あらごとははにかむような笑みを浮かべる。

「いやいや、当家の下女《しもおんな》どもなど、ひどいものだ。父上が甘やかすゆえ」

あらごとの笑みが強張り、すーっと掻き消えてしまった。あらごとは真顔になっている。

良門もあらごとの異変を察したか言葉を引っ込めている。

無意識だとは思うが……良門の下女どもという言葉の響きの奥に、下女と呼ばれる者
――まさに、あらごとが属する階層である――を小馬鹿にする思いが顔をのぞかせた気が
した。

そのことが、あらごとの胸に、引っかかった。

(何でだろう? どうして……あたし、今、寂しいような、悲しいような、心地がしたん
だろ? 良門と身分が違うなんて、当り前のことなのに……)

と、乱菊が緊張感の薄い声で、

「あら、連理の木よ」

乱菊が指す方に藪椿《やぶつばき》の木がある。

それぞれ別の所で芽生えた二本の椿が、地上四尺ほどの所で、一つに癒着し、一本の木となって上にのびていた。

つまり二本の足で立ったような姿をしている。

横にのびた枝が他の木に合体する連理は何度も見た覚えがあるが、斯様《かよう》な形で、二本の幹が一本の木に合体してしまう連理は初めてだ。

藪椿は今、赤い満開の中にあった。

大輪の花が咲き乱れ、いくつもの落花が落ち葉蓆の上で上を向いたり、横を向いたりしていた。

その時である。あらごとの懐中で鏡の破片が俄かに冷却化している。

(化け物？)

嫌な予感がして上を見る。

椿の木の上空で——黒く大きな鳥影が、みとめられた。背中で鳥肌が立つ。

乱菊も、

「妖気……？」

と、呟き、上方を、睨む。

ガチガチガチと歯嚙みするような音が小さく聞こえ、さっきと違う向きに飛んでいく鳥影が視認出来た。

白くゆったりした衣を着た乱菊はあらごとに顔を向け厳しい声で、

「——天狗のようね」

いつだったか筑波山上空であらごとを追いかけてきた空飛ぶ魔物だ。昨夜のわごとの警告が、思い出される。

「急ごう」

あらごとは腰をはね上げた。途端に、矢傷が、鋭く、傷んだ。

乱菊に、苦し気な顔で、

「鏡の欠片が冷たいまま」

「魑魅魍魎《ちみもうりょう》が……うろつく森なのかもしれぬ。しかしあらごと、傷は大丈夫？」

乱菊の眉間に暗く深刻な皺《しわ》が寄っていた。

東へ歩く。

今朝つくった即席の竹槍を右手にもった、鐘遠が、先頭を歩いている。先ほどから行く手を阻むように茂る篠竹《しのだけ》を、左手の鉈《なた》で払っている。

つづくは、毛抜形太刀を引っさげた良門、手鍬を固くにぎった、あらごと、人相手の戦いにはかなり消極的だが妖怪相手の戦いでは誰よりも頼りになる乱菊が、最後尾を歩いていた。

「あっ」

あらごとが言う。良門が鋭く、

「如何《いかが》した？」

「今、白っぽい人が……右手に見えたんだ。一町ほど先」

あらごとが手鍬で指す方を鋭く睨んだ良門は、

「……誰も、おらんぞ……」

「一瞬で消えたの」

あらごとは生唾を呑みながら、言う。

「見間違い……ではなかろうか？」

良門が振り返った先にいた乱菊は緊張をおびた静かなる声で、

「見間違い……であってほしい……」

直後——恐ろしい大暴風が、前、つまり、東から吹き寄せてきた——。森が、突然の暴風で、狂おしく悶える。

「ただの風じゃない。風神通よっ！」

乱菊が叫んだ。石念と同じ力だ。

「みんな、樹に隠れて！」

乱菊が、金切り声を出す。

夥《おびただ》しい枯れ葉、小枝、土砂、礫《つぶて》、さっきとは別の木が落としたのであろう赤い椿の花がまるで水のない洪水のようにごうごう唸りながら吹き荒れる中、あらごとたちは歯を食いしばって走り、樹を盾に、身を隠した。

鐘遠は少し前にある楢《なら》の枯れ木に、あらごと、良門は苔《こけ》むしたタブの巨木に身を寄せる。

乱菊は少し後方、樫の木を盾としたようである。

一瞬、助太刀としてつかわされた石念の悪戯《いたずら》であってほしいという思いがよぎるも、そんな思いはすぐ吹っ飛ばされた。

——風はますます強くなり颶風《ぐふう》と呼ぶべき有様となったのだ。

大暴風からは、ある思いを感じる。

——殺意だ。

「此方《こなた》は東《あずま》の呪師、乱菊！　足柄《あしがら》より東をさすらい、この地の妖を狩る者也！　そちらも呪師であるならば名乗られよ——。呪師同士の力比べは、鎮西にその譬《たと》えを聞けども、東国においてする者あらじ！　遠国《とおつくに》より来られてものなれず、風吹かすならば、即刻、止められよ！」

乱菊が、風上に向かって、叫んだ。

と、風がパタリと止み——、

「斯様な名乗りは世に異数のことなれども、よしよし聞き給え。

此方はものなれぬゆえ、風吹かす旅呪師に候わず。

我が名は、風鬼。藤原千方様にお仕えする者也！

あらごと一行と見た！　元より、汝らに一片の恨みもないが、主命により——命、もらい受ける」

再び、圧倒的な枯れ葉、土砂、椿の花が、怒号を上げて猛り狂い、凄まじい勢いで、叩きつけられる——。

石念が護邸や野本で起した風も強かったが風鬼の風はそれを遥かに凌駕《りょうが》している。十年、いや、百年に一度の大暴風が、あらごとたちの周りで吹き荒れていた——。

しばらくすると風が俄かに弱くなる。

だが、鏡の欠片は冷たいまま。いや、さっきよりもっと冷たい。

（——罠？　それとも……風が強い分、渇えが早いの？）

あらごとは、風鬼を窺おうと、顔をそっと、出す。良門も同じことを考えたか樹の反対側から、風上をのぞき見た。

刹那、

——————！　——————！

猛速度で突っ込んできた殺気が鏡の欠片を一気に冷却化させ、あらごとの肌で粟粒《あわつぶ》が立っている。

驚いて、すぐ、首を引っ込めるも、何かが凄い勢いで、顔を、切り――額の一部に切り傷を負った。良門はより深く長く切られたらしく、精悍《せいかん》な額に血の一文字が出来ていた。

あらごとは思わず、

「傷をっ」

良門は――浅手よ、というふうに大きくうなずいて見せた。

白樫に隠れた乱菊から、

「鎌鼬《かまいたち》よっ」

(あの姿を隠して、速く飛び、鎌のような手で、人を斬る化け物?)

「キーキーキー!」

鎌鼬がすぎ去った方から二つ、そして、風上の方からかなり多くの声が、した。

鏡の欠片がますます冷たくなる。

水鬼に太田沼および毛野川の探索をまかせた風鬼は、鎌鼬、天狗と共に、稲敷台地に入り――数隊にわかれ、あらごとを探していた。

今、天狗の一羽があらごとを見つけ、風鬼に知らせ、風鬼は天狗を伝令に、全鎌鼬、全天狗を己の傍、つまりあらごとらの風上に集結させた。

「何匹もいるようね……。今、そっちに行くわ」

乱菊の言葉に……あらごとは途方に暮れたような表情を見せている。良門も、歯をきつく、食いしばった。

こんな強敵に群れで襲われて、自分たちに勝ち目があるのかという思いが、胸底に湧いていた。

(武芸に秀でた音羽が鎌鼬の話を聞いて、勝ち目がないって)

その時、鏡の欠片がかなり冷たくなり、あらごとは自分の上の方に実に嫌な気配を感じた。

あらごと、良門が隠れているのは丸木舟になりそうな極太の枝を八方に発達させた、タブの巨木であった。森の神が棲んでいそうな樹で何歩も歩かねば一周出来ない。

タブの葉群《はむら》がざーっと騒ぐ。幾枚かの葉が、漂うように落ちてきた……。

(上から?)

高木の高みから何か恐ろしいものが猛烈な勢いで垂直降下してくる――。

だが、そ奴の姿が、見えぬ。

頭を守ろうとした、あらごとは、さっと手鍬を振り上げた。手鍬の一尺上で火花が散っている。

心の中の火花にあらず。刃と刃の激突が起す火花。

太刀が――あらごとに上から振り下ろされた何かを、止めたのだ――。

見えざる敵の肉迫を気配で察した良門の剣《つるぎ》だった。

「キッ！」

良門に、あらごとの脳天を狙った一撃を阻まれた、鎌鼬の、隠形が、解ける。両前足が鋭い鎌になり、後ろ足はないという、異形の鼬の姿がありありとみとめられた。

良門が剣でそ奴を突く――。

すばしこい鎌鼬は、金色の体毛を幾本か散らされたばかりで巧みに刺突をかわした。さっと逃げた鎌鼬は――乱菊がいる方に高速で飛びながら姿を掻き消した。

すーっと姿が薄くなり大気に溶け込んだのだ。

(何て、化け物なんだよっ！)

あらごとは小さな鎌鼬に巨大であった犬神と同じくらいの脅威を覚えている。

そんな手強《てごわ》い妖怪が――何十匹も、自分たちを襲ってきていた。

良門が小声で、

「来るぞ」

大樹を背にしたあらごとから見て斜め前から何かが、来る。それはつまり、初めに自分と良門をかすめて飛んで行った二匹の、片割れだろう。

今度は地面すれすれを――夥しい枯れ葉や、強風がはこんできた椿の花などを左右に吹き上げつつ、恐るべき勢いで、あらごとめがけて一直線に驀進《ばくしん》してくるのだ。

足に、斬撃をくらわそうとしている。

あらごとは己を守るように手鍬を前に出し、腰を低く落とした良門は刃を上向きにした太刀を下に突き出すように構える。

姿なき鎌鼬の突進が――三歩の所で止った。

林床の枯れ葉などの吹き上がりがぴたっと静止したのだ。

透明化した、妖獣は、あらごとを襲うか、良門に斬りかかる気か、わからない。

あらごとは矢傷の痛みをわすれるほど戦いに集中していた。

いきなり――横から突風が、吹く。

風鬼の仕業だ。

目に砂が入ったあらごとは小さく呻く。

(危ないっ)

鎌鼬が来るのがわかったが、砂風に翻弄され、防ぎ様がない……。

突如、あらごとの目の前、首と同じくらいの高さに苔むした大きな石が出現。その石に顔面衝突した鎌鼬が叫び声を上げて姿を現す。

良門の剣が、下から上に向かって斬り上げ――腹の方から背中側に斬り裂かれた鎌鼬は、赤黒い血を迸らせ、悲鳴を上げながら黒煙となり、消えうせた……。

「やっと一匹……」

良門から極めて強張った、硬い呟きが、もれる。

あらごとは鎌鼬に痛撃をあたえた苔石が乱菊が物寄せしたものと察している。

風鬼の突風が、あらごとたちの眼前で、小さな竜巻をつくり、夥しい落ち葉と、砂を巻き上げる。

その竜巻がふっと掻き消えると乱菊が——身を低めてすぐそこまで駆けてきていた。

竜巻は風鬼の風ではなく乱菊の幻術が身を隠すために起したのだった。

合流した乱菊は、あらごとを見、

「あの、不吉な鼬ども、見切れている？」

「乱菊は見切れてんの？」

あらごとの問いに、黒髪を掻き上げながら、かすかに痘痕がのこる顔を曇らせ、

「何とかね……。あまり、早ければ無理よ」

良門が声を張り、

「鐘遠！　無事かっ」

魔風が、止み、不気味な黙《もだ》が、森に立ち込めている。

「何とか」

言いながら、銀髪の船乗りがこっちに駆けてくる足音が、した。

（危ないっ）

あらごとは樹から顔を出す。

右手に竹槍をもち、左手に鉈をにぎった鐘遠、歯を食いしばってこちらに駆けてくるその脇腹に、殺意が後ろから突進。

鐘遠は苦し気に叫ぶも、まだこっちにこようとする。

鐘遠に斬り付けた見えざる敵は御しやすき相手と見たか鐘遠とあらごとの中間辺りで姿を現し、体を反転させて鎌を翻し――また鐘遠を襲おうとした。

あらごとは空飛ぶ小妖獣に如意念波をぶつけた。

あらごとの手から放たれた手鍬、芋掘りなどにつかう道具が――鎌鼬以上の速さで飛ぶ金属風となって驀進、鐘遠の左胸に鎌を突き立てようとした、鎌鼬の後ろ首を思い切り打ちのめす。

鎌鼬は黒煙となって掻き消えている。石などが転がったその辺りの林床を睨みながら、

（二匹っ。そうか、森の中にはあたしの武器になるものが沢山。わごとが言った陣って……）

手鍬が、手に、もどる。

「ふう、俺も歳《とし》よな……」

全力疾走してきて荒い息をつかせた鐘遠に、あらごとは、

「手当てしよう」

蕨からもらった袋を出そうとした。しかし、鐘遠、錆びた声で、

「無用よ。この戦いが終わりゃぁ、浄瑠璃の力ってやつで……俺も看てもらえんだろ？」

「もちろんよ」

乱菊が言いながら火の幻を熾《おこ》した。あらごとはその乱菊に、自分の考えを耳打ちする。

乱菊は、微笑み、

「よし。わたしが、物寄せするわ」

灰色の髪をした初老の船乗りから、あらごとに鉈が、差し出される。

「お前さんがもっとけ、あらごと」

深手を負った鐘遠の、日焼けした額に苦しみの皺が、寄せられ、

「いいから、もっとけ」

小さく首肯したあらごとは鉈を受け取った。あらごとは右手に手鍬、左手に鉈をもつ形になった。

乱菊の幻の火が——あらごとたちから二歩はなれた所で火の長城をつくっている。

「火に弱いの、鎌鼬」

と言った乱菊に、あらごとは、

「なら、あたしらをかこむように燃やせば？」

乱菊の幻火は樹を背にしたあらごとらの右手から風下である正面——つまり、西、太田

沼方向——にかけて立ち上っており、左と、真上は燃えていない、いや正確には、左と真上に幻の炎は見られぬ。

どうせならば左側にも幻炎《げんえん》を燃やし全面を防御したらどうかと思ったのだ。

しかし、乱菊は、

「……思案があるわけよ」

側面からの、魔風が、止る。——無風になった。

その時、懐の中で鏡の欠片が極限まで冷たくなって、あらごとに火傷《やけど》しそうなほどの痛みをあたえた。

何羽もの天狗が牙を嚙み合わせながら頭上を飛びまわっていた。

さらに、左右……姿は見えねど何か禍々《まがまが》しい気の群れが乱立する木と木のあわいを飛び、タブの老樹を盾に固まった、あらごとたちを不可視の網で、包囲しようとしているのをひしひしと感じた。

かすれ声で、乱菊に、

「凄い数の天狗と鎌鼬が、かこもうとしている」

「——それが、妖気の見切りよ」

（この数だからわかるけどさ、一匹、二匹の動きまで見えないよ……）

「あとはもう慣れ。慣れてくれば……一、二匹の動きまで見切れる。まあ、こいつらは速すぎるけども」

　乱菊はあらごとをはげましている。

　その乱菊は、いくつかの大石、倒木を、幻の炎の近くに寄せていた……。つまり幻術と物寄せ、二通力を同時につかっている。

　乱菊が物寄せした、何処にでも転がっていそうな物体は、あらごとたちを守る大切な逆《さか》茂木《もぎ》や石塁であるかのように、タブの樹を起点として扇形に配置されていた。

「さて――」

　乱菊が、ふっくらした唇を動かす。

「あらごと、ととのえたわ。ま、敵も、なんだけどね……。風鬼は置いておきましょう」

　風鬼が如何なる手段をつかっているのか知れぬが、鎌鼬、天狗らを動かしているのは明らかであった。

「鎌鼬、天狗を倒す策をつたえるわ。まず、天狗。鎌鼬にくらべて姿が見え臆病な分、御しやすい……。上から、我らを襲うはず。深手を負っているところ申し訳ないけど天狗については鐘遠――貴方にまかせたい」

「……おうよ」

「天狗が上から来たら大声を上げ、その竹で追っ払ってほしい」

「声と竹……？」

「大声と手早さ。双方、自信あるでしょ？　次、鎌鼬。わたしはある手段により鎌鼬の姿を白日の下に晒して見せる。鎌鼬が姿を現したら、良門様は、太刀で、あらごとは——」

乱菊はあらごとに唇を寄せ押し殺した声で、あるむずかしい策を、耳打ちした。

「という方法で、片付ける」

皆、首肯している。あらごとが、かすれ声で、

「一つ、たしかめてもいい？」

乱菊がうながすと、あらごとは、岩が胸にのしかかったような重い声で、

「風鬼をあたしの術で倒したら——それは、掟破りになるの？」

あらごとは当然、人を殺めた経験《こと》がない。これは風鬼の命を通力で、奪ってよいかという問いかけだった。

あらごとの声の重さが乱菊の相貌も、硬くしている。

乱菊は、言った。

「もちろん——反しない。風鬼は我ら呪師の大切な掟を破り、魔と結託《むす》び、今、我らの命を通力で奪わんとしている者……。これを、みとめるわけにはいかぬ。野放しにしておくわけにはいかない」

良門が鋭く、

「——来るぞっ」

殺気が、八方から襲いかかってくる。

あらごと後方のタブの樹は如何《いかん》ともしがたいため姿なき敵は三方から——つまり、北、西、南から、猛襲している。

とくに火の幻のない南からの鋭気の殺到が夥しい。

（——斬り殺されるっ）

あらごとが思った時、乱菊が手を、振った。

すると、どうだろう。

幻術の炎が一気に七尺ほどまで高くなり、今まで火の燃えていなかった左、すなわち南まで広がった。

何もなかった宙から「キーキーッ」という甲高い声がして十匹近い鎌鼬がその姿を露呈した。

あらごとらを斬りきざまんと殺到した空飛ぶ妖獣どもは、五匹が南に集中、残りが他様々な角度から物凄い勢いで殺到していた。

炎が苦手な鎌鼬どもは乱菊の幻火が大きくなったのに驚き——混乱により隠形という通力が剝がれ、実体を現したようだ。

良門の毛抜形太刀が暴れる。

火の壁の手前で急停止した、鎌鼬、さらに真上へ飛んで火炎を跨ごうとした鎌鼬を次々、斬りすてている。

乱菊に言いふくめられていたあらごとも如意念波を炸裂《さくれつ》させた。

石が、倒木が、乱れ飛び、薙《な》ぎ払い、下から打ちのめす。

乱菊が物寄せしてくれた大きな石や、倒木が――あらごとの念によって炎の幻に怯えて固まったり、逃げかかったりしていた妖鼬《ようゆう》を、下から、猛襲したのだ。

あらごとは昔は如意念波をかけたものに同じ動きをさせることしか出来なかった。が、泊崎で、天翔と如意念波、二つの異なる力を同時に使用した、あらごと、今や、複数の物体に別々の動きをさせるという、かなり複雑、高度な通力の駆使を、汗を浮かべておこなっていた――。

これぞ、乱菊の策だった。

たとえば、乱菊が寄せた、樫の倒木の一部は――今、あらごとの念によって浮遊、まるで魔除《まよ》けにつかわれる大幣《おおぬさ》のように、左右に激動、鎌鼬を側面から打擲《ちょうちゃく》していた。

さらに、やはり乱菊が寄せた、苔むした、冬瓜《とうがん》ほどの大石は、垂直の疾風《はやて》となって上昇し、鎌鼬の顎を下から砕き、両手が鎌と化した妖獣は黒い煙となって掻き消えている。

――要はイメージなのである。

宙に浮いた倒木が左右に動き、石は垂直に上昇する、で、次は横に動き、鎌鼬の横面を痛撃する、というふうに、全体像を頭に描けば、如意念波はそれを現実《うつつ》の中で正確に形にする。

二歩の所で張られた火の壁に果敢にも突っ込み――襲いかかろうとする鎌鼬が、二匹いたが、宙を飛んだ手鍬が、一匹目の眉間を掻くように叩き、飛行した鉈が、二匹目の蟀谷《こめかみ》を打ち、脳を飛び散らせるや……その二匹は煙となって消えうせ、森の鼬でないことをしめした。

同時にあらごとは急上昇させた礫で、人で言えば鳩尾《みぞおち》辺りを打たれ、苦鳴をこぼしながら、木の根が浮き出た地面に転がった鎌鼬に――重たい物体を落としている。

さっき、一撃で鎌鼬を屠《ほふ》った大きめの石である。

大きな石に上から襲われた鎌鼬もまた切り裂くような悲鳴を上げ、黒煙となって、消えた。

良門は、剣で三匹、退治、二匹を追っ払い、あらごとは通力により、四匹を討ち、二匹を戦闘不能にして、大地に転がした。

良門がすかさずその二匹に斬りつけて――命を散らした。

同時に何羽もの天狗が森の上から急降下してきて襲いかかるも、大声と竹が威嚇する。鐘遠だ。あらごとが念で飛ばした鉈を当てて一羽ひるませ、良門が跳躍しながら太刀でその一羽を斬り伏せるや……残りの天狗は悲鳴を落として高くへ逃げた。

突如、あらごとから見て前方、西へ十歩ほど行った、八つ手の木の傍に白衣の翁が現れ、白く長い髪をふるわして、怒鳴った。

「何《な》じょう、幻如きを恐れる！　あの火は偽りの炎じゃ。たわけた獣どもめ！」

怒りを超越した仙人が如き風体でありながら怒りに我をわすれている怪老は、黒い釧をさすりながら叫んでいる。

風鬼であろう。あらごとらの東から、西へ、縮地したのだ。

「姿など隠すから、幻の火如きを恐れる。堂々姿を現し、一気に殺到し――八つ裂きにせよ。かかれ！」

風鬼の号令一下、二十四近い鎌鼬が姿を現し――あらゆる方向からあらごとたちに飛びかかってきた。猛速度で襲ってきた。

それに呼応するように幻の火の長城はいよいよ火勢を盛んにし高く厚くなる。

歯を食いしばったあらごとはわごとの言葉を思い出す。

あらごとは、乱菊の幻火の近くで、複数の石や、倒木を激しく上下動させたり、目にも留まらぬ速さで横に動かしたりして、妖獣の突撃を阻む、通力の壁を張る一方、己の目前で手鍬と鉈をがっちりくみ合わせながら、漂わせた。

――いわば×をつくった手鍬と鉈は念力を翼に鎌鼬より疾く動く、鉄の奇兵である。火の幻影と、念力によって激動する木石、二つの防御線をぶち破ってくる、敵の突撃を粉砕する奇兵だ。

まさにそれは、陣と言ってよい壮観であった。

（わごとが、気付かせてくれた）

白日の下に鼬に似た姿を晒し椎の古木や樫の若木を巧みによけながら高速で押し寄せてくる鎌鼬ども。

何匹かは、先ほどより盛んな幻火を恐れ、くるりと反転してあらぬ方へ飛んだり、直角に進路を変え真上に飛び上がったりするも……風鬼の叱咤《しった》が効いたか、かなりの数がめらめらと燃える火を恐れず突っ込んできた。

あらごとが目にも留まらぬ速さで動かす木や石が――鎌鼬を邪魔立てする。

「キッ！」

という金切り声がひびく。

良門の剣が、裂帛《れっぱく》の気合で振られ――あらごとの念力、つまり動く木石がひるませた、鎌鼬二匹を同時に、叩き斬った。

さらに上空から黒い羽根の天狗どもが何羽も舞い降りて攻撃してきたが、鐘遠の竹が咆哮と共に突き上げられ一羽を貫き倒すや、他の天狗はまた狼狽《うろた》え、上空へ逃げ飛んだ。

木石の防御網を突破した鎌鼬二匹がそれぞれ、あらごとの喉、乱菊の胸辺りに向かって襲いかかっている――。

あらごとは自分めがけて肉迫した鎌鼬に向かって例の手鍬と鉈を、一匹の鎌鼬のように動かして、正面からぶつからせ、撃退した。

乱菊はすぐそこまで迫った鎌鼬に、

「そりゃ」

とぼけた声を出す。

同時に――乱菊の真ん前に、乱菊が物寄せした、先端が尖った樫の枝が現れたからたまらない。

飛来した鎌鼬は口から、鋭い枝の尖端に突っ込み……黒煙となって、憤死している。

刹那、火の壁を地面すれすれの高度ですり抜け、如意念波の妨げにも遭わず、あらごとの足を狙い、燕《つばめ》を思わせる速さで低空飛行してきた鎌鼬が、いた――。

その鎌鼬はあらごとが急降下させた鉈で頭を潰され、良門が別の方を見ながら突いた太刀で胴を貫かれ、猛禽《もうきん》に襲われてこと切れた哀れな鼬のように、地に転がり、さっと、掻き消えた。

あらごとと良門がうなずき合う。

良門が、言った。

「今は、気配で読み、斬った。妖気の見切りとは武人が敵の気配を読むのに……」

「通じます。昔、呪師であり武人でもある男が言うておりました」

たのもしげに言う乱菊だった。

と、何者かの刺すような視線を感じたあらごとは、鎌鼬に警戒しながら、そちらを睨む。

風をあやつる翁がこっちを見ていた。

仙人を思わせるその男、風鬼の相貌には――深い笑みが張り付いていた。

(何か……ある)

風鬼の笑みはあらごとの中に不安の黒風《かぜ》を吹かす。

瞬間、あらごとは自分の左胸に避け様のない鋭気の風圧を感じている。

――透明化した、鎌鼬だ。

風鬼の号令一下、二十匹以上の鎌鼬が、その姿を晒したものだからあらごとたちの注意は姿を見せて飛びかかってくる妖獣どもにそそがれていた。しかし、まだ、姿を隠したまま虎視眈々《たんたん》とあらごとの隙を窺っていた鎌鼬が、いたのだ……。

その鎌鼬に、あらごとを奇襲させ、一撃で黄泉路《よみじ》に落とすというのが――風の妖術師・風鬼の容赦ない謀《はかりごと》であった。

透明化し、忍び寄っていた、鎌鼬の、神速の一撃が、あらごとの左胸に襲いかかる。

あらごとは、自分という入れ物の中に入った命の火が掻き消されてしまう気がした。

――――ッ！

――火花が、散った……。

この火花は通力の火種となる心の中の火花か、それとも堅いものと堅いものがぶつかった目に見える火花か？

あまりの衝撃にあらごとはぶっ倒れる。

同時に念力がほどけ——手鍬、鉈、木、石、あらごとが浮かしていた悉くが、地に落ちた。

乱菊が、言葉にならぬ叫び声を上げ、良門が強く名を呼んだのがわかった。

あらごとの胸は、出血していない。何かが、衣服の下にあり、目に見えない鎌の猛撃を——食い止めたのだ。

懐中で鏡の欠片が痛いほど冷たくなっている。あらごとは、殺意をおびた、妖気を、見切った。今さっき心臓を狙ってきた鎌鼬めが姿を隠したまま、今度は首を狙って鎌を振り上げたのを感じた。

「うっ……」

恐怖で強張ったあらごとから声が、もれる。

「——そこかっ」

あらごとを斬ろうとしている姿なき鎌鼬を良門が見切り刀を振った——。

首を斬られた鎌鼬は、隠形が解かれ、赤い血を撒き散らしながら、黒煙と化し、消えた。

惶遽《こうきょ》が薄まり、冷静が返ってくる。あらごとは何が自分を守ってくれたかわかった。面を、歪め、

(蕨……君の前様、助かったよっ)

――蕨が縫ってくれた袋に君の前が入れてくれた火打ち金が鎌鼬の刺突から守ってくれたのだ……。

あらごとはすぐ我に返り、目に力を入れる。

「あの火は幻じゃ。ゆけぇ！」

あらごとの念波の壁がなくなった以上、味方を守る壁は、一つ。乱菊の幻術が見せる炎である。だがこの時にはもう鎌鼬どももこの火は様子がおかしいぞと気付きはじめたようだ。

左様な気付きこそ――幻術を、吹き散らす。

一瞬で、火の壁が、消えた……。鎌鼬の半数が、白日に姿を晒し、半数が、すっと透明化し――鎌を振り上げ殺到してきた。天狗どももまた一気に押し寄せている。

あらごとは渾身《こんしん》の念で再び手鍬、鉈、倒木、石などを浮かし――物凄い旋風を起こして鎌鼬どもを薙ぎ払う。

二匹が、即死し、数匹が、悲鳴を上げて、大地に転がり、そうやって転がった小妖獣を良門の太刀が――退治した。

上から来る天狗どもは鐘遠が汗まみれになって追っ払い、乱菊は次なる幻術の支度に入っていた。

あらごとは強い念力の嵐を復活させ鎌鼬の群れを寄せ付けぬ。左様な奮闘をしつつ、その双眸は獲物を狙う野犬のように、風鬼を睨んでいた。

（あの、卑怯な爺さんやっつければ……こいつら、脆《もろ》いんじゃないの？）

鉈を、風鬼に、念波で飛ばそうと考え、前に出る。

瞬間——あらごとは真上から恐ろしい殺意を感じ、はっと、身をよじらす。

背を——深く斬られた。

一瞬でも、判断がおそければ、頭のてっぺんを、鎌で攻撃されたろう。

姿を隠した鎌鼬である。

今の斬撃で昨日の矢傷が大きく口を開き生温かい血をどっと吐き出すのがわかった。

良門は、他の鎌鼬を夢中で斬り伏せており、あらごとを襲った透明な敵に気付けない。

血の臭いで、気が昂《たかぶ》ったか。あらごとの背を斬った鎌鼬が姿を現している。

そ奴はあらごとの上方で、小さな牙を意地悪く剝き鎌を振り上げた——。

あらごとは風鬼に飛ばさんとしていた鉈を念で引っ張り、そ奴を襲うも、あたえた傷は、浅い。

次の刹那——その鉈が消え、誰かの白い手におさまり、その人が鉈を勢いよく振って、あらごとに急降下した鎌鼬の胴を、タブの幹に、打ち付ける形で、始末した。

鉈を物寄せした、乱菊だった。

大怪我した、あらごとは自分の中の火花がへっているのを感じる。

乱菊はそれを察したか、いと苦し気な顔で、

「あらごと、もう少しだけこらえて」

言いつつ、乱菊は――あたらしい幻をくり出している。それは山犬ほどの大きさの鎌鼬で鎌を振るいながら口から火炎を放射した。

幻の鎌鼬の迫力に、真の鎌鼬どもが慄《おのの》き、踵を返して、逃げたり、竦んだりする。

だが、あらごとはうまく連携して攻撃にうつれない。昨日の矢傷、さっきの鎌傷により、どんどん体から血が出て、冷たくも熱い火花が小さくなっていた。あらごとが動かす物体の速さ、勢いが、見る見る削ぎ落される。それでも歯を食いしばり如意念波を放ちつづけた――。

風鬼は――宿命の子の通力がかなり弱まっているのを感取した。

(貴様が、千方様を討つのが宿命なら、その宿命、今日で改変する)

老練の妖術師は右手をさっと振るう。

あらごとたちを狙った急速の突風が叩きつけられ、小石の雨、砂煙が――襲いかかって

いる。あらごと、乱菊の悲鳴が、した。

鎌鼬、天狗に一斉攻撃を命じようとした時、後ろで、

「……悪い風よのう」

男の囁きが、した。

はっとした風鬼、顧みる。

いつの間に忍び寄ったのか——すぐ後ろに、表情に乏しい、小柄な男が、毛抜形太刀を引っさげて立っていた。

さらにその男の後方に覆面をし、木の葉や羊歯をまとった怪しげな輩が五、六人、刀や、薙鎌《なぎがま》という長柄の鎌を構えたり、小ぶりな鎌を諸手《もろて》持ちしたりして、立っていた。

名を尋ねる間もなく風鬼は小男に斬られている——。

が、肩に刃が当った刹那——縮地。

血をこぼしながら傍にあった赤樫の上に移動した。

小男はめざとく見つけ、手下と思われる連中をつれ、足音も立てず殺到してきた。

風鬼は、鎌鼬三匹を呼びもどし、小男を襲わせる。

一匹は、姿を現し、二匹は、透明化した状態で、疾風となり——木《こ》の間を飛び、突進した。

が、

「石念！　鎌鼬よっ」

乱菊に叫ばれた小男は己に迫る鎌鼬を悉く見切り驚くべき太刀捌《さば》きで全て斬り伏せた。

（こ奴、あらごと、乱菊の仲間か——）

石念という小男は赤樫の根元近くまで来ると、手下を散開させている。で、石念と、手下どもは、樹上の風鬼に向かって、いつの間にか取り出した小刀を次々、投げつけた。

同時に石念は風神通の風鬼に向かって——上昇する突風をくり出し、飛剣に勢いをさずける。

風鬼は……己と同じ力をつかう小男を驚愕の面差しで見下ろし、

「——ふん！」

通力で下降気流を生むも肩を深く斬られたためか、いつもよりかなり風力が弱ぃ。

下から上がってくる風の圧に風鬼の風は負けてしまう。

常の風鬼なら……石念という呪師の風を凌駕《りょうが》する強風を起せるのだが、今は押し返される。

石念の上昇気流が、赤樫の太枝を揺るがし、いくつもの短剣が風に乗って迫ってきた。

風鬼は黒い腕輪に手を置き、

「ええい！　退《ひ》けぃっ」

鮮血をこぼしながら縮地し——掻き消えた。

背中からかなりの血をこぼしたからか。魔軍が退却していった瞬間――あらごとの意志の糸は、ぷつんと切れた。

見えざる糸によって動かされていた倒木、石、鉈、手鍬などが一斉に落下している。

あらごとは、くずおれた。

良門、乱菊、鐘遠が、何か叫びながら寄ってくる。

乱菊の声がする。

「どうして此処《ここ》に？」

飯母呂石念らしき男の声が、

「水守に潜らせし者から伊讃武任が何処ぞに消えたとの報告があってな……。お主らを騙《だま》し討ちする所存かもしれぬ、石念、急ぎ後を追って急を知らせよと、将門様が言われ追いかけてきた次第。すると泊崎で――」

石念がここまで話した処で――あらごとの意識は遠のいた。

将門は護の残党や良正と一触即発の危機にありながら、隠密頭というべき飯母呂石念をあらごとのために動かした。

わごと　四

吐く息が、白い。

手はかじかみ、頰は、赤い。

雪山を、下っている。

藁沓《わらぐつ》の下に、かんじきをつけている。

二月──当代の暦では三月くらい。里を流れる水は温《ぬる》くなり、田んぼや畑の畔では様々な花が咲きはじめる頃だ。

(都では梅や菜の花が咲いているかしら)

わごとは白く凍った枯れ木を摑まえながら思いを馳《は》せる。

しかし、近畿の屋根・大峰山脈はまだ深い雪の中にあった。

今、わごとは冬を引きずる、あまりにも静かな森──白無垢《しろむく》の樹氷が森厳と並ぶ中を、歩いている。

日蔵が先頭を行き、飾磨坊、筑紫坊が、左右を固め、良源が、後ろを歩いていた。

三日前、浄蔵はわごとに直接、念話で語りかけている。
《そなたが吉野にいること、そしてあらごとの存在が……遂に千方に知られることとなった。そなたには、一刻も早く、逃げてもらう》
《……何処《どこ》に行けばよいのでしょう？》
途方に暮れた思いが念話するわごとのかんばせからにじんだ。
ここ、大峰は……天険の地というべき大山岳地で、役小角など今は亡き古の呪師の通力が、ほどこされている。
この分厚く安全な屋根の下を出るのは危険ではなかろうか、という思いが、わごとにはある。いかに居所を知られようともいま少し大峰にいて修行の仕上げをすべきではないか、力を円滑に引き出せるようになってから動くべきでは、そう思った。
左程にわごとは千方を恐れていた。
しかし、浄蔵は、
《今のそなたでは……千方を迎え撃てぬ。良源がいてもむつかしい》
浄蔵は、千方がいずれは、小角、聖宝の魂壁《たまかべ》を破り――隠れ家まで来ると見ていた。
《故に、即刻、そこを出……熊野にうつるのだ》
《熊野？》
《紀州《きしゅう》熊野は、その昔、秦の始皇の頃、道士の徐福が漂着した地として、知られる。徐福は唐土《もろこし》からこちらにやってきた呪師ではなかったか……と思われる。また、小角とその弟子たちも熊野で盛んに修行した。だからだろうか……。この地は、古来、多くの呪師を生んできたのだ。熊野は……深山《みやま》と、大海《わだつみ》が何処よりも近く接する地。……天地の、気の交流が、盛んであるのも一因かもしれぬ》

《熊野に呪師が多いことと、わたしのこと……どうかかわってくるのでしょう？》

藤原千方は人心をあやつる。

呪師とて、人。——千方にあやつられる怖れが、あった……。

だから呪師の多さは千方という強敵を念頭に置くと必ずしも味方の多さを意味しない。敵の多さに直結する危うさがある。

浄蔵はわごとの不安を察したらしく、

《わごとの不安は、よくわかります。ただわたしは……熊野の呪師には、千方に与《くみ》さぬ者が多いと思う》

浄蔵によると、熊野の呪師は、朝廷から反乱を疑われた小角と、ゆかりの者たちだからかまつろわぬ気風をもつ者が多いという。

故に、呪師の組織化をはかる浄蔵の申し出に——熊野は消極的だった。

一方で、千方もまた、呪師の組織化を目論んでいる節があるため、

《千方とも距離を置くはずと、わたしは見ています。また、かつて呪師が朝廷に弾圧され

た時代、熊野の呪師たちは、山熊野と海熊野にわかれて、生き延びた。
山熊野とは山の深みに隠れ里をつくりし者。
海熊野は、官兵が近付くと海に逃げるも、日頃は湊《みなと》に住まい、船路の安全などに通力を役立てた者たちだ。
十年ほど前、山熊野の流れをひく呪師の隠れ里が三つ……何者かに襲われ、滅ぼされた》
(――千方だ)
赤い稲妻を落とされたような怒りをわごとは覚えている。浄蔵は、念話で、
《……千方の凶行、とわたしは見ています》
今、紀州には、山熊野の流れを引く呪師は少なく、山里に暮らす者でも海熊野の系統にある呪師たちという。
《当然、山熊野と海熊野には関わりがあった。故に千方こそ彼《か》の凶行をおこなった張本人と熊野の者たちにつたえれば……》
《味方になってくれるかもしれないということですね？》
わごとが念話で問うと、浄蔵は、
《左様。そなたには、その交渉をゆだねたい。そなたは熊野の者たちに、守られるために、熊野に向かう。だが、それだけではない。熊野の呪師を仲間に引き込み、千方と戦う一つ

の地盤をつくり上げる。故に、これ、逃げの一手にあらず。――反撃の一手でもあるのです。

また事実なのか、判然としませんが……熊野には呪師の力を強める徐福の秘宝《たから》がある、という言い伝えがある。もし左様なものがあるならば――千方と戦う一助になるかもしれません》

《わかりました》

実に、重大な使命が――託されたのだった。

今、わごとは良源たちと天川《てんかわ》の里に下り――浄蔵が都からつかわした助っ人と合流する手筈《てはず》になっている。

「天川や」

日蔵が白い息を吐きながら、振り返った。

枯れ木のあわいから雪をかぶった山里が見下ろせた。

ふと――ここと似たような、だが何かが全く違う、雪の山里が、胸底に活写されている。

(わたしが生れ……滅ぼされてしまった里)

日蔵が、金剛杖で、枯れ木の根元を掘る。

穏やかな春の日差しが降りそそいでいて枯れ木は盛んに雪の涓滴《けんてき》をこぼしていた。杖で掘り出された雪が虹の欠片《かけら》のようにきらめいた。

雪の中から、小さな石像が出てくる。

――翁《おきな》の像だ。

「役行者や」

日蔵らこの地の山々で修行していた男たちが、手を合わせた。

日蔵はわごとに、

「ここまでが……見えざる壁の内、と、聞いとる」

つまりここより先はわごとを守ってくれていた魂壁の外に出てしまう。

（ここまで加護して下さったこと、御礼申し上げます）

わごとは小角に合掌し、良源も、それにならった。

見えざる線をまたぐ時、良源が、

「大丈夫だよ。七割がた、火花が散るようになったじゃねえか。南山に入った頃より、かなり、ましになったぞ」

蓑《みの》をかぶった、わごとの肩に手を置いている。

（……ですかね？）

という言葉を呑んで、わごとは魂壁の外に向かって一歩踏み出した。

ザクリ。

かんじきと、藁沓越しに感じる雪が……硬さをました気がした。

数多《あまた》の滴の音を聞きつつ白い山肌を少し下る。

双子の巨人のような極めて大きい杉が二つ、並び立っていた。二本杉の傍まで降りた良源は、いよいよ近くなった山里を睨みながら告げている。

「ここで、休息だ。怪しい奴がおらんかしらべてみる」

良源は、皆を止め、短冊を三つ、出した。短冊には小鳥が描いてあった。

分厚い手が、短冊を、放る。

と——三枚の短冊は白くふっくらした、実《げ》に小さな鳥、エナガに早変わりした。

——紙兵の力だ。

わごとは歓声を上げそうになる。良源が、放ったエナガの紙兵は、小さな羽根を懸命に動かし、可憐《かれん》な囀《さえず》りをこぼして、山里へ飛んで行った。

良源は杉に体をあずけ瞑想《めいそう》するような面持ちを見せる。わごと、日蔵、飾磨坊、筑紫坊も、杉の樹に身を隠して眼下の里を窺《うかが》った。

山につつまれた天川を眺めつつ、日蔵が、

「あの里はな……壺中天《こちゅうてん》言われとる」

雪により頰を赤く染めたわごとが白首をかしげると、日蔵は話している。

「後漢《ごかん》の壺公《ここう》ゆう仙人の話、知らん？」

「知りません」

「壺公は、薬売りに身ぃやつしておった。で、毎夕、体をちぢめ壺に入ってゆく。ある人が壺公にまねかれて壺に入ると、いくつもの楼閣、幾重もの門……大宮殿が広がっておった」

「へえ……」

「ここから、仙境、別天地を壺中天ゆうようになったのや」

良源が眼を開き、

「まあ、壺公は仙人と言われておるが、呪師であったのだろうよ。――恐らく縮物《しゅくぶつ》という通力があった」

「ものをちぢめる力？」

目を丸《まろ》げたわごとに良源は答えている。

「大きゅうすることも出来る。故に、正しくは、縮物拡物《かくぶつ》、という」

(……まだまだ知らない通力《ちから》が、沢山あるのね)

「ねえ、良源さん……前から思っていたんだけど、そういう通力を一覧にして見られる書物があれば、わかりやすいですよね？」

良源は、苦みが走る声で、

「……それはどうかな？」

その時、里の様子を窺ってきたエナガ三羽が良源の手にかえってきて、次々に小鳥が描かれた短冊という本性を現した。

「大丈夫のようだ。行こう」

良源は、腰を上げた。

雪道を降りながら、端整な顔をした、若山伏、筑紫坊が、よく通る声で、

「わたしは、さっきわごとさんが言うた書物など、あってよいと思いましたがね。左様な書物があれば、都の大臣《おとど》の、呪師への理解というのも、深まる気がする……」

筑紫坊の言葉に大きく首をひねった男がいる。

筑紫坊の師で、わごとの左を歩いていた、飾磨坊だ。大きく、ごつく、痘痕《あばた》におおわれた顔を深くうつむかせた飾磨坊は、何か言いたげだった。

飾磨坊は細い目をさらに細め広い額に皺《しわ》を寄せている。

だが、結局、何も言わず、黙々と下山しつづけた。

と、良源が、後ろから、

「だからこそ、駄目なのだ」

筑紫坊に言ったらしい。

「どの辺りが？」

探るように問う筑紫坊に、良源は、

「都のお偉いさん方に俺たち呪師のことを深く知られん方がいい。浄蔵殿を通して、付き

合い、謎めかせているくらいがちょうどいい……。大臣連中に直《じか》に知られてみろ。俺たちの力を、都の——下らぬ争いにつかおう、左様なことを企む賢《さか》しら者が必ず出てくる。故に、そんなもの、つくってはならん」

良源のきつい言い方に少ししょんぼりしてしまった、わごとに、筑紫坊は若干顔を近づけ、

「叱られてしまいましたな」

わごとは、良源の指摘もわかる気がする一方、筑紫坊になぐさめられた気もして、複雑な微笑みを見せた。

粗削りな音が、山間《やまあい》の里のいろいろな方から、する。

男たちが足を大きく広げ、腰を落として雪掻きする音だった。

わごとは天川の里を歩いてみて夢に見る故郷と何が違うか気付いた。

（家の造りが違う）

天川は、仙境にもたとえられる山里だったが……ここは五畿内の一つ、大和であったから、山里の人々の家は掘立柱をつかった小家であった。

これに対して——わごとの記憶に沈んでいる山里には、東国とか、陸奥《みちのく》でしか見られぬという竪穴《たてあな》住居が並んでいた。

（わたしと、あらごとも、雪が降ると、あんなふうに遊んだのかしら……？）

わごとの眼差しは——大きな雪玉をつくって遊んでいる、顔を真っ赤にした童らにそそがれている。

山伏の家らしき掘立小屋から大声で祈る声がする。

炭焼き小屋からは、煙が上がっていた。

天川の里を初めに開いたのは——伝説によれば、修験道の祖、役小角であったという。

超人的な体力をもっていたと思われる小角だが山籠りの最中には一息つく必要もあったろう。

恐らくその憩いの場として、切り開かれたのが、天川だった。

小角は山を守る鎮守として弁財天をこの地に祀《まつ》った。

これが、天河《てんかわ》弁天である。

また、弘法大師も天川で修行したとつたわる。

天川には、半僧半俗の山伏や、その妻子、山岳修行の僧、さらに狩人や樵《きこり》が暮している。

狩人の家だろうか。

雪掻きされた小道の傍らに小柴垣《こしばがき》があり四角い木の枠が立てかけられていた。その枠にピンと張られた獣皮の赤さが、わごとの目を引く。同じ家の、雪が溶けた庭に菅筵《すがむしろ》がしかれていて、大きな肉塊がごろごろ干されていた。

何の呪《まじな》いか――矢が一本、肉を干す筵の横に、土に刺して、立てられていた。

その家から、黒柴犬、そして、赤毛の柴犬が、甲高く吠えながら庭に飛び出、わごとの方に勢いよく走ってくる。

わごとは乳牛院にのこしてきた柴犬・雷太《らいた》を思い出し、なつかしい気持ちになっている。

《わたしは敵ではないわ》

念を飛ばすと柴犬二匹はきょとんとした顔になって足を止め、首をかしげ桃色の舌から白い湯気を出して、わごとを眺め出す。

天《てん》の川《かわ》という川の近くを、通る。

天河弁天の鳥居が見えてきた。

潜《くぐ》る。

参道は、雪掻きがされていた。

ただ、間隔を置いて立つ灯籠は白く冷えた帽子をかぶっている。

参道脇には青い常緑樹が並んでいたが、それらの葉群《はむら》も、雪を乗せている。

雪化粧した水の女神の社で旅の無事を祈った後、石段を下りると天衝《てんつ》くような杉の樹の下に、赤い下膨れ顔の、大柄な女が、赤くなった手に、息を吹きかけながら、立っていた。

大柄な女をみとめたわごとの相貌が輝いている。

「豊女《とよめ》っ！」

この女は——ごとびきの豊女。

平安京は東市《ひがしのいち》の生れで、わごとと同じ、ごとびきの力をもつ女性であった。陽気な人でわごとが乳牛院にかくまわれた頃には、すでにそこにおり、乳脯《にゅうほ》作りなどをおこなっていた。

豊女の陰から——キャンキャンという甲高い声を飛ばし、一匹の小さな犬が、わごとの方に駆けてきた。

狐色《きつねいろ》の体の後ろで白く丸っこい尾を横に振るその犬を見た、わごとは、胸から嬉しさの塊が上がってくる気がした。

「雷太！」

西の京で、千方一味に攫《さら》われそうになった、わごとを偶然居合わせて、助けた、柴犬である。

雷太は腰を落としたわごとに駆け寄ると両の手を不器用にわごとの肩に乗せ、わごとに向かって、自分の顔を突っ込ませている。

温かくくすぐったい感触がわごとの笑顔を舐《な》めまわしている。雷太が夢中になってわごとの顔を舐めているのだ。

良源が、訝《いぶか》しむように、

「犬などつれてきて……敵に気取《けど》られていまいな？」

「大丈夫ですよ。ちゃんと、わかんないようにつれて来たんです。浄蔵様も承知していることです」

他の助っ人は少しはなれた杉林の中にいるとのことだった。

豊女はそちらに、わごとたちを誘《いざな》った。


残雪で冷えた森に蓑が一つだけ落ちている。

豊女がまとってきた、蓑であるらしい。

「他の人は……？」

わごとが呟きを白息《いき》に乗せると、ふふんと笑った豊女は、

「さあ、みんな、出て来て！」

厚い手を叩き合わせた。

すると、バサバサと、何か放り投げる音がして――瞬く間に四人の者が現れ、その四人の足元には四つの蓑が、脱ぎすてられている。

「隠れ蓑か――」

良源が感慨深げに呻き日蔵は目を光らせている。浄蔵の年下の叔父だが……何か腹に一物かかえている日蔵、好人物だが、油断のならぬものを覚える、わごとだった。

「陰陽道《おんみょうどう》・賀茂家の秘宝――隠れ蓑。賀茂家の祖、役行者がつくったらしい。五つあっ

たの。五つ全て、かりてきた」

豊女が言う。

浄蔵が賀茂忠行に交渉してかりた宝とのことだった。千方と対決した夜、浄蔵はさるものを賀茂家からかりたく思ったが――これだったのである。

「……それをまとえば、姿はもちろん、影さえも隠せるという蓑か」

良源が、脱ぎすてられた隠れ蓑に歩み寄っている。

髭濃き青年僧は隠れ蓑をまとう。

と――良源は影も形も一瞬で消えうせた。

豊女が、良源が消えた方に、

「この子はね……わごとの所に行くと察したんだろうね、賀茂家にこれをかりに行くあたしらにとことこついて来たんだよ。だから、あたしはきっと役に立つだろうと思い、浄蔵様の許しを得て、つれてゆくことにした。

で、隠れ蓑を着たあたしは宇治の辺りまで、ずっとこの子を抱きかかえて、旅をした。あたしたちはもちろん、雷太も、敵には見られていないはず」

「宇治より先は雷太だけがとことこ歩いているように見えたはず。つまり、野良犬が一匹でうろついておるようにしか見えんかったろう。吉野近くからはまた敵を警戒し、おらと弟で、雷太をかかえてきた」

と、言ったのは金剛身の力をもつ、屈強だが、気のやさしい、為麻呂だった。

賀茂家の宝・五つの隠れ蓑をまとい、都からやって来た五人のうち、四人を、わごとは知っていた。

乃《すなわ》ち、
ごとびきの豊女。

金剛身——体を鉄の如く硬くする——の兄弟、為麻呂、石麻呂。

韋駄天《いだてん》の力をもつ猿のような顔をした小男、大宅繁文。

いずれも、わごとが昨年、乳牛院に匿われた時に同院にいた者たちである。

一人——見知らぬ呪師がまじっている。

透き通るほど色が白い乙女だった。いや、青白いと言っていいかもしれぬ。

歳《とし》は、わごとよりやや上か。頭一つ分背が高く、細身で、灰色の小袿《こうちぎ》の上に防寒用の鹿皮をまとっていた。

鋭くも大きな三白眼でわごとを刺すように睨んでいる。

髪は長く、艶やかな漆黒で、前髪を、額を隠すように綺麗に切り揃えてある。

乙女はぷいっとわごとから視線をそらし、冷たい山気の中に掌を漂わせた。

杉の樹がこぼした細い雪の滝が乙女の手を叩く。

乙女は薄唇《うすくちびる》を動かし、白い息を漂わせ、透き通った声で、

「雪国の生れゆえか……暑うなって参った」

「貴女は？」

わごとが一歩、踏み出すと、前髪を切り揃えた目付きが鋭い乙女は、きっと首をまわし、

「まず、そこが名乗れ。——其《そ》が礼なるらむ」

「わたしは……わごとです」

優雅にうなずいた乙女は、

「左様か」

「あの、紹介するね……」

豊女が気まずげに出ようとすると、白い手で無用というふうに制した乙女は、冷えた声で、

「麿《まろ》は、橘潤羽、也《なり》。井手《いでの》左大臣が末裔《すえ》也。麿が族《うから》は……絡みつく藤がゆえに、言う甲斐《かい》なきほどに朽ちし古き木ぞ」

井手左大臣——天平の昔、左大臣をつとめた権臣、橘諸兄《もろえ》であった。

橘氏は藤原氏の陰謀によってその力を大きく弱めた名族である。

「汝《なれ》は、藤の家の、女童《めのわらわ》となっ？」

わごとが仕えていた右近は藤原氏と言っても……弱い藤であった。

他の木に絡みつき、朽ちさせる、肉食獣の如き藤では、ない。

「一応……そうでした」

わごとは藤の家に敵意を燻《くす》ぶらせているらしい橘の家の娘に言う。

「一応？」

――不用意な発言であったらしい。

前髪に隠された眉が、顰《ひそ》められた気がする。

その時また、杉が白く冷たい煙をともなう雪の滝を静かにこぼしたため、潤羽はそちらに掌をのばし、三白眼を細めている。

豊女がわごとの耳に口を寄せ、そっと、

「何でも……父御《ててご》が没落して、都じゃなく、若狭の庄園でそだったとか。だから、いろいろこじれた子……いや、むつかしい姫なんだよ」

いわば、田舎育ちの没落貴族の娘であるらしい。

わごとと親しい為麻呂、石麻呂、さらに猿顔の繁文が、厄介な娘だが、上手くやってくれよというめくばせをしてきた。

わごとは薄《うっす》ら漂いはじめた、付き合いにくい人だな、という本音を上手く隠し、微笑みを浮かべて、雪を踏み、潤羽に、一歩近付き、

「藤と言っても小さい藤で……」

右近を話の中で下げるのは、どうなのだろうと思いつつ、

「我が主はいつも、悩みをかかえておられました。いつも、恋路に迷う歌を歌っておられて……。人を謀《はかりごと》で貶《おとし》めるような真似は決して出来ない、お優しいお方にお仕えしていました」

潤羽は冷たく、

「藤は、藤ぞ」

わごとの微笑みがぎこちなくなる。

それでも、笑みが完全に消し飛ばなかったのは、華やかさの下に醜さが隠された花洛《からく》という地で、斜陽とはいえども名の知れた女性貴族に仕えてきたからだろう。

「潤羽さんは……どんな通力を？」

わごとは、問うた。

橘潤羽は、かなり無遠慮で険しい目付きで、わごとの頭のてっぺんから、藁沓までゆっくり睨みまわしながら、歩み寄ってきた。

わごとは身構えている。

（何なのよ、この人）

という本音を察したか——柴犬の雷太が、わごとの横から、潤羽に向かって、猛然と吠える。

今にも跳びかかりそうな勢いだったが潤羽に動じる様子はない。

もし、犬が跳びかかってきたら、蹴飛ばしそうな怖さが、潤羽という娘にはあった。

《止《や》めなさい！》

わごとが念を飛ばすと——途端に雷太は大人しくなる。

と、いきなり、潤羽がしゃがみ、わごとの足に手をのばした。潤羽はわごとの脛《すね》の内にふれて何かをつまみ、凝固するわごとの前でまた立ち、つまみ取ったものをわごとの鼻面に差し出した。

——茶色く刺々《とげとげ》しい実だった。

（オナモミ？）

恐らく、ここに歩いてくる途中、雪中に枯れたオナモミがあり、棘のある小さな実が、足に引っ付いたのであろう。

雪国でそだった没落貴族の娘は冷たい棘のある声で、

「此《こ》が——磨の通力《ちから》じゃ。巨細眼《こさいがん》という也」

常人よりも、一つの光景を遥かに細かく見る眼力を、巨細眼という、そんな話を良源から聞いていた。

わごとの守り手として奥吉野まで来た潤羽はわごとの鼻先まで突き出したオナモミを、ポッとわごとの足元に落としている。

──苛立《いらだ》ちが、わごとの面貌を走る。

眉根がうねった。

潤羽は、厳しく言った。

「……人の顔ばせも誰《たれ》よりも細々と麿が目に入る。されば、麿は虚言《そらごと》、紛《まぎ》ら、上べの虚飾《かざり》、悉《ことごと》く嫌う者也。あな……へつらいも、さらなり。──覚えおけ」

胸を深く剣で刺し、抉《えぐ》るような鋭い言葉だった。

(要するに……貴女への本音を、どんどんぶつけろということ？　顔に出せと？　わたしの思いを)

わごとの面貌は険しくなっていた。隣で、雷太が低く唸《うな》りだしている。もちろん潤羽に向かってである。

その時だった。

さく、さく、さく。

小気味よい音がしている。

──誰もいないのに、足跡だけが、雪にきざまれてゆく。

隠れ蓑を着て透明化した良源に違いなかった。

さく、さくと、わごと、潤羽の傍を歩いた姿なき良源は、

「──いいねえ。こいつ……。ただ……足跡が出来ちまうのが厄介だよなあ」

隠れ蓑について評したらしい。

誰もいなかった所に、隠れ蓑を手でもった良源が現れる。もつ手、そして、めずらかな蓑の、良源にもたれている辺りは……透明化していた。

「お前も着てみろ」

世にも不思議な蓑をわごとも着てみる。

透き通った我が身が、わごとを驚かせた。驚愕《きょうがく》は、潤羽に覚えていた不愉快を一気に氷解させる。

隠れ蓑を着た男女にかかえられてきた雷太だが稀代《きだい》の呪師・小角がつくった蓑の原理を呑み込めていない。

透明化したわごとが驚きの稲妻を雷太に落としている。――雷太は、ぽかんと口を開け、さっきまでわごとの顔があった辺りを茫然《ぼうぜん》と見上げていた。

愉快さが、こみ上げてくる。

体が見えなくなったわごとは、雷太にゆっくり歩み寄る。

雷太にしてみたら――わごとの臭いはすれども、姿が見えぬ状態で、わごとらしき気配が近付いてくる感覚である。

雷太は驚いて後退《あとずさ》り、姿なきわごとに向かって、小さくくぐもった声で、控え目に吠えた。

しゃがみこみ、頬杖をついて、透明化したわごとがつくる足跡をじっと眺めていた日蔵が、興奮した様子で、

「のう良源、足跡についてはこないなやり方で解決せんか？　隠れ蓑は五つ。熊野に行く人数は、十やろ？　こうするんや。まず、隠れ蓑つけん五人衆が熊野詣での山伏一行をよそおい、先を行く。残雪の上に足跡がつく。隠れ蓑の五人衆が後を歩き、先の五人がつけた足跡を忠実に踏んでゆく」

「妙案ですな」

良源は同意した。日蔵は、指で顎をさすり、早口で、

「ほいで、熊野詣での山伏に誰が扮するかゆう話やが、これ、男五人やろ。つまり、女衆三人が隠れ蓑を着る」

わごとを出来る限り隠すことこそ旅の目的だから、わごとが隠れ蓑をまとうことに異存は出ない。

「で……残りの隠れ蓑を着るのは、わしと、良源。姿を現して先行するのは、飾磨坊、筑紫坊、そこなる兄弟、繁文言うたか？　あんた。この五人や！　ならわしも早速——隠れ蓑、着てみるかの！」

日蔵は目をギラギラさせ舌なめずりするような形相で雪上に置かれた隠れ蓑の一つにすっと近付く……。

「いや、まった、日蔵殿！」

良源が、手で止め、

「あんたが一番、熊野詣での山伏の、親玉にふさわしい面構えをしておる」

多くの者が良源の言葉に首を縦に振った。

良源は、日蔵を指し、

「それにあんた――隠れ蓑をまとえば何処かに消えそうな危うさがある」

（たしかにそうだわ）

「だから、あんたは、隠れ蓑を着ぬ方。先を行く方だ」

わごとも、姿を隠したまま、

「それが良いかと思います」

「何なんやぁっ、おのれ、その言い草はっ――！」

日蔵は良源を強く弾指《たんじ》し、多くの者が良源に同意するような面持ちであるのに気付くと、脱力したように両手を上げ下げし、あつい唇をふるわし、しょんぼりした様子で、

「寄ってたかって……人を盗人《ぬすびと》扱いしおって。お前はなあ、良源！――やる気の盗人やでっ。わしのやる気の盗人や！」

深い谷に落ちたような日蔵の落ち込みぶりに微苦笑を浮かべた良源は吹き出しそうになるのをおさえていた。

と、

「――ほ！」

表情もなく突っ立っていた潤羽が、白い息を吐き、くすりと笑うような仕草をしている。

しかし、一瞬で無表情にもどった。

この人も笑うことがあるんだという小さな驚きが……わごとの中を漂う。

良源は悔し気にしゃがみ込んだ日蔵を多少気にしつつ、

「姿を晒《さら》し、熊野に詣でる山伏一行に扮する五人、これはもう、いかにも熊野詣でという体《てい》の、日蔵殿、飾磨坊、筑紫坊……」

「お前も熊野詣での俗僧ゆう体だがなっ……」

頭を振りながら呟く浄蔵の叔父に、良源は、

「いや、日蔵御大《おんたい》ほどでは。あとは、その山伏の従者の如き面構えをしておる、為麻呂」

「えいっ」

「繁文」

もちろん良源と顔見知りである繁文はにっこりと微笑んで首肯した。

「でぇ、隠れ蓑まとって後ろを歩くのが、わごと、潤羽」

「――潤羽姫、もしくは姫、と呼べ」

抗議する潤羽に、良源は、

「潤羽だよ。お前は」

ぴしゃりと言い、きっとなる潤羽、ニカリと笑う豊女を気にする素振りも見せず、

「豊女。で、俺。あとは、石麻呂」

金剛身の石麻呂に、良源は、

「もし敵が襲ってきた時、姿を隠したお前が――いきなりガツンとやれば、かなりの脅威となる」

その兄で、同じ力をもつ為麻呂に、

「一方、為麻呂には前から敵が来た時、わごとを守る盾となってほしい。為麻呂は陽、姿を晒して守り、石麻呂は陰で攻め。わかったか？」

――昨年、六条辺り、茨田家でおこなわれた死闘に良源と共にやってきた、鉄の兄弟はあつい胸板を太い腕で叩いて見せた。

わごとは一度、隠れ蓑を雪の上に下ろし、自分を守り熊野まで旅してくれる、八人の呪師と僧一人、犬一匹を見まわして、深くうなずいた。力を込めて、

「――たのみます。皆さんが、共に旅してくれて、とても……心強いです」

「しゃあない。熊野詣での、山伏のまとめ役演じたろかぁ！」

日蔵が腰についた雪を払いながら、立つ。

多くの者が、わごとにうなずき返してくる中、厳《いか》つい顔をした寡黙な山伏、飾磨坊は逞

しい腕をくんで仁王立ちし、瞑目して、うつむいていた。また、藤原氏の女童であったことにしこりをいだいているらしい潤羽は、わごとと目が合いそうになると、視線をそらしてしまった。

人当たりがよい筑紫坊が柔和な笑みを浮かべ日蔵に、

「熊野についてから、隠れ蓑を一度だけ着せてもらえばよいではありませんか？」

「どうせその時も、わしが隠れ蓑を盗むとか、要らざる嫌疑をかけ、着せてくれぬつもりじゃ」

「それはそうと……残雪も南に下れば、やがて無《の》うなりましょう。さすれば、ぬかるみの他は足跡などあまり気にせず、すすめるはず」

「問題は——笹などだな」

良源が厳しい顔で杉林の一角に杖を向ける。

良源が指す方を見てみれば、溶けかけた雪の中から笹が青く濡れた顔を生き生きと出していた。

日蔵がむずかしい顔で、

「人がおらんのに……笹が揺らいどったら、そら目ぇ引くやろな」

「雪のない山では、笹などが少なく、さらに難儀の少ない道を、えらんでゆきましょう」

小さくととのった顔をした筑紫坊はわごと、潤羽に微笑みかけた。

豊女が、思い出したように、

「あ、そうそう、隠れ蓑の意味をなくすものが一つだけある」

良源が、真剣に、

「何？」

「――裏白《うらじろ》」

一年中茂っている羊歯《しだ》の仲間だ。

「たとえば木の枝が隠れ蓑に引っ付いても……それは透き通る。ところが、裏白が隠れ蓑に引っ付くと……裏白だけは見える。役行者が左様に工夫したらしいんだよ……」

良源は深く考え込み、

「整理しよう。裏白が隠れ蓑についても、人の姿は――隠れたままなのだな？」

「そう。見えないよ」

豊女は答えた。

「ところが……裏白が見える？」

「そう。何か使い道があるだろうと、浄蔵様がおっしゃるから一応、箱に入れた裏白をもってきたよ」

箱に入れた裏白が隠れ蓑にふれても、裏白は隠れているらしい。

あくまでも裏白が直に隠れ蓑に接触することで豊女が言う現象が引き起こされるのだ。

良源は、豊女に、

「隠れ蓑を着た者が裏白を手にもつと？」

「手は見えぬが、裏白は見えるね」

良源は五分刈りくらいにのびた頭をこねながら首をひねり、

「……あまり使い道があるように思えぬがな。

考えてみろ。隠れ蓑をつけた者が、裏白をくっつけながら歩くと、要は、はたから見れば、誰もおらぬのに裏白だけが……漂っておるように見えるのであろう。実に怪《げ》しい光景ではないか？」

「うん、あたしもそう思うよ」

豊女は笑う。わごとも、そう思う。

「まあ、俺の知恵が……小角、浄蔵の深みに達しておらぬだけかもしれぬが。俺としては、此度《こたび》の旅路で——裏白の使い道はほぼないように思われる」

良源はしめくくっている。

かくして一行は、南へ、紀州へ、旅立っている。それは山また山の旅路を意味する。

杉の梢《こずえ》の一つで、一羽のカラスが、それを見下ろしていた。

南に向かう者たちの背を黒い瞳で睨んでいたカラスの面貌が、歪《ゆが》んでいる。

——笑んだように、見える。

暗くねじまがった喜びがにじむ笑みであった。

カラスは、カアと一鳴きするや、南に向かって飛び立った。黒い羽が雪上にこぼれ落ちた。

わごと　五

わごとは助っ人の中に病、怪我を癒す力——浄瑠璃の力をもつ者がいないことを少し心細く思い、為麻呂にそれとなくたしかめた。

「浄蔵様も……浄瑠璃の術者を入れたかったんだが、叶《かな》わんかったんだ」

為麻呂は、言った。

というのも浄蔵本人は病人の手当てや、朝家からたのまれた法事などで、都をはなれられなかった。浄蔵傘下の浄瑠璃の呪師は二人いたが、一人は盲目の娘で、いま一人は甲賀につかわした老女だった。

南山と言われる紀伊山地のあまりの険しさ、厳しさが、浄蔵にこの二人を行かせるのをはばからせたのである。

役小角によって修験道の聖地として開かれた熊野では古くから山伏や、僧の修行がおこなわれてきた。

いつの頃から熊野が一種の磁力をもって都の貴顕たちを引き付けだしたか正確な処《ところ》はわからない。

ただ、延喜《えんぎ》の頃の宇多法皇の熊野詣でが一つの契機であったのは間違いない。

二十年以上前の話である。

つまり、わごとの頃は、院や大貴族が宿する宿坊が、熊野に出来ていた。

かつて大和の吉野は伊弉諾命《いざなぎのみこと》の地と考えられた。

一方、紀伊の熊野は——伊邪那美命《いざなみのみこと》に対応すると信じられてきた。この女神は当然——黄泉《よみ》のイメージとつながっている。

だから、後年の話ではあるが、良源の弟子、源信《げんしん》によって浄土信仰が花開くと、熊野は地上に現出した「浄土」と捉えられ、蟻《あり》の熊野詣なる事態が、引き起される。

天川を出たわごとらは吉野金峯山寺と熊野をむすぶ大峯奥駈道《おおみねおくがけみち》と、高野山から果無《はてなし》山脈を突っ切り、熊野に向かう小辺路《こへち》の間を、南に、向かう。

先ほど見た天の川から十津川《とつかわ》に出て川沿いを南下するのが、もっともやさしい。が、良源が、

『吉野から、南に逃げると敵が踏んだ場合、まず、そこを、おさえよう』

と、言ったため、難路が、選択された。

——枯れ沢を歩いている。

雪はすでに、足元から消えていた。

だが、山の上の方は白く見えた。

岩がちな沢で、何かが暴れた跡のように、大きな岩、沢山の小石が、わごとらの足元に散乱していた。

裸の木が、多い。まだ芽吹かぬミズナラや楓《かえで》だろう。魚《うお》の骨のような数多の枝を、荒涼とした山気の中、並び立たせている。

青き常磐木《ときわぎ》もある。

たとえば、右手の崖から、「し」の字を書くように上にのびた、巨樹は、青々しい葉群を広がらせた楠《くすのき》だった。

先頭は、筑紫坊。その後に、日蔵、飾磨坊、繁文、為麻呂、姿を見せた男たちがつづく。

つづいて——隠れ蓑をまとった五人が、歩いている。

わごとの前には為麻呂の大きな背中があり、左に潤羽、右に豊女と、雷太。良源と石麻

呂はわごとの後ろを歩いていた。と言っても……この五人、姿は、見えぬ。ただ右側をひょこひょこ行く雷太だけがみとめられた。

もう残雪はないため前の五人が歩いた所を踏む必要はない。

隠れ蓑をまとい、姿を隠し、息を切らせながら深山をすすむ、わごとは、

(前の五人はちゃんと見えているけど、後ろのみんなが見えないのは……さすがに心配よね。誰かはぐれていないかなど、いろいろ考えてしまうわ……)

一応、息の音、かすかな足音などがするので、誰か歩いているのは、わかるが、やはり不安である。千方の脅威を思えば、隠れ蓑をまとうべきというのはわかるが、隠れ蓑によるある種の不便さが気になるのだった。

同じことを考えたのか、後ろで良源の声が、

「少し、やすもう」

まだ天川を出てそうはたっていないのに提案している。

一行の他に、誰もいなかったが、それでも周りを警戒し、かなりの小声であった。

おかげで日蔵たちに聞こえていない。

豊女が、少し大きな声で、

「少し休もうってさ」

日蔵ら、姿を晒した五人組が、足を止めた。

「如何《いか》した？」

踵《きびす》を返した日蔵が、わごとら姿を隠した五人組の方に寄ってくる。

「いやいや、見えぬというのは……安堵《あんど》も生むが、不安も生むと思うた次第」

姿なき良源は、答え、

「みんなおるか？　小さくてよいから、声を出してくれ」

「はい」「諾《お》」「えい」「あい」

わごと、潤羽ら透明化した者たちが小声で応答する。

皆の安全をたしかめた、良源に、豊女が、

「裏白の……出番かね？」

「いや」

裏白に手厳しい良源は、

「俺としてはわごとがもっとも安全なのは隠れ蓑をつけて旅すること、次善が、隠れ蓑を脱ぎ、堂々姿を晒して旅すること、無下が……裏白付き隠れ蓑の使用と思われる。

潤羽、少し前に出てくれ。で、飾磨坊、潤羽がおった所に入ってくれ。雷太から、二歩ほど左だ」

面に天然痘の痕がある白髪混じりの山伏、飾磨坊、つまり見えている男が、後退してきた。

良源が、静かに、

「わごと。何かあったら、隣の飾磨坊を叩いて知らせよ」

「あ……はい」

誰にも見えぬ、わごとのかんばせが、かすかに曇る。

というのも……わごとは、旅の仲間、九人の中では最大の信頼を、良源に置いている。で、乳牛院で共にすごした経験がある四人、豊女、為麻呂、石麻呂、繁文、と、筑紫坊にも親近感を覚えていた。

だが、寡黙で目付きが鋭い飾磨坊には、若干、苦手意識をもっている。

何を考えているのかわからないという思いをかかえていた。

そして、今日初めてあった相手だが……橘潤羽には、さらに苦い感情の波を掻き立てられていた。また、日蔵については面白い人であるし、この大山岳地を誰よりも知る頼もしさがあるのだが、何か生臭い思惑があるようにも思え、今一つ信頼が置けない。

(飾磨坊さんは如意念波の使い手というけど……)

同じ如意念波の呪師なら、無理な話だが、遥か東国にいる、あらごとか、竹《たけ》の翁《おきな》に傍にいてほしい。

竹の翁は乳牛院にいる老いた呪師だった。

むろん、わごとが乳牛院に入った時、知り合っている。

竹の翁はわごとを眺めながら、「やけにろうたげになったの」などと声をかけるし、乳牛院で乳しぼりなどしている娘たち、呪師ではない娘たちに、なまめかしくなりおって、男でも出来たか、などと無遠慮な言葉を投げかけたりする。

この一点が残念なのだが……ここをぬかせば、明るく、気さくで、万事手際よい老人であった。そして強い如意念波の持ち主だった。

この、山また山、谷また谷といえる大山岳地の、あまりの厳しさ、果てしなさが、浄蔵をして、老いたこの人を人選からはずさせたのであろう。

それはわかる。だが、今朝までわごとは何となくこちらに来る呪師の一人が、自分としたしい竹の翁だろうと踏んでいた。

(竹の翁の代りに来たのが……)

竹筒の水を飲みながら藤原氏を恨む高慢なる乙女がいる方を、見る。

潤羽も隠れ蓑を着ているから、水を飲む音がするばかりで、姿は見えない。

——その時だった。

例のしの字の大楠の方から小さな影が——枯れ沢の上にふわっと尾を大きくふくらませて飛び降りた。

その小獣はわごとらの方をはっとした面持ちで窺うと、左方にある急斜面にほとんど飛ぶように走っている——。

リスだった。

「ワワワワン！」

高らかに吠えて、雷太が、突進する。

《止めなさい！》

わごとは――念を放った。

リスを追い、まだ、葉の支度のととのわぬ、ミズナラの根元、薄紫のユキワリイチゲが咲き乱れる中に突っ込もうとした雷太が、ビクンと体をふるわし、顧みた。

リスはその間に斜面から斜《はす》に生えた、枯れ木の海の中に、落ち葉を蹴立てながら掻き消えた。

《もどってきて》

雷太は丸まった白い尾を力なく振りつつ、舌を垂らして、もどっている。

途中で臭いや気配はすれども姿の見えぬわごとを探し、訝しむような表情を見せた。

透き通ったわごとの足の臭いを嗅ぎ、しまいには透明になった、主の脛を舐めはじめる雷太だった。

「一応、あたしは……わごとの臭いが急になくなったりしたら、ワンと鳴いてから、臭いを追うように、雷太に命じているよ」

隠れ蓑をまとった豊女の声がする。良源に告げたのだろう。

「なるほど、ありがたい」

良源の返答だった。

「――ほ。今さらに……左様な話をする者がおるか」

わごとの左前方で、娘の声が、した。

隠れ蓑により、隠形《おんぎょう》した、藤嫌いの姫である。

「磨のめずらかなる神通力は、常人の目などより遥かに細々と、森羅万象を見るものぞ」

……何百何千倍もの眼力という。

「ほれ、あすこに藤が絡みついておろう？　見えぬか？」

潤羽は藤を指しているのかもしれない。

しかし、隠れ蓑が姫と名乗る乙女の姿を消しており、冬の女神、黒姫が藤の葉を全て取り去っているから、わごとにはちっともその所在がわからない。

（藤って……何処……？）

「あれぞ。あれなる、楢《なら》と思しき大樹に、絡みつきたるあれぞ」

「ああ……あれ？」

リスが消えた辺りだ。

斜面からのびた、ミズナラに……十重二十重に絡みつく、細く丈夫そうな木の蔓《つる》が、ある。逃げていく男に、髪を振り乱して追いすがり、細腕を絡みつかせた女のように、見えた。

「花の城でのさばり、繁茂し、他の花悉く枯らしける藤を……枯らすべう神仏が磨にさずけし力……。斯様《かよう》に覚ゆ」

「ちょっとまったっ。――そういう用向きに、通力をつかっちゃいけねえって、浄蔵殿にならわなかったのか……お前」

良源だ。

刃《やいば》のように尖った声だった。

潤羽は小声で、

「ならいけり」

「あいつ女に甘いからな……」

潤羽は強く、一語一語きざむように、

「――ならいけり」

日蔵が姿なき二人のやり取りに、強い関心をもって、聞き耳を立てていた。

「でぇ、藤が――どうしたと？　たしかにあれが藤とは、お前の巨細眼でなけりゃあみとめられぬかもしれん。俺たちにしてみたら、ただもうごちゃごちゃ、木が絡みついているようにしか見えん。そいつが、さっきの話と何の関わりがある？」

「――関わりあり。汝らの蓑よりこぼれし塵《ちり》、草葉の細《こま》け……。汝らが山肌より踏み散らしけるいと細かき土埃《つちぼこり》の動き……。これ、悉く、麿が巨細眼の見知るもの也。さればたとえ隠れ蓑かぶろうとも——そなたらが所作、麿は、悉《ふつく》に心得《こころう》」

要するに隠れ蓑で透明人間となった者の動きも塵などの動きにより己の巨細眼の前ではありありと認識されると言っている。

「……大したもんだ」

感心したような良源の呟きだった。

「じゃあよ、潤羽」

「潤羽姫也」

「……仕方ねえな。一度だけ、呼ぼう。潤羽姫……。これで満足だろ？　なあ、誰かはぐれたり、おくれたりしたら、お前の通力ですぐ感知出来るわけだな？　つぶさに俺たちに知らせてくれよ、その場合」

良源が言うと、

「心得たり」

何故、浄蔵が潤羽をつかわしたか、わかった気がするわごとだがいま一つ釈然とせぬ気分だった。

やはり、潤羽よりは竹の翁に来てほしかった。

しの字形の楠の下を潜る。

日蔵の指示の下、枯れ沢からはずれ、急な山面《やまづら》を――這い登る。

まだ芽吹きをむかえぬほっそりした枯れ木が怒濤となって展開する斜面である。

緑も、ある。

樫《かし》の若木、笹、岩にへばりついた苔《こけ》、そして羊歯の類だ。

葉を茂らせた樫の木陰などに僅かばかりの残雪がみとめられたが春の日差しは温かく、斜面の大部分で岩と石が剝き出しになっていた。

さすがに、隠れ蓑が、暑い。

汗をかいたわごとは苦しい息を切らし、山にしがみつきながら、

「良源さん、いますか」

「むろん。お前の少し後ろに」

「隠れ蓑……脱いでもよいでしょうか?」

「駄目だ。少し辛抱しろ。寝る時は脱いでよいが、今はつけていろ」

前を行く者たちから沢山の石が、わごとの顔面に向かって転がってくる――。

小石はもちろん、かなり大きい岩の欠片というべき石も、憤然と転げ落ちている。

びっくりしたわごとは体をずらし左前方――大きな羊歯らしきものがわさわさ茂った所を摑もうとして、寸前で、手を止めた。

――一年中青い、裏白だった。

裏白が引き千切れ隠れ蓑にくっつく事態を恐れて、やや下方の、岩の突出を掴んで滑落はまぬがれた。

顔のすぐ横を石が、転がってゆく。

(わたし……熊野までたどりつくのかしら)

千方以前に、自分の体力不足が原因で、紀州までたどりつけぬ気がしてきた。

と、隣を登る飾磨坊が、

「その辺りにおるか?」

わごとが摑んだ石を指差している。

首肯してから、己が飾磨坊には見えていないのだったと気付き、

「はい」

目付きが鋭い寡黙な山伏は、

「そなたに落ちる大石は皆、我が如意念波で、弾いてくれん。安心して登れ」

謝意をつたえたわごとは雷太に、

《わたしの後ろを登ってきなさい。ずっと上の方から落ちてくる石は、わたしの体と、飾磨坊さんの念がふせぐ。雷太は、わたしが落とす石にだけ気を付けて》

「ワン!」

わごとの念に強く応じる雷太だった。

……その時だった。

（え？）

斜面、右上方から、一羽の黒い鳥が――ゆったり翼を動かし、こっちの方に飛び降りて来る様が目に飛び込んだ。

（……カラス？……）

瞬間――何かとてつもなく冷たくおぞましいものが、体に入ろうとしているような感覚が、あった――。

潤羽も何事か感じたらしく、

「――む！」

潤羽がいる左上方から鋭い声がする。

「如何した？」

と、後ろで良源。

――不吉な黒い鳥はもう見えぬ。ずっと、下方に飛んで行ったようだ。

だが、わごとは体が急に重くなってきたような気がしていた。おかげで先ほど感じた不安が、ますます濃度をましている。

「……思い為《な》し（気のせい）であったやもしれぬ」

潤羽の声が、した。

（潤羽は何かに気付いた……）

が、それを呑み込んだ。

（何故？）

日陰の残雪が如き冷たい不安が固まってゆく。

（この仲間に……命をあずけている……。けれど、潤羽や飾磨坊さん、日蔵さん……何処まで信じられるの？　千方は、心をあやつるのよ。わたしが千方だったら、南に行くわたしたちを見つけた時、この中の幾人かをあやつろうとする……。味方につけるか、仲間割れを起させるかする）

わごとは誰にも見られない唇を強く嚙みしめた。

（油断できない？　味方にも、誰にも、油断できないの？）

途轍《とてつ》もない質量の不安に押し潰されそうになった時、温かく、明るい春風が、枯れ木が目立つ山肌を流れている。

春の女神の吐息のような、やわらかき風だった。

同時にわごとの中に温かく流れ込んでくるものがあり、心を落ち着かせている。

思慮深きわごとは、

（用心は大切だけど、大切な仲間を疑いすぎるのは——よくない。わたしの心の弱さが、仲間を、疑わせるのかも）

強く自らに言い聞かせた。

急斜面を、岩を摑み、木にしがみつくなどして、登る。

いきなり潤羽の声がひびいた。

「――皆々、止れ」

皆が動きを止めた。

「上に怪しき人影、見ゆる……」

わごとは潤羽の言う斜面上方を睨むも、ただ枯れ木の海が広がるばかり。――怪しい人影など、皆目わからない。

次の刹那、

「矢ぞぉっ」

潤羽が、叫び、下で、良源が、

「木陰に隠れろ！」

――いくつもの鋭気が、こちらに、飛んでくる気がする。

寸時――わごとの中で冷たくも熱い火花と共に活写された二つの光景があった。

豊女がいる方、右手に逃げた自分の首に、矢が刺さり、血だらけになった自分は遥か底に転落する。

飾磨坊がいる左に逃げた自分が馬酔木《あせび》の陰に隠れて荒く息をしている。

その二つの、光景だ。

――千歳眼が見せた至近の未来にしたがい、わごとは左を選択する。

雷太に、

《こっち》

素早い蟹《かに》のように山肌を横に這う、わごとの頭めがけて、上の者たちが降らせた石、石よりも速い殺意の風が、迫る。矢だ。

瞬間――わごとに肉迫してきた石や矢がありえない放物線を描いて、わごとをかわし下方に落ちて行った。

わごとのいる位置に当りをつけた飾磨坊の念波と思われた。

白い釣り鐘状の花をこぼれんばかりに咲かせた、馬酔木の陰に、わごとは蹲《うずくま》った。

石が数多転がった斜面の窪みで、近くには裏白と、いくつかのフキノトウが生えている。

わごとの傍には飾磨坊が潜み、わごとから見て、かなり右手、龍の骨のように大きな、ミズナラの枯れ木の陰で――夥《おびただ》しい砂利が不自然に流れた。

隠れ蓑で透明化した豊女が駆け込んだものと思われる。

豊女が、盾としたミズナラには、青い鱗《うろこ》が如き蔦《つた》がびっしり巻き付いている。その蔦の葉が動いたように見えたのは、豊女が摑んだのか。

下方の岩陰から、

「怪我はないか？　わごと」

良源が、問うてきた。

「はい」

すぐ傍で雷太が切な気な声を出す。

味方を威嚇《いかく》するように——遥か上方からまた矢が次々射られる。

だが、この時までに潤羽の警告を受けた味方は、木陰、岩陰に身を伏せていたから、怪我人は、ない。

（いや、ないはず）

日蔵たち目視出来る五人は無事であるし潤羽ら隠れ蓑で姿を隠した者たちの方から、悲鳴や、転落する気配は、ない。

正体不明の敵どもが射た矢がさっきわごとがいた所を猛速度で下に飛んで行った——。

もし、当れば、たとえ鎧《よろ》うていても、体を貫くほど勢いがある矢だった。

いわゆる、ひょろひょろ矢では、全く、ない。——その対極にある矢。

武芸に疎《うと》いわごとにも……この矢の射手どもに並外れた、膂力《りょりょく》、技術、視力、経験があるのが、わかった。

並みの男では引くことすら叶わぬ恐ろしく強い弓を引いているのでないか？

「……指矢《さしや》三町、遠矢《とおや》八町……」

眉間に皺を寄せた飾磨坊が厳しい声で呟いている。

その言葉の恐ろしい意がわごとの胸を射貫《いぬ》いた。

古来、吉野地方は……類稀《まれ》な弓術をもつ狩人を育んできた。指矢三町、遠矢八町は、ろくに狙いをさだめぬ速射で三町（約三百メートル）先の相手をたやすく射、ただ単に遠く飛ばすだけなら、八町（約八百メートル）まで射られるという意味で——天下一、と言ってよいこの地の狩人の超人的な射芸を愛《め》でた言葉なのである……。

吉野の山々を庭の如く知り尽くした指矢三町、遠矢八町の狩人どもからは、どんな猛獣も、決して、逃げられぬ。

その物凄い狩人どもが上にいると、飾磨坊は言っていた。

飾磨坊、俄《にわ》かに近くに生えた裏白を毟《むし》り……、わごとにぬっと、突き出して、

「この裏白をもち胸の辺りにつけておいてくれ」

（……え？）

白髪混じり、強面の山伏は、鋭い声で、囁《ささや》く。

「通力でお主を守ろうにも何処にお主の急所があるかわからんでは……到底、守り切れん。狩人ども、横にまわり込んでくる恐れもあるぞ」

——飾磨坊の言葉をどう受け止めたらよいのか……？　敵が、隠れ蓑について知る者なら、裏白を心臓につけたら、的をあたえてしまう。だが飾磨坊は——もっとも矢から守ら

れねばならぬ、わごとの心の臓、首の所在を知るために提案しているのだろう。

飾磨坊を信じるべきか、疑うべきか……一体、どちらが正解なのか？

判断に迷ったわごとは躊躇《ためら》う。

「飾磨坊の言う通りにしろ」

裏白否定派であるはずの良源の声がとどいた。

わごとは躊躇《ちゅうちょ》の末、裏白を受け取り、胸から少しはなれた処でにぎりしめ、なるべく地面に近づけて不自然さをもみ消した……。

裏白が斜面からはなれすぎると、良源が危ぶんでいた、誰もいないのに裏白だけ宙を漂う奇異の現象が起きてしまい、人目を引いてしまうからだ。

「——何故、わしらを狙う！」

上方の木陰に隠れた日蔵が怒号をぶつけた。

「わ主らが、山賊だからじゃっ！」

山の上から、野太いだみ声が、落ちてきた。

日蔵は叫ぶ。

「……十津川の、晴方《はるかた》ではないか！」

この地の山々で修行してきた日蔵の顔見知りが……射てきているようだ。だとしたら何かの勘違いで攻撃を受けたのだろう、日蔵が話せば事態は好転するはず、と、わごとは読む。

「……そう言うあんたは、日蔵上人か？」

「──せや！　山賊と勘違いして射たゆう話やけど、わしらは当然、山賊と違う！　弓下ろしてくれ。たのむっ」

「わたしは筑紫坊です！　晴方殿、覚えておいでででしょう？」

筑紫坊もまた晴方の里に下山し、語らったことなどあるのだろう。

ここでわごとは初めて潤羽の巨細眼が発見した狩人の一人を見出すことが出来た。

獣の皮をまとったその男、遥か上方の枯れ木の陰に蹲り、山肌に完璧に溶け込んでいたが、日蔵が名乗ると明らかに動揺し──体を大きく動かしている。

その動きによってわごとにもみとめられた。

わごとが発見した男が、

「お頭！　晴方のお頭……」

晴方こそこの端倪《たんげい》すべからざる狩人どもをたばねる男であるようだ。

「我が妹《いも》が重い病になった時……日蔵上人は、たまたま、この地で修行しておられた浄蔵貴所をつれてきて下さった！」

「…………」

「浄蔵様のありがたいお力のおかげで我が妹の病は治った。……命の恩人じゃ！　日蔵上人は悪いお方に思えぬ。我らが追っておる山賊と関わりあるまい！」

この人の意見が上にいる狩人たちの公論となってほしい。

浄蔵に妹、恐らく「いもうと」というより「妻」と思われるが、妹を助けられたと話す男の声には強い説得力があり、木陰に残雪をこびりつかせた樫の樹や、枯れた灌木《かんぼく》の茂みなどが、

「そうじゃ……」「日蔵上人の連れに賊がおるはずもない」

という声を、もらし出した。

むろん――それら樹木と一体化した狩人たちがしゃべっている。

しかし、晴方は、

「否！　騙《だま》されるなっ！　日蔵は……山賊の一味だったのじゃ。日蔵と旅しておる男ども、この辺りでついぞ見ぬ輩《やから》ではないか！」

繁文、為麻呂のことだ。狩人の鋭い視力なら、その顔をつぶさに見切れよう。

「それに日蔵の仲間の幾人かは――姿を隠す妖術をもちいておる！　わ主らも見たろう？　誰もおらぬ所で、誰かが摑まったように木など揺らぐのを」

何かに取り憑《つ》かれたような……激しい声であった。

「鬼の道具に、隠れ蓑と申すものがある。日蔵の仲間の幾人かは隠れ蓑で身を隠しておる。山賊、盗賊でなくて誰が左様な真似をする必要があるっ」

わごとは、晴方という男の心の中に何者かが潜り込み蹲っている気がした。

「さなり、さなり！」

荒々しく若い声が、

「我らが里の者、六人を殺《あや》めし賊を、見逃すわけにはゆかんぞっ！　上人様よ、もし、賊と関わりなくば、杖、物の具一切すてて、前に出て来い！　隠れ蓑？　その蓑を着とる奴らは、それ脱いで、わしらの前に、来い！」

晴方が重々しく、

「左様。そうすべし！　もし取りしらべ胡乱《うろん》な処がなくば、解き放たん。射殺されたくなければ——さ、早《はよ》う出て参れ！」

「そうじゃ！」「そうじゃっ」

幾人もの狩人が強く応じる。

（……あやつられている？）

晴方は、人の心を読み、動かしてしまう、誰かの言葉を言わされている気がする。何者かの操り人形になっている気がする。

（その誰かとは……一人しか、いない。父様《とと》と母様を殺したあの男しかっ——）

いつだったか幻視した黒衣の魔王が思い浮かんだ。……藤原千方が、すぐそこから不吉な眼差しで己を見ている気がして、凄まじい鳥肌が立った。

賀茂家の蓑によって透き通ったわごとの手はかたかたとふるえ手にもつ裏白も震動していた。

(勝てるの……？　わたし――あの男に、勝てるの……？)

「さあ、早う出て参れ！」

「ああ、申しておる。如何する？」

日蔵が、言った。わごと、良源に問うているようだ。

「あの者どもが様子、只事《ただごと》にあらずっ」

誰よりも広く細やかな観察眼の持ち主、潤羽から、警告が、飛ぶ。

良源が、

「出ていける訳ねえ」

「話し合おう！　晴方っ。拙僧と、お主の仲や」

日蔵の呼びかけに十津川狩人の首領は憎しみが燻ぶる声で、

「今話し合うこと何もなし！　疾《と》く、疾く、そこから、出て参れっ！　話し合いはそこからじゃ」

山賊の凶行が、狩人たちを怒らせ、千方が心に付け入る隙をつくったと、わごとは見ている。

(……もしかしたら、山賊だって、千方の手先かもしれない。あの男なら……それくらい

やりかねないわ)

馬酔木の根元を左手で摑み、右手に裏白を強くにぎるわごとは、唇を血が出るほど強く嚙みしめた。己の中の火花をたしかめたその時である。気のせいだろうか、黒い鳥のようなものが、ずっと右手の樹間の闇を――さっきとは逆、斜面上方に飛翔《ひしょう》してゆく気がした。

(鳥に化けた千方?)

目で、追う。だが、すぐ、わからなくなった。

(とても、勝てない。この茂みから出て、狩人たちに……弓を下ろすようにお願いするべきだわ。わたしがそうすれば、みんな、そうしてくれる。それが……皆が助かる道だわ)

……という声が、わごとの中で急速に首を擡《もた》げる。

が、すぐに、

(――嘘よ。あの狩人たちは……千方にあやつられている。みんなでないけれど、首領や、幾人かが、千方の術中にある。ということはあの弓は狩人たちが射るのではなくて千方が射るも同然。わたしが姿を現せば、間違いなく射る)

という声が、ひびき、もう一つの声と四つにくみ合った。

動揺が、火花を小さくする。わごとは二つの声が格闘する様子が山の上の狩人たちの状況と瓜二つ《うりふた》と気付いた。

瞬間、

《……勝てない、勝てない、勝てぬ。この茂みから出よ》

先に聞こえた声が……相当ザラザラした異物感をもって感じられた。わごとは、稲妻に打たれたように感付き、

（千方！　お前が……わたしの中に入って来ようとしているのねっ！　これは、わたしの魂魄《こんぱく》よ。——出てゆけっ！）

胸の中で、吠えた。

すると……暗雲が散るように妖声が消えてなくなった。

魔王の声を辛くもはねのけたわごとが馬酔木の陰で荒い息をついていると、雷太が、鳴いた。

見れば雷太は山の下に向かって吠えている。

と、潤羽の声が、

「山下にも……」

同時に山の下の方から遠い犬の吠え声が複数、した。

「狩人の仲間だな……。挟み撃ちする気だ」

良源が、言っている。

上に行こうにも、横に逃げるにも、上に陣取る狩人たちの矢の雨を浴びる。

元来た方、つまり下に逃げれば、別動隊と鉢合わせし、このままここに座していれば、

上にいる狩人たちは壁というべき急斜面に守られ非常な優位に立っている。

——わごと一行は絶体絶命の窮地に釘付《くぎづ》けされた。

「良源さん、千方が来ていると思います」

わごとが告げると、雷太の下の方で、

「俺も、そう思っていたよ。よいか——みんな、人様の心をあやつろうとするとんでもない男が、近くをうろついておるようだ！　心を強く、正しく、静かにたもたねば、取り込まれるぞ！　逆にこっちの心が堅固であれば奴は何も出来んっ。強くても、激しく波打つ心は駄目だ。どんと、強く、構えるのだ」

良源の忠告をわごとは胸にきざむ。波立ちそうになる心を静めると——一度、小さくなりはじめた火花が、通力の種たる火花が、再び、激しく散りはじめた。

（そうか。わたしは……静かな心を忘れていたのかもしれない。千方への憎しみで心が波立って。だから空回りして、通力をくり出せぬことが多かったの？）

わごとは静かだが決然たる相貌で思っている。

——枯れ沢から聞こえる猟犬の吠え声は、ますます、大きくなっていた。

「よいか、みんな。俺が指図したら、一気に二手にわかれて動くぞ。で、指図を受けなかった連中はみんなで——一番小さいのを守るんだ。犬と、馬酔木の辺りで」

挟撃される。

わごとの所在をそれとなく知らせる良源だった。一番小さいのは、むろんわごとを指す。

「何があっても掟《おきて》はわすれるな！」

（戦う気だわ）

良源の声を聞きながら自分に出来ることがないか、考えるわごとの耳に、沢山の鳥の声が入ってきた。

（鳥にそのようなことを……。やらせられない。だけど、間違いが起きないためにも——やる他ない）

わごとは掟うんぬんを抜きにしても、仲間からも、千方にあやつられている者たちからも、死人など出したくなかった。

——これから起こる戦いで誰の命もうしなわれてはならないと思っていた。

と、

「晴方ぁ！　わしゃ、お主と戦いとうない！」

何か策があるのか、単に良源の方針に反対なのか……日蔵が、

「もう一度話し合うべし！　ほれ、わしゃ、この通り出てゆくぞ」

金剛杖片手に手を大きく振りつつ木立から体を出している。そっと馬酔木から、顔を出したわごとは、

（危ないっ——）

無防備に姿を晒した日蔵に、枯れ木が茂る、山の高みから、鋭気が、放たれている。
突風同然の矢だ。

「あぁっ」

矢は——小さく叫んだ日蔵を貫いたかに見えた。

日蔵が、土砂を巻き上げ、埃だらけになりながら、転がり落ちて来たため、わごとは面差しを凍らせる。

「賊の仲間の、悪僧め！　お前が言うとった、地獄に落ちぃっ——」

晴方の怒鳴り声がした。

「上人様を……。あんまりじゃ！」

「わしに逆らうか和男《わおとこ》！　あ奴は、里の者を殺めし山賊ぞ！　和男ぉ、もしや……」

上から抗議する仲間を罵る晴方の声がした。

肝心の日蔵だが……わごとの傍を急速度で転がり落ち、良源の近くまで来ると、貉《むじな》のようにさっと動き、岩陰に入った……。

(無事だったのね！　日蔵さん)

「お怪我は？」

良源の囁きに、日蔵は、

「……何、かすり傷や。良源、お主が下に一人で行くような気がしたさかい、こうして降りて来たんや」

「……心強い」

日蔵は感謝する青年僧に、秘密を打ち明けるような小声で、

「いや、感謝されても照れ臭いわ。わし……呪師ではないさかい、お主から上へ行けと言われたら、狩人に射殺されるかもしれん。せやから、下の方ではたらきたい思うてな……」

「………」

狡《ずる》いのか、頼りになるのか、わからない日蔵なのである。

己の中の火花をひしひしと感じるわごとは、良源に、

「狩人たちを一時、混乱させられます」

「やってみろ。今すぐだ」

枯れ沢の犬声《けんせい》がいよいよ大きくなる中、わごとは念じる。

《山の鳥たちよ。よく聞いて！》

南山で修行してから実に一町四方の鳥や獣と心を通わせられるようになった、わごとが語りかけるや、山林のいたる所からこぼれていた鳥の囀りが——一斉に、止った。静寂の林に向かって、

《あの狩人たちは我らを賊と勘違いして射殺そうとしている。あの者たちが、弓を射られ

ぬようにしてほしい。手をかして――》

すると……どうだろう。

大峰山脈の西、名も知れぬ高峰の、大、中、小、無数の木の中で――物凄い数の鳥が一斉に動きはじめている。わごとから三町より内にいる鳥が全て動いている。

鳥の大群の移動で森が怒濤となる。嵐となった鳥は――斜面上方、狩人が潜む辺りに集中した。

で、一斉に声を上げて、狩人たちの顔面に飛びかかった――。

小鳥の嵐に、揉《も》みに揉まれた狩人たち、射るどころではない。

馬酔木の陰から窺うと鳥まみれになった狩人が隠れていた木から転がり出す様がよく見えた。

斯程《かほど》多くの禽獣《きんじゅう》を動かすのは初めてであったが――わごとの念通りに、山の鳥たちは動いてくれた。

良源が叫ぶ。

「でかした！　豊女！　犬を、たのめるか！」

「あいよ」

「俺と日蔵殿は下を！　飾磨坊、筑紫坊、上の方の狩人をたのむ！　いま一度、言う。掟をわすれてはならん」

良源が言うや——呪師たちは一斉に動いた。

良源は、日蔵と手をつなぎ、一気に縮地——斜面の下に瞬間移動している。

山の下からわごとらに殺到していたのは十津川狩人十人と、犬六匹だった。

ところが、この犬六匹、駆け上っている途中で、豊女のごとびきの術にかかり……どっと逆流し、下から来る飼い主らに嚙み付いた。

そこに、棒術の達人たる良源、日蔵が、瞬間移動して来たから……たまらない。

狩人らは犬に嚙まれながら、山刀、木槍《きやり》、長柄の薙鎌《なぎがま》などで立ち向かおうとしたが、姿なき良源は二度目の縮地で、彼らの後ろにまわり込み、日蔵と呼吸を合わせ、挟み撃ちにした。

狩人たちは、鳩尾《みぞおち》を突かれたり、犬に足を嚙まれながら頭を叩かれたり、下から股間を打たれたりして、次々、悶絶《もんぜつ》——瞬く間に制圧された。

一方、斜面上方は、どうなったか。

小鳥の群れに悩まされる男どもに真っ先に突っ込んだのが——神速通、つまり、体全体を驚異的速度で動かす通力の持ち主、筑紫坊である。

疾風と化した筑紫坊があっという間に鳥の嵐の方に到達したのを見たわごとは、ごとびきの術を解いている。

狩人たちは、小鳥の台風から何とか解放され、落とした弓をひろおうとしていた矢先に、常人がよけ様もない速さで、棒を振るえる男に、突如、襲われた形になる。

一陣の風となった筑紫坊の目にも留まらぬ打擲で勇猛な狩人たちも次々薙ぎ倒された——。

さらにそこにかなりの速さ——通力ではない——で、山を駆け登った飾磨坊がくわわる。

立ち直った狩人が飾磨坊、筑紫坊を射んとしても、その矢は飾磨坊の如意念波であらぬ方に飛んでいく。山刀で襲いかかろうとする狩人もいたが、その刀すらも飾磨坊の念により、明後日の方に引っ張られる。

つまり、晴方ら上に陣取っていた狩人はほとんど抗い様もなく二人の山伏の金剛杖に打たれ、悶絶していった。

裏白をにぎったわごとの周りには不思議の蓑で隠形した三人、豊女、石麻呂、潤羽、白日の下に姿を晒した金剛身の為麻呂、韋駄天の繁文が、ぴったり寄り添って守っていた——。

良源らの働きによりあらかた終ったろうという安堵がわごとに溜息《ためいき》をつかせた時である。

血の塊を吐くような、凄まじい悲鳴が、斜面上方から、ひびいた。

そしてすぐに、

「何ということを——。そなた、己が何をしたか、わかっておるのかっ！」

滅多に声を発さぬ男の悲痛な叫び声が、した。

わごとたちがそこに行くと……面が血だらけになった大男が仰向けになって倒れた横に、筑紫坊がうな垂れ、蹲っている。——血だらけの山刀が近くに落ちていた。

筑紫坊の傍に飾磨坊が鬼の形相で仁王立ちしており、多くの狩人はばらばらの場所で悶絶していた。

すぐに日蔵が近くに現れた——。

良源と手をつなぎ、縮地してきたものと思われる。その良源の姿は、ない。

「何が、あったのじゃ」

良源の声がして、蓑を脱ぐ音がしている。どさっと蓑が地面に落ち、汗だくになった良源が日蔵の隣に現れた。隠れ蓑を脱いだのだった。

「筑紫坊が、晴方を……」

飾磨坊が苦し気に告げる。わごとは、飾磨坊の言葉に、面貌を、歪めた。

「——何？」

姿を現した良源、血相を変えてしゃがみ、首から上が、弾けた柘榴《ざくろ》の如く血だらけになった男の傍に、ひざまずく。

「……死んでおる」

わごとの息は止りそうになっている。

いきなり立ち上がった良源は、顔を真っ赤にして、青筋をうねらせ、

「——何故、殺した！　あれほど念を押したのに何ゆえ掟を破ったっ」

筑紫坊に摑みかかり怒鳴った。

「良源殿、落ち着いてくれ」

飾磨坊が良源を弟子から引きはなそうとする。が——良源の勢いは止らない。筑紫坊は、嗚咽《おえつ》しはじめてしまった。

わごとは裏白を投げすて隠れ蓑を脱ぎながら、

「良源さん、筑紫坊さんの話を聞きましょうっ」

日蔵が、飾磨坊にくわわり、何とか良源を筑紫坊から引き剝がした。

隠れ蓑を脱ぎすて、姿を現したわごとに、良源は、

「何ゆえ、お前まで——」

「ちゃんと顔を見せ合って話したかったから。良源さんだって、そうでしょう？」

わごとは土を搔き毟って泣き崩れる若山伏、筑紫坊の傍に座って、

「……何があったんですか？」

涙で顔を濡らした筑紫坊は、細い声で、

「わたしは通力をつかって次々に狩人たちを戦えなくした。しかし、晴方はしぶとく……山刀をもって立ち上がり、わたしを後ろから襲おうとした……」

神速通の持ち主、筑紫坊は素早く振り返り、反撃に転じようとしたが——その拍子に木の根に足が引っかかり、倒れた。

倒れた瞬間、驚きで火花が消え、通力をつかえなくなった処に、猛然と、晴方が襲いかかってきた。

——殺されると思った。

恐怖に駆られた瞬間、通力がもどり、山刀を神速の手で奪い取り、夢中で頭を叩いていた。

「気が付くと……この男は倒れており——」

筑紫坊は良源に向かってふるえながら、

「わたしを掟破りとして——妖術使として、処刑するおつもりかっ」

わごとは……今起きたことをどう判ずればよいのか、わからない。筑紫坊がしたことは呪師になり切れていないわごとが判断出来る範囲を大きく超えている。

良源をおさえている日蔵が、苦し気な面持ちで、

「……事故のようなものや。たとえば、わしも……山で追剝《おいはぎ》に幾度か出くわしたことがある。命惜しくば身ぐるみ置いてゆけと、刃物を突き付けられて脅されたんや。わしは、その度に、この棒で戦って参った。そうせねばわしが刺されていたはず。……露の命を散らされていたかもしれん。一度、強く打ちすぎてのう、打ち所が悪く、盗賊が死んだのか、

と、思うた時があったが……幸いにもそ奴は蘇生《そせい》した。その時、そ奴が……向う岸に行っておったら、わしは今、坊主をしておるのか、時々、そないなこと考えるんや」

良源は低い声で、

「それとこれとは別ですな」

「同じや！　何が、違う？　お前かて、先ほど、狩人の頭をば、棒で殴っておったが——打ち所が悪うて葬頭河《そうずか》わたった奴がおったら、どないするんや！　お前はお咎《とが》めなしで、こいつは罪人かっ」

良源はぶった斬るように、

「俺は——死なんように打っておる！　見ろ！　この傷をっ。……山刀で何度も打っておる。そこまでする必要があったのかと俺は言うておるのだ！」

良源の猛禽のような厳しい目が筑紫坊を見据える。筑紫坊がわななきながら、蒼褪《あおざ》めた声で、

「……やはりわたしが罪人とおっしゃる？……」

「………」

筑紫坊は、端整な顔を、きつく歪め、頬を小さくふるわし、

「何の罪です？」

「掟を破りし罪」

「わたしは……わごとさんを守って紀伊まで行くように言われた。守るために戦うのが、罪か？　なら、その罪を命じたのは、浄蔵殿であり、日蔵殿であり、貴方だっ」

良源は一転、冷えた声で、

「――何故、ここまで、打った？」

「……夢中だったのです」

「しかし相手は……闇に堕《お》ちた呪師でも、人に仇なす魔でもない。妖術、もしくは何かの勘違いで、踊らされた男にすぎぬ。しかもそなたの顔見知りだ」

苦悶が筑紫坊の顔をよぎり、

「わからない……。どうして、こうしてしまったのか」

妖術という良源の言葉がわごとの中に灰色の靄《もや》のようにあの男を思い出させる。

黒衣の魔王は今もこの言い争いを何処かに身を潜め、見ているのかもしれない……。

わごとは唇を開き、もっとも信頼している山の僧に、

「千方が見ているかもしれません。ともかく、ここを動きましょう」

良源は、わごとに、

「わかっておる。だが、これは……とても大切なことなのだ。ともかくお前、隠れ蓑を」

だが、わごとは隠れ蓑を着ようとしなかった。

わごとの言葉にはっとしたのか、金剛身の為麻呂、韋駄天の繁文が、わごとを守るよう

に立って――四囲を厳戒する。

皆、呪師ではあるが……戦闘の専門家たる兵ではないので、何か異常の事態があったりすると、そちらに気を取られてしまったりするのだ。

姿を透き通らせた石麻呂や豊女が、わごとの周りでざりっと土砂を踏む音が、する。この二人も辺りを用心しているらしい。

日蔵が良源を揺すり、

「もう、ええやろ」

「あんたは呪師ではない。黙ってろ」

「――何や、お前、その言い方っ！　追剝を返り討ちにした坊主がおったら、寺の中で、その坊さん、どないするんか話し合ったりするるやろ。お前より長く坊主をしとるんや。それを黙れやと――。何を、この小僧がっ！」

「日蔵さん、止めて下さい」

わごとはいきり立つ日蔵に静かに告げた。

良源の後ろから前にまわり込み、ひざまずいた男がいた。

瘂痕におおわれた両の手が土砂を強く摑む。飾磨坊だった。寡黙な山伏は、ごつごつした瘂痕面を深く下げ、

「わしに免じて筑紫坊を許してほしい。咄嗟《とっさ》の……間違いであったのじゃ。もし、筑紫坊

を罰するなら、わしも罰してほしい。何故ならわしも昔……通力で人を殺めたことがあるゆえ」

良源が深く眉を顰め、わごとは生唾を呑んだ。

筑紫坊をかばうように座った飾磨坊は良源にすっと顔を上げた。

「わしは播磨の出で……さる郡司の家の郎党であった……。武芸をかわれ、警固をしておったのじゃ。その屋敷に、いと可憐な姫君がおった。この顔ゆえ、わしは女子から怖がれることが多いが……姫君は、違った。菩薩の如きお方で、いつもわしに温かい言葉をかけて下さった」

いつしか飾磨坊は姫君に懸想している。

身分違いの恋とわかっていたが、おさえ切れなかった。

「ああ、わしと姫君は……生れが違う。どうあっても、この思いを遂げることは出来ん。左様な思いを日々かかえて苦しむ内――冷たくも熱い火花が……散った」

――通力《ちから》が目覚めたのだ。

「わしは、己の力について誰にも言わなかった。そんな時じゃ。姫君に盛んに文をつかわす男が現れたのよ」

その男は隣の郷の長者の息子で「播磨の平中《へいじゅう》」などと噂《うわさ》されるほどの色好みで、

「多くの娘を泣かせておった。酒癖が悪く殴られた娘もおるとのことじゃった。わしは、この男と姫が通じてほしくないと願っておったが……」

姫の心は何も知らない春の花が強い風にどっと動くように百戦錬磨の好色者《すきもの》の文に靡《なび》いてしまった。

ある夜――男が通って来て、夜の門を手鉾《てぼこ》をもって警固していた飾磨坊の胸に、憎しみが沈殿していった。

翌払暁、愛くるしい姫と後朝《きぬぎぬ》の別れを惜しむ長者の倅《せがれ》を門の傍から睨んでいた飾磨坊は、（あの男……矛にでも、突かれてしまえばよいのにな）

ふと、思った。

すると、どうだろう。矛が疾風となって――飾磨坊の手からはなれ、宙を飛び、憎き男に肉迫している。

驚くべきことが起きた。飾磨坊が狂おしく恋する姫が……恋人に飛来する矛に気付き、身を体《てい》して庇《かば》い、首を突かれて、こと切れたのである。憎き男は助かり、恋しき人が、息絶えた。

男は悲鳴を上げ、仲間の郎党が太刀を抜き、弓を構え――茫然とする飾磨坊に、殺到する。

仲間たちは飾磨坊が矛を投げたと思っていた。

「もう、夢中で、逃げた。あそこで捕まればよかったのじゃが……矢を念で弾き、わしは逃げてしまった」

　飾磨坊は細い目を閉じて静かにふるえながら告白した。

　山に入り、藪《やぶ》を漕《こ》ぎ、泥田を藻掻《もが》きながら、傷だらけになって――故郷から、逃げた。

「野の草を齧《かじ》り、山の芋を掘って、食ろうた。姫君のことを思い……泣き崩れる度、死のうと思うた。だが、死ぬ度胸が……どうしても出ぬ」

　傷は膿《う》み、垢《あか》と泥にまみれた体に蚤《のみ》、虱《しらみ》の群れがこびりついた飾磨坊は、体もあらわず、異臭を漂わせ、ひたすら東へ歩いた。里を通る度、悪童たちから礫《つぶて》を投げられた。

　薄らと播磨の山伏から、話にだけ聞いていた聖地を目指している。御嶽と呼ばれし吉野の山々を――。

「その山におられると思うたのよ……。犯した罪をつぐなう術《すべ》を、知るお方が……」

「………」

「吉野の手前で力尽き倒れていた処、さるお方に助けていただいた。大柄で常に鷹揚《おうよう》に笑われている山伏じゃった」

　その男こそ――吉野中興の祖、聖宝だった。

　呪師でもある聖宝は飾磨坊が泣きながら己の犯した罪を話すと、実に四半時、じっと黙って目を閉じていた後、こう、言った。

『わしにそなたの罪を裁く資格は、ない。そなたは……悪心や欲による、はっきりした目論見があって男に矛を飛ばした訳ではない。姫君の死は無論、許されざる出来事、実に大きな悲しみである……。だが、其は不幸の重なりによって生じた。そなたが、彼《か》の男を憎んでいたこと、そなたにものを飛ばす通力があったこと、通力についてそなたに伝授する者が傍におらなんだことによって、生じた。

此を罪とし——そなたを妖術師として罰すること、この聖宝には出来ぬのじゃ。

何故ならば……其を罪とすれば、一度でも、誰かを殺めたい、誰かを傷つけたい、斯様に思い、実行にはうつしておらぬ者……悉く罪に問わねばならぬ。もしそれを死罪とし、天の網がその罪人悉く捕えるならば……人の世からほとんど人はいなくなってしまおう。この聖宝もふくめてな。

だが、そなたが犯したのは紛れもなく——罪ぞ。その罪を問う資格が聖宝にはないだけよ』

頭をゆっくりと振る聖宝にどっと嗚咽した飾磨坊は罪をつぐなう方法をおしえてほしいとたのんだ。

聖宝は、言った。

『わしに、それを、おしえることは出来ぬ。……その道はそなたが探さねばならぬのじゃ。共に、ここで探して参ろう』

あまりにも重たい過去を明かした飾磨坊は、良源に、

「聖宝様がここにおられたら……何と仰せになるか。良源殿、何卒《なにとぞ》、この者に寛大なる裁きを……」

「――敵也！」

飾磨坊の話の中途で――鋭い声が、山気を切り裂いている。

潤羽だ。

「わごとの、上っ」

姿なき潤羽から警告が飛ぶ。

わごとから見て斜面上方は、方角で言えば南で――鉄の兄弟の兄、為麻呂が守っていた。逆に斜面下方には隠れ蓑をまとった石麻呂がいるはず。

わごとは、為麻呂の中で、冷たくも熱い火花が盛んに散っているのがわかった。体を鋼鉄化し、わごとの盾になっている。

「矢！」

潤羽の叫びがして――姿なき者が激しく動く音が、した。

斜面に隠れ蓑が投げ出される。

激動した潤羽の隠れ蓑が、体からはずれて転がったのだ――。隠れ蓑がはずれたことで、姿晒し、垂髪を振り乱した潤羽が、扇を片手に、腰を低く落として、砂埃を立て、着地した。

同時に近くにあった、擬宝珠形《ぎぼし》の芽をふくらませた、ニワトコの茂みに――矢が、飛び込んでいる。地に突き立った矢は震顫《しんせん》していた。

潤羽が扇で斜面の上から射られた猛速の矢をはたき落としたのだ――。

それをなさせたのは、武芸ではなく、常人の何百何千倍もの、眼力だろう。

――射手は見えぬ。

「次っ……」

二の矢を警告した潤羽だが、武芸は拙いため、対応がおくれる。

正体不明の射手が射た猛速の二の矢が――斜面上方から、わごと目がけて突風となって迫った。

矢と、わごとの間で、金剛身の術者、為麻呂が両手両足を、さあ来いとでも言うように大きく広げた。

わごとを初め誰もが金剛身による硬化が突進する矢を弾き飛ばすと踏む。

が、その期待――赤い血潮と共に、突き破られた。

何と、矢が、為麻呂に当たる寸前、わごとは……為麻呂の中で散る火花が一瞬で、掻き消えたのを、感取している。

――金剛身という力が何らかの作用により刹那で消えたのだ。

で、矢は、為麻呂の分厚い肩肉を突き破り、背から顔を出し――血と肉片を散らしながら、わごとの喉目がけて、襲いかかっている――。

小さな体が凄まじい速度で動いた。

その小男はわごとに跳びかかるや、飾磨坊の方に突き飛ばしている。

おかげでわごとは九死に一生を得た。

わごとに飛びつき命を救ったのは――走ることに関しては、筑紫坊以上の速度、持久力をもつ男、大宅繁文であった。

乳牛院ではたらく韋駄天の通力をもつ小男だ。

繁文は、凄まじい速度で、矢が放たれた方に走ろうとしたが、

「はや、おらぬっ！」

潤羽が、告げた。

「今のは……何だったんだいっ！」「兄者！　兄者……」

豊女、そして石麻呂の声が、する。

日蔵がわごとを助け起し、良源は為麻呂の手当てをする。矢は、為麻呂の肩を貫くも、幸い……命に別状はない。雷太がかなり興奮して吠えつづける中、わごとは衝撃を受けて動悸《どうき》を激しくする胸に手を当てた。

応急手当を終えた良源は厳貌で辺りを見まわしている。わごとは、為麻呂を気遣う。

さっき隠れ蓑がはずれた潤羽が、良源に歩み寄り、

「敵も、隠れ蓑をもっておるか、隠形の術をつかうか……。たぶん、西の京で俺を射て来た奴だ。千方の手先だろう」

魔王・千方にくわえ、蓑ないしは自己の通力により、隠形をつかう術者が——わごとの命を取るべく紀伊山地に、入っているというのだ。あるいは千方自身が隠形できるのか？

わごとを守って矢傷を負った、為麻呂が悔し気に、

「良源さん、おら、すーっと火花が消えちまって。何かに吸われたような気がして。乳牛院で、浄蔵様に色々おそわってから、こんなん初めてなんだ」

「……通力だ……」

悩まし気に呻くような良源の声調だった。

「——空止《うつぼど》め」

初めて聞く力の名にわごとは、固唾を呑む。

良源は真剣に、

「俺もそういう通力をつかう奴がかつていたと聞いただけで、あった例《ためし》はない」

「如何なる通力なので？」

わごとを救った韋駄天の繁文が問う。

「他の呪師の力を……数時、つかえなくしてしまう。通力を奪われる者からしてみると、

火花を吸い取られたり、吹き散らされるような感覚であるそうだ」

為麻呂がうつむき、歯を食いしばり、

「まさに……吸い取られるような気がしました。まだ、もどって来ん」

「通力を空っぽ、乃ち空《うつぼ》に留め置くゆえ、その名がついたのだ」

千方が空止めをつかうのか隠形できる手下が、その強力な通力もあわせもつのか。いずれかだろう。

肥えた毛虫のような太指をもつ手が、良源の肩に置かれた。その手の主は、野太い声で、

「せやから、わし――一刻も早くここをはなれた方がええと思うたのや」

日蔵であった。

飾磨坊は晴方に手を合わせた後、深くうな垂れた筑紫坊に何事か語りかけていた。

わごとは、良源に、

「……ここで起きたことの裁きは、浄蔵貴所に相談したら如何でしょうか？」

良源は思案の末、うなずいている。

わごと　六

日が暮れる。野営地で、わごとや、良源——隠れ蓑を着ていた者たちはそれを脱いだ。蓑ではなく闇が身を隠してくれたし、潤羽の眼力も夜闇によって弱まっているため、例の蓑をつけた味方が敵に襲われた時など、かなり見切りにくく、逆に危ないからであった。

あの後、わごとたちは、晴方の亡骸《なきがら》に手を合わせ、移動を再開した。

姿なき敵が射てきた斜面上方に登るのは避け、遠回りにはなったが、しばらく斜面を横に移動し、巨細眼の潤羽、韋駄天の繁文による十分な索敵をした後、再び山の壁を登った。

それはまさに道なき道を行く旅であった……。

雪がのこる樅《もみ》、ツガの壮大な森では狼の群れに遭遇、雷太は恐慌に陥るも、わごと、豊女のごとびきの力が、猛獣の群れを退去させた。

芽吹きをむかえているミズナラ、ニワトコの林では山伏の集団の気配を感じたため、かなり長い間、藪に潜んでやりすごした。

いきり立つ巨岩どもに、水が荒々しくぶつかり、砕け、勢いをきそい合っている七面谷《しちめんだに》では、良源が二人ずつ、縮地で——向う岸にはこんでいる。

あまり西に行けば晴方の里、十津川に近すぎ、東に寄れば女人禁制の山伏の通い路、大峯奥駈道に接触する。

細心の注意を要する道行きだった。

標高五百四十一丈（千六百二十四メートル）の深山、七面山の西麓を潜行していた時、日が西に沈んだため、天衝くような巨木の森で野営した。

浄蔵に念話すると、

《晴方は……わたしも存じておる。荒っぽいが……気さくで実に親切な男です。極めて残念なことになってしまった。……わたしは、その場に居合わせた訳ではない。故に、わたしの存念は存念として、最後に決めるのは、やはり、その場にいた、そなたらの総意ということになると思う。

わたしの存念は……やはり、聖宝殿と同じような裁きが下されるべきと存ずる。

そなたらの役目は千方の様々な妨害を潜り抜け、わごとを無事、熊野にとどけること。その最中に敵の術中に陥った者どもと思わぬ形で交戦となり此度の悲劇が起きてしまった。……避けられぬ事態であったのやもしれぬ。千方にあやつられし者と見《まみ》えた場合、たやすく制せぬようであるなら……爾今《じこん》以後、逃げるも一計かと思う。

左様な下知をしていなかった当方にも責任はある。

此度のこと、筑紫坊に二度と同じような真似をせぬと、誓わせ、穏便にすましてはもらえぬだろうか？　もし筑紫坊が同じような過ちをくり返し、またも通力で命を奪うなら――妖術の徒と見做《みな》し、我ら呪師の厳正な掟にのっとるのもやむなしと心得る》

浄蔵の回答であった。

また、浄蔵は、遠く常陸のあらごとが――まさに今日、風鬼なる千方の配下、鎌鼬、天狗という獰猛な魔性の群れに襲われ、深手を負い、昏睡《こんすい》に陥ったという何とも心配な話を口にした。

良源は浄蔵の言葉を皆につたえ、自身の考えも同じであると言った上で、筑紫坊に二度と通力で人を殺めぬことを誓わせている。

一行は力を合わせて旅をつづけることを誓い合った。

深更。

――森の胎内というべき所に、わごとはつつまれるようにして寝ている。

常緑の葉をまとい、大蛇の胴のような幹をくねらせた、巨木が、鬱蒼《うっそう》と並び立つ、底知れぬ森である。

隠れ蓑を脱いだわごとは、「過ちて、改めざる。これを過ちという」と呟き裏白への認識をあらためた、良源の案で、裏白の原で、横になっていた。

森の底、たっぷり茂った裏白の真ん中辺りを刈り、臥所《ふしど》とした。その周りに生えた裏白の幾本かも巧みに毟って、歩いてきた者にくっつきやすくしてある。

さらに良源は、

《わごとに敵意をもつ者が、忍び寄ってきたら――そ奴につけ》

という念を込めた紙兵を紙縒《こよ》り状にし、毟り取った裏白の、葉柄にむすび、裏白の原に隠していた。

『隠れ蓑を着た敵が襲ってくるかもしれん。そ奴への、用心よ』

良源は話していた。さっきの襲撃により、敵が隠れ蓑を所持している可能性を考えねばならなくなり、裏白をつかうしかないという結論にいたったのだ。

わごとはなかなか寝付けぬ。

体の上には、藪椿《やぶつばき》の木が、ある。良源が鉈《なた》で切ってきたものだ。

つまり傍《はた》から見ると……人が寝ているように見えず、椿の茂みのように思える。この椿の枝葉も体をちくちく刺してくるし森をうろついているらしい獣、時折聞こえる怪しい鳥声が、わごとの神経を刺激しつづけている。

むろんそれ以上に、

(千方、そして隠形の術をつかう、千方の手下……)

が、あたえる脅威が、大きい。

それは巨大な獣の不気味な影の如く絶えずわごとにのしかかってきた。

(千方の他心通がいつ……味方を、敵にするか知れない。第二の晴方が今、わたしを守ってくれている人の中から出ぬとも……)

という不安が、おさえよう、おさえようと思っても、にじみ出たし、自分たちと同じように隠形し、通力を吸い取り、つかえなくしてしまう敵の能力も、恐るべきものがあった。

深手を負い意識をうしなったあらごとも心配だった。

(昨日、話したのが遠い昔のよう)

鏡の欠片を、何度も取り出してみたが、青く光ってくれない。

(どうか、早く元気になって。貴女は……たのもしい仲間と一緒って言っていた。なら、大丈夫よね?)

あらごとは大切な友、蕨と音羽という者がいると話していた。

そんなあらごとが羨ましい。

(わたしに……そういう人が、いるだろうか?)

良源との間には深い信頼があるが友というのとは違う気がしている。

わごとをかこむように、樹の洞に入ったり、大木にもたれたりして、味方がやすんでいた。

さらに二ヶ所で小さく火を焚き、良源、潤羽、石麻呂、飾磨坊が、不寝番をしていた。

狩人のことを考えると火を焚かぬ方がよいが、獣や、あらごとを襲った、鎌鼬を考えると……、

(火があった方がいいと、良源さんが)

濃闇《こやみ》と化した茂みに潜り——番をしている石麻呂の影をじっと睨んでいる二つの目が、ある。

……狐であった。

肩に怪我した為麻呂が弟の方にのしのしと歩み寄ってくる。

「交代じゃ」

がっしりした石麻呂の影が動き、

「ひどい怪我をしたんだ、寝ていろよ、兄者」

「良源さんの手当て、浄蔵様の薬で……おらは、元気だ。昔から、体だけは丈夫だろ？」

「…………」

「お前も寝ておけ」

小さくうなずき、寝に行こうとした石麻呂は立ち止ると、兄にしか聞こえぬ小声で、

「のう、兄者。この人数で……熊野まで行けるか？　敵の方が——」

敵の方が強いのではないかという言葉を呑んだようである。

不安そうな、声だった。

「体が大きいのに……怖がりだものな、お前」

「兄者とて」

二人は元々は、百姓の出なのだった。

為麻呂は、弟に、

「行くほかあるまいよ。この人数で――。……お前が恐れてどうする？　わごとの方が、もっと恐ろしいはずだ」

「……そうだな」

石麻呂は寝床の方へ歩いて行った。

狐は――ゆっくりと、闇を這う。

今度は潤羽を窺える茂みに身を沈めている。

いかに、巨細眼があろうとも、闇に塗り潰された森の中で茂みに埋もれた一匹の獣を見切ることは出来ない。獣の姿は、暗い靄となった茂みに、溶け込んだ形で認識されるのだ。

だが逆に、潤羽の傍には小さな焚火が燃えていたため、狐の方からはしゃがみ込み、あくびを呑んで交替の者をまつ、橘家の姫のかんばせをありありと視認出来た。

足音を立てず八つ手の茂みに潜り込んだ狐はさらに別の所に潜り込もうとする。

――心の中に。

この狐、左様な真似が出来るのだ。

潤羽の心の中では——藤原氏が栄華を誇る世への強い鬱屈、憤り、そして藤氏に仕えていたわごととどう向き合っていけばよいのかという悩み、旅の不安、いろいろな気持ちが、渦巻いていた。

狐は、八つ手の陰に身を置いたまま、潤羽の心の中にそっと踏み込んでみた。

気付かれていない。

さらに、大胆に踏み込む。

潤羽は——無反応でうつむいている。闇に潜んだ狐は意地悪く笑んだ。で、潤羽の心に、潤羽の思いであるかのようによそおって巧みに語りかけた。

《我が力は藤原の世をくつがえすのにつかえる稀有《けう》な力。それを……この者どもは止めようとする。止めようとする。——つまらぬ者どもぞ。力は、つかうためにこそある……》

ややあってから雷太をつれた豊女が大あくびをしながら潤羽に歩み寄って来た。

「潤羽、交替だよ」

と、何事かに気付いた、雷太がこちらに向かって激しく吠えたため、狐はさっと起き上がり、わごとたちと反対方向に音もなく駆ける。

巨大な楠の根元まで駆けた時、狐は……梟《ふくろう》に早変りし、森の天蓋めがけて舞い上がった——。

わごとらと逆、七面山の東斜面、青白い残雪が山肌をおおっている。

大きなる者の白骨のようなシラビソの枯れ木、こんもりした樅やツガが林立している。

左様な木立の一角で、その火は焚かれていた。

薪《まき》がくべられ、濛々《もうもう》と煙が出ていた。火が小さくなってくると傍らに蹲った赤衣の女があたらしい薪をくべるでもなく、白い手をかざす。

するとその所作だけで――弱まっていた火が一気に活気づき、一回りも大きくなるのだった。

女は藤原千方の側近、火鬼こと化野《あだしの》であった。

天下に二つしかない黒い腕輪、靡ノ釧《なびきのくしろ》を腕《かいな》にはめているのは、どうしたことだろう？

火鬼と向き合う形で葦手《あしで》の黒蛇が描かれた灰色の水干の少年、隠形鬼が火を睨んでいた。

隠形鬼の傍には弩《ど》が置かれている。

大陸でつくられた弓で、膂力がなくとも、強弓《こわゆみ》の精兵《せいびょう》が射るのと同じくらい強い矢を発射出来た。

火鬼は黒い釧に指を添える。

常に、熱い血が体内を流れている火鬼だが、黒き釧はぞっとするほど冷えたままだった。

少しはなれた所に――黒装束、黒覆面の男どもが控えていた。

狩人たちに、わごと一行への怒りの火を燃やすため、十津川で里人を殺めたのは、この男たちだった。

風鬼、水鬼から、賀茂忠行らしき者との遭遇を、念話で知らされた千方は、

『――吉野にも魔軍をくり出そうと思うておったが、さすがに怪しまれるな』

と、断念。

自身と、火鬼、隠形鬼、そして、呪師ではない、只人《ただびと》の手下十数名をつれ、出立している。

黒覆面の手下どもには、山賊をよそおっての里人への襲撃が、火鬼には、黒い腕輪と共に――ある役目が託された。

隠形鬼が火を睨んだまま、

「ねえ」

「…………」

「太郎坊は――千方様に、何を言ったの？」

細い目をさらに細めた火鬼は素っ気なく、

「さあね。あたしは知らない」

太郎坊は――千方が殺した呪師で、先を読むことが出来た。千歳眼なる力があったという。それは他の呪師の力を吸い取り、我が物にしてしまう千方がどうしても、吸えぬ力だ

った。

隠形鬼は首をかしげて火鬼を眺め、

「太郎坊が……百を言えば、百その通りになったとか」

「………」

「太郎坊は己の死に方すら知っていたってね?」

隠形鬼――隠形と空止め、二つの強力な力をもつ少年は食い下がる。火鬼はこの子のこういう処が心底嫌いだった。

「だから言ったでしょ。知らないって」

火鬼の言葉尻に、かぶせる形で、

「本当は知っているでしょ?」

むろん、火鬼は、知っていた。千方から聞いていた。

千方に殺される時、太郎坊という男は血を吐きながら……こう叫んでいる。

『千方、宿命の子が――汝を討つ! 呪師の隠れ里にそだった二人の子らが。汝は、その運命《さだめ》から決して逃れられぬ!』

(その予言をあの人は信じ宿命の子を殺そうとしている。呪師の、隠れ里を滅ぼそうとしたのもそのため。けれど……あらごと、わごとは真《まこと》に宿命の子なの?)

もし、あらごと、わごとが宿命の子ならば、千方が自ら太郎坊の予言の沼に沈み込もうとしているような気がしてならない。

（だって、そうでしょ？　あらごと、わごとは、あたしらが——故郷を滅ぼしたから、あたしらと戦おうとしている。千方様は自ら、あらごと、わごとの憎しみをかってしまった形になる）

もし、己らが、あらごと、わごとの里を襲撃しなければ、どうなったろうという思いが、火鬼にはあった。その場合にも運命は太郎坊の言葉通りに分岐し、あらごと、わごとは千方を狙ったのだろうか？

——己らがどう動いても、運命は、太郎坊が言った通りに転がってゆくのだろうか？

（いや、道は、いくつかあるはず——。太郎坊は道の一つを言うたにすぎぬ！　それに……そもそも全てが太郎坊の嘘ということも……）

焚火に照らされながら火鬼は思考を煮詰めた。

隠形鬼が、からかうように、

「その顔、やはり、知っているね」

火鬼の白い手が無造作に焚火を貫いてのび、向う側に座った隠形鬼の水干の襟を、紐《ひも》ごと摑み——焚火に強く引き寄せた。

憤怒が、音を立てて燃え上がりそうになっている。

一方、焚火の中を貫く形で隠形鬼の方にのびた火鬼の、手も、袖も、些《いささ》かも燃えていない。

火に引っ張られた隠形鬼は熱そうな顔になり、炎の向うで、火鬼に念を飛ばす。

空止めで、力をつかえなくしようとする。

だが、火鬼は心に分厚い壁を張り隠形鬼の通力を弾いた。

小刀ですっと引いたように細い目に危険な焔《ほむら》を灯《とも》した火鬼は、

「どうする？　隠形でも、する？　ま——摑まえたから、意味ないけどねえ」

今度は隠形鬼が黙る番だった。火鬼は、生意気な二重の術者に、

「飛んで火に入る夏の虫って知っている？……みんな、虫が好き好んで火に入るように思っているけど、あたしは違うと思う。虫だって、入りたくないんだよ、きっと。だけど火に——引きずられて身を焦がされてしまう。

その虫に……してやろうか？」

焚火が——ゴオッと高く燃え上がり、隠形鬼はますます苦し気な形相になる。

「命が惜しい？　許してくれと請うなら、考えてやるよ。丸焼きか、許しを請うか……」

「火鬼様。味方同士です。お止め下され」

黒覆面の幾人かが見かねて止めようとするも、

「——黙れっ」

火鬼はそちらに口から火炎を吐いて、静まらせた。

歯を食いしばり険しい形相でこちらを睨む隠形鬼に、いと嬉し気に笑んで見せた火鬼は、

「ねえ、どっちがいい？」

隠形鬼はあえて頬を吊り上げ、不敵な笑みをつくり、

「焼けよ」

「このあたしに火の傍で軽口を叩くとは、いい度胸だ。感謝しな。こんないい女が燃やす火で……熱い思いが出来るんだ。ずいぶんな、果報じゃないか」

相手の眼に真に焼くのかという思いがにじんだ。

――その時だった。

一羽の梟が、焚火の傍に舞い降りている。

赤い衣の妖女は、さっと隠形鬼から手を放し、かしこまる。恭しく、

「お帰りなさいませ」

隠形鬼も頭《ず》を下げる。

梟が降り立った所に、長い髪を垂らした、裸形の魔人が立っていた――。

黒覆面の一人が黒衣をまとわせたのは、狐、そして梟に化けてわごとらを偵察してきた藤原千方である。

千方の秀麗なる面に不穏な笑みが漂う。

「――色々、種を蒔《ま》いて参った」

焚火に照らされた火鬼の唇が蜜を塗ったように濡れ光っている。そのぽってりした唇を小さく舐め、火鬼は、

「それはようございました」

千方は、火鬼に、

「そなたの方は？　首尾ようはいったか？」

火鬼はこの世に二つしかない秘宝、靡ノ釧にふれ、

「ぬかりございません」

利那——一同を取りかこむシラビソ、樅、ツガの木立で、いくつもの赤光《しゃっこう》が灯った。

林床および梢で一つずつ灯ったそれは真桑瓜《まくわうり》大。

眼光のようであった……。

「ようやった」

千方に褒められた火鬼の顔がほころんで、

「わごとは——如何でした？　入れそうでしたか？」

心に踏み込めるかと問うたのだ。

「……他愛なしと思うておったが、存外、むつかしい。わごと自らの心の堅固さか、他の要因でも、あるのか」

「あやつらずとも砕けましょう。これだけの数、揃えましたゆえ」

闇の森できらめく赤い眼光が強まってゆく――。


翌早暁。

青い朝霧の中、わごとが隠れ蓑をまとおうとしていると件《くだん》の蓑をかかえた潤羽が歩み寄って来た。三白眼で真っ直ぐこちらを見据え、潤羽は、

「昨夜《よべ》――異《い》なることなど、なかりしか？」

潤羽に対し若干の緊張をもって、わごとは、

「いいえ。ありませんでした」

「左様か……。用心すべし」

少し考えてから、潤羽はわごとに顔を寄せ、表情もなく囁いた。

「――後ろなる剣難に」

わごとのかんばせは引き攣《つ》っている。

「どういう……」

「寸白《すばく》に」

寸白は、体の中に棲《す》む虫である。

「磨も、用心すべし」

それだけ言うと潤羽はさっと隠れ蓑をまとい――姿を消した。

ツブラ椎《じい》、姥目樫《うばめがし》、楠などが、茂る、青き密林をすすみながら、わごとの胸にはさっきの潤羽の言葉が漂いつづけていた。

夜明けの森を行く、わごと、隠れ蓑をつけている。

これで敵が、この地の狩人たち——実に八町を飛ぶ驚異的な遠矢を射る者たち——を味方につけても、その弓矢でわごとが落命する危険は、大幅にへらされた。

また、良源は昨日見せた裏白に対する反発をかなりやわらげている。

……というか、なくしている。

浄蔵とも念話で相談し、今日の良源は、

『隠れ蓑をつけた者はみんな、腰に裏白をつけてくれ』

柔軟さをしめした。

良源は、隠形、空止め、他心通、三つの力をもつ敵勢が近付いてきた場合を、想定していた。

その場合、敵は透明化してそっと近付き、まずこちらの透明化した者を狙う。

潤羽などを皮切りに、空止めで、通力を無効化した上で……他心通によって、隊列からはぐれさせ、一人ずつ遠くに誘って、手にかけてゆく。

斯様な攻撃を仕掛けてくる恐れは十分ある。

だとしたら、弓矢や、如意念波で飛ばされた剣などへの、強い盾となる隠れ蓑が……そっと脱落してゆく味方を見切れぬという、悲劇を起こしてしまう。

『これを見越しての裏白だったのだ！　いやはや、役行者もよォく考えて下さったものよ……。さらに昨日と森の様子がだいぶ、違う。裏白など、羊歯の類がかなり生えておる。目立ちにくいということもある』

左様な次第で、不思議な蓑で姿を消した、わごと、良源、豊女、潤羽、石麻呂は、腰より下に、裏白をつけていた。

目を凝らせば――森の低みを漂う裏白がみとめられ、そこを人が歩いているのがわかるのだが、良源が言う通り、自生している羊歯によく溶け込んでいる。

待ち伏せしている敵などからしてみたら潤羽が如き特殊の観察眼でもない限り、森を漂う裏白に気付ける者は、そうはいないと思われた。

（潤羽は他心通がつくった裏切者が、わたしを後ろから刺すと言っているの？）

深い霧の森を木の根に転ばぬよう注意深く歩くわごとの胸で、潤羽の一言が掻き立てた不安が、色濃くなっている。

（……何で……そんなことを、言うの？　逆に――）

潤羽が裏切りはしまいかという思いが不意に芽吹く――。

（駄目よ。そんなこと、考えちゃ。付き合いにくい人だけど悪い人ではないわ。本当に……そう？　わたしは潤羽を、ほとんど、知らない）

大蛇《おろち》の如く太い樹の根が、わごとをつまずかせる。

「痛いっ」

「――大丈夫か？」

良源から、鋭い声が、飛んだ。

「樹の根に……つまずいただけです」

また少し歩くと、水音が、近付いてくる。

青き木々、絡みつく蔓のあわいから――岩壁にはさまれた翡翠色《ひすいいろ》の渓谷が見下ろせた。

所々、苔をまとった、垂直に近い岩の壁の下で青緑の透き通った水が、川床に沈んだ玉のような石を、素早くあらっている。

降りるのはかなりむずかしい。

上流を眺めれば、鬼の砦《とりで》の如くいくつもの巨岩がつみ重なり、岩と岩の隙間から、急流がこぼれ出て、白い飛沫《しぶき》を上げていた。

「宇無ノ川《うむのかわ》や」

日蔵が振り返る。

この地の山々を誰よりも知る僧は、良源に、

「川下に下れば、十津川に出てしまう……。川上に登ると、沢はたやすくわたれる。せやけど奥駈道に近うなる。あと、滝もあるさかい、滝行しとる者が……おるかもしれぬ」

いまだ雪のこる大峰山脈を、縦走する行者たちや、滝行の修験と、鉢合わせするかもしれぬのだ。

「どないする?」

「昨日、七面谷ですか?　あすこをこえたのと同じ要領で行きましょう」

良源が、言った。

二人の者が金剛杖を置いた良源と手をつなぎ、同時に縮地する。良源だけがこちらにもどり、また他の二人をわたす。

こうやって峡谷をわたる他ない。

良源は初めにわたす者として、橘潤羽、飾磨坊の名を挙げている。

「潤羽は向う岸にわたり怪しい者がおらぬかつぶさに見てほしい。飾磨坊は、潤羽が敵を見つけたら、如意念波で戦ってくれ。次に、日蔵殿、筑紫坊をわたす。わごとはその次だ」

かくして――まず、潤羽、飾磨坊の第一陣が、良源の縮地により、急流の向うにわたった。

日蔵、筑紫坊も、恙《つつが》なく、わたる。

……その時だった。

不穏な物音が上流から聞こえてきた。

轟《とどろ》くような音だ——。近付いてくる。

「何だい？」

豊女が怯えがまじった声を発し雷太が川上に向けて鳴く。只ならぬ物音に森じゅうの鳥たちも騒ぎだした。

今まで梢で囀っていた数多の鳥が悲鳴をこぼして舞い上がってゆく。川の上を下流に向かって逃げてゆく鳥もいたし、わごとのすぐ上を同じ方に飛んでいく鳥も、いる。

さらに恐慌に陥った番《つがい》の山鳥が大変な勢いで川上の方角から駆けて来て、わごとの傍らを通りすぎている。

「落ち着けぃっ！——今から、そっちへ行くっ」

良源が岩注ぐ急流の向うで怒鳴った瞬間、
ドーン——！

鼓膜をぶちぬきそうな大音声《だいおんじょう》が川上、大峰の方でしたかと思うと、物凄い怒濤が、つみ重なった岩におおいかぶさり、両岸の木を幾本もへしおり、濁流にもみ込み、白い飛沫の中で引き千切りながら、押し寄せて来た——。

大洪水だ。

「幻《げん》——」

という良源の叫びも濁流に流された。

山の怒りが迸《ほとばし》ったような水は——崖近くにいた、わごとたちも攫おうとした。

——わごと以下、北の岸にいた者たちは悲鳴を上げて崖から遠ざかってしまう。

わごとは青木やセンリョウ、羊歯の類を掻きながら夢中で逃げ——はっとした。

得体の知れぬ濃霧が辺りに漂っている。

一寸先も見えぬほど深い霧だ。

（この霧は……何？　みんな、何処に行ったの？）

気が付くと腰につけたはずの裏白は取れていて、耳を澄ませば、怒号、悲鳴、刃と刃がぶつかり合う音が、した。

歩く度に、太刀や矛をもった黒い影が、さっ、さっと、眼前をよぎる気がして、透明になっていることもわすれて幾度も蹲った。

何処かで、

「わごとぉ！」

という豊女の呼び声、雷太の吠え声がして、わごとは冷静になる。

（昨日は雨でもなかったのに突然の大水……。おかしいわ。この霧も、おかしい。幻？）

あらごとの師がつかうという力・幻術を思い出した。

途端に——あれほど濃く立ち込めていた霧、走りまわる怪しい影、洪水の轟音《ごうおん》、刃がぶつかり合う音、悉くが嘘のように掻き消えた。

わごとは黒衣の男、藤原千方が見せた幻であると思った。

（幻だったんだ――）

藤原千方――幻術をもつかうのである。

同時に、豊女らしき女性の悲鳴が聞こえ……、

筑紫坊が呼ぶ声がしている。

「わごと、何処におる！　今、そちらに参る。答えてくれ！」

（筑紫坊）

安堵が、わごとの中に起る。筑紫坊は良源と一緒に南岸にわたったが、彼の通力があれば、素早く北岸にもどってくるのもたやすかろう。きっと、わごとの身を案じ駆けつけてくれたのだ。

「わごと！　敵が襲いかかってきておる。返事してくれ」

隠れ蓑を着たわごとは返事をしようとして躊躇《ためら》った。やはり、昨日の事件と、執拗《しつよう》に山刀で顔を叩きすぎだという良源の言葉が、引っかかり……筑紫坊の人柄への一種の違和感を、覚えていたからかもしれない。疑いの蔓が、わごとの中でのび、神経に絡みついた時、冷たくも熱い火花が激しく散った。

一人の山伏が——目にも留まらぬ速さで自分に襲いかかってくる。その山伏は、鉈と短刀をもっていた。

山伏の顔は速すぎて見えず、山伏の鉈が自分の蟀谷《こめかみ》に当った時、意識は、断ち切られた。

斯様な光景が胸底でありありと活写されている。

（——千歳眼！　今の山伏は……）

今の幻視は、血塗られた殺人者の名——その者は裏切り者でもある——を、さししめしている気がしたが、わごとは答にたどりつきたくない。信じたくない。

疑心暗鬼に陥ったわごとは筑紫坊の声がした方に歩み寄ってみた。

イノデという羊歯をそっと踏み、森を横に這う木、榊 蔓《さかきかずら》を跨《また》ぎながら、歩く。

蛇の女神のようにやわらかい姿でのたうつ、藪椿の木が、全く異種の樹であるタブの幹に溶け合っている。横向きにのびた椿が垂直に立ったタブの太幹に潜り込み、癒合し、一つの樹になろうとしていた。

椿がタブに入らんとしているのか、タブが椿を喰らおうとしているのか、知れない。その美しくもおぞましい木の前にこちらに背を向ける形で筑紫坊はかがみ込み、何やら手をもぞもぞ動かしていた。

「わごと、何処《いずこ》におる？」

筑紫坊の足元に——何かが倒れていた。

その何かで、血が広がる度に、隠形していたものが、形をなして現れ……蓑を着た、血《ち》塗《まみ》れの女の姿を晒しつつあった。

血によって、死によって、隠れ蓑の隠形が、ほどけかかっているのだ。

(——豊女っ)

わごとは思わず叫びそうになっている。

筑紫坊の足元に血塗れになって転がっているのは、ごとびきの術をつかう豊女であった。

使い主の死によって効能をうしなった隠れ蓑が再びつかえるのか、わからぬが、筑紫坊は絶息した豊女から、隠れ蓑を剥ぎ取ろうとしている。

(どうして筑紫坊が……)

昨日、山刀を取り上げられた、筑紫坊の傍らには——血塗れの鉈が、無造作に転がっていた。豊女の鉈だ。神速通の筑紫坊なら、腰に裏白をつけた豊女に近付き、何かの拍子に鉈を奪い、その鉈で豊女を殺めるなど造作もないのかもしれない。

と、筑紫坊が、

「ぬ……蝮《まむし》——。うぬの最期の通力か」

悪鬼の形相を透明なわごとに見せた筑紫坊は——鉈を摑み取るや、足元に幾度も幾度も執拗に振り下ろした。

どうやら蝮がそこにおり筑紫坊の脛か何処かに嚙み付いたらしい。豊女が、隠しもって

いた蝮だろうか。蝮を膾《なます》のように叩き潰した筑紫坊は凄まじい憎しみが籠るも、かなり小さくおさえた声で、

「この、女郎《めろう》。わたしの命が、蛇如きのせいで……ついえるというのか。許せぬっ」

筑紫坊は鉈を大きく振り上げた。

(止めて!)

豊女の顔面に向かって——振り下ろす。

「嫌ぁっ!」

奔流となって喉から迸る絶叫をわごとは止められなかった。

神速通の呪師、いや……血塗られた妖術師は、わごとの叫びの間に、何度も鉈を素早く振り下ろし、惨《むご》たらしく、生温かい音が、連続して、飛び散り、耳に入り込んでいる。

筑紫坊はニカァと大きく笑い……わごとの方を振り返った。

「——そこか……」

「助……」

透明化したわごとは助けてと叫ぼうとしながら逃げようとするも、榊蔓にぶつかって転倒——。

運悪く……裏白の茂みに倒れ込んでしまった。

筑紫坊は、神速で肉迫、ニタニタ笑いながら、人形に窪んだ裏白を見下ろしていた。若

き山伏は静かに、

「逃げるな。叫ぶな。これで打たれたくなかったら——」

筑紫坊の右手には血塗れの鉈がにぎられ、左手はすっと短刀を取り出している。——さっき見た光景に近い。自分は、この男の鉈で——命を叩き潰されるのか？

わごとは筑紫坊に見えていないこともわすれて夢中でうなずく。

「隠れ蓑を脱げ」

筑紫坊は命じるも、わごとは、

「どうして……豊女を？　どうして晴方という人を？」

筑紫坊はにっこりと笑い、

「ああ……おしえてやろう。わたしの父は筑紫の出で商いで財をなし、都と摂津《せっつ》に屋敷を構えていた。わたしは父が樋洗《ひすまし》の娘に産ませた子だ」

便所掃除の少女ということだ。

「わたしは……父が正妻に産ませた倅より何をやってもよく出来た。おまけにわたしには、通力もある。母に通力はなかったが、母の父にわたしと同じ力があったようでね。

わたしはもっと……重んじられてよいはずだ。みとめられてよいはずっ。

だが、ずっと軽んじられてきた」

「………」

「樋洗の女が生んだ子ゆえ……。父は初めはわたしを可愛がってくれたが、やがて妻に引きずられ、わたしを疎《うと》んじるようになった。

わたしは……屋敷を出され、飾磨坊にあずけられた。

そなたを守るよう浄蔵殿に命じられた時、大変な機会を頂戴したと思うたよ。首尾よういけば浄蔵殿を糸口に京の貴顕の覚えをめでたく出来る。わたしを見下してきた輩を一気に見返せる。

晴方はねえ、我が父によく似ているのだ。多くの男に頭ごなしに指図する処がね。父はわたしにとって誇りだが……憎むべき人でもある。そなたにはおらぬか？　憎むべき相手によう似た男や女で、顔を見るだけでむしゃくしゃするという者が。晴方はわたしにとってそういう男だ。その男が我らを狙ってきたため……わたしは、夢中で戦い、あのような仕儀になった。其を良源めはわたしを罪人の如くなじり――。仕方なかったではないかっ！」

興奮した筑紫坊は、面貌を歪め、

「いつも、そうだ！　わたしが正しいことをしても、わたしはなじられる。そんな時……声が聞こえた。

そなたの通力は――つかうためにこそ、ある。自在につかえ。掟などにしばられるな。通力で、人を殺め、傷つけ、奪い、富貴を得る。自儘《じまま》に通力を開放し、自由《じいう》に生きろと。

初め……わたしは内なる声かと思うた。が、次第に、あのお方の声と気付いた」

「……千方ね？　藤原千方ね！　騙されてはいけないっ」

叫びながらわごとはどうすればこの場を逃れられるか考えた。隠れ蓑を着ているのだから、そっと這って遠ざかるのはどうだろう？　駄目だ。裏白を潰してしまい、動きを読まれる。裏白が隠れ蓑にどんどんくっつくかもしれない。

見えないという利点を生かし股間に一撃をくらわすのはどうか？　相手は……常人の何倍もの速さで動く。わごとの不穏な動きの途中で気取《けど》られれば、反撃がくり出される。その神速の反撃は――頭をかちわるかもしれない。

――進退窮まった気がした。

筑紫坊、陶然と、

「騙す？　あのお方のお言葉はいちいち我が心に沁《し》み込んだ……。旱魃《かんばつ》でひび割れし大地に、慈雨がそそぐように。誰の言の葉よりも。……わたしはあのお方の傘下にくわわり、はたらくことを決意した」

魔王の見えざる触手がこの男の心の闇を掻きまぜ、ふくらませたのだ。

「すなわち、お前の首を取り、手柄とするっ！」

血塗れの鉈が――強く、振り上げられた。

その時、極限の恐怖にわななくわごとの懐から……青き光明が、静かにもれだした。

青き光は筑紫坊にも見えるようだ。

（あらごと）

わごとは必死に、鏡の欠片を取ろうとし――慌てて摑みそこね、自分と、筑紫坊の、間辺りに、こぼしてしまう。青き光がもれる方、つまり表を上にして落としてしまう。

「……わごと？」

あらごとのかすれ声が、した。

常州《じょうしゅう》を旅する途中、千方一味に襲われ――昏睡に陥ったという、あらごと。無事だったのだ。

「何だ、これは？」

魔王に魂を支配された若山伏が鏡の欠片を見下ろしている。

わごとは不思議な鏡について両親と巨勢豊岡《こせのとよおか》、浄蔵、良源にしか、話していない。

「あんた……誰？」

常陸のあらごとが、紀伊山地でわごとを殺めようとしている男に――問う。

あらごとからは筑紫坊が、筑紫坊からはあらごとが見えているようだ。

わごとはもう夢中で叫んでいた。

「あらごと、姉さん、助けて！　その男に殺される！」

常識的に考えれば遠く坂東のあらごとが南大和の山中にいるわごとを救えるとは思えな

い。だが、本能が、助けをもとめた。

刹那——それは、起きている。

筑紫坊が振り上げた鉈がいきなり動き——筑紫坊その人の、横面を、叩いた。

「ああっ！　ぐあっぁぁ……」

あらごとの如意念波が、念の波が——遠く常陸から、百大里以上をこえ、畿南の大山岳地にいるわごとの許《もと》に、打ち寄せたとしか思えぬ。

途中に広がる海原も、八重立つ山並みも飛び越えて、念はたしかにとどいたのだ。

わごとは知らなかったが……妙《たえ》なる光を放つ鏡の欠片には左様な力もあるのだ。

筑紫坊の木の洞のようにも見える耳の下部から、やわらかそうな頬にかけて、斜めの赤い一文字が——深く裂けていた。

鉈があたえた傷だ。

鉈は、一撃した後——あらごとが念じたのだろう、遠くに飛んでいた。

「わごと！　そいつの方に、あたしを向けろっ」

あらごとの声が聞こえる鏡の欠片をわごとは夢中で摑む——。

「おのれっ小娘ぇっ」

わごとは、涙をこぼし、夢中で、逃げようとした。

が——殺気が吹き、一瞬で、筑紫坊が眼前に、いた。

神速通である。

あらごとの力をかりられる鏡の欠片はわごとにとってかけがえのない宝で、武器だが、同時に、わごとの所在、動きを、筑紫坊におしえてしまうのだ。

鏡の欠片をにぎりしめたわごとは鏡面を筑紫坊に向けんとする。

が、それより前に――異常に素早い山伏は、短剣で、突こうとしている。

刹那、筑紫坊の横面に激突した物体が、あった。

それは、野生の椎茸《しいたけ》がいくつかくっついた、苔むした倒木であった。二尺ほどの長さのある倒木がまるで己の意志でもあるように飛来。筑紫坊の傷ついた横面を、打擲《ちょうちゃく》したのだ。

悲鳴を上げた筑紫坊は吹っ飛ばされる――。

「わごと、無事か！」

駆け寄る音、そして飾磨坊の声が、した。今度は飾磨坊の如意念波がわごとを救ったのだ。

――筑紫坊の立ち直りも、速い。

が、木の間隠れにとことこ走るさっきの山鳥二羽が視界に入ったわごとは、

《――襲え》

山鳥二羽が突然弾かれたように低空飛行し起きかかっていた筑紫坊の頭に襲いかかって

いる。

筑紫坊は、凄まじい怒号を上げ、手を動かして山鳥二羽を、払い飛ばす。

その時にはもう——飾磨坊がわごとの傍に駆け寄っていた。

わごとを守るように立った飾磨坊目がけて、高速の黒風と化した、筑紫坊が、突進した——。

筑紫坊は師である飾磨坊を刺そうとしていた。

もはや、完全に魔に心を奪われている。

が、筑紫坊の短剣がとどくより先に——高速で飛び上がった物体が、筑紫坊の顎を、下から叩く。

目にも留まらぬ速さで林床から飛び上がった、真桑瓜大の、石だった。

飾磨坊の念が浮かした石で顎を砕かれ、歯と血を噴きこぼしながら、後方に飛んだ筑紫坊、羊歯の間から尖った顔を出した花崗岩《かこうがん》に、——ゲシッ、という音を立てて後頭部を衝突させ、倒れ込んでいる。

体をずぶ濡れにした飾磨坊が荒く息をついて、

「弟子を……殺めてしまった」

瞬間——筑紫坊、が蘇生、血塗れの顔からけたたましい笑いを発し、飾磨坊に襲いかかる。筑紫坊は飾磨坊の背を深く刺した。

そこまでの動きは速かった筑紫坊だが、そこからが鈍い。深手で通力が減退しているのか、渇えを起したのか、動作を緩慢にした筑紫坊に対し、さっと振り返った飾磨坊は、念で石を浮かし――筑紫坊の後ろ首に痛撃をくらわす。

さらにもう一撃すると筑紫坊はうつぶせに倒れ――遂に、動かなくなった。

「大水からして幻じゃった」

飾磨坊は、語る。

幻の大水が起きた直後――筑紫坊は消え、向う岸にのこされた、良源、日蔵、潤羽、飾磨坊に、火鬼、得体の知れぬ魔物ども、黒装束、黒覆面の男どもが襲いかかった。

良源たちは急流に飛び降りて――戦っている。

炎をあやつる火鬼が厄介だったからだ。

水があれば、衣に火をつけられても、すぐ消せるし、そもそも水の傍では――火をあやつる通力《ちから》は弱くなるという。

幻の洪水が消え、真の姿にもどった川に入ると――火鬼は襲ってこず、代りに妖魔どもと、黒覆面が、かかってきた。

だが、黒覆面は、良源、日蔵の棒術の相手でなく、すばしこい妖魔どもは、

「悉く潤羽が見切り、わしが念で、片付けた」

――一つ目の妖魔で、目が弱点だった。

「川の石をどんどん目にぶつけ片付けたのじゃ」

繁文、為麻呂も川の中の死闘にくわわり形勢逆転した処で良源が、

『ここは四人いれば十分だっ！　飾磨坊、潤羽、あすこから崖を上がり……』

森から太い木の蔓が川水に向かって垂れていた。

『わごとを見つけて、守ってくれ！』

こうして北岸に上がった飾磨坊と潤羽は手分けしてわごとを探し、飾磨坊が先にたどりついたのだった。

わごとは飾磨坊の怪我を気遣いつつも、

「わたしたちも、良源さんたちと、合流しましょう」

と、言い、二人は行こうとしている。わごとは飾磨坊に、

「その妖怪ってどんな……」

（わたしは初め……飾磨坊さんは話しにくい人で、筑紫坊さんが話しやすい人と思っていた。だけど――飾磨坊さんの方が信頼できる人だった）

痘痕の山伏は、首肯して、

「うむ……」

その時――得体の知れぬ妖風が吹いて飾磨坊の顔を根から吹っ飛ばした。

血潮が暴れる。通力で透き通り誰にも見えなくなっているわごとの面に、生温かい飛沫

がかかり、湧きかけていた助かったという思いを、押し流している。

悪夢から飛び出たような……おぞましき化け物が一頭、すぐ、眼前に、いた。

……熊ほどに大きい。

体色は、緑。樹皮を思わせる硬そうな皮膚をしており、単純な緑がべったり塗られたような具合ではない。——もっと複雑な緑だ。ある処は、若葉のようだし、ある処は、古い樫の樹の葉のようだし、またある処は、裏白の葉の色に近い。

——森に容易に溶け込める体色であった。

一本足で、頭と胴は一つながりの卵形になっており、二本の手はとても長い。指先には鋭い鉤爪《かぎづめ》がついていた。その爪のいくつかが、今、赤く濡れている。

頭、もしくは胴の真ん中は横に大きく裂けており——ずらりと牙が並んでいた。口だ。

凶暴なる口の上に人と同じ形だがずっと大きな目が一つだけついていた。人で言う白目の処は……血色をしている。

その恐るべき一本足の化け物は図体の大きさにもかかわらず、途轍もない敏捷《びんしょう》さで、まるで山鳥のように、森の低みを何処かから跳ねてきて、音もなく着地。手を横振りして飾磨坊の頭を勢いよく吹っ飛ばしている。

取り返しのつかぬ過ちにより矛を飛ばし、最愛の姫を討ってしまい……罪をつぐなう道を探してここ吉野に来た男は、千方の走狗《そうく》と思《おぼ》しき、一本足の化け物に突然襲われ、首と胴を斬りはなされて、斃《たお》れた。

わごとは衝撃を受け言葉にならぬ絶叫を上げた——。

「こういう妖怪だよ」

少年の声がすぐ横でしたものだから、わごとはぞっとした。

そちらを見る。

誰も、いない。

だが、また傍で、声がした。

「動くなよ。弩が——お前を狙っている。血がお前の隠れ蓑をつかえなくしている」

たしかに……飾磨坊の血を浴びた処から隠形の術が解け、わごとの体は森の中に晒されつつある。

「知らなかった？　人の血は、隠れ蓑をつかえなくする」

(さっき豊女も……)

「たぶん、隠れ蓑を着て盗賊をはたらく者を役行者は警戒したのさ。で、そういう縛りをもうけたのかもね。筑紫坊は知らなかったようだけど」

姿なき少年はくすくす笑っている。

(この敵も、隠れ蓑を？)

「俺は隠れ蓑なんてつかわないから……関わりないけどね」

と、聞こえた瞬間――わごとから三歩ほどはなれた所に、灰色の水干をまとった少年が何の前触れもなく現れている。

少年はたしかに隠れ蓑など着ておらず手に弩をもち狙いはわごとにさだめられていた。

（……隠形の能力《ちから》をもっているのだわ）

わごとはそっと――鏡の欠片を窺うも、姉の姿も、青き光も、ない。ただ歪《いびつ》に曇った鏡面があるばかり。

気が付くと……少年の後ろに一体、自分の後ろに二体、熊ほどの大きさのある一本足、一つ目の化け物が、音もなく跳び寄ってきていて、わごとはすっかりかこまれていた。

河原の方からやってきた妖魔は石に近い皮膚の色をしていた。それが森を跳ぶうち、木の葉色に変っている。辺りの様子に合わせ体の色を自在に変えられるのだ。

わごとは皮肉っぽい笑みを浮かべた謎の少年に、

「貴方は誰？」

「――隠形鬼。藤原千方様の手の者」

「何故……わたしや、あらごとを狙うの？」

千鳥や広親……千方に殺められた人々の姿が胸を去来し、わごとの声はふるえた。

「さあ、それは千方様に聞いておくれ。俺は命じられているだけ」

「千方はわたしたちを殺めた後に……何をしようとしているの？」

隠形鬼は少し考えて、

「――この世を根元から、変える」

「どういうふうに？」

血塗れのわごとが問うと、隠形鬼は、

「我ら呪師が――呪師以外を支配する。魔もまた、我らをささえる」

千方の言葉をそっくりかりてしゃべっているように思う。

「呪師以外の人は、どうするの？」

茨田広親や、千鳥、右近や、松ヶ谷《まつがや》、右近家ではたらく多くの人々、都の市の人々、乳牛院ではたらく呪師以外の乳師たちを思い浮かべながら、訊いた。

隠形鬼は言った。

「――餌《えさ》にする」

わごとの周りで一本足の化け物どもが舌なめずりしている。

「我らを助ける魔の、餌にする」

「……とんでもないことだわっ！」

この者どもに世の中をゆだねたら、多くの人の命が奪われてしまう。

左様な計画を立てた千方、その千方にしたがっている隠形鬼や、火鬼が、許せなかった。

目角を立て、面を歪め、睨みつけるわごとに、隠形鬼は、

「どうして？」

わごとが黙していると千方に仕える少年は、

「強い者が、弱い者の命を奪う。今の世だって……そうじゃないか？　ただ、今の世が歪なのは、本当は弱い者が、強い者のふりをして、弱い者を治めていることだ」

本当は弱いのに強い者のふりをしている者とは……通力のない帝《みかど》や、摂関家など大貴族を指すと思われた。

「だから――一掃する。真に強い者、呪師がこの世の一切を支配するあるべき形に塗り替える」

そのために奪われる沢山の命の尊さ、重さを……この者どもは一片も思わぬのだろうか？

わごとは毅然《きぜん》とした声で、

「――許せない」

「だからだろうよ。……だから千方様は、お前たちを滅ぼそうとしているんだよ。さて」

話しながら微妙に狙いをずらしていた隠形鬼はわごとの心の臓を狙って弩を動かす。

わごとは、灰色の少年に、

「まって。わたしの話を聞いて」

一度だけ、幻視した、藤原千方、東市で言葉をかわした火鬼からは――底知れぬ闇を感じた。だが、隠形鬼はそこまでの闇を漂わせていない。

自分と歳の近い隠形鬼を……こちら側に引き込めるかもしれない。その目が、あるかもしれない。そしてその目に賭ける他、わごとはこの死地から逃れる道がないと考えていた。

隠形鬼は、気だるげに、

「今さら、何を?」

「貴方は何故……」

「ワワワワワン!」

――強い吠え声が、ひびく。

雷太だ。

信じられぬ現象が起きていた。

雷太の声を聞いた、一本足、一つ目の化け物どもが、明らかにそわそわしている。深刻な怯えを見せていた。

(犬が、苦手なんだわっ)

「たかだか犬だぞっ」

隠形鬼が叫んだ瞬間、わごと後方の妖魔が、わごとに背を向け、逃げるような仕草を見せたのだが、この妖魔に向かっていきなり、笹が茂る林床から、数尺はある、尖った木の枝が動き——一つしかない目を貫いた。

緑の化け物は悲鳴を上げ、緑血《りょっけつ》を撒《ま》き、大きな黒煙に早変りして、消え失《う》せた。

黒煙の向うで、

「わごと、此方《こなた》ぞ！」

潤羽の声が、した。

隠れ蓑を着た潤羽は隠形鬼に気付かれぬようそっと近付き、雷太の声が起した混乱をつかって、化け物を、不意打ちしたのだ——。

「話しすぎたよ、わごと」

隠形鬼が射ようとする。

刹那——がっしりした僧が、わごと、隠形鬼の中点に、忽然《こつぜん》と、現れた。

その人はさっきまで隠れ蓑を着ていたが、今は着ていない。

墨衣を着たその人は金剛杖で隠形鬼の弩を叩き落としている。

縮地してきた、良源だった——。

「糞っ」

隠形鬼は罵声をのこし、隠形の術で掻き消え——良源は隠形鬼が消えた方にさっと一枚の短冊を放つ。短冊は剣の衣をまとい長剣を引っさげた童、護法童子《ごほうどうじ》となり、隠形鬼を追跡した——。

さらに、護法童子の金色の輪宝は別行動を取り、二体の妖魔の目を横裂きしながら宙を飛んだ。

同時に——雷太が四体目の一本足の魔性に跳びかかり、脛にかぶりつく。

絶叫が、三つ、迸った。

輪宝によって目を裂かれた二体、雷太に噛まれた一体が、緑血を噴きながら——掻き消えている。

一方、護法童子は、透明になって逃げる隠形鬼に追いついたか、剣を、振るう。

苦し気な呻きが散るも護法童子は短冊の本性を現してしまい良源は、

「むう……。護法童子に俺が込めた念が一気に吸い取られた」

だから護法童子が消えたのだ。

「奴《しゃつ》が、隠形と空止め、二重の術者ということかっ……」

潤羽が歩み寄ってくる気配がある。飛びついてきた雷太を抱きかかえながら、わごとは、

「隠形鬼と言っていました……」

柴犬の、つぶらな黒瞳が、泣き崩れるわごとを不思議そうに仰いでいた。

血によって、姿を半分ほど現した、わごとの視界が、溢れ出る悲しみの奔流で、にじむ。

「豊女が、千方にあやつられた筑紫坊の手にかかって——。飾磨坊さんも」

筑紫坊は飾磨坊が倒したこと、あらごとの力が鏡の欠片を中継点にとどいたことを、話

した。

「その姿は……？」

良源が問うと、わごとは、

「人の血がつくと……隠れ蓑はつかえなくなるようです。隠形鬼が言っていました」

良源は――わごとを案じ、為麻呂に、隠れ蓑をかし、こちらに駆けつけたのだった。

隠れ蓑を着てわごとを探している途中、一つ目の化け物に嗅ぎ付かれ、鉄の拳で何体か倒したという、石麻呂と合流し、急流の方に降りた。

翡翠色の流れの向うに屛風《びょうぶ》状の岩壁を背にして小さな河原がある。

その河原や、流れの中に、黒装束の男が幾人か倒れており、河原の上に、日蔵と繁文、隠れ蓑を脱いだ為麻呂が、おり、肩で息をしていた。

もちろんさっきの大洪水は跡形もなく静まっている。

「一人くらい、吐きましたか？」

流れをはさんで良源が問うと、丸石が転がった河原から、

「駄目や！……一人のこらず自害しおったわっ」

日蔵が、怒鳴り返してきた。

「何ですと――」

良源は、わごと、潤羽と手をつないで縮地し、雷太をかかえた石麻呂は流れの速い水に

入り、沢をわたる。

「隠しもった毒をあおいだり、喉突いたり、舌噛んだりしたんや。何ちゅう連中やっ」

日蔵は沈痛な面差しで頭を振る。

「死なんように打擲したんやけど」

（あやつられたのかしら？　千方に。話すくらいなら、そうしろと……）

わごとは敵将のやり口に、冷たい鳥肌を立てる。

良源は歯嚙みしていた。むろん、良源としては、黒装束の手下を糾問し、千方の隠れ家などを白状させたかった。その計画が水泡に帰している。

良源は苛立ちに押し流されるように荒々しく丸石を摑み——川に放り投げた。飛沫が、立つ。

「わごと、その顔をばあらい、おらが隠れ蓑を着ろ」

石麻呂がわごとの傍らに自分が着ていた隠れ蓑を置いた。

わごとは、飾磨坊の血によってつかえなくなってしまった隠れ蓑を脱ぐと、清流で顔をあらい出す。

澄み切った水の中に石と石の中から山椒魚《さんしょううお》が漂い出て、石色の平たい顔で、わごとを見上げた。

山椒魚と目が合ったわごとは寂し気に微笑みかける。すると——山椒魚は驚いたか、素早く石の陰に隠れてしまった。後には血に汚れた自分の顔がのこされ、水の中から自分を見上げていた。

わごとは勢いよく川に手を入れ、水を多めに顔にかけ、ごしごしこすっている。

音に驚いたアマゴらしき魚の影が、わごとから遠くに逃げてゆく。

悲しく、悔しく、苦しく、不安だ。隠形鬼が話した千方の目論見も、恐ろしい。憤懣《ふんまん》もまた、わごとの中で強く流れていた。

と、

「――水上《みなかみ》っ！」

潤羽が、叫ぶ。

はっと川上を見れば――おり重なった大岩の上に、妖しい影が、三つ、並び立っていた。

真ん中が黒く長い垂髪《ししお》にゆったりした黒装束という男、藤原千方。

左右が、赤い衣の肉置き豊かな女と、灰色の水干の少年。火鬼、隠形鬼だ。

この時、たまたま、わごとと千方をむすぶ直線上に、誰も、いなかった――。

千方がわごとに指を向ける。

闇の総師が、何か、言う。

その指先が青白く光り――わごと目がけて青く太い雷電が、放たれている。

瞬間、千方とわごとの間に恐ろしい速度で飛び込んだ、一人の男が、いた。

最速の走力をもつ小柄な呪師、大宅繁文だった……。

千方の稲妻が――繁文の小さい体を直撃する。

凄まじい叫び声を上げた繁文の体から、四方《よも》に、小さな放電が、いくつも発生した。

黒焦げになった繁文が河原に転がる。

千方は、指を天に向け、力をため、第二の稲妻を放たんとした。

わごとの前に出た良源が咆哮《ほうこう》を上げながら紙兵を放つ――。

良源の紙兵は、護法童子となり、剣を閃《ひらめ》かせ、宙を飛び――猛速度で千方に驀進《ばくしん》している。

良源は千方を斬る気だ。今日で終らす気だ。

が、護法童子を見た千方は不利を悟ったか、火鬼、隠形鬼の手をにぎった。

刹那――千方ら三人は縮地により、掻き消えた。

肉体を鋼とした為麻呂が金剛力士さながら両足を大きく開き、川上を、同じく石麻呂が川下に用心する。

「潤羽、見張りをたのむ！」

と、告げた良源、わごと、日蔵は大火傷《おおやけど》を負った繁文に駆け寄った――。

顔がひどく焦げ、衣が焼け、痛々しい姿になった繁文はわごとを見上げ安堵した顔で、

「……無事だったか」

と微笑む。

「良源、十津川につれて行こう！　晴方のことは、わしが話せばわかってくれるはずや。里で手当てせんと……」

日蔵が、言うと、河原に倒れた繁文は、苦し気に、

「それは危ないでしょう……。わしは若い頃、商人をしておって、幾度か人を騙したことがある。そのことがずっと胸に引っかかっておりました。地獄に落ちるのではないかと。故に、死ぬる前に善行をつもうと思うていました。此《こ》は善行になりましょうか？　わしはこれでも……地獄に落ちますか？」

救いをもとめるような目の色をしていた。

「それを決めるのは、閻魔《えんま》であり、俺たちではない。だが——俺は、極楽に行けると思うぞ、繁文！」

そう言い聞かせた良源の頰は引き攣っている。繁文は、わごとに、

「……少しは役に立ったか？」

わごとはひどく火傷した手を、そっとにぎる。

「少しじゃないわっ」

（死なないで、繁文！）

だが——最速の足をもつ小さな男から、答はなかった……。

大宅繁文は、宇無ノ川の畔《ほとり》で、逝った。

魔王の強襲、策謀は、わごと一行に甚大な深手をあたえ、ことびきの豊女、筑紫坊、飾磨坊、大宅繁文の姿が、消えた。

生き残ったのは、わごと、良源、日蔵、橘潤羽、為麻呂、石麻呂である。一方、わごと一行も千方一味に甚大な被害をあたえている。

良源によれば、あの一つ目、一本足の化け物は、「一本ダタラ」といい、この地の深山に棲むそうだが、多くの一本ダタラ、さらに今日襲ってきた黒覆面、黒装束の手下の全員が倒された。

数だけを見れば敵が受けた痛手の方が深いかもしれぬ。

だが、南に向かう、わごと一行の面差しに、勝利の余韻など、些かも、見られない。

皆々、悲愴な面差しで常緑の樹叢にわけ入っていった。

あらごと　四

海を見ている。

香取海を――。

あらごとは、門前にいた。

満願寺《まんがんじ》の門前に。

そこは真っ白い砂浜で――西日の欠片《かけら》が沢山ちりばめられた海が、どっと打ち寄せている。

まるで竜巻のように、沢山の海猫が海上を飛んでいて、悲鳴に近い声が降ってくる。

暮時の光に輝く滄溟《そうめい》の先には、浮島《うきしま》が見える。

塩焼きが暮す聖なる小島だ。

現在《いま》、稲敷の満願寺門前に立っても、海は見えず、かつて海であったことを偲《しの》ばせる広やかな田が広がるばかりで、浮島も陸続きとなっている。

だが、あらごとの頃は――雄大なる香取海の白波が満願寺の門前まで打ち寄せていた。

る。

波音が聞こえていた。

あらごとは、香取海に突き出た半島の北東端、塩焼きと漁撈《ぎょろう》で栄えた里に、匿《かくま》われていた。

丹塗《にぬ》りの仁王門を背にしたあらごと、貝殻が転がる浜辺に草鞋《わらじ》を砂に埋もれさせて佇んでいて、傍らには乱菊、良門と音羽が、いた。

四人の両側は鬱蒼とした樹叢《じゅそう》となっており、根元から垂直に、人が入れそうな大きな洞を裂けさせたり、幹の中ほどに空が仰げる丸穴をつくった、椎の巨木が、逞しい枝をいきり立たせている。

左様な杜《もり》の中や、満願寺境内、海辺の里のあちこちに、石念ら飯母呂の者、逞しい浦人が配置され、あらごとを守っているのだった。

昨日――あらごとは鎌鼬《かまいたち》との死闘により、深手を負い、意識を、うしなった。

一方、音羽は密林や沼地を、疾駆、ここまでたどり着き、長者、阿波の長の助けをもとめた。

阿波の長の息子たちは怪しむも……隠居し臥所《ふしど》から動けなくなっていた阿波の長、その妻、柏《かしわ》の前《まえ》は、呪師・乱菊をよく覚えていた。

かくして音羽は浄瑠璃《じょうるり》の力をもつ柏の前と阿波の長の従類や下人、十人以上をつれ、西にもどった。

石念の手の者が待ち合わせの場所まで急を知らせたため、音羽、柏の前は、あらごとが倒れた所に急行している——。

あらごとは柏の前の病、怪我を癒す通力によって九死に一生を得、満願寺の隣、阿波の長宅に、つれてこられたのだった。

あらごとは柏の前の浄瑠璃の力で鎌鼬の襲撃から……何と一日で、歩けるまでに快復し、体力の強さをしめしていた。

香取海を行き交う舟、海猫の群れを眺めながら、あらごとは、

「浄蔵様から何か、知らせはない？」

「まだ念話は来ないわ」

長い髪を潮風に嬲《なぶ》られながら答える乱菊だった。

あらごとは、足元の貝殻を見下ろしている。鏡の欠片を、出す。光っていない。

(わごと……生きていて。あたし、あんたと、これ無しで話したいよ。あたしが無事であったように、どうか無事に熊野って所に着いてよ)

朝、動けるようになったあらごとは——わごとは無事に旅しているかと考えた。

直後——森の中の淵《ふち》のような、青き光が懐からもれはじめ、あらごとは慌てて、鏡の欠片を取り出した。すると、わごとの、

『あらごと、姉さん、助けて！　その男に殺される！』

という叫びが聞こえ、わごとの代りに見たこともない山伏がうつっていた。

山伏は、殺意の眼光を双眸《そうぼう》に爛々《らんらん》と灯し――鉈を振り上げていた。あらごとは夢中で山伏が振り上げた鉈に山伏を打つように命じた。

出来るとか、出来ないとか、そんな考えは、吹っ飛んでいた。

如何《いか》なる訳か鉈はあらごとの念通りに動いた――。その後、わごとに摑まれたらしく――鏡の欠片は暗くなり、しばらくは物音が聞こえたが、やがて何も見えず、何も聞こえなくなっている。

当然、あらごとは気が気ではない。

乱菊にたのんで浄蔵に念話してもらった。ところが、浄蔵も向うの様子はわからないという。途轍もない災いがわごとに降りかかっているのはわかったが、その後、どうなったかが、見えない。

故に、あらごとの相貌は、硬い。

大師堂の和上を初め将門がつけてくれた兵たち、船乗りたちなど、妖《あやかし》や護一党との戦いで命を落としていった人々への思いも……あらごとの日焼けした顔を硬くし、強い翳《かげ》りをあたえるのだった。

かすかな痘痕《あばた》ののこる白い顔を海の彼方を見据えるようにすっと上げた、乱菊は、

「もどりましょう。風鬼が、襲ってくるかもしれないわ」

「石念があたえし傷、かなり深かったようだ。風鬼なる男、こと切れておるやもしれぬぞ」

　良門が、言う。

（……どうだろう？　あの爺《じい》さん、しぶとそうだよ）

　あらごとたちは香取海に背を向け赤い門を潜《くぐ》った。

　椎、タブの古木がつくる青暗い陰が、四人をつつむ。

　参道の両側の樹々に見下ろされながら良門が、つづけた。

「そうだ、香取の良文殿に走らせた飯母呂の者、先ほどもどってな……」

「どうでした？」

　乱菊が問うと、良門は太き眉に力を入れ、

「――うむ。良文殿、明日には兵をととのえ、こちらに馳《は》せ参じてくれるそうだ」

　将門に好意的な叔父、平良文は香取の他、いくつもの家を、坂東一円にもち、数ヶ国を股にかけて動きまわり、商いに精を出す男だったが……たまたま香取にいるというのだ。

　助けてくれるというのだ。

「それはようございました」

「でな……良文殿が参られたら、我らは……」

　良門、音羽、石念、石念がつれてきた飯母呂衆数名だ。

「鎌輪へもどらねばならん」

左様な下知が……将門から出ているのである。

今、下総鎌輪と、常陸水守の間では——将門と、将門のいま一人の叔父で将門に敵意を燃やす平良正、良正にかくまわれた、舅《しゅうと》、源護との間で、抗争が勃発しようとしていた。

きな臭い戦雲が彼の地に立ち込めている。

斯様《かよう》な状況下で将門は武勇に秀でた庶子、良門に音羽ら精鋭をつけ、あらごとに添えていた訳で、今や、隠密頭というべき飯母呂石念までこちらに急派したのだが、本音を言えば、この人々に鎌輪にいてほしい。

そんな将門から石念に託された下知は——、

『良文叔父が香取におるとの知らせが、参った。そこでだ……良文叔父に、飯母呂の者一人つかわし、迎えの舟をととのえてもらったらどうか？　良文叔父が来た段階で、伊讃武任の首をそなたらが挙げておる場合、護の魔手があらごとにおよぶことはほぼあるまいと思うし、あらごと、乱菊は——良文叔父に託し、そなたらは急ぎ鎌輪に引き上げてきてほしい。

良正との戦にそなえてほしいのだ』

というものだった。

伊讃武任は泊崎にて良門が討ち取っているから……将門の下命を守るならば、良門、音羽、鐘遠、石念以下、飯母呂衆は、良文という人が来た時点で、鎌輪にもどらねばならぬ。

あらごとの思いは、

(将門様がさ……こんな時に、あたしのために、良門や音羽をつけてくれて、石念までおくってくれたことに、感謝しなきゃいけないよ。鎌輪にもどるってのも仕方ないことだよ。けどさ本音を言えば、良門や音羽、石念に、傍にいてほしいよ。だってあたし——良文って人がどんな人なのかを知らない)

護館ではたらいてきたあらごとには人間への不信がある。今まであったことのない人間への、警戒がある。

良門が、ざっと足を止めている。

「ただ——父上の命に素直にしたがう訳にはゆかぬ。というのも、状況は変った」

「ええ、そうです」

乱菊は相槌《あいづち》を打ち、音羽は真剣に良門の言葉に耳をかたむける。

「武任は討ったがまだ、その仲間は健在。さらに、風鬼、鎌鼬のことを、父上はご存じではない。

故に——俺は、鎌輪にもどるが、石念、音羽、鐘遠はあらごとの傍にのこしてゆく。他の飯母呂は俺ともどる。音羽たちは香取の、白鳥ノ姥の許にあらごとが行くまで供をし、あらごとの香取入りを見届けてから、鎌輪へもどって来るように」

「――はい。心得ました」

音羽は一つにたばねた髪を振って強く応じてから、森の小獣に似た愛嬌《あいきょう》のある顔を、あらごとに向け、深くうなずいた。良門がもどってしまうのは残念だが、良門の心遣いを嬉しいと思うあらごとだった。

「たのむぞ、音羽」

良門が何気なく音羽の肩に手を置いた。

一瞬、はっとした音羽の顔が――春の野に咲く花のようにほころんだ。

鈍感なあらごとであったが……この時はさすがに、音羽が心にしまっている思いに、気付いた。

そして、その気付きは、

（あたしも……）

自分が良門にどういう気持ちをいだいているかをおしえてくれた。

黒く大きな塊と化した、森の影を背負って、一宇の堂が、ある。

満願寺の本堂だった。

数段ある階《きざはし》に鐘遠が腰かけており、階の脇、丹塗りの柱の傍に、一人の品のよい尼僧と、供の下女が佇んでいた。老いた尼僧と鐘遠の身分を考えると……尼僧が立っているのに、鐘遠がいかにもくつろいでいるのは些《いささ》か面妖ではあったが、このほっそりした老尼

──浄瑠璃の力をもつ柏の前がもつ、病人や怪我人への慈しみ、そして、老いた船乗りへの敬意のなせる業だろう。

あらごとをみとめると鐘遠が、ほろ苦く錆《さ》びた声で、

「おい、おい……また、鎌鼬が襲ってきたらどうすんだよ？　お前も怪我人なんだから、遠くまでうろつくんじゃねえ」

鐘遠は、笑みながら、起き上がろうとして、歯を剝き、

「痛《いて》えっ……」

「鐘遠殿。無理はなさいますな」

あらごとにくわえ鐘遠も看病した老尼は声をかけ、階に腰かけさせている。鐘遠は、老尼に、

「全く、元気だけはいい奴でして……」

温かい気品を漂わせる老尼は笑みをふくんだ厳かな細面をあらごとに向ける。

「海が見たかったんだよ。あと、名高い浮島もさ」

あらごとは、言った。

銀髪の船乗りはしゃくれた顎を上げて、

「ここの仏様にはお参りしたのかよ？」

「まだ……」

あらごとが照れ臭げに告げると、鐘遠は痩せた肩を大きくすくめ、老尼は目を丸《まろ》げて、

「それはようありませぬな。貴女が驚くほど早くもち直したのも、ここの仏様のご加護によるものでしょう」

「体だけは丈夫なんですよ……。柏の前様」

乱菊の発言に、あらごとは横をきっと睨み、

「体だけってっ」

「ともかく共にお参りしましょう」

柏の前にうながされて、あらごとはやや不貞腐れた顔でうなずいた。鐘遠が腰を上げ、道をつくる。

あらごとと老尼は階を登った。

太い格子戸の奥で——かなり大きな釈迦如来《しゃかにょらい》像が座禅をくんでいる。

細く、鋭い仏の目は、海の方を真っ直ぐ見据えていた。

崇厳な叡智《えいち》をたたえた目で、多くの思いをかかえているようにも、心を無にしているようにも思えた。

あらごとはしばし合掌するのも忘れて……仏の目を吸い寄せられるように眺めていた。

手を合わせてから、顔を上げると、傍らの老尼が、

「お寺の奥にあるご本尊様は……」

つまり、今、あらごとが祈ったのは本尊ではない。

「都が飛鳥にあった頃の古い仏です」

満願寺からは薄暗い社寺林を突っ切る小径《こみち》で阿波の長の屋敷にもどれた。

その道を歩いている途中――良門が、かっと殺気を放ち、あらごとを守るように刀に手をかけている。音羽もすかさず殺気立った。

「……どうしたの?」

あらごとが訊くと、良門はかなり尖った息を吐き、椎の林を睨んでいたが、やがて、

「気のせいであったかもしれん……」

と、乱菊が、

「え?　浄蔵様?……よかった、無事だったんですね」

わごとが無事だったという知らせが――浄蔵により乱菊にとどいている。

安堵するあらごとの横で乱菊は、

「そうですか……。仲間が、四人も……」

青き蔓《つる》がびっしりまとわりついた樹に手をかけて水鬼は蹲《うずくま》っていた。

小径から見えぬよう身を隠している水鬼は、あらごとたちがだいぶ遠ざかってから、溜息をつく。

さる手段で……あらごとを奇襲しようとしていた水鬼だが、その寸前、あらごとを守る若者が凄まじい闘気を放ったため、自分が斬られたか、射貫《いぬ》かれたような気になっていた。

(全く、あの若者が傍にいる間は不意打ちなど出来ないわね。呪師でもないのに、勘が鋭い。……大した子だわ。あらごとには勿体《もったい》ないほど、たのもしい子……)

「——面白い」

呟きをこぼした水鬼は細い目をさらに細めて妖しい微笑みを浮かべ、

(千方様なら……あの男子《おのこ》の心、動かせるかしらねえ……)

ガチャ。

冷たい音がして後ろ首に何かを突きつけられた。

首をひねると、覆面をした男が剣を突き付けている。

「女、何が面白い？　ここで何しておった？」

——あらごとを守る「飯母呂」なる者の一人だ。

「……いけないですか？」

心細そうに睫毛《まつげ》を伏せた水鬼は襟をくつろげ白い肌から色気をしたたらせ、悠然と男に向き直る。夕闇に映える白肌に、男が唾を呑む気配があった。

青き衣の女は上目がちに、

「傀儡女《くぐつめ》が一人でお参りしたら……いけない仏様ですか？」

水鬼の人差し指が、とんと、靡ノ釧に置かれる。

と——傍らに隠形して蹲っていた鎌鼬二匹が——透明化したまま、飯母呂の男に飛びかかっている。

飯母呂の男は一匹目に首を斬り裂かれ、二匹目に右目から後頭部までを突き通され、声も上げられず血煙上げながら絶息した。

血に酔い、姿を顕《あらわ》し、血溜りを舐めようとする鎌鼬二匹に、

《行くぞ》

黒い腕輪に手を置いて命じる。

「すぐに、来る」

——他の飯母呂が、ということである。

青い衣の女は……鎌鼬二匹をつれ、樹々がつくる闇に、溶け込んだ。

水鬼は密《ひそ》かに満願寺の裏山に侵入、鎌鼬にあらごとを襲わせようとしていたのだった。

＊

「お主の手下《てか》の者が……裏山で斬られておったというのか？　それが、鎌鼬と申す妖怪の仕業と良門は申すのじゃな？」

その男はやや高い声でゆっくりしゃべり、石念、良門にたしかめると、二本の指で見事な口髭《くちひげ》をさすった。

平良文——半商半武というべき性質をもつ将門の叔父だった。

昨夕、満願寺裏山で起きた、何者かによる飯母呂者の惨殺は……阿波崎についてから警戒しつつも、そこはかとない安堵を覚えていた、あらごと一行にかなりの冷や水を浴びせている。殺されたのが飯母呂衆の中で石念に次ぐ武芸の達者であったことも良門や石念、音羽に衝撃を、あたえた。

——敵は、あらごとを見失った訳ではなかった。

正確に、追尾し、じっとこちらの様子を窺い、隙がないか探っている。

その事実もわかり、あらごとらは警戒を強めると共に敵への気味悪さを覚えていた。

「この歳まで……幸か不幸か、化け物というものに遭遇したことがなくてのう……」

赤く角張った顔をかしげ、将門によく似た大きな目を閉じた壮年の武人、良文は、

「乱菊、あらごと、とやら、気ぃ悪くせんでくれよ。わしは……化け物というのは、物語の内にある絵空事、呪師というのはみんな、騙《かた》りの類と思うとったんじゃ」

良文は目を開き乱菊を真っ直ぐ見据えた。

「今でも半信半疑なんじゃ」

「気など、悪くしません」

乱菊はくすりと笑い、

「悪い噂《うわさ》の種を蒔く偽呪師が巷に溢れておりますから。一方——妖の数は少なく、見《まみ》えた者の方が、少ない……。妖は、己の性《さが》、弱点、住処《すみか》などを、謎につつもうとする。謎につつまれた数少ないものを信じよという方に、無理がある」

良門が深くうなずく横で、良文は身を乗り出して乱菊の言葉を聞いていた。

「故に、まずは一度、ご覧になっていただく他ないかと……。ご覧になった上で、この話をもう一度した方がよいかと思います」

さすらいの女呪師は話しつつあらごとと目を見合わせる。

乱菊は、このお人は信用できそうよと言いたいように思えた。あらごとも、良文とは当然、初見であったが、非常に正直でざっくばらん、温厚な話し方をするこの男に早くも安心感を覚えつつある。

「……ふむ。なるほどなあ」

良文は太く赤い首の後ろをぼりぼりと掻きはじめた。

昨夜——飯母呂の者が一人斬殺されたことで、あらごとはなかなか寝付けなかった。そして、一夜明けた今日、二月十六日、早暁、香取から良文が郎党を乗せた船団を率いて来着、良門、石念らの口から今までの経緯が報告されている。

「ここで一晩くらい泊ってゆこうと思うとったがなあ……今の話を聞くと、色々厄介な敵が狙いをつけとるようだし、すぐ出た方がよいのかもしれぬな。鐘遠、如何《いかが》思う?」

良文は鐘遠に問うている。

顔見知りらしい。

「――それがよいかと思います」

鐘遠は、錆びた声で答えた。


こんもり小高く木が茂った岬の北に湊《みなと》はあった。

あらごとの足が、砂地を踏む。

波打ち際には、所々に流木や竹竿《たけざお》などが転がっていた。

砂地にはずんぐりした緑の筆のようなみじかい草が生えている。鐘遠によれば弘法麦《こうぼうむぎ》なる草という。

砂地の奥に集落があり、漁や塩焼きを生業《なりわい》とする裸足《はだし》の里人たちが出て来て、老いも若きも日焼けした顔をこちらに向けていた。

海猫が頭上を飛んでいる。

あらごとは、良門や石念たち、良文の兵、この地の男たちに守られ、船着き場にすすんだ。

胸底に石がつっかえているような気持ちのまま、弘法麦が生えた砂地を歩く。

あらごとは……互いに恩人である良門と今生の別れになるかもしれぬと思っていた。

自分は旅立たねばならない。良門は鎌輪にもどる他ない。

自分は魔王・藤原千方に命を狙われている。良門は、良正、護の勢力と、戦わねばならぬ。

あらごとが、鱶《ふか》が泳ぐ海に船出するなら、良門は虎がうろつく野に回帰する。

（あたしは良門に傍にいてほしいと思っている。だけど、傍にいられないことも、わかっている……。

それにさ、あたしは良門に……あこがれている。だけど、良門は――）

あらごとは今まで氏姓がないという生い立ち、身分、容姿などを特に気にせず生きて来た。運命の荒波に揉み込まれ生き残るのに必死で、そのようなごちゃごちゃしたものを考える暇が全くなかったと、言っていい。

だが、今、良門の隣に自分を並べてみる時、そのような気にしていなかったごちゃごちゃが一気に前面に出て来た。

（良門は……あたしを、同じように見てくれるの？　たぶん、いや、きっと――）

後ろ向きな答が、出てしまう。

色々な要因が、あらごとと、良門をここで引きはなそうとしていた……。

苦しい。

何か、言いたい。だが、何をどうつたえればよいのかわからない。もやもやとした煙に似た大変な言い辛さがある。

さらに音羽もまた良門に深い思いをいだいていると気付いたことで、言い辛さという煙は濃さを、ましていた。

だから今日のあらごとは良門への受け答えがかなりぎこちなくなっている。不自然になっている。

半分、上の空のような受け答えだった。

あらごとは良門と乱菊にはさまれ、うつむき加減に歩いていた。あらごとの前には飯母呂石念の小さな背があり、後ろは音羽が守ってくれていた。

良門の足が、止る。

「――あらごと」

呼び止められた。

あらごとは、はっとして、良門の方を向いている。

弘法麦の砂地の一角が小高くなっており、そこに枯れた浅茅《あさじ》、そして高さ三尺程度の、一見、大きな草のような、枯れた木があった。良門は鋭い棘《とげ》をもつその小さな木を指す。

「これが何だかわかるか?」

あらごとは、赤い芽と思しきものをつけた棘のある低木を眺めながら、頭を振った。

「浜梨《はまなし》だ。浜辺で実をつける梨の仲間だ」

　ハマナスである。

「へえ……」

「小さいが、かなり鋭い棘で、油断すると怪我する」

　たしかに指などを切りそうな棘だ。

「これを厭《いと》う浦人も多い」

　あらごとは、かすれ声で、

「だろうね」

　良門は、あらごとを見、

「だが夏に……いと美しき大輪の花を咲かせ、大変、かぐわしい香りを放つ」

「何色？」

「紫の花だ。赤く甘酸っぱい実をつけ、大変美味だ。花と実は多くの薬効があり……北の方様も浜梨の花か、実を見たら、是非つんで参れと常日頃口にしておられる」

　大した木であるようだ。

　あらごとが感心して眺めていると、良門がいきなり、

「あらごと。そなたは……浜梨の木のような子だな」

　不意の言葉にあらごとの顔は赤い花を咲かせたようになった。

「……あ、あたしが……？」

「口ごもるあらごとに、将門の子は、

打ち寄せる波にも、厳しい潮風にも負けず、大輪の花を咲かせ、実をむすぶ。俺などよりよほど強く――逞しい。この良門が真壁におったら、とっくにこと切れていたかもしれん」

良門は世辞ではなく本気で言っているようだ。

「小さいが、棘をもち、迂闊《うかつ》に近付きし者を、傷つける」

……これは褒められているのか、けなされているのか？

「そなたはすぐれた力を隠しもち、心の中に美しい花をもつ。多くの者を明るく、前向きな姿にさせる」

「……あたし、そんな大したことしてない」

あらごとがぼそりと呟き、うなだれると、良門は強く、

「そなたのおかげで父上はずいぶん笑われるようになった。北の方様もな。所領をおじ達に盗《と》られたゆえ、父上は厳しく思い詰めた顔をされることが多かったのだ。そなたが参ってからの方が、真壁とのいざこざは激しゅうなったが、父上はそなたのことを大層愉快気に話すことが度々あった。また、蕨も、そなたに勇気づけられているのだと思う」

「…………」

「良門様が言われる通りだよ。あらごと」

音羽が、やわらかく言う。

(逆だよ。あたしが……良門や、乱菊、音羽、蕨、将門様……みんなに助けられているんだよ)

あらごとは唇を噛みしめ夏に大輪の花を咲かせるという棘のある木にそっとふれている。どんなふうに咲き、どのように薫る花なのか？　紫の花を胸の中で咲かせてみる。見たこともないそれは、はっきりとした形になってくれなかった。

乱菊が、少しおどけた様子で、

「あまりおだてないで下さい、すぐ、図に乗りますから」

良門は浜梨に視線を落とし、

「本来なら香取大明神まで、そなたらをおくらねばならぬが……鎌輪と水守の間が風雲急を告げておる。もどらねばならぬ」

良門は、あらごとを見、

「——辛い時、苦しい時もあろう。だが、そなたなら浜梨が荒波や潮風にたえ得るように、必ず乗りこえられる。そなたの旅と努力は、急度《きっと》、大輪の花を咲かせ、実をむすぶはず。……息災でな」

こみ上げてくる強い感情をおさえながら、つとめて平静に、

「良門も。沢山……助けられた。ありがとう！」

良門は爽やかに笑い、

「お互い様だ」

湊には良文の舟六艘が泊っており、あらごとが乗り込んだのは一際大きな屋形付きの丸木舟だった。同じ舟に、良文、乱菊、飯母呂石念、音羽、鐘遠が乗り込む。

(風鬼がいるから、石念をつけてくれたんだ)

また、鎌鼬対策としてあるものをつみ込んだ。

良門と、残りの飯母呂衆、柏の前ほか当地の人々は浜辺にのこった。

あらごとは船縁《ふなべり》に寄ると、浜辺に並んだ人々に礼を言う。

最後に、良門を見た。

(――死なないで。生きてっ)

「必ず、また！　どうか、無事で」

あらごとが告げると良門は強く首肯し、よく通る声で、

「おう、必ず、また。犬神に護……そなたが恐れし者は、結局は、そなたに敗れた。そなたならどれほど困難な道でも必ず切り開けよう。さらばだ！」

二人は拳と拳を突き合わせた。あらごとの浅黒い頬を、涙が流れている。

良文の船団は――解纜《かいらん》した。

良門はとても小さくなるまで手を振っていた。あらごとも、手を振りつづけた。

船縁にしがみついたあらごとは浅黒い顔を濡らした涙をぬぐう。潮風が、舟の横からみじかい髪を強く揉む。

乱菊がかすかに痘痕ののこる白い顔を近づけてきて、

「ねえ、あらごと……まさか良門様に懸想しているんじゃないでしょうね？」

「――してないよ！」

石を叩き付けるように返すあらごとだった。

で、真っ赤になる。乱菊は目を細めて訝《いぶか》しむようにあらごとを眺め、

「……本当？」

あらごとは、歯噛みした。乱菊はおかし気な様子で白い袂《たもと》を口に当てている。

「なら、浜梨を詠んだ和歌を……知りたくない？」

「…………」

乱菊の囁きを聞いたあらごとの視線が香取海の方に泳いでいる。

直青《ひたあお》の海から、さすらいの女呪師に、視線をもどす。

あらごとが聞く仕草を見せると、乱菊はあっけらかんと、

「――無いわ。美しい花なのに……誰も歌に詠んだことのない花なの。万葉《まんよう》の歌人も、古《こ》

今集《きんしゅう》の歌人も、この花を詠んだ例《ためし》はなかった」

あらごとは——険しい顔様になっていた。

「それはさすがに意地悪でしょう、乱菊」

音羽が、叱った。石念も無表情のまま小さく首肯する。

「意地悪とかではないわ」

乱菊は何かにひたるような顔で、

「浜梨に思いを託す恋人たちは……誰も歌に詠んだことのない山や、誰も物語にしたことのない谷をこえ、自分たちの歌物語をつむいでゆくのだろうな……」

「もう、止《や》めて」

あらごとは固く言うも、

「などと思い、わたしは話したまでよ」

乱菊が掌をかざす。

すると、そこから棘のある木がにょきにょきと芽吹き、赤い芽を次々ふくらませ、紅紫の美しい花をいくつも咲かせたのだった。

「ほら、これが浜梨の花よ」

良文以下舟にいた男たちが一斉にどよめいた。

——むろん、幻だ。

「——もう、止めて！　その話はっ」

あらごとは、とうとう怒鳴っている。自分の大切な領域を無遠慮に踏みにじられた気がしたのだ。

あらごとの目には涙がにじんでいた。

「……何なのよ、もう」

幻の花を萎《しぼ》ませてから、消し、しょんぼりとする乱菊に、あらごとは身をふるわして、

「——恋人いないでしょう、乱菊」

「はあ？」

「心根が意地悪だと、男は、恋止むって」

美豆が、言っていた。

「誰が？　わたしが？——失礼ね、貴女！」

むっとした乱菊は、

「わたしは貴女の師なのよ」

感情をささくれ立たせたあらごとは、

「たのんでないっ」

「……ああ……そう！　そうですかっ」

大袈裟《おおげさ》に反応する乱菊と、あらごとの間に、音羽が頭を振ってわって入って、

「もう止めな。二人とも。いつ何があるか、わからないんだよ」

と、鐘遠が錆びた声で、

「見ろ見ろ、あらごと」

鐘遠の日焼けした指が差すのは浮島の方だ。

「風土記《ふどき》」に、十五戸の家しかないが、九つも社があると書かれた島である。

今、塩焼きの煙が立つ浮島と、船団の間で——いくつもの大きな魚の如きものが、海面から勢いよく飛び上がっては、飛沫《しぶき》を立てて、水をわり、潜り込む。斯様な跳躍をくりかえしていた。

驚きが、あらごとの顔から、悲しみや怒りを吹き飛ばしている。

「何、あのおっきな魚！」

「イルカぞ」

答えた鐘遠は、

「何と睦まじく、幸せそうなのか……。あれを見ておると元気になってこよう？」

「……うん」

あらごとは浅黒い手の甲で涙をふき、力強くうなずく。乱菊と音羽が顔を見合わせる気配があった。

「俺の子も……そうだったよ」

鐘遠を独り身と思い込んでいたあらごとは、

「子供がいたの？」

「…………」

あらごとは何か事情があると思い、黙り込んだ。鐘遠はほろ苦い笑みをたたえてしゃくれた顎をかたむけていたが、やがて遠い目で幾重にも重なる波の彼方を眺め、

「……ああ」

腕をさすりながら、鐘遠は、

「若い頃の俺はなあ……どうしようもない奴だった。酒と女、博奕《ばくち》の楽しみに溺れてなあ……。妻子をほったらかし、色々な湊で遊び、喧嘩《けんか》などに明け暮れていたものよ。まあ、船乗りには俺のような者が多い。何せよ」

浅黒く実に器用な指が船底をこつんこつんと叩く。

「この下は、人が住める所じゃねえ。……地獄よ。大海原《わだつみ》や、でけえ川というのは、青く美しい地獄よ。

俺たち船乗りはいつも地獄の上をわたっているから、明日は無いものと思い、湊に上がれば思い切り遊ぶのよ。

俺の里は毛野川の畔にあったが家におる時の方が少なかった。だからかな、幾度か、童を舟に乗せ、こっちの方まで出たことがあったんだが、大はしゃぎでな。おらも、父様《とと》の

ような船乗りになるって……言うておった」

暗い顔様になり鐘遠は、額に濃い皺《しわ》をきざみ、顎をにぎり潰すような仕草をして、

「鹿島の方に俺が出た時よ……。大雨がつづいていて、嫌な予感がしたんだが、俺はなあ、仲間に引きずられ、向うの湊で遊び呆《ほう》けていた。毛野川が大暴れしたという知らせがあって、慌ててもどった。川を遡れなんだ。水が、勢いが、ありすぎた。

徒歩《かち》で里を目指した。歩きながらよ、罰当《ばち》ったんじゃねえかと思った。妻子をほったらかして遊びすぎた罰がよ……。もう悪い遊びはすっぱり止める、だから、神様、お釈迦様、観音様、誰でもいい、力をかしてくれ、どうか家の者が無事でありますように、里が無事でありますように。――祈りながら、歩いた」

深く潮風を吸い、鐘遠は、悲し気な目で、

「……俺の里は湖の底に沈んだようになっていた。何が、のこっていたと思う?」

あらごとはわからないというふうに沈痛な面を動かした。

「長者の屋敷の大きな柱が四つ、一際大きい欅《けやき》の樹……。そんだけよ。人はもちろん、後の家もみんな押し流され、跡形もなくなっていた」

辛いものが鐘遠の胸をひたし、こみ上げそうになっているのがわかる。

「あすこで屍《しかばね》でも見つけておれば諦めもついたかもしれぬが……どうあっても、見つからん。俺は、何処かの里に逃げのびて生きておるんじゃないのか、そう思うてな、里から

里へわたり歩いて探した。

船乗りの仕事にもどっても常に妻子を探しつづけて家というものを幾年《いくとせ》ももたなんだ。

将門様に誘われ、鎌輪に居をさだめた今も、船旅に出ると……妻と、倅を、探しちまう」

妻子を川に奪われた船乗りは寂し気に笑み、

「馬鹿なもんでなあ、大水が起きた時、お前くらいの歳だったから、俺の倅は、生きていれば、二十《はたち》はとうにすぎているはず……。なのによ、お前くらいの童を見ると——あいつじゃねえかって、今でもはっと、胸を突かれたようになるんだよ」

あらごとの二親は恐らく藤原千方とその配下に害されたと思われる。だが、もし生きていれば自分とわごとを探し、鐘遠の如き心境になっているのではないか——？

そう思ったあらごとは胸を深く刺されたような気がしている。

「昔の話、しすぎちまったな」

鐘遠は、明るく言って、笑顔をつくった。

そんな鐘遠に良文の船頭が、

「香取に真っ直ぐ行くのは止めようと思います。南に下り——神崎《こうざき》に参り、天の様子を見、岸伝いに香取に参ろうかと。如何思います？」

鎌輪一の船乗り、鐘遠とこの船頭は顔見知りらしい。船頭の表情から鐘遠への太く堅固な信頼が窺え、あらごとは自分のことのように嬉しかった。

「いいと思うぜ。その船路で」

思慮深い良門は海上で万一何かあった時にそなえ鐘遠をつけてくれたのだと、あらごとは呑み込んだ。

さて――南を眺めれば、緑色の小高い陸地が横に寝そべっていた。

目指す神崎である。

東を眺めれば香取海が茫漠たる広がりを見せており、ここを突っ切って行くのが、香取大明神への近道だが、大事をとって、この内海が細くなっている所を縦断、後は陸伝いに行こうという計画だった。

西に向かっても――香取海は奥深い展開を見せている。ここから西に舟で行けば、印旛浦や手賀浦の方にいたるはずだ。

「大事な客を乗せているんだ。船路は何があるか、わからん。十分、用心して、陸の近くを行った方が、いい」

鐘遠は言う。

船路は何があるかわからん、という言葉、そしてさっきの、地獄よ、の一言が――あらごとの心に滴を落とす。

その滴は、得体の知れぬ波紋を胸底に起した。

（海は、地獄……何があるかわからない）

次々と舟にぶつかっては砕ける青波が、何か意志をもった者どもである気がしてくる。

（もし、水をあやつる呪師がいるならここって——）

その者の独壇場ではなかろうか？　もしそんな者が敵方にいるなら、今の自分たちは、相撲を知らぬ童が、歴戦の相撲人がまち構える土俵に入ってしまったようなものではないか？

「ねえ……乱菊」

面倒臭そうに、乱菊は、

「何よ？」

「水をあやつる通力って……ある？」

あらごとが訊くと、

「あるわよ。水雷《みかずち》という。別名、水神通《すいじんつう》……」

言いながら乱菊ははっとした面差しを見せた。あらごとが言わんとしていることを、察したようである。

乱菊は、誤魔化すように、

「まあ、大事ないでしょう。呪師が三人もいるのだし……」

元盗賊で風をあやつる呪師、飯母呂石念は——二人の話に注意深く耳をかたむけているようだった。

将門の叔父で、船団を率いる良文が、鷹揚《おうよう》に、

「何の話ぞ?」

と、言った時、風が、吹きはじめた。

——強い東風だ。

北風を受けてふくらんでいた筵帆《むしろほ》が戸惑い混じりに揺らぐ。

船頭たちが騒ぎ出す。石念の双眸が、夜の獣の如く光り、

「面妖な風よなっ」

「ただの風にあらず!——妖風じゃ。見よ、あちらの林は揺らいでおらぬ!」

行く手、神崎方面の木立を指した石念の声は、硬い。

たしかにそちらの木が風でざわついている気配はない。化石の森のように、静まっていた。

「帆を下ろせ! 梶《かじ》と棹《さお》だけで行くぞ」

良文が下知し、鐘遠ら船乗りがてきぱきと動いた。

と、

「お頭、東より舟二艘!」

音羽が、叫んでいる。

あらごとには舟と見えなかったが……たしかに東の海上に黒い点が二つ、みとめられた。

「敵が——来るようじゃぞ！　しかし二艘とは……軽う見られたもんじゃの、男子《おのこ》ども。さ、弓、揃えい！」

半商半武の人、平良文が口髭をさすりながら轟くような声で帆を下ろした各舟に下知した。

乱菊が、良文に近付いて、

「ご油断なきよう。……妖術使いか、化け物が、乗っておる恐れがあります」

「化け物？　斯様な昼日中に闊歩《かっぽ》するのか？　さすがに末法の世が近いだけはある」

不敵に笑む将門の叔父に、石念が暗い陰の差した声で、

「良文様。——化け物は、真におり申す」

「飯母呂とやら……。この平良文、己の目で見しものしか信じぬっ！　さもなくば、この草深き坂東で商いなど出来ぬわ」

かく言う間にもどんどん黒い二点は近付き舟の姿を顕《あらわ》にしていた。

二艘とも、筵帆に、たっぷりの順風——東風を受け、急速に、近付いてくる。

一艘は苫舟《とまぶね》であらごとが乗る舟と同様、小さな屋形があり、船頭も梶子《かじこ》もおらず、ただ、風の力だけですすんできた。苫屋の中に誰か隠れているかもしれぬが……一見、人は乗っていない。

もう一艘には人相の悪い男どもが数人乗り込み、風力にくわえ、棹、梶の力で、こちらに接近していた――。その舟から、ガラガラ声で、

「鎌輪の野鼠《のねずみ》ども！　観念せいやっ。武任の義兄《あにい》の仇《かたき》は、わしが、討つ！」

と、

「誰じゃ、大言壮語しとるお主はぁ――」

七曲りした黒塗りの強弓《こわゆみ》が、あらごとの傍で構えられる。

――平良文の弓だ。

普通、弓は、真っ直ぐな檀《まゆみ》や梓《あずさ》などをたわめてつくる。ところが、この男、複数回屈折した、いかにも丈夫そうな藤蔓を加工して弓をつくっている。その癖のある屈折、黒塗りのたっぷりした様子が、普段、穏やかに話す将門の叔父が隠しもつ武芸を暗示しているように思えた。

「わしゃ、鹿島の、藤原玄明と申す者！　そ奴らに、兄貴分を討たれたのじゃ」

良文、納得の様子で、

「ああ……思い出したぞ。この平良文――商わぬものが二つ、ある！　毒と人じゃ！　毒は、人の体を蝕《むしば》み、人商いは人の心を蝕む！　玄明、そなた、人を商うと聞いたぞ」

「………」

「さらに、強請《ゆす》り、騙し、盗みにも手を染めておるようじゃな。群盗の後ろにお主がおる

という噂も耳にした」

　不敵な様子でくすくす笑う玄明たちを見まわし良文、

「その憎体《にくてい》……単なる噂でないな？　逐一、真実《まこと》のようだな！」

　藤原玄明、厳《いか》つい顔を上気させ、ごつい顎を突き出し、

「どうだかなあ……」

　玄明の舟には玄明を初め兵が八人、船乗りが二人、乗っていた。

　良文は矢をつがえ、

「ちょうどよいわい！　成敗してやる」

　乱菊が、石念に、

「わたしが合図したら風向きを逆にしてもらえないかしら？」

　石念は敵を睨みつけたまま、かすかに笑い、

「掟は、どうするよ？」

「あら？　わたし、貴方に逆風にしろなどと言っていないわ。逆風に出来るか、たしかめているだけよ」

「――ふ。変ったな？」

「そう？」

「ずいぶん、臨機応変になった。話し方も……やわらかくなった。誰のおかげかの？」

石念が悪戯《いたずら》っぽくあらごとを見た。

東風が起す数知れぬ波の皺が、あらごとたちの舟に打ち寄せる。

あらごとは、この香取海が一人の女神で、その女神のまとう青に水色、青みがかった灰色、様々な色の重ねられた衣に、風が吹きつけ、沢山の皺が生れているように思った。

そのあらごとは右手に手鍬《てぐわ》、左手に鎌を、強く、にぎる。

「――頃や、よし！　射よぉっ」

「今よ」

玄明と乱菊は、同時に、言った。石念が厳しい顔付きで両手をかざす。

すると、どうだろう。東風はたちまち西風に早変り。玄明たちの矢を海に落とす一方、放たれた良文一党の矢を、玄明たちに降りそそがせた――。

玄明の手下が二人、射殺され、二人が、手傷を負う。

良文が放った凄まじい殺気の突進を間一髪、かがみ、歯をくいしばってかわした玄明は、

「――風鬼様っ！　早うお助け下されっ」

必死に喚《わめ》いた。

「……ふむふむ」

呟きながら白衣、そして白く長い髪と髭をもつ翁がもう一艘の舟の屋形から、ゆらりと現れている。

（――風鬼っ！）

荒々しき闘気が、あらごとの髪を逆立てる。

「――さて」

乱菊がさる通力のために集中しはじめる。

千方に仕える風の老人が両手をかざした。

すると――風が再び、西風から強い東風に変った。

初めに風鬼が吹かせていたのはまだ本気の東風でなかった。これが、本気の風で、その風量、風速は、石念が吹かす風を凌駕《りょうが》する――。

東国屈指の大内海、香取海の海上で、今、自然界が吹かす潮風でなく、通力が吹かす疾風と疾風がぶつかり合っている。

妖術師が吹かす強い東風で短髪を靡かせ歯を食いしばらせたあらごとは、

「石念？」

飯母呂石念、硬い面差しで、

「向うの風の方が強うてな……」

玄明たちの矢が味方の他の舟を襲い、犠牲者が出る。玄明たちは良文の兵が斃れる度に歓声を上げている。

数で勝るこちらの矢だが風鬼の風に阻まれて敵までとどかぬ。もう少し後代の舟なら、風鬼がおくる横風を帆によって前にすすむ力に変えられるのだが、この承平の頃の丸木舟にはなし得ない。

その様子を満悦気に眺めていた風鬼が瘦せさらばえた右腕を天にのばす。

風鬼の手首には、黒い釧《くしろ》が、みとめられた。

あらごとは舟の一角——何かがたっぷり入った大袋、そして、さる液体にひたした布を入れた木箱に、目をやる。

鎌鼬を倒すための秘密の道具だ。

(昨日の夜、乱菊や……良門と考えた。どうやって倒すかを)

万一、作戦にしくじればここにいるみんなが彼《か》の小妖獣どもの凶刃で、ズタズタに、斬り裂かれる恐れがあった。鎌鼬は速さ、隠形、鎌形の前足、によって、小さいながら、全く侮れぬ妖魔であった。

同瞬間、さすらいの女呪師が、

「ようやく、ととのったわ。——来るわよ」

面差しを厳しくした乱菊はあの高速の飛行獣、姿なき殺人鼬について、警告していた。

音羽は火矢を支度、手鍬、鎌を振るったあらごとは、船底におかれた袋に穴を開ける。中に入っていた白っぽい粉末が外に少しもれている。

風鬼の左手の指が——黒い腕輪にふれた。

あらごとの懐中で鏡の欠片がすーっと冷えてゆく。奴らが来るという認識が、あらごと、乱菊、石念ら鎌鼬を知る者の相貌を石化させたように強張らせていた。

——六艘の舟の内、ただ、あらごとが乗る舟だけを目指して——驀進してくる妖気の殺到が、ある。

宙を、飛んでくる。

むろん、姿は、ない。

鎌鼬だ。

（十いや、十五匹くらい？　これが——妖気を見切るってこと？）

獲物を追う鷲《わし》と同程度の速さ、つまり常人が反応できぬ速度で迫り来る透明な獣どもを感じながら、あらごとは刹那で思慮した。鏡の欠片は益々冷たくなっている。

「さあ！」

乱菊が合図しつつ白くゆったりした両の袂を大きく動かす——。

直後、あらごとたちが乗る舟と風鬼の舟のあわい、つまり海上に白霧の壁が現れた。

幻術である。

同時に……船底にあった、あらごとがさっき穴を開けた大きな袋が消失していた。

一瞬、味方たる乱菊の幻に惑ったあらごとだが、

（あれは幻だっ！）

己に言い聞かせながら眺めると……白霧は何処かに消えて、宙に現れ、今にも海面に落下しようとしている大きな袋が、目に入っている。

乱菊が、幻術と同時に――物寄せで動かした袋だった。

あらごとの中で冷たくも熱い火花が一挙に散る――。強力な念を放った、あらごと、重く大きな袋を再び宙に躍り上がらせた――。

乱菊が物寄せした袋が、乱菊の幻の霧にくるまれて、あらごとの念で、浮き上がる。

あらごとはちょうどその辺りを通過する透明な妖獣どもを直覚しながら、件の袋を空中で右に数歩、左に数歩と激しく揺らし、大量の粉末を撒き散らす。

乱菊の幻に惑わされているほとんどの者の目には白い霧に隠されて袋の動きは見えない。

さて、幻がつくった霧の壁を貫く形でこちら側に躍り出た姿なき妖獣どもの多くが、白い粉を体にまぶされた状態、肉眼で見える状態に、なっていた。

この粉末の正体は……阿波の長の屋敷で塩焼きのため、夥《おびただ》しく松を焼く折に出る、灰である。

乱菊が物寄せし、あらごとが如意念波で動かした大袋の中にはずっしりと、白っぽい灰と、松脂《まつやに》を砕いたものが入っており、鎌鼬どもは体じゅうに灰や、松脂の破片をくっつけた状態になってしまった。

役行者の隠れ蓑《みの》や、隠形鬼の隠形は——人がまとった衣、手にもつ道具も、透明化した。鎌鼬の隠形がこれと同質のものなら、体についた灰も、透明化するはずである。

ところが、そうはならない。

まるで透明な蓮根《れんこん》を小麦粉をたっぷり乗せた俎板《まないた》の上でごろごろ転がしたような具合に鎌鼬どもはなっている……。

どうしたことか？

そもそも——人の呪師の隠形も元は、鎌鼬の隠形と同じで、身一つを透明にするものだった。つまり衣を着た状態で隠形すれば衣服だけが宙を漂っているように見えるため、裸形になった上で——隠形せねばならなかった。

だが、人が衣服というものをまとい、文明を発展させた存在である以上、これは甚だ不便なことである。

故に、人の呪師は隠形の術を「進化」させ、肌にふれた衣、手にもつ道具をも透き通らせるようになった。

一方、鎌鼬には衣服を着る習慣もないし、鎌鼬が構築した文明というのも……この世に存在しない。

鎌鼬に隠形を進化させる必要は、なかった。

だから今、幻の霧の中で体じゅうに松の灰と、松脂をくっつけた鎌鼬十匹以上は、人間

――あらごとたち――の前に姿を露呈させている。ちなみに千方の変形は斯様な「進化」を経ていないため、魔王といえども裸形となり、鳥や獣に化けているのである。

「何じゃ、あれは？　魔物かっ」

鼬のような姿をした、空飛ぶ粉塊《ふんかい》を見て、良文たちはどよめいている。

「あれを、射て下さいっ」

叫びながら乱菊は――物寄せに、入る。

ある液体にひたした布を一枚一枚、灰によって姿を露見させた鎌鼬どもに向かって、瞬間移動させた――。

また、あらごとも、如意念波によって、同じ布をひらひらと鎌鼬めがけて飛ばす。

鎌鼬どもは物寄せ、さらに如意念波によって、自分たちの至近に現れた布を見るや、攻撃も、隠形も、そっちのけで、追いかけ、むしゃぶりつきはじめた。

布はその半分を獣の血にひたしておいたのである。

鎌鼬どもは――大好物である血の臭いに我を忘れ、

「あらごと、乱菊らの術に惑うな！」

風鬼の懸命の制止を振り切り――灰、松脂がたっぷりくっついた金色の体毛まで晒して布を追いかけ、興奮して嚙み千切ろうとする。

風鬼が動揺したか東風が弱まる。その隙を衝いて石念が、敵側に突風を吹かせ、鎌鼬目がけて音羽や良文、兵たちが、火矢を放つ。あるいは、矢を射る。

鎌鼬にくっついた松脂は可燃性で、鎌鼬が食らいついている布は半ばが、獣血に、半ばが……たっぷりの魚油に漬け込んだものだった。

だから火矢を射られた鎌鼬は悲鳴を上げながら空中で丸焼きになる。

音羽は——石念の風に乗せ、次々火矢を命中させ、射芸の確かさをしめした。

火、そして、矢が、幾匹もの鎌鼬を、討つ。

何匹かは香取海に潜る。海水で火を消し……再び飛ぶも、隠形する余裕は無くし、体毛に重い水をたっぷりふくませていたため、飛行はかなり、鈍化した。

その遅くなった水濡れ鎌鼬どもに目にもとまらぬ速さで一本の、鎌が襲いかかる。

あらごとが飛ばした鎌だ。

空飛ぶ鎌は喉を裂いたり、胸を断ったりして、凶獣を退治している。

十匹以上が火矢や常の矢、あらごとの鎌で退治されるも、白い粉を浴びず、透明のままこちらに突っ込んできた鎌鼬、灰はまとい、不可視の通力を剝がされかかるも、血の臭いには惑わず、まっしぐらに突進してきた鎌鼬が、数匹、いた。

狙いはむろんあらごとだ。

あらごとの舟の梶を動かしていた男が目に見えぬ刃で首を斬られ——海に呑まれ、白い飛沫《しぶき》に、赤い飛沫をまじえて、沈んでゆく。

身を反転させ、背面からあらごとに斬りかからんとした、空飛ぶ獣の妖気を、あらごとは感じる。

自身の後方に右手の手鍬を如意念波で放つや、キエという悲鳴が、散り、その姿なき小魔はこと切れたようだった。

その手鍬が念波に乗って空中をあらごと正面に流れる。

正面から、白っぽい灰を毛にたっぷりつけ、隠形は解かれぬものの、馬脚は露《あらわ》した、鎌鼬が、あらごとの胸くらいの高さで、高速で、飛んで来た――。

その鎌鼬の双眼にあらごとが前にもどした手鍬が激突。

両目を掻き出す仕草をして痛撃をくわえるも、鎌鼬は血を流して叫びながらも、あらごとに猛然と飛びかかり、斬り付けようとしている。

その鎌鼬を――石念が振るった刀が、叩き斬る。

さらに、弓で鎌鼬を射落としていた良文が太刀にもち替え、やはり灰を体につけて上から飛来した鎌鼬を仕留めた。

と――灰をかぶっていない奴だろう。

見えざる鎌鼬に襲われたか、一人の兵が、手首、さらに鎖骨近くを深く斬られ血煙を噴射しながら悲鳴を上げた。

凶獣の行方を、あらごと、音羽は、必死に、追う。

だが、そ奴……姿も、気配も、隠し、舟近くの宙を漂い、こちらの隙を窺っているようだ。

味方の兵が流す血臭にも惑わぬ。

……一際、賢く、用心深い鎌鼬である気がする。

斬殺された楫取にかわって梶をにぎった銀髪の男、鐘遠が、

「ぐわっ——」

背を——抉《えぐ》り斬られたようだ。

姿なき鎌鼬の凶行である。

額に強く皺を寄せた鐘遠は、しゃくれた顎を左右に振り、

「案ずるな！　俺は大丈夫だっ」

動揺したあらごとに錆びた声で告げた。

あらごとが、突進する妖気を感じた瞬間、

————！

音羽が叫びながら短刀を、投げている。短刀が肩に刺さった鎌鼬が——姿を現す。

その鎌鼬は血を流しながら、猛然と、あらごとに突っ込み、鎌で首を斬ろうとした。

辺りの宙を旋回し、鎌鼬の奇襲にそなえていた、あらごとの鎌が素早く飛びもどり——

手におさまりつつ、鎌鼬の鎌を、火花を散らし、食い止めた。

——妖獣の鎌は凄い力であらごとを押してくる。

音羽が箙《えびら》から摑み取った矢を鏃《やじり》を鎌鼬に向けて、手で、妖獣の後ろ首に刺す。

鎌鼬から悲鳴が千切れ飛び、あらごとにかかる力が一気に弱まった。

あらごとは手にもつ鎌で鎌鼬を押し払い斬り付ける——。

その鎌鼬は、黒煙となって消え、あらごとは、飯母呂の娘に、

「戦えるでしょ？」

音羽はあらごとを見たまま小さく肩をすくめ、苦笑してうなずいた。

あらごとは大きな目に力を入れ、固い息を小刻みに吐きつつ辺りを窺っている。

——さらなる襲来の、気配は、ない。

（……みんな……倒した？）

「鎌鼬さん……いなくなっちゃったかしら？」

乱菊が悪戯っぽく呟く。で、良文に、

「如何です？　妖が、物語の外をも飛びまわっていること、お信じになりますか？」

「……信じざるを得まい！　されど、これが夢であればよかったなあと思うておる。のう乱菊、この世間は、良文が思うていたよりも、よほど危うき所であるようだな」

「おのれ——やりおったのう！」

風鬼の叫びが聞こえた。顔面蒼白《そうはく》となったその只《ただ》ならぬ様子が、鎌鼬の絶滅という直感

が正しいことを、おしえてくれる。あらごとは目をギラギラさせて老妖術師を睨んだ。

風の老人は、強い声で、

「風よ——！　あ奴らの舟を薙《な》ぎ倒せ」

妖力を振るい、暴風を起そうとするも、その風を強い西風が押し返しはじめる。

「起せる風の強さでは……あ奴に分《ぶ》があるが、風吹く時の長さではこのわしに分があるようじゃ」

風を起せる小男、飯母呂石念が表情もなく言う。

さっきは風鬼の風が石念の風を圧倒していたが……今は石念の風が相手のそれを押しもどしだした。風向きの変化により、玄明たちが苦戦する中、鎌鼬を悉《ことごと》く退治され、自らの風をも封じられた老妖術師は、天を睨み、

「天狗《てんぐ》どもよ！　何をしておる。喰い殺せっ」

乱菊は、すぐに、

「弓矢の兵たちに、上への用心を呼びかけて下さい。——敵は、天《あめ》の上から、来ます」

良文に告げた。

良文は……惚《ほ》れ惚れしたような面持ちで乱菊を見た後、兵たちに、

「皆々、天空からの来襲へそなえよ！」

さすらいの女呪師は早くも上空に現れたいくつもの黒点、天狗どもを仰ぎ、

「天狗は弱いと見れば襲い、強いと見れば退く、臆病な化け物。鎌鼬がみんな殺《や》られたのを見て躊躇《ためら》っているわ」

あらごとが、その乱菊に、

「ねえ、風鬼が腕につけた黒い輪っか……。あれさ、妖を動かすことに関わりあるんじゃないかな？　あれを奪ったり、壊したりすれば、風鬼の奴――」

乱菊は目を細めて黒き釧を見やり、小柄な弟子に、

「存外、勘が鋭いようね、貴女」

あらごとは浅黒い顔を顰《しか》め、

「存外が余計っ」

「――とても、とても、よき処に着眼したかもしれないわ、貴女」

利那――乱菊の面貌が、暗い深海に沈むように変化し、

「……わかる？」

鎌鼬の全滅で再び常温にもどりはじめていた鏡の欠片が急遽、冷温化している。

（天狗……？　違う。あんな上にいて、こっちに降りてこない。あいつらじゃない！……別の、何かが――）

あらごとは眼差しを凍てつかせ、妖気を読まんとする。

「……何か……来る？」

足の裏がひりつくような気がした。あらごとが口を開く前に、乱菊が、

「――水の下にも魔がいるかもしれない！　みんな、気を付けてっ」

その時、棹をにぎっていた船頭が、

「何じゃ！　あの女っ」

南を睨みながら声を震動させた。

舟の舳先《へさき》の方――つまり神崎側海上に、女が一人、悠然と、佇んでいた……。

その女は水中から突如、現れたらしい。だが、髪も、青き衣も、つゆ濡れておらず、一滴の滴もしたたらせていない。

物理の掟をのびのびと壊し妖しい微笑みを浮かべた麗しい女は沈みもせずに水面を踏み海原に立っている。

青き女はあらごとたちにまるで関心がないかのようにゆったりと、白い顔を風鬼に向けて、

「一昨日の恥をすすがせてくれというから貴方にまかせた。とんだ失態だわ。鎌鼬を全てうしなうなど……。あのお方のお耳に入れば、何と仰せになるか。まあ、あのお方は千里眼で全てをご覧になっているかもしれぬけど」

「怪しい女！　射――」

射撃を命じんとする良文をさっと止めた乱菊が、

「これなるは、東《あずま》の呪師・乱菊！　お名前をうかがいたい！」

風鬼からこちらに視線を流した水上の女は、細い目をさらに細めてぞっとするほど冷たい表情であらごとを睨んだ後、口元にかすかな笑みを漂わせ、

「──水鬼」

首に下げた青き勾玉《まがたま》に、指を添えて答えた。

乱菊は、頭を二つの唐輪《からわ》に結った青衣の女、水鬼に、微笑みを浮かべて、

「敵かしら？　味方かしら？」

答は乱菊の中で出ているのであろう。だが、一応たしかめた様子だった。

水鬼の口元に漂う笑みが大きくなり、

「草深き東で妖魔の塵芥《じんかい》を狩り、水際立った働きでもしたかのように心得違いしている乱菊なる女がいる、そんな噂を……都か南都の場末で聞いた気がするわ」

「それ、花の都では褒め言葉なのかしら？　かたじけないわ」

「敵か味方かと言われれば──貴女の出方次第、と言う他ないわね。乱菊」

「……へえ。出方次第で敵にまわさずにすむの？　どういう出方をすればよい？」

乱菊はかすかな痘痕がある小顔をほころばせ興味津々というふうに首をかしげる。

水鬼の青き袖が波立つように動き──白き指が、あらごとを、差す。

「その子の首を差し出せ。さすれば、乱菊──そなたも、そこなる風をつかう小男も、他

雑人《ぞうにん》どもも命だけは助けてやろう」

「大人しゅうしたがった方が身のためぞぉ」

藤原玄明が手で筒をつくり、だみ声を飛ばしてきた。

妖女に媚《こ》びる玄明たちへの怒りが、あらごとの鼻に皺を寄せる。

「わかっているとは思うが、海上《ここ》では、汝らが束になってかかっても、わたしには勝てぬ」

底知れぬ声で水鬼が告げるや――香取海は大波を立て、良文の船団を大揺れさせ、深刻などよめきを走らせた。玄明たちすら青き女が起したらしい波に怯えていた。

右手の手鍬を落として船縁を摑まえたあらごとは船縁をにぎる右手、そして鎌をにぎる左手の力を強め、

（この青鬼女……水をあやつれるんだっ！）

まさにあらごとが恐れていた相手が行く手に立ちふさがっている。

突如――あらごとの中で活写された光景がある。

あの山里の光景だ。

黒く長い髪を垂らし黒衣をまとった恐ろしい男の横に、水鬼と瓜二つの顔をした、赤衣の女がいる。

その女の手や口から火炎が放たれ、村の人々が火達磨《ひだるま》になっていた。

田の脇に、青衣の女が、いた。今眼前にいる水鬼だ。

水鬼が手を田にかざすや、田の水が重力に反して、いくつもの毬状《まり》に躍り上がり、あらごとの村の人々の首より上にまとわりつき、どんなに掻き取ろうとしても、決してはなれてくれない水球に苦しめられた人々は、沢山の気泡を吐いて藻掻きながら、陸の上で溺れ死んでいった……。

（こいつ、いたんだ。あの時！……あたしの村を壊した連中の、一人なんだ！）

あらごとは全身を激しくわななかせている。苦しみと怒り、斃れていった村の人々の姿が掻き起した悲しみ、そして怖れに、身をふるわせている。

「命に未練があるならわたしにしたがうように」

宣告する水鬼に、乱菊は、

「ずいぶんな言い草ね」

「そう？　寛大な言い草と言ってほしいわ」

水鬼は落ち着き払った声で答え、

「乱菊。貴女ほどの通力があるなら我らが主は必ずや受け入れ、一手の将にするはず。歩む道の方角を違えるならば、貴女を仲間として受け入れる。風をつかう男。お前もよ」

――乱菊と石念に誘いをかけた。

「主とは――千方ね？　如何なる方角に変えれば仲間に入れてもらえるの？」

乱菊が問う。

水鬼は、答えている。

「魔を狩るのではなく、魔を利用《つか》う道。通力《ちから》をおさえつけるのでなく——思う存分、解き放つ道。命も、法も、何であれ、我らの通力をおさえられぬ……。草に乗る露が人の手でたやすく散るように、そこな船乗りや兵など、弱きものが散るのは運命《さだめ》なのだから」

「なるほど……」

微笑みを浮かべて聞いていた乱菊は、

「わたし、このあらごとという子……苦手なのよね」

あらごとの面相が険しくなる。音羽や鐘遠、良文たちが何を言い出すのかという面差しになり、一斉に、乱菊を見る。

あらごとも……乱菊が何を言い出すのかはかりかねた。

あらごとは、乱菊に一定の信頼をいだいていたが、それは、状況によって、ぶれる。乱菊のことを信頼できる師と思う時と、あまり信頼出来ぬ胡散臭《うさんくさ》い人と思う時の、両方があるのだ。

今も乱菊が何を言い出すか知れないという不安が急速に首をもたげていた。

まさか、自分を売りはしまいかという思いが胸の中に漂う。

皆が視線を乱菊に流す中、石念だけが——全くの無表情のまま、水鬼を見据えた視線を些かも動かさなかった。

「この子はひどく——生意気で、がさつ。……極めて粗野。呑み込みも悪い。

正直、もてあまし気味なのよね」

「いいじゃない」

肩をすくめる乱菊に水鬼が相槌《あいづち》を打った。いいじゃない、そんな子は差し出せば、と言いたいのか。

「それにこの子、良識、常識が欠けている処もあってね」

水鬼は鷹揚な微笑みを浮かべてうなずく。乱菊の寝返りを確信しているようだ。

あらごとは、鼻をふるわし、歯を強く噛みしめ、鋭い目で、数多《あまた》の小言を自分にぶつけてきて、今も敵前で自分をあげつらっている師匠を、睨んだ。

(……あんたはあたしを、裏切るの？——見捨てるの？)

乱菊は不意に低い声で、

「だけど、水鬼、貴女の話って、良識、常識以前の話だわ」

今までの掴み所のない笑みを掻き消した乱菊は極めて硬い毅然とした顔を水鬼に向けた。

水鬼の面長の顔からも、笑みが消えてゆく。

乱菊は双眸を光らせて水鬼に、

「呪師とは——魔に狙われている人の命を、守る者」

あらごとの粗衣を着た痩せた肩が乱菊の温かい手に摑まれた。

強く、摑まれた。

乱菊は、あらごとを揺すり、

「その人や里が……どれだけか弱く、無力で貧しく、わたしたちに金銀など払えぬほどであっても、守る！　相手がどれだけ強大で、我らが束になっても敵わぬ魔《もの》でも守るために、戦う。

それが——呪師！　わたしをこの道に引き入れた人はそう、わたしに言った……」

乱菊は叫んだ。

「水鬼、お前はその大切な道を踏みはずせと、わたしに言っている！——出来ないわ。つゆ踏みはずす気など、ないっ」

水鬼は、乱菊に、

「何ゆえ？　其《そ》は貴女たちの下らぬ常識がせばめた呪師の姿でしょう？」

「下らない？　何処が？　全く、下らなくない。何が下らないのか言ってみなさいよ」

水鬼の足元で……異常の現象が起きている。

水が、瘤《こぶ》、ないしは、壇の如く盛り上がりはじめていた——。

香取海が一部、隆起、青衣の女の体を押し上げてゆく。

「問答をするために来たのではないわ。——わたしは、命じている。命が惜しいなら、あらごとの首を差し出せと。東の呪師ども、雑人ども、これが最後の機会ぞ！」

普段小さな声でしゃべる乱菊はこの人にこれだけの声があったのかと驚くくらいの大声で上昇してゆく水鬼を怒鳴りつけた。

「この子はね、色々あるけど——一人で旅してきたわたしが初めて取った弟子！　何で、お前なんかに差し出せよう。馬鹿も、休み休みに言いなさい！」

その隣で、飯母呂石念が、

「乱菊に——同じ！　この石念が指図を聞くお人は、この世にただお一人！　何《な》じょうわ主らの首領づれの下知を聞く暇《いとま》があろうか」

音羽は闘気を漂わせ水鬼の心の臓を狙って弓を構えている。

あらごとはこの仲間たちを得られたことが無上の幸せと思った。胸の中で広がった温かいものが、おさえ様のない勢いでこみ上げてくる。

(乱菊、ごめん。疑ったあたしが……馬鹿だったたっ)

あらごとの浅黒い頰を、熱い、塩気をふくんだ滴が、一粒こぼれる。

水の妖女は、冷ややかに、

「——死を、えらぶ訳ね」

すでに水鬼は舟の上のあらごとたちが見上げるほど高くに海水の祭壇によって押し上げられている。

と、強い怒声が、青き魔女に向かって叩き付けられた。

「――女っ！　一つ、訂正せいっ」

口髭をたくわえた将門の叔父、良文であった。

「先ほど、お主、我らのこと、雑人などと申したが――お主こそ雑人であろうがっ。わしは、桓武《かんむ》の帝の三世の孫、高望王《たかもちおう》の、子ぞっ！　平良文であるぞ。お主の妖力で死ぬは仕方ないかもしれぬが、雑人呼ばわりだけは許せぬ！　そこは、訂正せよ――」

香取海からそびえる圧倒的な巨大水柱の上に立ち、こちらを見下ろす水の妖女は、

「雑人よ」

良文は頭から湯気が出そうな顔様になり、

「何ぃっ」

「訂正は――せぬ。訂正する謂《いわ》れなどないゆえ」

「うぬは、朝家、王、貴種を何と、心得るか！」

「――何とも思っていないわ」

水鬼は遥か上から、見下ろしながら言った。

「わたしが対等の相手と思うのは、通力をもつ者のみ。すなわち、お前たちの仲間の中で、あらごと、乱菊、石念……でよかったか？　その三人のみ。

余の者は……」

不思議になまめいた、青き妖女は、良文や音羽、鐘遠、兵どもを見まわし、

「非力なる者どもとしか思えぬ。朝家、王に通力がないならば、力もないのに、血筋の良さだけで高き座にしがみつく無力なる者、としか思えぬ。——故に雑人と申した」

「おのれ……言わせておけば——。射よぉっ！」

水鬼がくすりと笑う。

良文が怒りを込めた一矢を上に放つや、音羽や、他の舟の兵たちも、次々に、弓引く。

——幾本もの鋭気が唸りを上げて水鬼に向かう。

が、魔性をやどした海が、水鬼のためにつくった水の蓮華座《れんげざ》、邪教の本尊の如く水鬼を押しいただく巨大水柱が——邪魔立てした。

鞭《むち》だ。

それは……まさに、水柱から枝分かれした、水の鞭であった。

大体、真竹ほどはあろうか。幾本もの太い、水鞭《すいべん》が——蛸《たこ》かイカの足のように動いて、水鬼を狙う矢を悉く弾き飛ばしている。

水鬼は、良文に、

「髭の雑人」

白くほっそりした手がかざされる。

「此《こ》が、そなたらが雑人たる所以《ゆえん》ぞ」

水鬼が手をかざした方で、
ゾッ、ボーン！

海中で、火山爆発があり——垂直の白い飛沫が二つ、立ったように、見えた……。

もっとも東にいた味方の丸木舟一艘と、玄明たちが乗る舟の直下で、忽然と大飛沫が生れ、船底を突き破りながら、上へ噴き上げたらしい。

その二艘は粉砕され、中の者たちは海に投げ出されてしまった——。

高い八重波が八方に立ち、あらごとが乗る舟も大揺れする。

あらごとは、わっと叫び、乱菊は金切り声を上げた。

玄明が波間で飛沫に揉み込まれながら、

「何ゆえ、味方を——」

水鬼は冷やかに、

「馬鹿め、端《はな》から味方と思うておらぬわ」

玄明は手下と香取海に沈み、見えなくなっている。

もっとも東の舟にいた味方も溺れてしまった。その様子を見ながら、風鬼が呵々大笑《かかたいしょう》する。

天狗どもが、歓喜の叫びを上げながら降りて来る。

——弱いと見たのだ。

弁天のように水と和すも、妹喜《ばっき》妲己《だっき》の如く禍々《まがまが》しい、青き女を睨みつつ、乱菊が、

「石念、あれを何とか出来ない？」

小声で言いながら水鬼が拠《よ》り所としている大水柱を指した。風で倒せぬか、というのだ。

「——やってみよう」

あらごとの思考、闘志は、水鬼が見せた圧倒的妖力によって——一時的に押し流されていた、あるいは、麻痺《まひ》していた。

だが、水鬼の一挙手一投足を睨みつける乱菊、風を放つべく意識を集中させる石念、二人の相貌は、油断なく張り詰め、意気十分……全く勝負をすてていない。

あらごとは、師匠とその昔馴染《なじ》み、二人の先達の呪師の姿を見、己もまたあらゆる知恵を振りしぼり、もてる力を皆つかって、水鬼に立ち向かわねばならないと思った。

刹那——恐ろしく巨大なものが二体、海底から浮き上がり、良文の郎党が乗る丸木舟を二艘、ひっくり返している。

——大水魔だ。

水鬼の登場ですっかり念頭からはずれていたが、あらごとは水中より接近する魔を警戒していたのだった。こいつらに違いない。

二頭の大きなる水魔は牛馬を丸齧《まるかじ》り出来そうな大口で、舟から放り出された良文の従類、船乗りを次々、丸呑みしてゆく。

あらごとは茫然《ぼうぜん》とし、石念はそ奴らが起した波、揺れで、風を放つどころではなくなり、兵たちは悲鳴を上げた――。

「……牛鬼《うしおに》か」

乱菊が、言った。

それは……二歩《ぶ》と二尺（四メートル以上）の幅、鋸《のこぎり》状の牙が並ぶ大きな口をもつ魔物で体の長さは六歩（約十・八メートル）を優に超す。

牛を思わせる金色の角が灰色の毛におおわれた頭の上に二つ生えていた。

眼は、山吹色に輝いている。

ただ、牛的なのは頭部だけで、胸から下の様《さま》、六つの足などは、昆虫を思わせる。

――あらごとはある一つの虫を思い出している。

（タガメ。……こいつら、でっかいタガメのようだよ）

タガメは――水田に棲《す》む大型肉食昆虫で、殿様蛙《とのさまがえる》や蛇など自分よりずっと体が大きい動物も捕まえて、食ってしまう。あらごとには故郷の山里で、男の子たちと一緒にタガメを捕まえて遊んだ記憶があった。

なるほど、今も海に落ちた兵を一人、捕まえ、引き寄せている牛鬼の前足は、肉に食いこむ爪が発達したタガメのそれにそっくりだった。

悲鳴と血が、飛沫と共に散り、喰い破られた腹から溢れた腸《はらわた》が、海原を漂う。

牛鬼二頭は――二艘の舟に乗った人々を瞬く間に喰い殺してしまった。

で、汁気をたっぷり感じさせる咆哮《ほうこう》を、上げている。

――聞くだけで体じゅうの毛がそそけ立つ叫びだった。

「こっちに来る」

乱菊が警告する。

遠く、一人舟に乗った風鬼を見れば、黒い釧に指を当て、何か下知している様子。

と、一頭の牛鬼が水中に消える。

もう一頭は、驚くべき行動に出た。

背中に畳まれた翅《はね》を広げ……飛んだのだ。

――飛んだ。

「――牛鬼って飛ぶの……?」

乱菊が目を丸げて、驚く。

そう。タガメが沼から沼へ、田から田へ、空を飛ぶように、牛鬼もまた、空を飛ぶ。牛鬼が翅をもち、飛行したという伝承が、たしかに存在するのである。

水鬼、風鬼と共に東海道を東に下って来た空飛ぶ巨魔は、二頭の牛鬼であった。

大きな翅をふるわし、こちらに飛行する牛鬼。まず、あらごとの舟の東側にある舟の上空を飛び、口から黒い管を出す。

「牛鬼が吐く汁を浴びないで！　体が、溶けてしまうっ」

乱菊が叫ぶと同時に——牛鬼の口から出た黒管《こっかん》は、黄色っぽい汁を撒《ま》き散らしている。

牛鬼の汁を浴びた良文の家人たちは身をよじらせて泣き叫んだ。

——体が、強酸を浴びたように、焼け爛《ただ》れてしまったのだ。

その上空で、天狗どもが、ギャーギャー騒ぐ。

顔を焼かれ、体を蕩《とろ》けさせた男が一人、香取海に飛び込む——。

水の猛虫、タガメは、獲物の体内に長い口吻《こうふん》を突っ込み、その口吻から消化液を出し、相手の体を「体外消化」してから、食らう。

牛鬼が口から突出させた黒い管はタガメの口吻に似た働きをするのだった。

空中でくるっと体をまわした牛鬼はまた同じ舟の上で、強力な消化液を撒き散らす。

牛鬼の汁を恐れた二人の男が、海に飛び込むも、すぐ絶叫を上げて、獰猛《どうもう》なる口に呑まれ、強靱《きょうじん》なる牙で、擂《す》り潰された。

海中に隠れたもう一頭の牛鬼がすかさずかぶりついたのだ。

その牛鬼は、先に仲間の汁で焼かれ、海に飛び込んだ男の首を捕まえて——捩《ね》じ切り、首無しの胴部を丸齧りして、呑み込んだ。

天狗どもが下降し屍をついばもうとするも、牛鬼が咆哮を上げて追っ払う。

あらごと、乱菊がなす術《すべ》もなく、手も足も出ぬ中、現れた牛鬼三頭は三艘の舟にいた人々を悉く喰らってしまった……。

もはや良文の船団は——あらごとや乱菊が乗る舟と、その西側にいるもう一艘、ただ、二艘となっている。

空飛ぶ牛鬼は液体を散布しながら——あらごとたちの舟の方へ飛んで来た。

かなり、速い。

「早う苫屋《とまや》にっ！」

良文が、あらごと、乱菊を小さな苫屋に押し込もうとする。

黒く大きく禍々しい影が上空に飛来——。人を溶かす汁の雨が降りそそいだため、乱菊が、あらごとを、乱菊を、良文が庇《かば》う。

良文の後ろ首に牛鬼の消化液が少しかかったらしく、腹の底から——濃い呻きが、もれた。

苫屋に入ったあらごとだが今度は舟がまわりだした——。

水鬼の仕業かと思ったが、違う。

あらごとから見て右の船縁に巨大な鋸に似たものが、しっかり食い込んでいる。

水中から出て丸木舟をしっかり捕まえたそれは牛鬼の前脚であるようだ。

（さっき、水の中に潜った奴だ）

あらごとは牛鬼が舟を転覆させようとしている気がして恐怖している。

牛鬼の前脚の傍にいる、手鉾《てぼこ》をもった兵も同じ心境であるようだ。何やら喚きながら、盛んに鉄の矛で、牛鬼の足を打つが、事態は、改善しない。

そうこうする内に、舟は——転覆はしなかったものの、あらごとから見て左、東方にどんどん回転していった。

で、舳先が、完全に東、つまり鹿島方面に向いた時、舳先の先の海原を隠すように、おがみたくもない牛鬼の、灰色の剛毛におおわれた顔が、まち構えていた。

牛鬼のもう一方の前脚が丸木舟の左の船縁を確保する。

牛鬼は——丸木舟をはさみ込む体勢になった。

つまり、あらごとの舟の東にいた牛鬼は、南に向いた舟の下に前脚を一つ入れ、舟に力をくわえて、己の口がある方にまわした訳である。

その牛鬼が前脚を下げたものだからたまらない。

舳先の方から浸水がはじまり、丸木舟全体に動揺が走る。

主の舟が巨魔に喰われようとしているのを見た、もう一艘の舟から、

「殿ぉっ――！」

悲痛な声がする。

呼びかけられた平良文は、得物を太刀にもち替え、苫屋の横から必死に、

「おう、そなた！　鬼の目を矛で突いてみいっ」

命じられた手鉾の従類、さっき矛で牛鬼の脚を叩いていた兵は、一瞬、躊躇うも、咆哮を上げて牛鬼に突っ込んだ。

が、

――ッ……！

黒い管。

牛鬼の黒管が、黄濁した汁をボタボタこぼしながら、猛速で口から突き出され、向かっていった男の皮鎧《かわよろい》を着た胸から背にかけてを、ぶち抜き――夥しい黄濁液、血潮を撒き、五臓六腑《ごぞうろっぷ》の細《こま》けと、筋肉の糸を、垂らしながら、今度はゆっくり……あらごとの方にのびてきた。

下に垂れた汁は湯気を立て船底を溶かそうとする。

――その忌まわしい液を分泌する黒くぬるぬるした口吻は、五月雨《さみだれ》の後、黒い皮付きのまま、急にのびて、人よりも高くなった筍《たけのこ》のように、見えた。

さっきの兵が屠《ほふ》られたため寄って来る黒管とあらごとの間に生ける者は誰もいない。

もう一頭の牛鬼が空を飛びながら、黄汁を落としてくるも——石念が激しい上昇気流を起して舟を救っている。

さらに——裂帛《れっぱく》の気合で、剣風吹かせ、汁を垂らして徐々にあらごとに近付いていた口吻を、断ち切ろうとした者がいる。

その蕨手刀《わらびでとう》の主は、

「化け物め！　死ねいっ」

音羽だ。

が——口吻は相当な硬さ。歯を食いしばった音羽が幾度剣を振り下ろしても、切断出来ない。

平良文が前に出て毛抜形太刀《けぬきがたたち》を構える。

あることを思いついたあらごとは、

「——良文様！　その太刀、置いてっ」

「何？」

「いいから、そこに置いて！」

良文は怪訝《けげん》そうな顔で太刀を船底に置いて苫屋の横に下がる。

と——ゆっくりとあらごとに接近していた黒管が、速度を、早めた。

同時にあらごとは良文の剣を睨みながら、

《口の中を突け！》

太刀が、一陣の突風と、化す。

あらごとの喉に突進する口吻を物凄い叫び声を上げた音羽が蕨手刀で払い退《の》けようとするも、牛鬼の力の方が強い。その突進する管と、あらごとが飛ばした太刀が、すれ違う。

……あらごとは牛鬼の口の中は弱点でないかと読み、その読みに賭けたのだ。

牛鬼の口腔深くに目にも留まらぬ速さで飛んだ太刀が刺さった。

あらごとの喉の一寸手前で——不気味な口吻が、止った。

あらごとが生唾を呑んだ瞬間、口内を太刀で深々と刺された牛鬼は、世にもおぞましい悲鳴を上げ体中から黒煙を噴出。巨体が黒い煙につつまれて見えなくなっている。

（……勝った……？）

あらごとが目を凝らすと舟を捕まえた牛鬼は、跡形もなくなっている……。

音羽が、蕨手刀を天に突き上げ、あらごとに潤んだ瞳を向け、

「凄い、凄いぞっ」

乱菊が強く、

「やったわ！　あらごと」

それを巨大水柱から見下ろしていた水鬼は、眉宇を曇らせ、

（宿命の子、恐るべし）

冷ややかな妖気を放ち、

「――死せ」

――水鬼の白き手が、さっと振られた。

狂瀾怒濤《きょうらんどとう》が凄まじい雄叫《おたけ》びを上げて、舟に襲いかかって来た。

次は水鬼――と、狙っていたあらごとだったが、敵の攻勢素早く、容赦はなかった。

水の塔の如く水鬼をささえていた、大水塊が崩れ――殺意の荒波となって、あらごとが乗る舟、もう一艘の味方の舟に、ぶつかっている。

もう一艘は瞬く間にひっくり返され――乗組員は海に投げ出されるも、あらごとの舟はしぶとい。

一時はほぼ直角《かね》にかたむくも、ある二つの力でもち直す。

念波と、風だ。

あらごとが如意念波で《倒れるなっ》と念じ、飯母呂石念が猛烈な北風で舟をささえ、南から来る未曽有《みぞう》の水圧に、抗った。

舟の両側では物凄い水の壁が北に荒れ狂いながら流れゆき飛沫がどんどん体にかかるも、あらごと渾身の如意念波、飯母呂石念の突風により、舟は、元の姿にもどろうとしていた。

「猪口才《ちょこざい》な」

水鬼の声が、波間から聞こえた気がする。

刹那、水鬼があやつる水だろう、舟近くの潮《うしお》が、大蛇に近い形状になって、あらごとを狙ってきた――。水の蛇《くちなわ》はあらごとに食らい付き逆波に引きずり込もうとする。

大いにかたむいた舟の中、それに気付いた石念が、突風の塊を水蛇にぶつけた。

人が手で掻いても、すぐに元にもどってしまう、水鬼の水塊だったが、この時は突然の風撃に、霧となって散らされてしまう。

が、それは、すぐに、大きな水毬となって、あらごとの顔を呑もうとした。

石念が動く。

あらごとを突き飛ばすように押しのけ自分が代りに水の毬を引き受ける――。

同時に、あらごとの乗る舟は、転覆している。

石念の風が、別の方に吹き寄せたため、舟をおさえる力が、あらごとの念波だけとなり、水鬼が起す荒波をおさえ切れなくなったのだ。

丸木舟の転覆が起した大飛沫を少しはなれた海面に佇み、眺めていた水鬼は、転覆の瞬間、あらごとらしき者を自身が動かす水が捕えたと、見た。

――目が見た訳ではない。

ひっくり返った船体がその瞬間、あらごととの間にあり、目視を妨げている。

心の目が、誰か小さき者を、己があやつる水がたしかに捕えた、と見た。

水鬼は今度はその水の塊を小さき者の体をしばる縄状にして、

《海底《うなぞこ》に、引きずり込め》

手を下に動かす――。

水鬼が捕えた小さき者は海中で強く藻掻き、必死に浮かび上がろうとしているが……水鬼は非情の念力により、その者の体を水底《みなそこ》へ水底へ、押し下げ、沈めてゆく。

――海底とあらごとが接触した気がした。

(わたしの原でわたしと戦おうとすることが、そも、間違い)

青き地獄を統べる女主のぽってりした唇が、笑みで歪む。

(藻屑となって――悔いよ。お前が背負いし大それた宿命とやらを。あるいは、宿命とやらをもっていると、我が主に思い違いされたことを、悔いるがいいわ。残り僅かな間に)

あらごとの命が止った、という手応えが海の底から水鬼の意識にとどいている。

水鬼は満悦気に笑み、体は水上に置きながら海中に意を沈め――水底をまさぐってゆく。

青き墓場の底を探っていた水鬼は瞠目《どうもく》した。

(――石？……馬鹿な)

あらごとを沈めたと思った所に人の屍などなく丸く大きな石が転がっている気がしたの

である。細い目をかっと見開いた水鬼は、

（あらごとが、途中で石にすり替わったと？　あの子に左様な真似は出来ぬ！　石念か、乱菊が——）

「仕留めたかの？」

自ら吹かせた風で丸木舟を寄せてきた風鬼が尋ねた。

青き海原には肉片を漁《あさ》る天狗ども、空から着水したばかりの、牛鬼一体、風鬼を乗せた丸木舟、海面に佇む水鬼が、いるばかり。

あらごと一行や玄明一味は跡形もなく、ただ、丸木舟の残骸や、牛鬼に嚙み砕かれた人の体の一部が、浮遊しているだけだった。

水鬼は眉間に険をつくり、

「……わからない。取り逃がしたかもしれぬ」

風鬼は、大仰に、

「何と」

「——牛鬼にあらごとを探させて。早く」

水鬼は厳しい顔様で命じている。

「おうよ」

のどかに答えた風鬼は、靡ノ釧に手を当てている。

普段は冷静な水鬼だが今日は風鬼ののびやかさが腹立たしかった。

衣にしみ込んだ水の重さが――あらごとを海の底に引きずっていた。

転覆の寸前、石念は、あらごとに代って水鬼の攻撃を引き受けた。だから、水鬼の念によって海底へ引っ張られたのはあらごとではなく石念だったのである。もっとも、あらごとも溺れている。

転覆の時、乱菊や音羽が何か叫んだ気がするが、海に落ちてからはもう何もわからない。あらごとは懸命に藻掻き、沢山の泡を吹いて、浮かび上がろうとするが……衣はどんどん重くなり、下降している。

あらごとは暗い水底から目をそむけ光り輝く上をあおぎながら、

(蕨、良門、今まで、ありがとう。あんたらにまた鎌輪であいたかったけど、あいたかったけど……無理なんだ、もう。あたしさ、美豆や青丸の所に……)

心が眼から滴を溢れさせるも塩辛い滴が頬を濡らすことはない。……すぐに海水にまじってしまった。

息が出来ぬ苦しみに押し潰されそうになりながらあらごとは――、

(わごと、ごめん。あんたにあえないまま……。辛くむずかしい戦いと思うけど後はあんたがっ……。あんたは、あたしのように、死んじゃ駄目だ!)

刹那――あらごとの懐から青く静かで穏やかな光明が溢れはじめた。

あらごとは、背後に何かが迫るのを感じながら海中でもたしかな光を放つ鏡の欠片を何とか引っ張り出す。

――己に向けた。

わごとが、うつっている。目を丸げたわごとは森にいるようだ。わごとの驚きが幾大里も飛び越えてあらごとにつたわってくる。

わごとは口を動かしているが、よく聞こえない。

あらごとは大きな泡を吐きながら悲痛に顔を歪め口を動かし、

(さようなら)

わごとは強く頭《かぶり》を振りながら何か言い、手をかざして念を込める仕草をした。

すると……どうだろう。

あらごとの真後ろまで寄って来た何かがあらごとの背にふれ、くすぐってくる。それはあらごとの下方に潜り、何と、あらごとを――押し上げようとしていた。

イルカであった。

あらごとは香取海のイルカの群れにかこまれていた――。

あらごとの下にまわったイルカは沈もうとするあらごとの体を必死に押し上げる……。

だが、そのイルカは小さく、力も弱い。あらごとの重みに負けて逆に沈んでしまう。

するとﾞ、今度はもっと大きいイルカがあらごとの下にまわり力強く押し上げている。

溺れていたあらごとの体は上昇する。

あらごとは遠くはなれた地を旅しているわごとが、ごとびきをつかって、イルカの群れに自分を助けるようにたのんだと、わかった。

（ごとびきの術！）

わかったが……息苦しさは加速度的にましている。

力強いイルカはあらごとをかなり押し上げたが疲れが出てしまう。すると、また、別のイルカが、あらごとを押し上げ、終《しま》いには二頭のイルカに押し上げられる形で、斑《まだら》に揺れ動く光の膜を突き破った――。

あらごとは、海上に、大気の中に、口を大きく開けて突き出す。

思い切り息を吸う。

肺腑の中に流れ込み、穏やかにみたす……大気のやわらかさが、これほど心地よく愛《いと》おしく感じられた日はなかった。

（……助かったっ）

イルカにささえられて荒々しく息をしながら思わず赤子のように泣き叫んでいる。

水鬼に風鬼、牛鬼、天狗といった危険な輩《やから》は頭から消し去られており、ただ、呼吸の喜びでいっぱいだった。

イルカはまだ、ささえてくれている。

と、

「あらごとっ！」

一人の男が苦し気な形相でこちらに泳いでくる。

白い水褌《すいこん》一丁となった、鐘遠だった。

さすが船乗りで転覆の瞬間、素早く衣を脱ぎ、水褌だけになったのだろう。

背中を怪我した鐘遠は歯を食いしばりながら、こちらに泳いできて、黒く日焼けした逞しい肩をかしてくれた。

あらごとは、涙と塩気で噎《む》せながら、

「もうお終いかと思った」

「俺もだよ。あすこまで、行くぞ！」

鐘遠のしゃくれた顎が転覆した丸木舟を指す。

その舟は、半分沈み、海原に突っ立つ墓標のように見えた。

あらごとは、鐘遠とイルカたちに助けられながら、斜《はす》にかたむけた船体を海から出している舟に、近付いた。

かすれ声で、

「他の……みんなは？」

乱菊は、音羽は、石念は、良文やその家来は無事だろうか——?

「わからん……」

あらごとの問いに力なく答えた銀髪の船乗りは、

「気ぃ付けろよ。牛鬼や、あの女が、近くにいるかもしれん。イルカに助けられるなんて、大した運の持ち主だよ、お前は」

二人は半分沈んだ舟にどうにか、しがみつく。鐘遠が苦し気に言う。

「海に投げ出された時な、これで、水の底にある妻子の家に行ける気がした……。けどよ、倅の声が聞こえた気がしたのよ。

まだ——来るんじゃねえ。父様《とと》は坂東一の船乗りだろ? 海と川の、男だろ? 一人くらい助けろよって、倅が言うてきた気がしたのよ……。そんな時、お前が、目に入った
……」

あらごとは青き光をうしなった鏡の欠片を懐にもどしながら、

「……ありがとう、鐘遠」

(ありがとう。わごと、石念……。音羽、乱菊、みんな——どうか無事でいてよっ)

「今日は爺、じゃねんだな? さてと、こっからどうす……」

鐘遠の錆びた声は……こみ上げた、血反吐《ちへど》によって打ち切られている。

鐘遠が吐いた血潮が——あらごとの顔にかかる。

灰色の巨大な魔がいつの間にか傍に忍び寄っていた……。

牛鬼だ。

一瞬で海面を突き破り下から現れた牛鬼が黒い口吻で——鐘遠の左脇腹から右腋《わき》の下を突き破ったのだ。

海で血の波が起き、イルカたちが恐慌に陥る。

鐘遠の傍らで獰猛な牙を剝いた魔物は、イルカに釣られたか、一頭を襲い、丸齧りする。

哀れなイルカは尾鰭《おびれ》をふるわして血塗《ちまみ》れになった。

「あらごとを襲え！　たわけ」

風鬼の声がする。

悲しみの濁流があらごとをもみくちゃにしている。

「鐘遠ぉっ！」

絶叫を上げたあらごとに、鐘遠は、

「逃げろぉっ！」

あらごとが泣きながら強く頭を振ると銀髪の船乗りは血を吐きながら、

「いいから——逃げろ！　俺が助けた命……無駄にするんじゃねえよっ！　こんな所で、死ぬなぁっ」

——冷たくも熱い火花がかつてない勢いで、散っていた。

鐘遠から口吻を引き抜いた水魔は山吹色の双眸であらごとを見据えていた。

水鬼と牛鬼、二者にとって有利な海は、あらごとにとって、死地である。ある一つの通力しか、死をもたらす海を脱出出来ないとわかっていた。

(だけど……出来るの?)

出来るとか、出来ぬでなく、やる他ないと思った瞬間、強靱な意志で舟体にしがみついていた鐘遠の手が、舟からはなれている。

――鐘遠が沈んでゆく。

同時に、イルカから口をはなした牛鬼が黒き管を猛速度であらごとに突き出してきた。

あらごとは波一つない湖のように静かな心で、

《――飛べ》

牛鬼の黒管が、心の臓にとどく、一刹那前に、あらごとの体は――大量の水滴をこぼして、宙に浮いている。

海上五尺まで浮く。

その高さにとどまったのは苧衣《おごろも》にしみ込んだ水の重みのせいである。

牛鬼が、空中の人となったあらごとの足に、かぶりつこうとした――。

あらごとは念の全てを遥か上、空に、ぶつけた。

爆発するような力が生れ、海水で濡れた短髪を顔にべっとりつけ浅黒い頬を血で汚した痩せっぽちの少女は——天人たちが行き来する雲の通い路目がけて途轍《とてつ》もない速度で飛《ひ》翔《しょう》した。

同時に肺を突き破られた鐘遠は香取海に沈んでゆく——。

だが、その顔には、やり遂げたという思いか、水の下にいる妻子に会えるという気持か……不思議な微笑みが浮かんでいた。


海上、十五丈（約四十五メートル）ほどまで飛び上がり、点となった、あらごとを仰ぎ見た水鬼は、一切の表情を消し、

「玄明が言うたこと真だったのか。天翔《あまがけ》……いとめずらしき術をつかう子が、いたものね。あの高さじゃ、わたしの水は到底、とどかぬ」

水に立つ女の隣に舟をつけた白衣の老人は矢の入った箙を取り上げ、目を爛々と光らせ、あらごとより下を飛んでいる天狗どもを仰ぎ、

「——わしが、参ろう。牛鬼、此方《こなた》へ参れ」

転覆した丸木舟、牛鬼が、どんどん小さくなってゆく。

途中――天狗の傍をすぎ去ったが、あらごとの飛翔速度はあまりに凄まじく、天狗は手出し出来なかった。

遥か高みまで昇ったあらごとは青海原を見下ろしている。

茫漠たる香取海の北に船乗りが目印にする高台、阿波崎や、浮島が霞んでいる。

阿波崎、浮島からは塩焼の煙が上っていて、呪師と妖術師が死闘を繰り広げる海の傍に、変らぬ日常のあることが、かけがえのないことのように思える。

海の遠くにはここでおこなわれている戦いを知らぬ気な舟がいくつも浮かんでいる。

広やかな香取海の遥か北西に青き山がちょこんとみとめられた。

(――筑波――。あんなに、小さく……)

蕨と共に、犬神、天狗から逃れてたどり着き、将門と良門に助けられた山だった。

遥か彼方に霞む筑波嶺の北に犬神に呪われた館の焼け跡があり、西に……鎌輪があるはず。

鎌輪で暮らす小さき友はまた、縫物の腕を上げたろうか？

――織物ははじめたろうか？

あらごとと同じくらいの高さを西方に飛んでゆく水鳥の群れがあった。

(わごとと同じ力があれば、あんたらに蕨へのお使いをたのむのに)

蕨が縫ってくれた光景が――胸でいっぱいに広がっている。

(あんたが縫ってくれた中に……いる気がする。ねえ蕨、夢か何かでこれを見ていたの?)

懐中に蕨の餞《はなむけ》があるのをたしかめた、あらごとは手の甲で眼をぬぐい、今日も生き延びたと、あの山の西にいる友に、胸の中、語りかけた。

あらごとの感傷を掻き乱し、つんざく、不穏な鳴き声が、下方から迫っている。

(――天狗ども。まずは、あいつらが来るだろうね)

あらごとは濡れた苧衣をぶるぶるふるわし闘気をたたえた面貌で下を睨む。

天狗は――あらごとをかこむ気か、四囲に広がりながら、飛翔していた。さらに天狗よりずっと大きな魔も、翅をふるわし、飛び上がってきていた。

(牛鬼!)

牛鬼は人を乗せている。風鬼だ。風鬼は牛鬼の角の一つを摑み、頭に乗っていた。

あらごとは包囲網をしかれてはなるものかと、南、神崎の深き森が見える方に飛ぶ。

牛鬼や天狗の群れはもちろん進路を変えて下から追ってきた。

あらごとは、瞠目している。

(……上にも、いたの?)

あらごとの南斜め上空から二羽の天狗が急速度で下降し、あらごとの行く手に立ちふさがり、ガチガチと牙を嚙み合わせている。

あらごとは広大な空の一角で、止る。

そのあらごとに、斜め下方から牛鬼に乗って飛んで来た風鬼が矢を投擲《とうてき》した――。風鬼は箙から取った矢を投げ斜め上に行く急速の上昇気流で押して、あらごとを狙っている。

二矢、連続的に放った。

投げたのに――射た矢より、速い。

――あらごとは天翔をつかったまま如意念波をこころみる。

迷いが、生れる。

これは大変むずかしい離れ業で泊崎ではたまたま成功したが今出来るとはかぎらぬ。

もし、念波に気を取られすぎて、天翔が消えたら……。

だが、決断した。

《――あの天狗にっ！》

宙に浮きながら視線を下に落とす。と、細き突風に乗ってあらごとに驀進していた二本の矢が急転直下、向きを変え――あらごとの真下から牙を剝き襲いかかろうとしていた天狗の両眼を深く貫いた。

天狗は悲鳴を上げ、黒き煙となって、掻き消えた。

天狗の最期が発した黒煙を垂直に下降するあらごとが突っ切っている。

下からの強い風圧が、濡れたみじかい髪を、天の方に吹き上げる。余の天狗、牛鬼が、猛速で迫っていた。

（下に飛ぼうとするより――）

通力をなくして、下に落ちる方が、きっと速い。

あらごとは――覚悟を決め、天翔を、止めた。

顔を下に向け、手はぴったり体につけ、通力でなく、重力に身をゆだねた。

物凄い突風が下から顔を叩き――海の蒼《あお》がどんどん近付いてくる。

ちらりと上を窺うと、天狗もまた、同じように羽根をたたみ、隼《はやぶさ》がそれをするように、重力の力をかりて、凄まじい垂直降下を見せていた。

はっとする。

あらごとの下方から二羽の黒い大鳥が迫っていた――。

まだ、下にいた、天狗だ。

あらごとは急激な制動をかけるように歯を食いしばって天翔をつかうも、重力による加速の方が、強い。

下にいる天狗に向かって、体が猛烈な勢いで……落ちてゆく。

（ぶつかる！）

激突の寸前、あらごとは、何とか身を横にひねり、天狗の翼をかすめる形で、下に落ち、空中での衝突をまぬがれた――。あらごとはさらに二丈下で制動に成功し急停止した。

海面から、三丈上か。

野良犬のように目を光らせ、荒く息をつくあらごとは、瞬く間に追いついてきた天狗ども、おくれて飛んで来た牛鬼にかこまれている。

牛鬼の背には風鬼がいた。

敵は、あらごとと同じ高さの周りと、あらごとの上に展開している。

下が手薄のようだが……全く、違う。

（下に降りすぎるのは危険だ。あの女があやつる……）

海という大きすぎる存在《もの》を相手にせねばならぬ。

案の定、水鬼はあらごとの真下に動こうとしていた。水に沈まず、海上に嫣然《えんぜん》と佇む青き女は、かつて役小角がやったように海原を歩いたりしない。

ただ、立っている。なのに……あらごとの方に近付いている。

恐らく自分の真下にあらごとの方に動く海流を生起させ、それに身をゆだねているのだろう。

「あらごと、何か言い残すことあらば聞こう」

風鬼が、嗄《しゃが》れ声をかけてきた。

風鬼の手には矢がにぎられている。

あらごとは得物としていた手鍬、鎌を転覆の時、悉くうしなっていた。

「――刃を思わせる鋭い視線で風鬼を突き刺し、かすれ声で、

――ないよ。あんたに言い残すことなんか、ない」

「潔き言い草かな……」

「あ、一つあった」

「何じゃ？」

「糞《くそ》っ垂れ！　千方って男に、こうつたえて」

「命、もらい受ける」

風鬼は――突風に乗せた矢を、投げてきた。

あらごとは目を動かし念波でその矢を払わんとする。――営目《えいもく》法だ。

で、逆回転した矢を風鬼にもどそうとするも、風の老人は、牛鬼の角からはなした左手で、旋風を起こし、あらごとがあやつる矢を叩き飛ばしている――。

同瞬間、風鬼は右手で次なる矢を放ち、その矢を暴風に乗せ――あらごとの喉を狙った。

風の妖力を込めた矢であらごとの喉を突き破ろうとする風鬼。

あらごとは天翔と、風鬼の一の矢を払った念波、そして、いつ襲ってくるか知れぬ天狗どもに意識をそそいでいたため……この矢に対応出来ない。

矢が――あらごとの喉を突こうとする。

刹那、その矢が、消えた。

で、

「風鬼の後ろっ！」

乱菊の叫び声が下——海の方で聞こえた。

あらごとを狙った風鬼の矢が、何故か風鬼の後ろに瞬間移動していた。

物寄せである。

あらごとの師、さすらいの女呪師、乱菊は……生きていたのだ。

矢は、あらごとの方に運動している状態で、風鬼の後ろに瞬間移動したため、風鬼の方に動いている。

はっとした風鬼が後ろを振り返ろうとする。

縮地されれば、

（逃げられる）

あらごとは——命じた。

《——飛べ！》

数倍に加速した矢が、風鬼の喉を突き破っている。

真下で、水鬼が、

「おのれ」

水鬼の殺意の波濤が自分か近くを漂っているらしい乱菊を襲う気がしたあらごとは、矢の衝撃で牛鬼から振り落とされた風鬼を見て、ある策を思いつき、落下する風鬼、大口を開けて自分に突進しようとしている牛鬼の方に、飛ぶ。

転落する風鬼の屍が手首にはめた黒い釧に飛来したあらごとの指が添えられた。

《あの青鬼女を襲え！》

妖術師を討つためとはいえ妖怪をつかってよいのかという逡巡《しゅんじゅん》があらごとにはある。

だが、こうでもしなければ、自分か乱菊が水鬼に討たれると思った。

水鬼に討たれるという思いが、あらごとの肺腑や、胃に、さっき嫌というほど味わった……水の恐怖、苦しさを、流し込んでくる。

黒き釧にふれたあらごとは夢中で妖魔どもに命じていた。

風鬼の体が腕輪をはめたまま落ちてゆき牛鬼があらごとの眼前で牙を嚙み合わす。

（駄目かっ）

直後——牛鬼、大多数の天狗が、香取海に向かって、急降下をはじめた。

（狙っている、青鬼女をっ！）

が、数羽の天狗はまだ、あらごとを狙えという風鬼の指図にしばられているのだろう。

——あらごとを襲わんとした。

降下して、天狗の突撃をかわしたあらごと、海面のすぐ上まで落ちた風鬼の骸を睨み、ある念を飛ばしている。

――！　――！

箙にあった数本の矢が猛速度で重力に抗い、飛翔、風鬼の下知を守り、あらごとに襲いかかった、三羽の天狗の眼、喉を射貫いた。

三羽の大妖鳥は黒煙となって消えてゆく。

すると、二羽の天狗があらごとの念力を恐れて飛び去り、残り全ての天狗は、あらごとの命「水鬼を襲え」にしたがって急降下していたから、あらごとを襲う天狗はいなくなった。

さて――風鬼が討たれたのを見た水鬼は宙に浮くあらごと、丸木舟の残骸にしがみついているらしい乱菊の退治より先に、ある一つのことに気を取られていた。

靡ノ釧の確保である。

水鬼は風鬼が落下する所の水を上昇させて、老妖術師の遺骸を受け止めようとした時、上からの妖気の殺到に気付く。

牛鬼以下、夥しい天狗が、明らかに自分を狙って、急降下してくる。

さしもの水鬼もさすがに驚き、

「汝らの敵は――あの子ぞ！」

風鬼を受け止めようとしていた念を解き宙に浮かぶあらごとを指差した。

だが、牛鬼、天狗どもの突進は止らず、黒い腕輪をはめた風鬼の遺体は何にも受け止められず、大飛沫を上げて海に没した。

失態を嘆く暇もなく牛鬼が——突っ込んできた。

水鬼は紙があれば穴が開きそうな鋭い目で、あらごとを睨んだ。


今まで見た、どの目より、恐ろしい鋭さで、自分を睨んでくる水鬼だったが、空中のあらごとは視線をそらさず、水の魔女を睨み返している。

牛鬼が水鬼に猛攻を仕掛ける。

水鬼は、一呼吸前に——波間に潜って姿を隠した。牛鬼は水鬼を追って香取海を白くわるように飛び込み——潜り込んだ。天狗どもは入水する訳にはいかず牙をガチガチ嚙み合わせて海面近くを漂う。

突如——水鬼が潜った辺りで恐ろしく大きな渦が発生する。水鬼と牛鬼の闘いが巻き起こした渦かもしれぬ。

「ああ、吞み込まれる！　わたしを助けなさいよ！　ほら」

大渦の傍、波間を漂う丸木舟の残骸近くから、乱菊の慌て声がした。

わごと　七

白虎の模様を、強くさする。

表を上にする。

駄目だった。

やはり——光は、もどってこない。

先ほど、隠れ蓑をまとったわごとは森を歩いている途中、自らからもれる青き光に気付いた。

急いで隠れ蓑を脱ぎ、鏡の欠片を取り出すと、水の中に溺れているあらごとと目が合った。

あらごとが沈んでいる窮地をわごとは察している。夢中で、あらごとの後ろに見えた、魚の影らしきものに、あらごとを助けるようにたのんだ。

刹那、鏡の欠片は真っ暗になって、あらごとが助かったのかも、わからない。

わごとは気が気ではなくなり、さっきから森の底に蹲って鏡の欠片を叩いたり、さすったりして、再度の光を引き出そうと、色々こころみていた。

だが、鏡の欠片は——わごとの思いに応えてくれぬのだった。

隠れ蓑を脱いでわごとの傍に立っていた良源がしゃがむ。

「そろそろ……行こう」

「…………」

為麻呂、石麻呂は、わごとを守るように立ち、四囲を見張っていた。潤羽の姿は見えぬが、隠れ蓑を着たまま、誰よりも鋭い目で辺りを警戒しているだろう。

日蔵は少しはなれた所で自分の草鞋《わらじ》を直していた。

良源が言い聞かせるように、

「お前の通力で、あらごとは助かった。きっと、そうだ。また……浄蔵殿にたのんで念話してもらおう。さっきは念話がつながらんなどと言うておったが、つながるはず。今、あらごとが危ない目に遭っているとして、お前に出来ることは……あれ以上はないのだ。鏡の光が消えた。お前に出来るのは、熊野まで旅することだけだ」

かんばせを強張らせて下草を睨みながら話を聞いていたわごとは力なくうなずいた。

気持ちを奮い立たせ——立とうとする。

だが、足が萎《な》えてしまい、わごとはくずおれている。

重たい疲労も原因ではあったが、それ以上に心に受けた打撃が大きい。

下草を手で摑んだわごとの頰を涙がこぼれはじめた。

千方に殺められた二親、さらに、昨日斃れていった仲間たちが、思い出された。あらごとまでもいなくなってしまったなら自分は何を支えに旅して行けばよいのか？

何のために——旅しているのか？

わごとは肩をふるわして泣いた。

良源が、気遣うように、

「わごと……」

涙をふいたわごとは、

「ごめんなさい。……大丈夫です」

無理をして大きくうなずき、隠れ蓑に手をのばそうとした。だが、わごとの中では悲しみに不安、怒りに心細さ、様々な感情が複雑に絡み合い、激しく渦を巻いていた。

その時、誰かが歩み寄って来る気配が、あった。

どさり。

蓑が脱ぎすてられる。隠れ蓑だ。

隠れ蓑を脱いだ潤羽がわごとの正面に立っていた。

潤羽はしゃがみ込み、わごとの肩に手を置いている。

肩の辺りから温かいものが自分に入って来る気がして胸の中の凶暴な渦が徐々に静まっ

てゆく……。

潤羽は、わごとの手を言葉なくにぎった。

今度は掌から温かいものが入り、あらごとは大丈夫だ、広親と千鳥、豊女ら倒れていった人たちのためにも自分はへこたれず、旅をつづけねばならぬのだという思いが、湧き上がってくる。

わごとは強い驚きをもって潤羽を見ている。

潤羽が、わごとの心にはたらきかけた、だから、凶暴な渦が静まった気がする。

ということは……。

千方の他心通のような力が潤羽にもあるのか？

良源もまた、只ならぬ様子に気付いたらしい。

「潤羽、お前……通力をつかったか？」

「魂《たま》の潮《うしお》」

潤羽は、呟いた。

――通力の名であるらしい。

瞠目した良源は、

「お前、巨細眼と、魂の潮……二重の術者ということか？」

潤羽は微笑みを浮かべて、わごとを眺めながらこくりとうなずいた。

「さなり」

良源は眉根を寄せ、

「何で、んな大事なことを黙ってたんだ！」

「浄蔵貴所の下知也《なり》」

「あいつか……」

良源がぶつくさ言う横で、わごとは、潤羽に、

「魂の潮って……どんな力なの？」

「心に潮をおくる力ぞ」

たしかに——心に潮がおくられてくる。安堵という温かい潮流が。

「他心通とは……」

わごとが言うと、違う力ぞというふうに、ゆっくり頭を振る潤羽だった。

日蔵が興味深げな顔をして這い寄って来る。

良源が言う。

「他心通は主に思考にはたらきかけて心をあやつっちまう。魂の潮は、情にはたらきかける」

——感情にはたらきかけるというのだ。

「たとえば潤羽の中の喜び、安心、希望、悲しみや、怒り、斯様な気持ちを……周りにう

つす。

他心通は相手の思考を細かく読むが……魂の潮は相手の気持ちをぼんやり摑む」

潤羽は、わごとを見て、

「浄蔵貴所は麿が力、余人に話すな、なるほど（なるべく）己が力思うなと言われけり」

浄蔵は――潤羽の魂の潮が千方の他心通をふせぐ分厚い盾になると考えていた。この盾の存在を心をつぶさに読む男・千方に秘すべく、浄蔵は、わごとたち他人に魂の潮のことを話したり、潤羽が魂の潮について思ったりすることを……禁じた訳である。

「闇《くら》の呪師は――麿が心にも入らんとしけり。……許すまじ。卑怯《ひきょう》千万の者ども也」

潤羽はわごとの手を強くにぎる。安堵とは別の潮流が、胸の中に入って来る。

それは……勇気かもしれなかった。

潤羽は、言った。

「そなたが心折れば闇が勝つべし。藤の世より暗き世になるべし……。断然、許し難し。共に戦わん」

「はい」

わごとは、言った。

同時にわごとは気付いた。

（狩人が射てきた山で、わたしは……めげそうになった。あれは、千方の術かもしれない。その時、わたしの心に温かい風が吹き込んで来て……）

立ち直ることが出来た。

（あれは潤羽の――）

はっと胸を突かれたわごとは睫毛を伏せる。

（潤羽はずっと陰ながらわたしを守ろうとしてくれていたのに……。ごめんなさい）

わごとは相手の顔を見て今も自分を立ち直らせてくれた掌を強くにぎり返している。

この謝意は、相手の気持ちを摑むという潤羽に、つたわるだろうか。

潤羽の笑みが――大きくなった。

つたわったのだった……。

わごとは溢れ出しそうになる気持ちをおさえ唇にギュッと力を入れ、潤羽の手をにぎる力をさらに強める。

「痛し」

潤羽は言って、ちょっと怒ったような顔をつくるが、その顔には明らかに笑みがふくまれていた。魂の潮などもたぬわごとだが相手がどんな気持ちだかわかり、より強くにぎってみる。

「痛し！」

潤羽は振り払おうとしたが——そのかんばせは意外に幼い笑みを浮かべていた。

日蔵が潤羽にさーっと這い寄って、

「何や、潤羽が通力でわごとを元気づけたゆうことか？　なら、わしにも、たのむ！　元気を、やる気を——注入してくれ！　何せ、やる気の盗人《ぬすびと》が仲間内におるさかい」

「いいんだよ、あんたは。意気十分だ！」

良源が叫び、皆、どっと笑う。

この仲間たちとならば安心して旅してゆけるとわごとは思う。

良源が強く、

「わごと——立ち上がれるな？」

「はいっ」

あらごと　五

あれから、あらごとは海面近くまで降りて乱菊を見つけた。

ずぶ濡れの乱菊は丸木舟の残骸にしがみついていた。

音羽や、石念など……誰か他の生存者がいないか、二人は、探すも、見当らない。

水鬼と牛鬼の闘いの帰趨《きすう》はわからず、今でこそ水鬼を探して海面近くをうろついている天狗どもがどう出るかも、読めない。

あらごとは乱菊を引っ張って飛ぼうとしたが……乱菊の衣をひたした水の重みが足を引っ張る。

海にふれた乱菊の足が、青い海面をすべってゆく高さ、つまり、乱菊の足指が小さな飛沫を立て、二つの白い泡の帯を引く高さで、二人は飛んでいる。

南——神崎森が霞む陸地を目指した。

人気《ひとけ》のない砂浜に上陸した二人はトベラや正木《まさき》など灌木《かんぼく》が茂る浜沿いの木立に身を隠す。

灌木帯を突っ切った二人は、危険な海から少しでも遠ざかろうと、松林を抜け——水溜りの水で喉を潤し、楠《くすのき》や欅の巨木が生い茂る薄暗い樹叢《じゅそう》にわけ入った。

子松神《こまつのかみ》ともいわれた神崎大明神の森である。

近くに川が流れていないかあらためてから、深い森に潜んだ二人。

川や湧水があった場合……それらは水鬼の友軍になり得る。

逆に、それら十分な水場がない、この密林と呼ぶべき森は——あらごとの如意念波、乱菊の物寄せに数多の武器をあたえる。

さらに鬱蒼《うっそう》とした森は牛鬼の巨体を阻めるし、天狗の飛行も邪魔してくれる。

まさに要塞に立て籠った形であった。

乱菊は、あらごとに、

「一晩、ここで野営しましょう。水鬼が地の利をわきまえず仕掛けてくるようなら返り討ちにする。味方の生き残りがいるかもしれぬから、その者たちを、まつ。敵も味方も来ねば明日の朝、ここを発《た》ち、香取を目指《》す」

そのように乱菊が言ってから、数時経《た》つ。

夕さりつ方である。

梟《ふくろう》らしき鳥が近くの樹から飛び立ち、モモンガらしき獣が跳梁《ちょうりょう》する気配が、あった。

敵と、味方を誘うための焚火に照らされた乱菊が、元気よく、

「ねえ、夜露をかぶってしまうわ。そろそろ衣を取って」

ずぶ濡れになった二人の衣は木と木の間にピンと張った蔓に引っかけてある。

では、二人が何を着ているのかというと葉っぱの衣であった。

大きな羊歯《しだ》を、乱菊の白衣の端を切ってつくった紐《ひも》にゆわえて、肌を隠している。

火は――あらごとが鎌輪から大切にもってきた火打石、火打金でつけた。

「……うん」

あらごとは乱菊を見ず重く小さい声で答えて腰を上げる。

焚火、二人の居場所、干していた濡れ衣を取りかこむ形で――魔法陣の如く様々な物体が据えられていた。

大小の石。倒木。先端を削《そ》いだ矢竹。

などである。

「まだ、濡れている」

あらごとは今にも消えそうな声で告げている。

高台にいるあらごとたちから、西日の最後の残照に照らされた香取海が、木《こ》の間から切れ切れに窺える。

けれど――あらごとがいる森の中は暗い。

あらごとが生乾きの衣を焚火の傍、笹の上に、置く。

腰を下ろす。

乱菊は、焚火越しに、

「念話出来ないのは痛いわねえ。わたしのせいだけど……」

「………」

乱菊は香取海に溺れかけた時、浄蔵の爪をうしなっている。

「やけに元気ないわねえ、あらごと」

あらごとの浅黒い頬がふるえる。

「どうしたら――」

あらごとは呟き、今度は強く、

「――どうしたら、元気が出るんだよっ。あんた、平気なのかよ! みんな……死んじゃったかもしれないんだぞっ」

嚙み付くように、叫んだ。

乱菊は一瞬、悲し気な表情を漂わせている。あらごとは膝に置いた腕の中に顔をうずめ、止め処《ど》もなく溢れる涙を見られぬようにした。

あらごとは腕で顔を隠したまま肩をふるわす。

その姿は、傷ついた獣のようであった。

やがて、あらごとは、ふるえるかすれ声で、

「あたしの旅のせいで……みんな、死んでいる。鎌輪の兵も、船乗りも。泊崎の和上に、

石念、音羽、鐘遠、良文様の一党……。石念と鐘遠はあたしの身代りに……。ねえ、あたしの旅って……何の意味があんの？

沢山の人を、死なせてしまうなら旅なんてつづけない方がいいんじゃないの？

あたしなんか、あの海の底に、水鬼の術で沈められた方が——よかったんじゃないの！」

「それは違うわ。あらごと」

乱菊は、言った。

やわらかくつつみ込む声で、

「こっちを見なさい」

あらごとは顔を上げている。涙ににじむ視界の手前に、火が燃えており、その向うに乱菊がいる。

乱菊は目を細めてこっちを眺めていた。

「貴女は図に乗りやすいから……香取についてから話そうと思っていたのだけど、浄蔵様が昨夜、念話でね、大切なことを話していたの。千方の目的、そして何故、千方が——貴女とわごとを狙うかという理由」

あらごとの目に、がっと力が、入る。

「千方の手下がわごとに話したらしい。手下の言葉が真なら……千方はこの世を、根本から変えようとしている」

妖術師と魔が統べる世に変えようとしていると話した乱菊は、

「浄蔵様が言うには……貴女たちには、その目論見をふせぐ何かがある。だから狙われているの」

《でなければ千方は狙わぬ》

浄蔵は言ったという。

あらごとは頭が真っ白になる気がした。水鬼、風鬼ですら、あれだけ強大な敵だったのに、その上にいるという千方を、自分たち姉妹が倒せるものなのか……。

乱菊は、きっぱりと、

「千方を生かしておけば……何万、いいえ、何十何百万もの人の命が、奪われるかもしれない。

貴女とわごとは千方を止めるという大切な使命を背負わされているのよ……。きっと。貴女を守って死んでいった者たちは、貴女一人ではなく、何十何百万もの人の命を守るために戦ったの」

「…………」

「その人たちにむくいるためにも貴女は己に課せられた使命から、逃げてはならない。

——どれほど重くても」

「何で、そんなに大切なこと、黙ってたんだよっ。……図に乗るって……」

「図に乗るじゃない？　それに、貴女は、傲慢不遜でもある」

「……傲慢？」

思ってもいない言葉を浴びせられ、あらごとは耳を疑い、右耳を大きく下に向ける。

耳に入ったその言葉を振り落とそうとする仕草に見えた。

傲慢という言葉は――自分が鞭打たれていたあの館の当主、長男、次男に冠せられるのがふさわしかろう。

首をかしげるあらごとに、乱菊は、

「貴女は傲慢よ。そうでなければ、わたしに、無礼な言葉を次々浴びせたり、無礼な目でわたしを睨みつけたりしないわ。……幾度も言うように、わたしは貴女の師なのよ。貴女はわたしを心の何処かで馬鹿にしている。軽んじているのよ」

「――してないよっ！　それ、あんただろ？　あんたがあたしを馬鹿にし、軽んじてるんだよ、毎日さっ」

「していない。事実を指摘しているの」

「同じだよ！」

あらごとは、乱菊を鋭く睨みつけて、怒鳴った。

「その目」

乱菊はあきれたように肩をすくめあらごとを指差している。

あらごとは顔を硬くしてうつむき、しばらくじっと考え込んでから、

「あたし……そういう処が、あんの？」

「こっちに来なさい。傲慢な子」

乱菊は己の傍を叩いた。

傲慢な子、という指摘が、小癪《こしゃく》だなという思いを呑み、乱菊に這い寄る。

乱菊はあらごとをそっと抱きしめると、深い思いが籠った不思議に温かい声で、

「貴女が傲慢になってしまったのも仕方ないことなのかもしれぬ……。貴女くらい幼くて、あの辛く恐ろしい館《たち》にいれば……」

あらごとがはたらいていた、一年中、酷使され、もうはたらけなくなると、野に棄《す》てられるか、魔犬の餌《えさ》とされる、恐怖の館のことを言っていた。

「子供の心が採り得る道の数は少ないのかも。

空っぽ、深い怯え、凶暴、卑屈……傲慢……このどれかかもしれない。

貴女は常に軽んじられ、嘲られていて……」

蛭野《ひるの》や、扶、隆、いつも奴《やっこ》たちを叩いている預《あずかり》たちの顔が、胸に浮かんだ。

「他の者を軽んじることによって——自分を守ろうとしたのよ」

あらごとは歯を食いしばり乱菊の腕の中で肩をふるわしている。あらごとを抱く乱菊の

腕の力が、強まる。

乱菊は、やわらかく囁いた。

「もう、安心しなさい。あの館は——もう、無い。焼け落ちて、無くなってしまったの」

あらごとは、涙でにじむ目で乱菊を眺めた。

乱菊は女菩薩《にょぼさつ》のような慈しみ深い微笑みを浮かべて、あらごとを見ていた。

「あらごと、傲慢な子。そして……可哀そうな子」

乱菊は、あらごとのみじかい髪をそっと撫でた。

強い語勢で、あらごとは、

「蕨は違った！　あんたが言う五つの心のどれでもなかった。いつも温かく、素直で。それは、蕨は怯えていたよ……。だけど、深い怯えってほどでもなかった。誰だって、怯えるよ！　外道の熊男や毒蛇がうろついている屋敷だよっ」

犬神という言葉が出かかるも、情け深かった頃の繁の記憶があらごとの胸をひたし、その言葉を呑ませている。

「そうねえ」

相槌を打った乱菊は、

「蕨はあすこに来て日もあさかったし何よりも貴女が蕨を守っていたんじゃないかしら？」

「あたしが？」

「ええ。貴女が、あの屋敷の汚いもの、醜いもの、恐ろしいもの、おぞましきものから、盾になって、蕨を守っていたのよ」

「あたし、そんな大したこと……」

「していたわ。だから蕨は——あれだけ貴女に懐いているの。そして、貴女の心も蕨に守られていた」

乱菊の白い手が、あらごとの浅黒い頰に、そっと添えられて、

「傲慢で……誰よりも、やさしい子。そして、勇敢な子よ。己の力を信じて、荒波の如き運命《さだめ》に立ち向かいなさい。

けれど、傲慢さをふくらましては駄目。己の力を過信しても、駄目。

水鬼の話を聞いていて……傲慢と思わなかった？」

「……思ったよ」

乱菊は真剣に、

「通力をもっていない者を馬鹿にして、命を奪っても構わないという言いぶりだったわね？

水鬼は貴族や、豪族を、馬鹿にしていたわね？……通力がないという一点によって。

護や、扶、隆は、身分の貴賤《きせん》によって、人をわけ、賤と見た者を軽んじ、その命を雑草

のようにつまらないものと見なす。

水鬼は通力の有る無しで、人をわけ、通力がない者を軽んじ、その命をつまらないものと見なす。だから……奪ってもよいと考える」

乱菊は、静かに、

「――何処が違うの？」

「…………」

「似ていない？　むしろ……同じではないかしら」

あらごとはこくりと首肯する。

「あらごと、お前の傲慢さがふくらみ、己の力を過信するようになれば水鬼と同じ轍《てつ》を踏みかねないわ。

闇や魔は、外にあるだけではない。――己の内にもすくうものなのよ。このことを気を付けなさい。用心なさい」

「……わかった」

あらごとは素直に答えている。

乱菊は、あらごとに、

「人を軽んじる心は、傲慢さにつながり、傲慢は道の誤りにつながる。道を誤らずとも……軽んじる者は、恨まれる。

貴女にも経験はないかしら？　たとえば、貴女の頭や体を叩いてきた者よりも、貴女を軽んじ、侮り、心を傷つけてきた者の方が、憎いということが」

「どうだろう……？　あたし、蛭野が相当……憎たらしいんだけど、蛭野はあたしを、ほぼ毎日叩いてきたんだよね……」

蛭野を思い出す度に竹の根の鞭が唸る気がして、心が痛みを覚えた。

「蛭野は貴女を、侮りつつ、叩いていたのよ」

（……そっか）

「ずいぶん、真剣に話し込んでいるね……」

……藪椿《やぶつばき》の茂みが、話しかけてきた。

驚愕したあらごとは、闘気を燃やし、そっちを、後ろを、振り返る。念波が、放たれんとする。かねて用意の苔石《こけいし》、人を刺せるほど鋭く削いだ矢竹が振動しはじめた――。

するとく、茂みから、馴染み深い声が、

「まって、まって。吾《あ》よ」

すでに日は完全に没し――さっきまで木の間越しに見えた海の断片はもはや、みとめられない。焚火の周りの全てを濃く深い闇がおおっている。

誰の声か思いいたったあらごとは目を輝かせ、

「音羽？」

「……そう。いつ気付くかと思いつつ、足音を消して、寄ってみた。全く気付かないんだから、困ったもんだよ」

林床に落ちた椿の枝や、落ち葉をわざと音立てて踏みしだき、髪を一つにしばった音羽が、焚火の傍に、歩み出た。

やや角張った顔に、愛嬌たっぷりの笑みをふくんだ音羽は、見慣れぬ小袖をまとい、着物が入っているらしい上刺袋《うわざしぶくろ》をかかえていた。

「――無事だったんだねっ」

あらごとの腰が勢いよくはね上がる。

「……何とか」

音羽は、あらごとに抱きつかれながら言った。

「その袋は？」

乱菊が訊くと、

「うちのお頭と、良文様の着替え。お二人も無事。すぐそこの……立派なお屋敷、たぶん、ここの社の社人の家と思うけど、忍び込んで……いただいてきたの」

盗みは……お手の物なのだった。

音羽本人の小袖も盗品であろう。

あらごとがはなれると、

「あんたらと同じで、衣がずぶ濡れだったから」

音羽は、二人の葉っぱの衣と、笹の上に置かれた生乾きの衣を見やる。乱菊が音羽に、

「石念と良文様に着替えはいらないわよね？　二人とも、水褌などはいているでしょう？なら、その着替え、わたしたちがもらうわよ」

「他の人たちは？」

あらごとが問うと音羽はゆっくりと頭を振った。

香取海における凶襲を——あらごと、乱菊、音羽、石念、良文は生き残った。水鬼に沈められた石念は海底の石を身代りに生き延びたのである。

他の者の命は玄明一党の矢や、鎌鼬の凶刃、牛鬼、水鬼があやつる水によって、悉く奪われている。


あらごとたちが石念、良文と合流した頃、夜の砂浜に——その女は、いた。

香取海で牛鬼を倒し靡ノ釧《なびきのくしろ》を見つけた処で、渇えを起し、ずぶ濡れになり、今しがた浜に上がってきたばかりの水鬼である。

裸形となり、髪飾りもなくした水鬼。たばねていた長い髪は重く濡れ、海藻のように乱れて肌にまとわりついている。

青き首飾りだけが、首にある。

実り豊かな乳房と太腿《ふともも》も潮水と汗で濡れていた。

今、荒い息を立てて砂を踏んだ水鬼には靡ノ釧の他に海の底から探し出さねばならぬものがあった。

潮水で濡れた水鬼の掌には——人の爪と思しきものが、一つだけ、乗っていた。

それを大切そうににぎりしめる。

藤原千方の爪である。

これを……水底から見つけるために、通力をうしなった水鬼は、幾度も息継ぎし、何度も潜り、海の底を何時も捜しまわっていたのであった。

爪がなければ、千方と念話出来ない。……心をつなげられない。

嵐か何かで壊れ、打ちすてられた古い舟の残骸の傍で、しゃがみ込み、どう報告しようか頭をまとめていた時だった。

「お——女がおるぞ、あんな所に！」

野太い男の声が海でしている。

見れば——篝火《かがりび》を焚いた丸木舟が漂っていて、浦人らしき髭もじゃの男が三人、乗っていた。

胸底の炉に火花は散っていない。靡ノ釧は腕につけているものの、

（天狗どもは、何処《どこ》かへ行ってしまった）

通力をうしなった水鬼は千方の爪をにぎったままよろよろと腰を上げ、男どもから遠ざかろうとした。

ところが、漁師たちは、

「おう！　浮かれ女、何処に逃げる気じゃ？」「斯様な刻限に、素裸で浜におるとは……お主、何しとったんじゃ」「魚心あれば、水心ありじゃ！」

男どもの声には野卑な響き、好色な喜びが、ある。

通力さえあれば、こんな男どもから逃げる水鬼ではなかったが、千方の爪をにぎりしめ、夜の浜を横に切るように、駆けた――。

逞しい男どもは、飛沫を散らし、砂煙を上げ、奇声を上げながら、追ってきた。

どどーん、どどーんと、海が陸を打ち付ける音がする。

砂浜に半ば埋もれている亀のような岩があり、その岩に足を引っかけた裸の水鬼は――波打ち際に転がっている。

海が寄せてきた泡、濡れた砂が、肌にくっついた。

男どもは歓声を上げ――取りかこんだ。

千方に念話した処で、遠く大和にいる主に、自分を助ける術は、ない。

急いで起き上がった水鬼は細い目で男たちを見、

「……わたしの話を聞いて。ここで死のうとしていたの。だから、ひどい真似は止めて」

だが、男たちは止らず、野獣のようになって、襲いかかってきた。

その時、冷たくも熱い火花が胸底で、散った。押し倒されながら微笑みを浮かべている。

すると、押し倒した男が腕をはなし、

「こ奴、とんだ浮かれ女じゃ。笑っとるわ！」

「何がおかしゅうて笑っとるんじゃ？」

別の男、瓢簞《ひょうたん》を腰から下げた小男が、顔を近づけ、酒臭い息を吹きかけてくる。

青い勾玉を撫でながら、

「……だって、おかしいの」

「だから、何がおかしいのじゃ？」

水鬼はぞっとするほど冷ややかな妖気を漂わせ笑みを大きくして、

「貴方たちのみじめさが」

(――通力をもたぬ者の脆《もろ》さが)

刹那、三人目の男が、

「何じゃ……この潮の動きはっ――？」

夜の潮が異常の速度で四人に押し寄せ、足首まで濡らし、ぐるぐると素早い渦を起しはじめていた……。

少し後――漁師から奪った衣をまとい倒木に腰かけて海を睨む水鬼の姿があった。
意を決した水鬼はゆらりと腰を上げ――海に向かって歩く。
砂浜に裸の男一人、潮に揉まれるように二人の男が転がっていた。裸の男は、衣を盗るため、顔より上を水塊で襲い、あとの二人は全身を海水でくるんで仕留めている。
屍の間を通った水鬼は足首を波にあらわれるくらいまで歩くと、爪を固くにぎった手を顔の前に動かし、
《――千方様》
念話に、入った。
《いいえ。……仕留められませんでした。風鬼は討たれ、牛鬼二頭も……》
状況を説明すると――千方から怒りの稲妻を落とされた。
千方は、すぐに、
《都へもどれ。追って、下知する》
それを命じる冷ややかな様子が目に見えるようだ。
だが、水鬼は、
《……もどりませぬ》
《何?》

水鬼は漆黒の水を月に照らされた海にひざまずいている。

千方の爪を胸に強く押し当て、

「あらごと、乱菊の首を取るまで――もどれませぬ。もどりたくありませぬ。どうか、お許し下さい。いま一度だけ機会を！」

普段、強い感情を見せぬ水鬼が、面を歪め、強い声をふるわして叫んだ。

＊

「わしはずっとあらごと、そなたをまっておったのじゃよ」

老婆は、言った。

昼下がりである。

広く、清々《すがすが》しい板間であった。

その媼《おうな》は板敷の上に一枚だけ乗せられた畳に横たわっている。

香取社本殿の近く。巨大な群杉の中にある庁屋《ちょうのや》の一室である。

開かれた蔀戸《しとみど》がつくる四角形が、青き木立をこちらに見せ、この板間に静かなる緊張をあたえていた。

あらごとを見上げる媼――白鳥ノ姥は小柄な人であった。

あらごとは真新しい苧衣に着替えている。

昨夕、音羽が得てきた衣は、あらごとには大きすぎた。

なので、香取大明神に入る前、近くに住む良文の従類の宅を、訪ね、着替えてから、来たのだった。

陸路で香取入りしたあらごとたち。

主に乱菊の口からここに来た経緯がつたえられていた。

だが、白鳥ノ姥は非常に多くの処を……既に知っているようであった。

「あらごと、まあ、そうかしこまるな。乱菊も」

白鳥ノ姥は、あらごと、そして、あらごとの斜め後ろでかしこまる乱菊に声をかける。

過去を見る古ノ眼《ふるのまなこ》、はなれた所を見る千里眼、先を読む讖緯《しんい》、三つの力をもつ老女は、

「わしは、元はしがない百姓女。越後《えちご》くんだりの雑人の娘よ。

あの女……水鬼は通力をもたん者を雑人などと呼んでおったねえ。お前さん、よくまあ、あんな恐ろしい女と海の上で戦うことが出来たねえ。わしゃ、あすこでおこなわれたことをここでおこなわれたことのように見ておったのじゃ……」

白鳥ノ姥の皺くちゃの小さな手が動き——深い皺がきざまれた目尻に当てられる。

「千里眼で——。されば、お前さんと今日初めて会う気がせぬ。……もう、幾度もあっておる気がする。わごとともな。

ただ、わしは……何処か海の上でお前さんとあの女が戦っとる光景が見えただけで、それが、斯様に近くとは思わなんだ。故にわしは助けになど行けなんだし、たとえ、所がわかり、この地の男子《おのこ》どもをつかわしたとしても……あの女の力の前に、ろくな働きは出来なかったろう。我が弟子をつかわしても同じじゃったろう」

白鳥ノ姥は乱菊の後ろに控える三人の弟子を見やる。

三重の術者・白鳥ノ姥の弟子三人は、上は五十代、下は三十代の三人の女子で、それぞれ古ノ眼、千里眼、讖緯の通力をもつ一重の術者である。

「我が弟子はわしと同じで……見ることは得意でも、戦うのは苦手でな」

そこまで話すと小さな老婆は激しく噎せはじめている。

弟子の一人が、一揖《いちゆう》していざり寄り、白木の椀《わん》で薬湯をゆっくりと飲ませた。

蔀戸の外を誰か通る気配がして、あらごとが鋭い視線を向けると――一群のうら若き巫女《みこ》が杉木立の中を歩いてゆく。

いかにもかぐわしい巫女の姿に蔀戸近くに太刀を置いて座していた平良文が鼻の下を長くする。

乱菊が咳払《せきばら》いすると、良文は大仰に居住まいを正した。

石念、音羽は――香取近くに住む良文の郎党どもとこの庁屋周辺を固めていた。

白鳥ノ姥の皺だらけの手が白木の椀をさすっている。

「ここに木目があろう？　この木目すら、わしに先のことを色々おしえてくれる。書物の中の言葉だけでなく左様な身の回りにある模様の類も我が讖緯の種となる。つまらぬことがほとんどじゃが……中には大切なこともまぎれておる」

その他に、あらごと、水鬼の戦いを見た千里眼、昔何があったかが見える古ノ眼をもつ。巨大な能力《ちから》であった。

この姥は呪師としての寝覚《いざ》めをむかえた時から、正気をたもつのがむずかしいと思われるほどの情報の濁流に、揉み込まれてきたのだ。

「こんな力をもっておるから……男子などにも、薄気味悪がられてのう。わしの方でも、稀《まれ》に言い寄って参る男が裏で何しとるか、つぶさに知っておるゆえ……花の盛りを無為にすごし、気が付くと、そこな乱菊と同じく、一人で宇内《うだい》をさすらう旅呪師となっておった。縁あって弟子にめぐまれたが……それまではずっと、一人であった」

あらごとは口を開く。

「白鳥ノ姥さんさ……言いにくいんだけどさ……」

「何じゃ？　言うてごらん」

あらごとは、この老呪師の苦しみに深く寄り添うような顔で、

「……自分の力にさ、疲れることとって、ない？」

乱菊の何を言うの、という視線を感じる。

だが、白鳥ノ姥は、穏やかに笑い、

「疲れるよ。大いに。じゃが……そろそろ肩の荷が下りるゆえ、ほっとしておる。――そう。わしはもう、長くない」

弟子の一人が袂《たもと》を、顔に当てる。

「己の終りもしかと……。――そろそろ本題に入ろう。そなたと、わごとは過去に何があったか知りたい。この先、何処に旅して、どう千方と戦えばよいかも聞きたい。間違いないね？」

半身を起し、あらごと、乱菊に、たしかめる。二人は強くうなずいた。

身を乗り出すあらごとに、白鳥ノ姥は、

「では、先のことから申そう。――四つの宝を探す必要がある。それぞれに大いなる試練を潜り抜けねば得られぬ宝ぞ」

「四つの……宝？」

あらごとは、呟いた。

――その時、杉林の方で、何羽ものカラスが不穏な声で鳴いて、梢から飛び去っていった。

引用文献とおもな参考文献

『新編　日本古典文学全集　将門記』柳瀬喜代志　矢代和夫　松林靖明校注・訳　小学館
『列仙伝・神仙伝』劉向　葛洪著　沢田瑞穂訳　平凡社
『古事記（中）』次田真幸全訳注　講談社
『戦争の日本史4　平将門の乱』川尻秋生著　吉川弘文館
『平将門の乱』福田豊彦著　岩波書店
『平将門と天慶の乱』乃至政彦著　講談社
『週刊　ビジュアル日本の合戦№37　平将門・藤原純友の乱』講談社
『再現日本史　平安④「新皇」を宣言！　平将門、坂東で自立』講談社
『日本の歴史　4　平安京』北山茂夫著　中央公論新社
『日本の歴史　5　王朝の貴族』土田直鎮著　中央公論新社
『古代の東国③　覚醒する〈関東〉』荒井秀規著　吉川弘文館
『【図説】日本呪術全書』豊島泰国著　原書房
『人物叢書　新装版　良源』平林盛得著　吉川弘文館
『怨霊と修験の説話』南里みち子著　ぺりかん社
『疫神病除の護符に描かれた元三大師良源』疫病退散！角大師ムック編集部編　サンライズ出版

『河童なんでも入門』　水木しげる著　小学館
『庶民たちの平安京』　繁田信一著　角川学芸出版
『平安時代の信仰と生活』　山中裕　鈴木一雄編　至文堂
『【ビジュアルワイド】平安大事典　図解でわかる「源氏物語」の世界』　倉田実編　朝日新聞出版
『衣食住にみる日本人の歴史2　飛鳥時代〜平安時代　王朝貴族の暮らしと国風文化』　西ヶ谷恭弘監修　あすなろ書房
『陰陽道の本　日本史の闇を貫く秘儀・占術の系譜』　学習研究社
『修験道の本　神と仏が融合する山界曼荼羅』　学習研究社
『道教の本　不老不死をめざす仙道呪術の世界』　学習研究社
『歴史群像シリーズ㊻　安倍晴明　謎の陰陽師と平安京の光と影』　学習研究社
『京都時代ＭＡＰ　平安京編』　新創社編　光村推古書院

ほかにも沢山の文献を参考にさせていただきました。

この作品は徳間文庫のために書下されました。

徳間文庫

あらごと、わごと

魔軍襲来

2024年6月15日 初刷

著者 武《たけ》内《うち》涼《りょう》

発行者 小宮英行

発行所 株式会社徳間書店

東京都品川区上大崎三—一—一 〒141—8202

目黒セントラルスクエア

電話 編集〇三(五四〇三)四三四九

販売〇四九(二九三)五五二一

振替 〇〇一四〇—〇—四四三九二

印刷 製本 大日本印刷株式会社

ISBN978-4-19-894948-8 (乱丁、落丁本はお取りかえいたします)

徳間文庫の好評既刊

武内　涼

妖草師
謀叛花《むほんばな》

書下し

　西国で豪商一家が皆殺しのうえ財を奪われる事件が連続、ついに京でも凶行が。妖草師庭田重奈雄は犯行が妖草絡みと察知、賊を追いつめるが、それはさらなる巨大事件の序曲に過ぎなかった。舞台は江戸へ。将軍弟から薩摩藩まで巻き込む大陰謀が姿を現す。

武内　涼

あらごと、わごと
呪師開眼《のろんじかいげん》

書下し

　常陸国の大豪族源護邸で犬が吠えると下人下女が消えると噂され暴動が起こる。下女の少女あらごとは不可思議な呪師の力に目覚めた。同じ頃、都の歌人右近に仕える少女わごとも謎の力に目覚めていた。恐怖の魔犬の驚愕の正体、わごとを狙う魔軍…天下激震！